GOLDMANNS GELBE TASCHENBÜCHER

Band 2795

Wallace Stegner · Tage wie Honig

Zu diesem Buch

In der Nähe von San Franzisko zieht sich ein älteres Ehepaar in sein Landhaus zurück, um der hektischen Betriebsamkeit der Großstadt zu entfliehen. Die neuen Nachbarn hier sind junge Menschen – Künstler, Hippies und andere Individualisten. Die nun entstehenden Beziehungen zwischen den verschiedenen Generationen sind sehr komplizierter Art und werden aus der Sicht des älteren Ehepaares, besonders des Mannes, recht anschaulich und wirklichkeitsnah geschildert. Er sieht sich gezwungen, sein bisheriges Leben neu zu überdenken, denn seine Gedanken- und Gefühlswelt gerät durch die Begegnung mit diesen ganz anders denkenden jungen Leuten in eine ernste Krise.
In der Unvollkommenheit dieses allzu menschlichen »Paradieses«, das sich die Hippies aufgebaut haben, findet er schließlich zu sich selbst und zu einer neuen Einstellung gegenüber der jungen Generation.
Ein spannungsreicher, dramatischer Roman, der die Konfrontation der Generationen zwar ironisch, aber durchaus zutreffend wiedergibt.

WALLACE STEGNER

Tage wie Honig

Roman über das Generationsproblem

WILHELM GOLDMANN VERLAG
MÜNCHEN

70211 · Made in Germany · Genehmigte Taschenbuchausgabe. Die deutsche Originalausgabe ist im Scherz Verlag, Bern – München – Wien, erschienen. Copyright by Wallace Stegner. Titel des Originals: »All The Little Live Things«. Aus dem Amerikanischen übersetzt von Margitta de Hervás. Umschlagentwurf: Ilsegard Reiner. Foto: Archiv der Süddeutschen Zeitung. Gesetzt aus der Linotype-Garamond-Antiqua. Druck: Presse-Druck Augsburg

Verlagsnummer 2795 · Tr/Ell

ISBN 3-442-02795-0

Wie soll ich wissen,
was ich denke,
solange ich nicht begreife,
was ich sage?

Eine halbe Stunde war ich hier unten, als der Regen einsetzte. Er kam unvermittelt, leise – letzter schwacher Ausläufer eines pazifischen Zyklons, der wahrscheinlich über Oregon das Wasser kübelweise ablädt. Eben noch hatte ich durch mein Studiofenster in das grünlichgoldene Zwielicht unter der immergrünen Eiche hinausgeschaut und einen Finken beobachtet, der im Laub scharrte, und gleich darauf war die Luft hinter dem Baum mit feinen Regenstrichen schraffiert. Jetzt glänzen die Steinplatten, ich sehe den Abend und den Winterregen hereinbrechen, und ich fühle mich genauso matt und melancholisch, wie es der Tag und die Jahreszeit sind. Vielleicht weniger matt als zerschlagen. Ich gleiche einem Mann, den man so brutal verprügelt hat, daß ihn jede Bewegung schmerzhaft daran erinnert und ohnmächtigen Zorn in ihm weckt.

Ruth versteht sich dem Geschehenen besser anzupassen als ich; sie sucht sich Beschäftigungen, die ihr über den Augenblick hinweghelfen. Ich wäre nicht überrascht, ein Verkaufsschild an dem kleinen Haus zu sehen, das für mich noch immer ein wenig unter der Erinnerung an Marians Gegenwart vibriert wie Staub in der Abendsonne. Ruth dagegen überläßt die Zukunft wunderwirkenden Kräften und bäckt unbeirrt Plätzchen, Aufläufe und Vollkornweizenbrot; alles Dinge, die sie so oft als freundnachbarliche Gaben dorthin mitgenommen hatte. Sie beharrt auf Fortdauer, sie zieht es vor zu glauben, daß wir sehr bald die Tür des alten Caravan zuschlagen hören werden oder der Wind die Stimmen von Vater und Tochter zu uns herauftragen wird.

Auf der Heimfahrt heute mittag wechselten Ruth und ich kaum zehn Worte miteinander. Unsere Gedanken waren noch bei jenem Stück Rasen zwischen den stumpfbehauenen Steinen. Doch als wir vorsichtig über die durchhängende, mit dunklen Flecken bedeckte Brücke fuhren und das niedergebrochene, zertrampelte Gebüsch an der Seite sahen, als wir eine Minute danach an dem Cottage vorbeikamen, dessen unkrautüberwucherter Garten Marian so lebendig widerspiegelt, wiewohl er ihr in keiner Weise ähnelt, und als uns – wieder eine Minute später – die Wegbiegung den Giebel von Pecks Baumhaus ins Blickfeld rückte, spürten wir jedesmal, wie etwas die Kluft zwischen uns übersprang. Es war eine Aufeinanderfolge jener Momente, die einen im Lauf eines langen Lebens aneinanderschmieden. Aber unsere Augen schreckten vor diesen erinnerungsträchtigen Dingen zurück. Ruth starrte auf ihre weißbehandschuhten Hände hinunter und rieb die Daumen aneinander. Schweigend fuhren wir durch das offene Gartentor zwischen den hohen Eukalyptusbäumen hindurch und den steilansteigenden Weg unter den Eichen hinauf.

Ruth stieg aus. »Ich lege mich eine Weile hin. Täte dir das nicht auch gut?«

»Vielleicht arbeite ich ein bißchen im Garten.«

Die weiße Hand schob sich auf meinen Arm. »Joe«, sagte Ruth, »ertränk deinen Kummer bitte nicht in Alkohol, ja?«

»Was glaubst du von mir!« entrüstete ich mich, aber ihre hellsichtigen Worte errichteten eine Barriere zwischen mir und einem Raum, dem ich wahrscheinlich fast instinktiv zugestrebt wäre. Wenn ich bedrückt oder erregt bin, flüchte ich mich gern zu ein paar Stehdrinks in die Speisekammer, und das weiß sie genau.

Ihre Lippen streiften meine Wange. »Mein armer Liebling«, murmelte sie, und als sich unsere Blicke begegneten: »Arme Marian. Wir Armen.«

Ich folgte ihr ins Haus, wo ich den dunklen Anzug mit alten Gartenkleidern vertauschte, um sodann grämlich und bedrückt in den Obstgarten hinauszuschlendern. Bevor der Regen einsetzte, war der Oktobertag spätsommerlich-warm gewesen, windstill, braungetönt; selbst die Luft hatte einen leichten Stich ins Bräunliche. Trotzdem spürte ich die Kälte. Ich spürte sie dort oben im Obstgarten, und ich spürte sie hier, genauso eisig wie nach Curtis' Tod. Doch während ich nach dem Tod meines Sohnes von dem Drang besessen war, mich in einem Loch zu verkriechen, treibt mich der Tod dieser jungen Frau, die ich kaum ein halbes Jahr gekannt habe, unwiderstehlich ins offene Gelände hinaus, und das ist quälend.

Ich sitze hier und versuche, während draußen der Regen niedergeht, meine Gefühle und Ansichten zu ordnen, und ich merke, daß ich beinahe von nichts mehr völlig überzeugt bin, am allerwenigsten von den Prinzipien, die früher einmal – so nahm ich jedenfalls an – mein Leben beherrschten. Einiges mag seine Gültigkeit behalten, denn ich glaube nicht, daß sich ein Charakter grundlegend wandelt. Aber gewisse Wechsel und Änderungen sind zweifellos möglich, genauso, wie an einem Radio Röhren ersetzt und Drähte verlötet werden können. Zwei Jahre lang habe ich einen Zustand kultiviert, den Marian Dämmerschlaf nannte. Jetzt bin ich verwirrt aus meinem Evasionstraum erwacht, und mir ist ziemlich elend zumute.

Eine Erkenntnis habe ich mir hart erringen müssen, falls ich überhaupt schon soweit gediehen bin. Die Erkenntnis, daß es unwürdig ist, sich vor eigenem oder fremdem Leid, vor irgend etwas zu verstecken. Es war Marians Motto, daß man sich den Dingen unverhüllt stellen, daß man seine Haut abstreifen solle.

Ich weiß noch nicht, was ich über unseren Zufluchtsort, über all diese Verstrickungen, Amputationen und Wunden, über diesen Verlust sagen werde. Vermutlich bin ich dabei einer gewissen Gefahr der Selbstbemitleidung und des Masochismus ausgesetzt. Wer wollte behaupten, daß jener Römer, der sich einen Dolch in den Schenkel bohrte und ihn zum Andenken am Heft abbrach, das stoische Schauspiel, das er bot, nicht genoß?

Es regnet stärker. Ich sollte vielleicht besser zum Haus hinaufgehen, Holz für ein Kaminfeuer aufschichten und andere traditionelle Vorbereitungen für einen behaglichen ersten Winterabend treffen. Ruth war lange genug allein. Aber ich werde von jetzt an oft und regelmäßig hierherkommen, bis ich alle dunklen Ecken ausgeleuchtet oder mich davon überzeugt habe, daß es kein Licht gibt, dessen ich mich bedienen könnte. Wenn jedes Partikel im Universum mit Bewußtsein und der Fähigkeit zu wählen ausgestattet ist, wie Marian glaubte, dann hat es auch eine Verantwortung und die Pflicht, nach Erkenntnis zu streben. Ich bin davon nicht befreit, ganz gleich, wie sehr ich mich zurücksehne nach dem barmherzigen Dunkel unter dem Stein, den Marian umdrehte.

I

Unser Siamkater, wegen seines rasselnden Schnurrens Katarrh genannt, hat die Angewohnheit, uns kleine Geschenke zu bringen und mit einer Phantasie, die das einfache Material bei weitem übertrifft, kunstvoll auf der Fußmatte anzuordnen.

Als ich heute die Tür öffnete, um in den vom Regen klargewaschenen sonnigen Morgen hinauszuschauen, hatte Katarrh etwas besonders Schönes vorbereitet. Eine graue Nase, zu beiden Seiten gesträubte lange Schnauzhaare, vier gefletschte lange Zähne. Links darunter, wie eine rotviolette Pflaume, ein unversehrter Wanst, der schillernde Gedärme umschloß. Und rechts ein schwungvolles S, das – pure dynamische Symmetrie – Fletschen und Eingeweide miteinander verband: der zwanzig Zentimeter lange Schwanz einer Waldratte. Es war zweifellos Katarrhs Glanzstück. Er saß im Eingang in der Sonne, wusch sich und wartete auf Komplimente; aber er protestierte nicht, als ich die Matte vorsichtig hochhob und auf ausgestreckten Armen eiligst ums Haus herum trug. Er begreift, daß seine Kunst ebensowenig dazu angetan ist, die Stunde ihrer Schöpfung zu überdauern, wie ein Sandgemälde der Navajo-Indianer.

Ich war ausschließlich darauf bedacht, die Matte fortzuschaffen, ohne etwas zu verlieren, und vergaß darüber völlig, daß wir neuerdings diese Seite des Hauses stets meiden, um uns Ärger zu ersparen. Als ich dann die Überreste der Waldratte in das Gebüsch auf dem Hügelabhang schleuderte und mich wieder aufrichtete, erfaßte ich das ganze Ausmaß der zerstörerischen Wühlarbeit, die Tom Weld in kaum mehr als einer Woche auf dem gegenüberliegenden Hügel geleistet hatte.

Der häßliche Hundezwinger und das Taubenhaus waren verschwunden, aber mit ihnen auch die große Eiche, die früher die Kuppe krönte. Etwas unterhalb hatte Weld eine hundert Meter breite Terrasse in den Hang geschnitten; eine tiefe Straßenrinne zweigte davon ab, in der ein Bulldozer stak. Hinter dem Bulldozer war der ganze Hügelhang von abgerutschten grauen Erdmassen bedeckt. Der Regen hatte Furchen hineingegraben; unsere Straße auf der Talsohle mußte ein einziger Morast sein.

Voll Bitterkeit betrachtete ich Welds Werk. Der Hügel, der sich einst wie eine üppige Frauengestalt dem Blick entgegengewölbt hatte, war bereits jetzt verstümmelt, und Weld hatte erst angefangen. Nur eine völlig dilettantische Planungskommission konnte so ein Projekt genehmigen, nur ein Landschaftsschlächter konnte es vorlegen und ausführen. Ich hoffte zwar zuversichtlich, daß Welds Geldgeber doch noch vorzeitig abspringen würden, aber der angerichtete Schaden war nicht mehr gutzumachen. Und er weckte so schmerzliche Erinnerungen. Der Anblick war unerträglich.

Ich wandte mich ab und ging ums Haus herum. Allzu viele leidvolle Ereignisse der letzten Zeit schienen in gewisser Hinsicht die Folgen irgendeiner Handlung Welds zu sein. Vielleicht sollte ich bei ihm ansetzen. Am Anfang schuf Gott Weld, und Weld war wüst und leer. Doch ich weiß genau, daß ich Weld, so sehr er mich irritiert, gar nicht als Ausgangspunkt betrachten darf. Es hat ihn schon gegeben, bevor überhaupt etwas begann, und ebenso wird er das Ende überdauern. Er repräsentiert lediglich das Rohmaterial der Menschheit, den ursprünglichen Eigentümer jenes unerschlossenen Gebietes, das wir Paradies nennen.

Auch Lucio LoPresti war kein Anfang. Auch ihn gab es hier schon, Fertigexemplar, Probestück, Modell und warnende Vorankündigung, wiewohl ich ihn nicht gleich als solche erkannt und ihm auch nie meine Sympathie entzogen habe.

Wo soll ich dann beginnen? Mit Curtis' Leben und Tod, der uns entwurzelte und auf die Wanderschaft schickte? Nein, meinen Sohn will ich nicht noch einmal analysieren. Ich habe es so oft getan, und es war stets ein fruchtloses Bemühen. Außerdem hat nichts von dem, was mich jetzt beschäftigt, etwas mit der Zeit vor unserer Übersiedelung zu tun, ehe ich mich als Literaturagent zur Ruhe setzte. Als wir diesen Zufluchtsort gefunden und uns hier niedergelassen hatten, traten wir in ein winterschlafähnliches Stadium ein. Wir mieden komplizierte Gefühle, und wir hatten unser Gedächtnis anästhesiert. Die Tage verrannen wie Honig, der von einem Löffel fällt. Aufregungen, Ärger mit den Nachbarn und alle Ansprüche, die die Welt draußen an uns stellen mochte, waren nicht mehr für uns als ein Fliegengesumme, das unser wohliges Dahindämmern unterstrich. Es bedurfte schon anderer Dinge, um uns aufzuwecken – zuerst eines anhaltenden lauten Weckerklingelns und dann einer sachten Berührung.

Den Wecker hörten wir vor einem Jahr. Doch richtig wach wurden wir erst im vergangenen März, als uns die Lippen streiften.

2

Für Spaziergänge eignet sich diese Gegend wenig. Bei nassem Wetter ist der Lehm wie Teer, und während des Sommers und im Frühherbst sind die Wiesen mit allen möglichen Arten unangenehmer, stachliger, kratzender Samen gespickt, so daß wir uns auf Straßen und Wege beschränken. Doch wenn ein Regenschauer das Unkraut niedergedrückt und junges Gras hervorgelockt hat, ohne den Boden aufzuweichen, dann kann eine Querfeldeinwanderung herrlich sein.

Im letzten Jahr kam der Regen genauso früh wie in diesem, und im Oktober konnte man uns regelmäßig nachmittags draußen sehen; ein kahler Kopf hinter einem weißhaarigen Kopf, rustikaler Kord hinter rustikalem Tweed, ich einen derben Stock in der Hand, den ein irischer Dichter einmal in unserer Wohnung hatte stehenlassen. Wir passierten zuerst die Umzäunung der Shieldschen Weide und hielten uns dann an den Pfad, den Julie LoPrestis schwarzer Wallach ausgetreten hatte – zwei gleichmäßige Rinnen, die von Skiern hätten stammen können. Dieser Pfad führte zunächst zu einem zertrampelten Fleck unter einer Eiche, wo der Wallach fliegenwedelnd im Stehen zu schlafen pflegte, und folgte anschließend dem Zaun, der die Weide von Welds Aprikosengarten trennt.

Die Shields, denen die Weide gehört, sind seit einem Jahr im

Ausland. Man passiert den Weg, der zu ihrem Haus führt, biegt nach links ab, dann wieder nach rechts und kommt am LoPrestischen Eingang vorbei. Fast jeden Nachmittag konnten wir Julie drunten in der Ringbahn reiten oder ihr Pferd striegeln sehen, während Lucio beim Haus Backsteine für einen neuen Anbau aufschichtete (Ruth bezichtigte ihn, nachts all das wieder einzureißen, was er am Tage aufeinandersetzte) und Fran im Patio eine ihrer Treibholzskulpturen mit dem Beitel bearbeitete oder träge daran herumschmirgelte – manchmal im Schatten des Sonnenschirms, manchmal unter dem Schutz eines Strohhuts.

Von Lucio und Fran ein Winken, ein Zuruf, eine Frage. Von ihrer Tochter nichts. Sie war durchaus nicht kurzsichtig, aber sie brachte einfach kein Lächeln zustande und hatte keine Lust, auf das Geschwätz irgendwelcher Nachbarn zu achten, die sie nicht interessierten. Julie war ein mürrisches Mädchen, fünfzehn oder sechzehn Jahre alt, ein wenig flachbrüstig, breit im Hinterteil. Sie legte ihrer Mutter gegenüber eine undefinierbare, wilde, kalte Feindseligkeit an den Tag, betrachtete ihren Vater mit geringschätziger Toleranz und hing mit leidenschaftlicher Liebe an ihrem Wallach. Damit erschöpfte sich meines Wissens ihr Gefühlsleben im letzten Oktober. Inzwischen dürfte ihr Empfindungsvermögen eine Bereicherung erfahren haben.

An irgendeinem Tag im letzten Herbst machten wir also wieder einmal diesen Spaziergang. Lucio winkte, Fran, über eine Art Mosaikplatte gebeugt, die auf einem Sägebock lag, wedelte mit behandschuhten Fingern. Julie sahen wir nicht – sie war offenbar noch nicht aus der Schule zurück –, aber das Pferd streckte bereits wartend den Kopf über das Gatter. Wir bogen in den Hangweg ein, wo sich gerade die Rinde der mächtigen Gummibäume zu schälen begann und die heruntergefallenen, von durchfahrenden Wagen zerquetschten Kapseln ihren stechenden Geruch verbreiteten, der mich immer an die Grippeepidemie des Jahres 1918 erinnert, weil wir damals Gazemasken trugen, die mit diesem penetranten Öl getränkt waren. Wir kamen am Reitstall vorbei, dann ging es weiter in einer vom Regen ausgewaschenen Rinne, die nach Lorbeer und Salbei duftete, und auf dem Eichenweg den langgestreckten Hügel hinauf, bis wir zu einem windigen Plateau gelangten: Unter uns hier und da ein Streifen Wald, zwischen uns und dem Berg sanftgewellte Hügel.

Es ist eine Szenerie, die Größe atmet, wiewohl sie nichts Gigantisches aufzuweisen hat, und ich fand es immer tröstlich, daß diese kleinen Berge, wie auch alles andere ringsum, ungemein lebendig sind – und damit so bezeichnend für Kalifornien. Wie es heißt, wird die Kette alljährlich um etwa einen halben Zoll höher und wandert gleichzeitig um ein ungefähr ebensogroßes Stück nordwärts. Eine Parabel für Leute im Ruhestand. Raste und überlaß es der Welt, sich zu bewegen.

Vor uns und zu unserer Rechten wellten sich die Hügel gegen die Bucht von San Francisco hinab. Dächer, Bäume und Straßen verwoben sich dort unten zu einem unentwirrbaren Muster; in der smogfreien, klaren Luft konnten wir deutlich die Brücken erkennen – Dumbarton, San Mateo, sogar die Oakland-Bay-Brücke – und in weiter Ferne auf dunstigen Hügeln das endlose Weiß großstädtischer Expansion. Von den tausend Straßen des Tals drang das leise Dröhnen des Verkehrs herauf. Ein bißchen mehr Bevölkerungsdruck, eine bessere Wasserversorgung, wie sie Tom Weld anstrebte, und unsere einsame Insel würde – in Tausendquadratmeter-Parzellen aufgeteilt – nur noch eine glückliche Erinnerung sein.

Wenn ich drei Wünsche verwirklichen dürfte – es genügte auch einer –, dann würde ich die ganze Erschließungsaktivität stoppen und die Grundstücksmakler zwingen, wieder Aprikosen zu züchten.

Ein langgestreckter Hang führte uns in den Wald hinunter. Die üppige Vegetation des Sommers hatte den breiten Reitpfad, der das Dickicht am Bachbett durchzog, halb überwuchert. Giftsumachwedel hingen über dem Weg, vertrocknete Gurkenranken und Winden verwoben das seitliche Buschwerk zu einer kompakten Mauer. Der Boden, bei Feuchtigkeit von Pferdehufen gezeichnet, war wieder zu Beton erstarrt. Unter einer Eiche liefen wir in eine ganze Brut Miniermottenraupen hinein, die an ihren Fäden herabbaumelten, und Ruth fuhr sich noch immer angewidert übers Gesicht, als wir zu dem abgebrochenen Uferstück gelangten, wo der Reitpfad das Bachbett zwischen dem Thomasschen Cottage, das damals leerstand und zum Verkauf angeboten war, und unserer südlichen Grundstücksgrenze überquerte. Wir rutschten hinunter und zogen uns drüben an frei liegenden Wurzeln hoch.

Und dann kam der Schock, ein Stocken des Herzens und gleich darauf das Hämmern des Pulses. Denn dort in dem stillen Bachgrund, wo allenfalls einmal ein Reiter vorbeikam und die einzigen Radspuren von dem Mann stammten, der periodisch unsere Brunnenpumpe überwachte, stand das Motorrad, und auf dem Sitz hockte dieser Mensch in einem orangefarbenen, mit bauschigen Reißverschlußtaschen gespickten Hubschrauberdreß. Der vordere Reißverschluß war bis zum Nabel herunter aufgezogen und entblößte eine haarige Brust, die in einen dunklen, dichten Bart überging.

Caliban.

Wir überraschten ihn bei weitem nicht so sehr wie er uns; ich hatte das Empfinden, daß er absichtlich lautlos dagesessen hatte, um uns zu erschrecken. Wippend, hin und wieder die Stiefelspitzen aufstützend, um das Motorrad in Balance zu halten (bestimmt staken in diesen Stiefeln spalthufige Füße), saß er da und betrachtete uns. Er war jung, nicht älter als zwei- oder dreiundzwanzig. Sein Haar war lang, zerzaust und von verfilzter Glätte, wo es der Helm, der jetzt an der Lenkstange hing, zusammengedrückt hatte. Es quoll über den Kragen, fiel tief in die Stirn und verbarg die Hörner. Aus dieser Haarfülle heraus schimmerten ungewöhnlich große, glänzende braune Augen, und sein unregelmäßiges Gebiß, dessen Eckzähne lang und spitz herausragten, war zu einem lauernden, beinahe irren Grinsen entblößt. Auf seinem Motorraddreß und dem zottigen Kopf huschten unruhige grüne Schatten und warmgelbe Lichtflecken hin und her, wenn sich die Lorbeerzweige über ihm im Wind wiegten. Er knarrte bei jeder Bewegung wie ein Pferdesattel und roch wie ein verwahrloster Turnhallenschrank.

Die schwache Brise erfaßte nur den Baumwipfel; unten regte sich kein Lüftchen. Das wilde Kunterbunt der Gerüche – die ranzige Ausdünstung dieses jungen Mannes, Lorbeerblätter, zerquetschte Gräser, heißes Öl, Benzin – hätte, so fand ich, gut zu einem Bacchanten-Lager gepaßt, wenn Bacchanten Motorräder benutzten. Ich war mir über diesen Burschen trotz seiner regungslosen Haltung und des lauernden Grinsens nicht eine Sekunde im Zweifel. Wenn ich je die verkörperte Anarchie gesehen habe, so ganz gewiß in diesem Augenblick. Er strahlte einen Geist aus, der so exzentrisch, abenteuerlich und dionysisch war wie sein Geruch, und Augen wie die seinen waren mir nicht mehr begegnet, seit mich einmal in Beirut ein Taschendieb beim Kauf eines Schmuckstücks beobachtete.

»Verirrt?« fragte ich.

»O nein.« Er hatte eine weiche, geschmeidige Stimme. Seine Hand schlüpfte durch den offenen Reißverschluß und kratzte behaglich an den Rippen.

»Ich habe Ihr Motorrad gar nicht kommen hören.«

»Ich bin schon eine ganze Weile hier.«

Da er zweifellos wußte, daß er widerrechtlich auf fremdem Grund und Boden stand und eigentlich in mir den Eigentümer vermuten konnte, wartete ich auf eine Erklärung. Als er schwieg, erkundigte ich mich in etwas schärferem Ton: »Und was haben Sie hier gemacht?«

Sein Grinsen wurde breiter, und die Augen vollführten eine beredte Aufwärtsdrehung; es sah aus, als wollte er in Lachen ausbrechen. »Meditiert«, antwortete er. »Unter Ihrem Lorbeerbaum.«

Das war ebenso phantastisch wie der Hubschrauberanzug. Und obendrein sprach er in einer duldsam-amüsierten Art, die zum Ausdruck brachte, er sei sich völlig klar darüber, daß ich ihm in keiner Weise folgen könne, lege aber auch nicht den mindesten Wert darauf. Ich sagte: »Ich habe noch nie von jemandem gehört, der auf einem Motorrad meditiert hätte.«

Vermutlich hatte meine Stimme einen etwas verächtlichen Klang. Ich habe darüber seit jenem Nachmittag mehr als einmal nachgedacht und mir überlegt, ob wir, wenn ich mich freundlich und gefällig gezeigt hätte, nicht vielleicht doch – wie Marian und auch Ruth glaubten – mit gutem Einvernehmen begonnen und geendet haben könnten statt mit Mißtrauen und Abneigung. Aber es hatte mich aus dem Gleichgewicht gebracht, ihn dort unten in dieser friedlichen Umgebung anzutreffen; alles an ihm, von der Abneigung gegen Körperpflege bis zu seinem Beförderungsmittel, war eine unmittelbar auf mich abzielende Drohung, und ich mußte mich einfach dagegen zur Wehr setzen. Seine glänzenden Augen streiften mich – oh, er war hellwach und behend, ihm entging nichts –, und er sagte in jenem Ton, an den ich mich nur allzugut erinnerte, dem Ton eines Sohnes, der seinen Unmut angesichts des überkritischen Vaters nicht ganz bezähmen kann: »Wenn Sie ein bißchen genauer hinschauen, werden Sie feststellen, daß das eine Honda, keine Harley ist. Nicht jeder, der ein Motorrad fährt, ist ein *Hell's Angel.*«

Nein, hätte ich am liebsten erwidert, und wer fremdes Eigentum betritt, erwirbt sich damit noch lange nicht das Recht, rotznäsig zu werden. Aber ich blieb stumm, denn nun mischte sich Ruth ein, und er konnte aus ihrer leisen, interessierten Frage sicherlich genau dasselbe heraushören wie ich: Schwäche, den Versuch zu begütigen – einen Riß im Harnisch des alten Schweinehunds. »Woher wußten Sie denn, daß es *unser* Baum war?«

»Sind Sie Mrs. Allston?«

»Ja.«

»Na ja, bei nur zwei Briefkästen standen die Chancen fünfzig zu fünfzig.«

Aus irgendeinem Grund ärgerte mich sogar die Vorstellung, daß er unseren Namen auf dem Briefkasten gelesen hatte. Was erlaubte er sich eigentlich? Wie kam er dazu, in anderer Leute Besitz herumzuschnüffeln? »Sind Sie etwa am Thomasschen Haus interessiert?« fragte Ruth weiter. »Ich glaube nämlich, wenn Sie das besichtigen wollen, müssen Sie sich vorher anmelden.«

»Nein, nein, das Haus interessiert mich nicht.« Vielleicht waren es nur die leicht verengten Augen, die mich auf den Gedanken brachten, er erwöge einen strategischen Schritt. In sanftestem Ton erklärte er: »Ich war schon einmal hier. Es ist ein idealer Ort, um ungestört dazusitzen und sich vom Wind durchblasen zu lassen.«

Gegen seine Motive konnte ich nichts vorbringen. Die Umgebung war idyllisch, und er brauchte wirklich eine Durchlüftung. Aber ich wollte nicht, daß er eine allzu große Vorliebe für diesen Fleck entwickelte und aus seinen Meditierbesuchen eine Regel machte, denn ich spürte fast panikerfüllt – panikerfüllt? ja, so war es –, daß, seit er seinen Huf in den weichen, trockenen Teppich unter dem Lorbeerbaum gesetzt hatte, eine Gefahr für den Frieden dort lauerte. Vorsicht, Vorsicht, jede Berührung meiden, das war das beste.

»Sind Sie Student?« fragte Ruth.

»Ja.« Er brachte es fertig, daß es wie das Bekenntnis klang, sein Hubschrauberanzug verhülle Schankergeschwüre.

»Im wievielten Jahr?« erkundigte sich Ruth.

»Graduiert.«

»Und was studieren Sie?«

»Philosophie.«

»Philosophie! Das ist sicher hochinteressant.«

»Ja«, sagte Caliban. »Sicher.«

Sein Grinsen, so stellte ich fest, war, seit er meinen feindseligen Ton bemerkt hatte, zu einer beinahe blöden Grimasse erstart; sie stand in keiner Beziehung zu seinen lebhaften, forschenden Augen oder zu seinen letzten Worten, die er voll Abscheu hervorstieß, so, als spucke er etwas ungeheuer Ekelerregendes aus. Seltsamerweise ließ ihn dieser Abscheu harmloser und jünger erscheinen: ein verspäteter Jugendlicher, der seine noch unausgegorene Männlichkeit durch Bart und Motorrad – beides nicht mehr besonders originell – und seine dramatisierte Protesthaltung durch Unsauberkeit und langes Haar – ebensowenig revolutionär – kundzutun suchte und sich durch den orangefarbenen Anzug davor schützte, übersehen zu werden. Mochte dieser Dreß auch immer noch individualistischer sein als die speckigen Jeans und die schwarzen Lederjacken des Motorradkorps oder die Kampfjacken, die bauschigen Khakihosen und die Jesussandalen der Außenseiterzunft, ich hätte ihn trotzdem aus Ingredienzen, wie sie jedes x-beliebige Lokal in der Nähe eines Campus bot, leicht zusammensetzen können und ihm gegen eine kleine Gebühr noch ein Motto geliefert:

ANGEWIDERT? SETZ DICH ZUR WEHR. SEI WIDERLICH!

Als er die rechte Hand auf der Lenkstange durchbog, kamen auch, ganz erwartet, lange, hornige Nägel an Mittel- und Zeigefinger zum Vorschein. Ein Gitarrenzupfer natürlich, ein Freund des unverfälschten Volkes, von dem er eine ebenso mystische Vorstellung hatte wie der Kommunist des Jahres 1931 von den Massen. Wer wollte ihn davon überzeugen, daß es sich bei diesem »einfachen« Volk, das schlichte, ungekünstelte Lieder sang, um die gleichen Leute handelte, die diskriminierten und segregierten, lynchten, mit Schnappmessern kämpften, vulgarisierten, was immer sie anfaßten, Notgroschen zurücklegten, auf Kredit kauften, jedem Slogan verfielen, Kitsch liebten, ein sentimentales Mutter-Image hochhielten, keine Folksongs kannten, Bärte verabscheuten und die Entlassung von Schuldirektoren forderten, denen Salingers *Fänger im Roggen* als Lesestoff für Oberschüler geeignet schien? Ich wußte Bescheid über »das Volk« – denn ich entstammte ihm. Woher Caliban kam, konnte ich natürlich nicht wissen, aber ich vermutete, daß er so etwas wie ein Extrakt aus allen möglichen Büchern war. Wenn ich seine Satteltaschen öffnete, würde ich wahrscheinlich allerlei Abhandlungen über Zen in trautem Verein mit Kierkegaard und anderen Philosophen vorfinden. Und ein Playboy-Heft.

Er war ein typisch amerikanisches Produkt, authentischer Zwanzigstes-Jahrhundert-Mischstil, in Massenherstellung mit austauschbaren Einzelteilen gefertigt. Doch daß ich ein klares Bild von ihm hatte, machte ihn nicht sympathischer. Es war also eher Widerwille als Furcht – Widerwille und die Tatsache, daß ich in ihm und allem, woran er mich erinnerte, eine unerträgliche Geduldsprobe sah –, was mich veranlaßte, Ruths Arm zu nehmen, um sie zum Weitergehen zu bewegen. Zu Caliban sagte ich: »Es wäre besser, wenn Sie nicht allzuoft hierher kämen. In das dürre Gras hier braucht nur eine Zigarette zu fallen, und die Katastrophe ist da.«

»Ich rauche nicht«, entgegnete er. Das Grinsen hing unverändert um seinen bärtigen Mund, aber seine Augen hatten mehr denn je den Ausdruck eines Menschen, der dabei ist, einen Erfolg zu verbuchen. Sie sagten mir, daß er sich nicht vor mir fürchtete, daß ihm glatzköpfige alte Dreckskerle meiner Art vollkommen Wurst seien und daß ich es nie wagen würde, ihm etwas abzuschlagen.

»Trotzdem«, murmelte ich und steuerte mit Ruth an ihm vorbei.

Wir waren vielleicht sechs Meter weit gelangt, als ich den Starter niedergehen hörte und der Motor ansprang. Und dann war er neben uns; er fuhr so langsam, daß er schwankte und mit den Füßen nachhelfen mußte, um das Motorrad in Balance zu halten. Er grinste noch immer, und er sagte irgend etwas.

Ich blieb stehen. Er redete weiter, aber der Motor übertönte alles. Daraufhin begann er noch einmal von vorn und ließ dabei wie spielerisch den Motorlärm anschwellen. Nur nicht ärgern, ermahnte ich mich, das will dieser Kerl ja nur erreichen. Ich wartete also, und er wartete, eine haarige groteske Figur mit feixenden Augen und grinsendem Mund. Als wir uns wieder in Bewegung setzten, stellte er den Motor ab.

»Was ist?« fragte ich.

». . . eine Bitte an Sie.«

Eine Bitte. Aber so anmaßend wie nur möglich, um jeglichen Anschein von Kriecherei oder Inferiorität auszuschalten. Seinem Ton nach hätte er gesagt haben können: »Du kannst mich mal, du alter Scheißkerl« – und ich war überzeugt davon, daß er das auch gesagt hätte, wenn es ihm darum gegangen wäre, unverhüllt seine Meinung zu äußern. Und woher rührte diese Feindseligkeit? Fachte ich sie an, oder bestand sie einfach zwischen uns wie das Mißtrauen zwischen Katze und Hund?

»Ich wollte Sie fragen, ob ich hier kampieren könnte«, sagte er.

Er hatte zumindest die Gabe, einen zu überraschen. *»Kampieren?«* wiederholte ich verblüfft. »In einem Zelt?«

»Vielleicht. Für Regentage müßte ich mir natürlich irgendeinen Unterschlupf schaffen.«

»Hat Ihr College keine Studentenheime?«

Er verdrehte nur seine feuchten, glänzenden Augen, legte den Kopf schief und zog die Lippen zu einem runzeligen Punkt zusammen, der mich an das Hinterteil eines Puters erinnerte.

»In der Stadt gibt es doch auch möblierte Zimmer.«

»Ich habe mich offenbar nicht klar ausgedrückt«, sagte er mit unschuldiger Miene. »Ich möchte *kampieren.«*

»Nein«, erklärte ich, »das kommt nicht in Frage.«

»Joe...«, murmelte Ruth. Caliban ließ ein paar Sekunden verstreichen, um zu sehen, ob sie weitersprechen würde – er las in uns, wie ein Seemann in den Wetterzeichen liest –, und erkundigte sich dann sehr gelassen, so, als unterhielten wir uns über völlig neutrale Dinge: »Warum kommt das nicht in Frage?«

Vielleicht hätte ich ihm unverblümt sagen sollen, er sei hier ganz einfach unerwünscht, was er im übrigen bereits gemerkt haben mußte. Statt dessen suchte ich bei fadenscheinigen Gründen Zuflucht. »Feuersgefahr«, antwortete ich. »Sanitäre Probleme. Unser Brunnen liegt genau dort drüben.«

»Ich habe ihn gesehen«, sagte er. »Aber ich dachte an die andere Seite des Bachbetts. Wenn Sie ein Stück mit mir zurückgehen, zeige ich es Ihnen.«

»Es ist völlig zwecklos.« Doch Ruths Hand preßte meinen Arm, ihre Augenbrauen waren hochgezogen, sie zuckte mit den Achseln. Caliban entschlüsselte ihre Zeichen genauso gut wie ich. Er stellte seine Honda auf den Kippständer und führte uns wieder zu dem Lorbeerbaum. Sein Rücken erinnerte an exotische Vögel mit buntem, glänzendem Gefieder, und ich murmelte: »Du lieber Himmel, ich komme mir vor, als wäre ich Marsmenschen in die Hände gefallen.« Ruth schwieg.

Gegenüber dem Lorbeerbaum gabelte sich der Grund in zwei Täler, jedes mit seinem ausgetrockneten Bachbett – senkrecht einschneidenden Gräben von etwa drei Meter Breite und vier Meter Tiefe –, die sich zwischen uns und dem Thomasschen Haus zu einem breiteren, ebenso tiefen Hauptgraben vereinigten. Der Reitpfad überquerte ein wenig unterhalb dieser Stelle den Schaft des Y. Das Dreieck umschloß ein kleines, von Giftsumach überwuchertes Plateau, auf dem zwei mächtige, mit zähen Sumachranken umwickelte Eichen standen. Im Hintergrund erhob sich fast so steil wie ein Kliff der mit Buschwerk und Bäumen dicht bewachsene Hügel.

»Dort drüben«, sagte Caliban.

Ich mußte lachen. Es war so bezeichnend – einen derartigen Platz hätten sich Zwölfjährige für ein Waldversteck ausgesucht. »Da bräuchten Sie Flügel.«

»Lassen Sie das nur meine Sorge sein.«

»Ach ja? Und warum ausgerechnet dort? Warum nicht zum Beispiel unter diesem Baum?«

»Weil man da drüben den Hügel im Rücken und das Bachbett vor sich hat und niemand an einen herankommt.«

»Ist denn jemand hinter Ihnen her?«

Er schien sein Lächeln überhaupt nie abzulegen. »Ich möchte nicht von jedem x-beliebigen belästigt werden.«

Wenn *wir* es ebenso gehalten hätten, dachte ich, würden wir jetzt nicht dieses absurde Gespräch führen. Ich hätte ihn gern daran erinnert. Doch ich bemerkte lediglich, außer uns komme niemand in diese Gegend. Und sein Blick verriet mir sofort, daß gerade wir es waren, die er meinte. Er machte es unmißverständlich klar, indem er sagte: »Ich würde Ihre Zurückgezogenheit respektieren und erwarten, daß Sie die meine respektieren.« Nach einer Sekunde der Verblüffung erlaubte ich mir, laut aufzulachen. Das Grinsen um seinen Mund vertiefte sich. Er sagte: »Es scheint Ihnen doch sehr viel daran gelegen zu sein, nicht gestört zu werden. Sie haben immerhin ein PRIVATWEG-Schild aufgestellt.«

»Ja«, antwortete ich. »Ich glaubte eigentlich, Sie hätten es übersehen.«

Hinterhältig strahlende Miene, unverändert wachsame Taschendiebaugen. Um meiner abschlägigen Antwort etwas Endgültiges zu geben und sie zugleich ein wenig akzeptabler zu machen, fuhr ich fort: »Das Zeug da ist im übrigen alles Giftsumach.«

»Ich würde ihn ausgraben. Ihren Besitz verbessern.«

Es klang wie eine Herausforderung, und ich hätte sie auch angenommen, wenn nicht plötzlich von Ruth der treulose Einwurf gekommen wäre: »Wie würden Sie sich denn Wasser beschaffen?«

»Der Tank beim Brunnen hat einen Hahn. Ich würde pro Tag nicht mehr als einen Eimer voll brauchen.«

»Und wie steht's mit sanitären Einrichtungen?« erkundigte ich mich, obwohl ich wußte, daß ich mich nicht einmal soweit mit ihm hätte einlassen sollen, unbeantwortbare Fragen zu stellen; es wäre viel besser gewesen, die ganze Sache mit einem Wort zu beenden.

»Dafür gibt es ungelöschten Kalk«, antwortete Caliban. »Das Klo ist kein Problem.«

»Sie haben alles gelöst, wie?«

»Über diese Dinge habe ich nachgedacht, während ich hier saß.«

Ruth – das merkte ich genau – bedrängte mich mit der stummen Frage, was es uns ausmachte, wenn wir einem Studenten diesen unkrautüberwucherten Fleck überließen. Nun mußte ich mich also gegen beide zur Wehr setzen. Ich erwähnte noch einmal die Brandgefahr. Auch wenn er nicht rauchte, er würde ja schließlich kochen müssen. Er antwortete, er kenne jemanden, der ihm einen Campingkocher leihen könne, und selbst den würde er nicht oft benutzen, weil er sich in der Hauptsache von Nüssen und Obst ernähre.

»Junge, Junge«, erwiderte ich. »Einfaches Leben, tiefe Gedanken und eine proteinarme Kost.«

»Genau.«

»Und zum Teufel mit der ganzen ausgedienten Klimaanlagenzivilisation.«

»Richtig.«

»Allmächtiger Gott«, sagte ich. »Haben Sie etwas dagegen, wenn ich Ihren Fall kurz resümiere?«

»Nur zu.«

»Also«, sagte ich und begann an den Fingern abzuzählen. »Sie treten Ihre geistige Weltflucht in einem fabrikmäßig hergestellten, mit chemischen Mitteln wasserdicht gemachten Zelt an. Ungelöschter Kalk – ein Industrieprodukt – ersetzt Ihnen das Spülklosett. Ein anderes Industrieprodukt, nämlich meine elektrische Pumpe, müßte Ihnen das nötige Wasser beschaffen. Ihren Tee bereiten Sie auf einem Benzinkocher zu – geliehen, aber nichtsdestoweniger in einer Fabrik gefertigt. Als Fortbewegungsmittel benutzen Sie ein in Japan hergestelltes Motorrad; es ist durch ein kompliziertes internationales Handelssystem, das auf einem ebenso komplizierten System politischer Übereinkünfte und Verträge basiert, zu Ihnen gelangt. Die Rosinen, von denen Sie sich ernähren, sind ein Massenprodukt. Desgleichen die gesalzenen Erdnüsse. An den Abenden – ich sehe, Sie spielen Gitarre – suchen Sie bei einem Instrument Entspannung, das aus einer Fabrik stammt. Nennen Sie *das* Abkehr von der Zivilisation?«

Calibans grinsender Mund runzelte sich während meiner Rede, und erneut drängte sich mir der Gedanke auf, wie sehr doch solche bartumwucherte Lippen einer gewissen anderen Körperöffnung ähnelten. »Warum kümmert Sie das?«

»Ich frage mich nur, was Sie die ausgediente Klimaanlagenzivilisation mit falscher Weltentsagung lehren wollen.«

»Überhaupt nichts. Man lebt nur einmal. Und ich werde mein Leben bestimmt nicht damit zubringen, einer beschissenen Zivilisation Lehren zu erteilen.«

»Zur Hölle mit ihr.«

»Sehr richtig.«

»Solange sie Ihnen die fünfhundert Kilo Stahl, die zweihundert Kilo Zement, die hundert Kilo Salz, die fünfzig Kilo Phosphat und den Rest der zwanzig Tonnen Zeug liefert, die in dieser Gesellschaft nötig sind, um einen Menschen – selbst wenn er vorgibt, ihr den Rücken zu kehren – ein Jahr lang zu unterhalten. Ein paar moderne Annehmlichkeiten sind eben doch nicht zu verachten, wie?«

»Wenn ich sie haben kann, schön. Aber ich komme ebensogut ohne sie aus.«

Er war zweifellos ganz davon überzeugt, es ernst zu meinen. Ich hätte ihm erzählen können, daß selbst dieses mit Giftsumach überwucherte Stück kalifornischer Erde noch rund fünfundsiebzig Dollar Steuern jährlich kostete, doch hier war jedes Argument sinnlos. Es strapazierte meine Nerven, zuzusehen, wie er da so hartnäckig, provokatorisch und grinsend herumstand und Unsinn in Wirklichkeit verwandelte, indem er sich einfach weigerte, auf irgend etwas anderes zu hören als auf das Ticken seines krausen Gehirns. Trotzdem hatte er in seiner verrückten Art ein paar Ansichten zum Ausdruck gebracht, die ich teilte, und mich beschlich das unbehagliche Gefühl, daß ich, indem ich seine Blößen aufdeckte, zugleich mich selbst anprangerte. Immerhin hatte ja auch ich mich aus unserer allzu technisierten Gesellschaft zurückgezogen und lebte nun in einer als »Privatweg« gekennzeichneten Sackgasse. Und unsere Diskussion einschließlich der kaum verhüllt darin mitschwingenden feindseligen Verachtung erinnerte mich an viele fruchtlose Diskussionen der Vergangenheit.

»Na«, sagte ich, »das ist sowieso nur eine rein akademische Debatte.«

Und wie so oft sprang Ruth genau in dem Moment, in dem ich den Schlußpunkt setzen wollte, auf ein anderes Thema über. Sie spielte noch immer die reizende alte Dame, die sich für die Fragen der Jugend interessiert, aber es war nicht alles nur Komödie. Sie war in diesem Fall wirklich neugierig. Woher stammte er? Wo wohnte er, und weshalb wollte er lieber hier draußen leben?

Seine weiche, flexible Stimme berichtete, wobei er von Zeit zu Zeit eine Augenbraue hochzog. Er beobachtete uns unausgesetzt. Er kam aus Chicago. Wo wohnte er? Nirgends. Wer brauchte schon die *In-loco-parentis*-Universität? Was war denn eine Universität? Im eigentlichen Sinn doch nichts anderes als Studenten und Lehrer. Man packte also eine Zahnbürste, ein zusätzliches Paar Socken und einen Schlafsack zusammen und trug sein Obdach ständig bei sich, sogar in den Vorlesungen. Wollte man duschen, so ging man zum Sportgelände hinüber. (O weh, dachte ich, wie viele ungenutzte Gelegenheiten.) Nachts fand sich unter Bäumen oder im Stadion immer ein Plätzchen. In der letzten Woche hatte er die Nächte ausnahmslos im Theatersaal zugebracht, wo man die Annehmlichkeit gepolsterter Sitze genoß, andererseits aber auch viel Zeit vergeudete, weil man, bevor die Proben endeten und der Saal abgeschlossen wurde, ein Versteck finden mußte. Zudem waren die Pedelle Frühaufsteher und schon um sieben im Dienst. Man erzählte sich, daß es Wege gebe, über die Heizungsanlagen in die Gebäude einzudringen, doch Caliban hatte nicht weiter nachgeforscht. Ihn interessierte mehr diese Camping-Idee.

Sein Vortrag brachte ihn in Fahrt. Seine Stimme wurde lebhafter, und die langen, schmalen Hände suchten dem zigeunerhaften Studentendasein bildhafte Form zu geben. Und die ganze Zeit beobachtete er mich, um zu sehen, ob er Erfolg hatte oder nicht.

»Bewundernswert, wirklich, was Sie alles tun, nur um eine Ausbildung zu bekommen!« bemerkte Ruth. Er wandte ihr seinen Kopf mit der wallenden Mähne zu, heftete die blanken Augen auf sie und spitzte die Lippen, als überlege er, ob sie sich wohl über ihn lustig machte. Natürlich tat sie das, aber um das herauszufinden, mußte man klüger sein als er. Nach einer abwartenden Pause fuhr er fort:

»Eines Abends verjagte uns die Polizei vom Campus; ich schlief hier draußen. Genau unter diesem Baum. Vogelstimmen am Morgen, Tau auf den Blättern, ein richtiges Idyll.« Seine Augen huschten wie Krabben zwischen Tang und Moos flink zu mir herüber. »Ich hätte seitdem jede Nacht hier schlafen können, ohne daß es jemandem aufgefallen wäre«, sagte er.

Was war das? Scheinheilige Offenheit? Eine Drohung? »Vermutlich«, entgegnete ich trocken. »Jetzt könnten Sie es allerdings nicht mehr.«

Er stand knapp zwei Schritte von mir entfernt und kratzte sich an der haarigen Brust. Wieder hatte ich den Eindruck, daß er sich mit Vorbedacht abstoßend oder auch abwechselnd einnehmend und abstoßend betrug, als wollte er zwar meine Zustimmung, aber nur meine widerwillige oder sogar feindselige Zustimmung – als sei sie ihm mehr wert, wenn sie der Abneigung entsprang. Er würde nur das von mir zu erreichen suchen und keinerlei Versprechungen machen, und wenn ich mich weigerte, würde er trotzdem auf meinem Grund und Boden leben.

Ruths suggestive Gedanken durchbohrten mich wie Laserstrahlen. Entgegen aller Vernunft beschlich mich das unsinnige

Gefühl, daß es kleinlich von mir sei, eine Idee so hartnäckig zurückzuweisen, der ich, wenn mir die Art dieses jungen Mannes sympathisch gewesen wäre, ohne Bedenken beigepflichtet hätte. Mein verräterischer Verstand sagte mir, daß das Plateau dort reines Ödland war, aller Nutzung entzogen, fernab vom Reitpfad, unerreichbar selbst für umherstreifende Jungen.

»Joe«, murmelte Ruth.

Ich bin so dumm wie eh und je, dachte ich, und ich werde es ganz sicher bereuen. »Na gut«, sagte ich. »Sie können hier kampieren, unter gewissen Bedingungen. Diese Bedingungen sind, daß Sie kein Feuer machen, keinerlei Schußwaffen benutzen, keine Bäume fällen, für eine hygienisch einwandfreie Latrine sorgen und Ihre Konservenbüchsen und den Müll *tief* vergraben. Und vergessen Sie nie, den Hahn an meinem Wassertank zuzudrehen.«

Ich weiß nicht, was ich erwartete – zumindest aber eine etwas veränderte Miene. Doch er betrachtete mich nur, die Braue hochgezogen. »Schön«, sagte er. Kein Dank, kein erfreutes oder verbindliches Wort. Ich streckte die Hand aus; nach einer Weile schüttelte er sie – notgedrungen. Seine Hand war schmal, trocken, hart und packte zu wie Vogelkrallen.

»Wie ist Ihr Name, für den Fall, daß mir die Leute mit Beschwerden das Haus einlaufen?«

»Peck. Jim Peck.« Noch immer derselbe Gesichtsausdruck, kein zwangloses Eingehen auf einen scherzhaften oder freundlichen Ton. Ein leises »Jim Peck«. Weich, sanft, und doch so, als schwänge in der Stimme Spott mit. Noch ehe wir uns abwandten, bedauerte ich bereits, eingewilligt zu haben.

Auf halber Höhe des Hügels – wir gingen langsam, weil er steil war und uns eine gewisse Kurzatmigkeit zu schaffen machte – platzte ich heraus: »Um Himmels willen, warum hast du mich das tun lassen? Du *wolltest* es.«

»Ja.«

»Ich wüßte nur gern, weshalb.«

Sie blieb stehen, vorgebeugt, eine Hand auf das Knie gestützt. Ohne den Kopf zu drehen, sagte sie: »O Joe, das weißt du doch! Du mußt es selbst gespürt haben. Es gibt so viele von der Art, daß sich einem der Gedanke aufdrängt, es müsse sich um etwas handeln, wofür sie nichts können. Was wäre dir lieber gewesen, wenn Curtis irgendwelche Leute um so etwas gebeten hätte – daß sie es ihm erlaubt oder abgeschlagen hätten?«

»Und ich frage mich, ob sie über eine Zusage später glücklich gewesen wären oder sie bedauert hätten . . .«

»Na«, meinte sie, »ich finde es auf jeden Fall gesünder, im Wald zu kampieren, als in Vorlesungssälen zu nächtigen.«

Ein ähnliches Argument hatte sie auch ins Feld geführt, als Curtis anfing, sich für Wellenreiten zu begeistern: »Immerhin ist das noch ein *gesünderes* Leben als dieser Zoo im Village.« Und schau, hätte ich beinahe zu ihr gesagt, wie *das* ausgegangen ist.

Ihr normalerweise so lebhaftes, vergnügtes Gesicht wirkte müde, und als sie weiterging, setzte sie mechanisch einen Fuß vor den anderen, die Augen auf den Boden geheftet. Ich wußte, daß sie annahm, ich hätte mich diesem jungen Peck gegenüber gerade deshalb so gereizt gezeigt, weil er mich an Curtis erinnerte. Eine Chance, dachte sie vermutlich. Ganz gleich, wie verrückt sie sich benehmen, man muß ihnen jede Chance bieten.

Ob sie wohl schon vergessen hatte, wie viele Chancen Curtis gewährt worden waren? Ich konnte mir gut vorstellen – wir sprachen kaum mehr über ihn –, daß sie sich inzwischen eingeredet hatte, eine Chance mehr hätte ihn gerettet, daß sie glaubte, er sei gerade dabei gewesen, von seiner moralischen Paralyse zu gesunden, als er ertrank. Und das Bittere war für sie vielleicht, daß er keine Gelegenheit mehr gehabt hatte, dies zu beweisen. Oder meinte sie, unerschöpfliche Nachsicht hätte bewirken können, daß er eine Phase nach der anderen überlebt hätte? Und hatte sie in diesem Mangel an Duldsamkeit immer meine Schuld gesehen?

3

Ich hatte geglaubt, ich könne Jim Peck aus ein paar intellektuellen Modetorheiten, emotioneller Zügellosigkeit und absurdem Narrentum – Ingredienzen, womit man in den letzten zehn Jahren unsere Welt zu verbessern trachtet – zusammenstellen, aber er überraschte mich in gewissem Sinn. Mochten auch alle Idiotien unserer Zeit in seinem Kopf versammelt sein, daneben fand sich noch einiges andere, wie ich sehr bald zugeben mußte.

Einmal war er körperlich zäh. Er hatte nichts von jener affektierten Vorliebe für Kränklichkeit, die mir von Intellektuellen so vertraut war. Zum anderen liebte er manuelle Arbeit. Er verstand sich nicht gut darauf, er war ein ungeschickter Amateur, aber es gefiel ihm; im Grund war er ein echter *Homo fabricans.*

Als ich wenige Tage nach unserer Begegnung den Weg entlangfuhr, erspähte ich hinter den Bäumen etwas Braunes, Bewegung. Ich hielt an einer Stelle, von wo aus ich das Bachbett überblicken konnte. Peck, hager und behaart, mit Jeans bekleidet, erprobte ein verknotetes Seil, das er im Lorbeerbaum aufgehängt hatte. Ein Anlauf, ein Griff, ein Schwung, und er landete in dem hüfthohen Giftsumach auf der anderen Seite; ein Anlauf, ein Griff, ein Schwung, und da war er wieder. Ich merkte, daß er in meine Richtung schaute, ich merkte deutlich, daß er mich sah, aber er hob weder die Hand, noch nickte er. Wahrscheinlich fürchtete er, ich wollte ihn in seiner Ruhe stören. Hätte er sich anders verhalten, so wäre ich vielleicht hinuntergegangen und hätte ihm geholfen. Ziemlich gereizt fuhr ich weiter.

Wir bekamen ihn zehn Tage lang nicht zu Gesicht, doch das überwucherte kleine Plateau lichtete sich ein wenig. Dann hörten wir eines Samstags Hammerschläge, und als ich den Weg hinunterging, um den Briefkasten zu leeren, sah ich unter dem Lorbeerbaum zwei Motorräder. Peck und irgendein anderer bärtiger Genosse waren dabei, eine Art Plattform auf der gesäuberten Fläche zu errichten. Am nächsten Morgen war dort ein Zelt aufgeschlagen. Ein paar Tage später, als wir das spätsommerliche Wetter nutzten, um unseren gewohnten Spaziergang zu machen, und auf dem Reitpfad zurückkamen, entdeckten wir, daß Peck eine Brücke zu bauen begonnen hatte. Da er fort war und nicht protestieren konnte, hielten wir ein wenig Umschau.

Er hatte vier starke Pfosten eingerammt, an jeder Uferseite zwei, und jeweils oben und unten zwei Drahtseile dazwischen gespannt. Auf dem unteren Seilpaar hatte er mit Draht Laufbretter zu befestigen begonnen – eine langwierige Sache offenbar, denn die Arbeit war ziemlich stümperhaft gemacht und allenfalls zu einem Zehntel fertig. Ich setzte einen Fuß darauf, aber es war genauso, als versuchte man über eine horizontale Strickleiter zu gehen.

Wir inspizierten Pecks häusliche Einrichtung also von der gegenüberliegenden Uferseite aus. Er hatte die Plattform wesentlich größer gebaut, als es für das Zelt erforderlich war, und so blieb ihm eine »Veranda« von etwa zwei bis drei Meter Breite und vier Meter Länge. Ein grüner Segeltuch-Gartensessel, eins von diesen fledermausförmigen Dingern, stand darauf und daneben ein Mammutbaumklotz, der als Tisch diente. Auf dem Klotz sah man eine Bierdose. Das Zelt war nicht sehr fachmännisch aufgeschlagen, die Seile zerrten Falten in das Tuch, und die Seitenwände hingen schlaff herab, doch selbst so wirkte das Ganze noch recht gemütlich. Warum, verdammt noch mal, hatten *wir* denn nie daran gedacht, hier ein Camp einzurichten? fragte ich Ruth. Vielleicht sollten wir uns, wenn Peck fortzog, ein Teehaus bauen, ein Teehaus mit einer japanischen Bogenbrücke, damir wir in der regnerischen Jahreszeit herunterkommen, uns eine Kanne Tee brauen und dem so unkalifornischen Geräusch plätschernden Wassers lauschen konnten.

Dann und wann gewährte Peck uns einen Blick auf den Lichtschein seiner Laterne, der durch die Bäume drang, und einoder zweimal erspähten wir auch ihn selbst, wie er vorsichtig einen gelben Plastikeimer mit Wasser über seine Brücke trug oder in der Nähe des Zeltes herumwerkelte. Doch dann kamen so heftige Regenfälle, daß man den aufgeweichten Reitpfad und den Bachgrund nicht mehr gut begehen konnte, und wir sahen ihn nur noch aus gewisser Entfernung; seine An- und Abwesenheit beurteilten wir danach, ob die Honda, mit einer Plane bedeckt, unter dem Lorbeerbaum abgestellt war oder nicht. Als ich einmal während eines Platzregens heimkam und sein beleuchtetes Zelt hinter dem Wasservorhang hervorschimmern sah, beneidete ich ihn fast um diese Mischung von Ausgesetztsein und Geborgenheit. Ich kann mir nichts Schöneres vorstellen, als einer Gefahr oder etwas Unangenehmem nahe zu sein und sich zugleich – am besten durch eigene Vorsorge und Mühen – davor geschützt zu wissen. Alle Zivilisation muß mit diesem Gefühl begonnen haben, und ich konnte Ruth nicht widersprechen, wenn sie sagte, ein Unhold, der, sei es auch auf absurde Weise, den Impuls enthülle, sein eigenes Obdach zu bauen, berechtigte durchaus noch zu einigen Hoffnungen.

Seit unserer Begegnung im Bachgrund hatten wir kein Wort mehr mit ihm gewechselt, aber wir waren uns ständig und manchmal sehr intensiv seiner Gegenwart bewußt. Er suggerierte einem auf eine Art, die mich zuweilen erbitterte, daß er ein x-beliebiger Nachbar sei. Wir schauten zu ihm hinunter, wenn wir fortfuhren oder zurückkehrten; wir hörten den Lärm des Motorrads; wir merkten, wann er zu Hause war und wann nicht. Und wenn wir abends unsere zwanzig Runden um das Haus machten, weil das die einzige Möglichkeit war, uns Bewegung zu verschaffen, ohne durch Schlamm zu waten, hörten wir ab und zu seine Gitarre – und ihr Klang hatte etwas so Entwaffnendes, daß einem in solchen Augenblicken Jim Peck der allernatürlichste und gegebenste Bewohner dieses Hügellands zu sein schien. Eines Morgens nach einem schweren Sturm ertappte ich mich dabei, wie ich fast ängstlich hinüberschaute, um zu sehen, ob er das Unwetter überstanden hatte.

»Es muß doch sehr einsam für ihn sein«, sagte Ruth. »Er scheint gar keine Freunde zu haben, nicht wahr?«

Ich beäugte sie mißtrauisch. »Willst du damit andeuten, daß wir ihn zum Essen einladen sollten?«

Es gelingt mir nicht oft, sie in Verlegenheit zu setzen, aber diesmal brachte ich sie soweit. Sie suchte sich zu verteidigen: »Nun, *so* abwegig finde ich die Idee auch wieder nicht.«

»Vielleicht am Thanksgiving-Tag?«

»Und warum nicht?« erwiderte sie heftig. »Was wäre schon dabei?«

»Du lieber Gott«, sagte ich. »Du bist doch sonst nicht so sentimental. Bildest du dir ein, er sehnt sich da drunten nach häuslichem Komfort? Hast du etwa im Geist bereits seine rührenden Dankesbezeigungen für ein Stück selbstgemachten Obstkuchen entgegengenommen?«

»Er ist jung«, sagte sie verstimmt. »Und er ist ein Mensch.«

»Jung ja, ein Mensch kaum«, entgegnete ich. »Willst du uns vielleicht zu Thanksgiving mit Zen-Kost beglücken?«

»Wenn ich wüßte, wie man so etwas macht, würde es mich nicht stören.«

»Mich schon«, sagte ich. »Ich würde mich bestimmt nicht neben ihn setzen. Und außerdem würde er gar nicht kommen.«

Vermutlich wäre er nicht gekommen, und beinahe sicher hätten wir uns in seiner Gesellschaft fürchterlich gelangweilt. Trotzdem wünschte ich jetzt, ich hätte ihm die Chance gegeben, uns abzuweisen, statt ihn im voraus schon meinerseits abzuweisen.

Irgendwann kurz vor Weihnachten wurde Pecks Isolation gesprengt. Der bärtige Genosse, der ihm beim Bau der Plattform geholfen hatte, fand sich wieder ein, und sein Motorrad stand tagelang neben der Honda. Gleich danach kam ein Volkswagenbus mit einem Nummernschild aus Illinois; er parkte über eine Woche neben der Pforte, die oberhalb des unbewohnten Thomasschen Hauses auf den Pfad führt. Jeden Abend hörten wir Partylärm, Gesang, Banjos und Gitarren. Eines der Mädchen hatte eine so hervorragende Stimme, daß ich fast glaubte, es sei Joan Baez. Wahrscheinlich eine dieser umherziehenden Folksongtruppen, dachte ich. Aber um die vierte Partynacht herum begann die Sache ihren Reiz für mich zu verlieren. »Was glaubt er eigentlich?« sagte ich zu Ruth. »Wir haben ihm doch nicht erlaubt, eine Herberge einzurichten!«

»Ach, es ist doch nichts dabei. In dem Alter weiß eben niemand, wann Schlafenszeit ist. Sei ein bißchen großzügig, Joe. Uns stören sie kaum, und das Thomassche Haus steht leer.«

»Und was hält so eine Bande davon ab, in das Cottage einzubrechen und es als Absteigequartier zu benutzen?«

»Du möchtest sie für schuldig erklären, obwohl noch gar nichts darauf hinweist, daß sie etwas Schlechtes tun.«

Wir machten unseren abendlichen Verdauungsspaziergang rund um das Haus. Jedesmal, wenn wir um die Schlafzimmerecke herumkamen, schlug uns der Gesang besonders laut aus der Dunkelheit entgegen. Ich zog die Anorakkapuze über meinen kalten Schädel und dämpfte damit die musikalische Darbietung wesentlich. Fünfzig Schritte Schweigen. Dann sagte ich: »Haben wir nicht genug Erfahrungen gemacht? Kennen wir diesen Typ nicht durch und durch?«

»Da bin ich gar nicht so sicher.«

»Erinnerst du dich noch, wie es war, als die Wilsons Curtis ihr Haus in Roxbury überließen?«

»Ja, aber das ...«

»Damit er sich den Winter über dort vergraben und schreiben könnte?« fuhr ich unerbittlich fort und blieb ihr dicht auf den Fersen. »Weltabgeschiedenheit, hehre Zwecke?«

Stumm umrundete sie die Autobox und überquerte den Küchenpatio, ich – wie ein kläffender Terrier – immer hinterher, die Zähne in der Kälte zusammengebissen, mir selbst zuwider. An der nächsten Ecke schwoll das Singen wieder an, und plötzlich machten mich diese altvertrauten Klänge wild.

»Erinnerst du dich? Erinnerst du dich, was die Wilsons vorfanden, als sie im Januar hinausfuhren? Im Becken haufenweise ungespültes Geschirr, Mülleimer, aus denen die Flaschen förmlich herausquollen, und in sämtlichen Betten ungeladene, ungewaschene Gäste. Glaubst du, ich erinnere mich gern an solche Dinge? Aber meinst du etwa, ich kann sie vergessen?«

»Wir kennen Peck kaum«, erwiderte Ruth. »Er wohnt seit Wochen neben dem Cottage und hat es doch bis jetzt offenbar nicht angerührt. Du ergehst dich in bloßen Vermutungen.«

»Aus Erfahrung«, sagte ich. »Diese Leute sind so versessen auf Individualität, daß sie lediglich in Banden existieren. Allein sind sie nichts. Aber man braucht sie nur in einen gemeinsamen Sack zu stecken, und sie sprengen einem das Dach über dem

Kopf in die Luft. Wenn Peck die Absicht hatte, eine Herberge zu eröffnen, in der seine trüben Genossen kreuz und quer durcheinanderschlafen könnten, hätte er fragen müssen, nicht wahr?«

»Und eine abschlägige Antwort erhalten.«

»Warum auch nicht? Ist es etwa unsere Pflicht, jedem minderjährigen Narren, der hier vorbeikommt, Obdach zu gewähren?«

»O warte doch erst einmal ab«, erwiderte sie hastig. »Sie sind nur zu Besuch da. Sie gehen bestimmt wieder fort.« Auf der nächsten Runde strebte sie entschlossen der Schlafzimmertür zu, und wir gingen schweigend zu Bett. Im stillen gab ich ja zu, daß meine Verdächtigungen jeglicher Grundlage entbehrten; aber ich hatte das Gefühl – und damit rechtfertigte ich mich noch einmal, ehe ich einschlief –, daß Peck, wenn er schon sein Camp in eine Herberge umwandelte, ohne zu fragen, auch alles mögliche andere tun würde. Er war eine Art Gas, das sich ausdehnte und jeden Raum füllte.

Einen Tag nach Weihnachten verschwand der Volkswagenbus; vielleicht begaben sich seine Insassen an einen Ort, wo die Wohnverhältnisse weniger spartanisch waren. Eine Zeitlang sahen wir nur noch Peck. Er war ein unverbesserlicher Bastler. Da er bei Nässe mit der Honda nicht durch den Bachgrund fahren konnte, zimmerte er sich neben der Pforte, durch die man vom Pfad auf unseren Weg gelangte, notdürftig einen kleinen Schuppen zusammen, dessen Anblick jedesmal, wenn ich daran vorbeikam, mein Auge beleidigte. (Um Erlaubnis zu bitten, hatte er natürlich für überflüssig gehalten, wie ich Ruth gegenüber vermerkte.) Vom Weg aus konnten wir weitere Verbesserungen beobachten. So sahen wir ihn zum Beispiel eines Tages seinen gelben Eimer an einem Seil über das Bachbett befördern. Kurz darauf entdeckten wir, daß er es irgendwie bewerkstelligt hatte, das ganze Brückenende in eine der beiden Eichen hinaufzuziehen.

»Wovor fürchtet er sich?« fragte ich Ruth. »Ich möchte wetten, er hat da drüben eine ganze Marihuanapflanzung angelegt.«

»Du alter Griesgram«, sagte Ruth. »Er hat vermutlich Angst

vor herumstrolchenden Jungen. Letzten Endes kann er sein Zelt ja nicht abschließen.«

»In einer Eremitenklause sollte es nichts geben, was sich zu stehlen lohnt.«

»Wenn er wie ein Einsiedler lebte, wärst du der erste, der ihn verrückt nennen würde.«

»Er reizt mich«, sagte ich. »Da fragt er, ob er ein einfaches Zelt aufschlagen dürfe, weil er sich kein Zimmer leisten könne . . .«

»Das hat er nie behauptet.«

»Schön. Weil er nicht imstande sei, die Beschränkungen eines Zimmers oder eines Apartments auf sich zu nehmen. Und dann gibt er mehr für Holz, Seil und allen möglichen Krimskrams aus, als er in einem ganzen Jahr für ein normales Zimmer und Verpflegung bezahlen müßte.«

»Vielleicht macht ihm das mehr Spaß.«

»Ich bezweifle, ob er überhaupt weiß, was Spaß ist.«

»Du hast immer etwas an ihm auszusetzen«, sagte sie. »Ganz gleich, was er tut, ob er Besuch hat oder bastelt. Warum? Werkelst du nicht auch jeden Nachmittag, den Gott gibt, an deinem Studio herum?«

»Ich habe mich hier zur Ruhe gesetzt.«

»In gewissem Sinn hat er das auch getan. Warum kannst du ihn nicht in Frieden lassen? Er richtet doch keinen Schaden an!«

Er war der am wenigsten kontemplative Eindsiedler, den man sich vorstellen konnte. Jede Woche sägte und hämmerte er mindestens einmal. Um Mitte Januar herum war diese lärmende Betriebsamkeit einen ganzen Morgen lang zu hören, verstummte, wurde anderntags fortgesetzt und dauerte diesmal an. Kurz nach Mittag ging ich zum Briefkasten hinunter. Ich sah die herabgelassene Brücke ein wenig schief über dem Bachbett hängen und hinter ihr das Zelt. Peck war nirgends zu entdecken, man hörte nur das Hämmern. Was, zum Teufel, baute er denn jetzt? Ein dampfbeheiztes Klo? Eine Pergola? Ein Studio? Ich fand es tunlich, mir Gewißheit zu verschaffen, und stapfte also durch den Schlamm zum Lorbeerbaum hinunter.

Als ich das Bachbett überqueren wollte, nahm ich in einer der

Eichen eine Bewegung wahr. Tatsächlich, da oben hockte er in seinem orangenfarbenen Anzug, über dessen Kragen sich das Haar à la Johannes der Täufer ringelte, und nagelte drauflos. Er hatte zwei beinahe horizontale Äste mit Querbalken belegt und war gerade dabei, einen Bretterboden zu befestigen. Das Holz war alt und dunkel und das Laub so dicht, daß man, je nach dem Blickwinkel, von unten kaum etwas sehen konnte.

Ich hüstelte, und er fuhr herum, Mähne und Bart zerzaust – ein lächerlicher Löwe aus einem Bestiarium. Er war überrascht, betroffen, genauso betroffen, wie ich es gewesen war, als ich ihn unter dem Lorbeerbaum sah. Er griff nach einem Ast und starrte herunter.

»Was geht denn jetzt hier vor?« fragte ich.

Er raffte sich hoch und stand schließlich gebückt da oben, eine Hand gegen den nächsthöheren Ast gestemmt, in der anderen den Hammer.

Ich dachte schon, er wollte ihn wie einen Tomahawk nach mir werfen, doch es wurde nur eine schwache, abbittende Geste. Er lächelte. Seine Stimme klang sanft. »Ein kleines ... Baumhaus«, sagte er.

Während ich zu diesem Tarzan, diesem unermüdlichen Werkler, diesem Spätreifling hinaufblickte, der sich unter dem Motto »Zurück zur Natur« eine Robinson-Traumwelt schuf, erfüllten mich die widersprüchlichsten Empfindungen. War ich nur deshalb verärgert, weil er wieder etwas Neues angefangen hatte, ohne meine Genehmigung einzuholen? War es lediglich ein autoritäres Beharren darauf, gefragt zu werden, ein unsympathischer feudaler Hang, vornehm-herablassend Vergünstigungen zu gewähren, was mich zornig auf ihn machte? Er glaubte das zweifellos, und ich hätte auch gar nicht geleugnet, daß in meinen Gefühlen derartige Motive mitschwangen. Aber erbitterte es mich nicht vielleicht noch mehr, daß er es grundsätzlich nicht als seine *Pflicht* betrachtete, mich zu fragen? Der bloße Anstand, wenn schon nicht Offenheit, hätte doch wenigstens einen Besuch suggerieren können. Aber diese herausfordernden Burschen nahmen nur, ohne selbst jemals Zugeständnisse zu machen.

Stumm starrten wir uns an. Was ging hinter dem Bart und dem schlaffen Grinsen vor? Was für ein Ausdruck lag in diesen wachsamen, wilden Augen? Bildete ich mir unseren absoluten Antagonismus ein oder reagierte ich lediglich, steif und grundverkehrt, auf meinen ungelösten Konflikt mit Curtis? Eigentlich konnte ich kaum etwas gegen das Baumhaus ins Feld führen. Der Baum würde es so mühelos tragen wie ein Eichelhähernest. Es war fast nicht zu sehen. Warum regte ich mich überhaupt auf?

»Wofür brauchen Sie denn ein Baumhaus? Zum Meditieren?«

Die Braue hob sich. Er hatte seine Gelassenheit wiedererlangt. »Zum Schlafen.«

»Ah, es ist Ihnen wohl im Zelt zu laut?«

Er war natürlich keineswegs bereit, auf den scherzhaften Ton einzugehen – nicht, wenn ich ihn anschlug. Ich bekam nicht einmal eine Antwort; grinsend stand er da, den Hammer in der Hand, und wartete offenbar nur darauf, daß ich endlich ginge. Er sagte nicht, wie es jeder andere in seiner Situation getan hätte: »Kommen Sie doch herüber und schauen Sie es sich an.« Warum nicht? Lag es an mir oder an ihm? Gab es vielleicht etwas zwischen uns, was jedesmal, wenn wir uns begegneten, zu einer harten Isolierschicht erstarrte? Nun, immerhin war ich – wenn auch gezwungenermaßen – sein Wirt, und so würde ich eben ohne Einladung hinübergehen. Doch als ich die Brücke betrat und nach dem Seilgeländer griff, schwang das ganze Ding zur Seite, und ich fiel der Länge nach hin. Ich brauchte eine gute Sekunde, bis ich mich wieder hochgerafft hatte und heruntersteigen konnte. Über mir Pecks schadenfrohes Grinsen. Versuch es doch noch einmal, wenn du Lust hast ...

Du hast es nicht anders haben wollen, hätte Ruth gesagt. Warum mußtest du ihm auch nachspionieren? Aber ich war nicht gewillt, auf eine Kontrolle meines Eigentums zu verzichten, nur weil Peck alles mögliche tat, um mir den Zugang zu erschweren. Außerdem hatte er den Giftsumach nur um das Zelt herum beseitigt. Während ich meine Schuhe am Brückenpfosten abkratzte – eine beruhigende Beschäftigung –, erklärte ich, ich sei gekommen, um ihn zu fragen, wann er etwas gegen den Giftsumach zu unternehmen gedenke. Man müsse ihn im Winter ausreißen und die jungen Triebe im Frühling bespritzen.

»Ach, das ...« sagte er von seinem Baum. Er fürchte, er werde das nun doch nicht tun können.

Warum nicht? Es gehörte zum Abkommen.

Ja, sicher, damals hatte er auch geglaubt, immun zu sein. Aber als er dann die Plattform säuberte, hatte er eine so starke Dosis erwischt, daß er eine Woche im Krankenhaus zubringen und sich Cortisonspritzen geben lassen mußte.

Ich hätte am liebsten laut gelacht. Er erquickte meine Seele, dieser arrogante junge Narr. Er hatte Giftsumach so behandeln wollen, wie er Menschen behandelte, und herausgefunden, daß Giftsumach seine Integrität verteidigte.

»Er läßt sich nicht so leicht ausrotten«, sagte ich. »In ein paar Monaten hat das Zeug wieder alles überwuchert.«

Sobald es sich zeige, werde er mit einem Spritzmittel dagegen vorgehen, antwortete er.

Sehr schön, sagte ich. Dann könne er meines gleich mitspritzen.

Zwischen uns plätscherte der vom Regen wiederbelebte Bach dahin. Es war kalt und dumpfig hier unten. Auf Pecks Barthaaren hatte sich Dampf kristallisiert. Seine Augenbraue wölbte sich, sein Grinsen wurde breiter. Sein Kopfnicken war beinahe eine Verbeugung. Ich hob die Hand und kehrte um. Als ich den lehmigen Pfad zur Pforte hinaufstapfte, begann das Hämmern hinter mir von neuem, und ich glaube, weder Peck noch ich hätten sagen können, ob es triumphierende Schläge waren, weil er mich matt gesetzt hatte, oder gereizte, weil er hatte nachgeben müssen.

Das Hämmern hielt mehrere Tage lang an. Vom Weg aus sahen wir, wie das Baumhaus in dem Eichenlaub allmählich Form annahm – eine winzige, unsymmetrische Hütte, vielleicht zwei mal drei Meter groß, mit einem spitzen Dach, das sich bald danach – mit roten Asphaltschindeln bedeckt – deutlicher abhob. Das ganze Ding war schief, seine Proportionen verzerrt. Ruth fand es reizend. »Es erinnert einen an Hänsel und Gretel«, meinte sie. »Und schau, es ist so gebaut, daß die Veranda und der Eingang nach Osten blicken. Was meinst du wohl – hängt das mit Mekka zusammen oder nur mit der Morgensonne? Und da, diese Leiter, sie sieht aus wie eine Elfenleiter, die gegen einen Pilz gelehnt ist!«

»Bezähme deine Märchen-Phantasie«, sagte ich. »Peck ist kein Elf, er ist ein Affe.«

4

Elf oder Affe, Symbol der Vergangenheit, das in die verheilten Wunden rührte und – ja – Gewissensbisse hervorrief, an ein Versagen erinnerte, konnte Peck dennoch unsere Freude am Wetter, am Frühling nicht trüben. Der nasse Januar ging in einen warmen, sonnigen Februar über, der von kurzen, erquikkenden Schauern unterbrochen war. Glitzernde Spinnweben am Morgen, ekstatischer Vogelgesang. Wir verbrachten fast den ganzen Tag draußen und wurden nicht müde, die Natur zu beobachten.

Sie schien erneuert, aber in einem anderen Sinn als in kälteren Gegenden; es war bereits ein fortgeschrittenes Stadium. Die Erneuerung als solche hatte im November begonnen, mit dem ersten Regen. Im Februar standen Gras und Blumen schon kniehoch, und um uns herum wurden jene Mimosenzweige geschnitten, die – zu zwei Dollar das Stück – den Leuten in New York und Boston inmitten von Schneematsch, Ruß und schmutzigem Eis einen unwiderstehlichen Frühlingshauch zutrugen.

Ich wartete vorsichtshalber noch ein paar Wochen, und als ich überzeugt war, daß sich der Winter endgültig verabschiedet hatte, säte ich Karotten und Kopfsalat.

Pünktlich zum ersten Februar standen die Mandelbäume in Blüte. Pünktlich zum fünfzehnten erschienen die ersten Narzissenknospen. Zu Washingtons Geburtstag am zweiundzwanzigsten stand der wilde Senf auf der Shieldschen Weide mannshoch, und unser Seidelbast und die Clematis betäubten uns fast mit ihrem süßen Duft, wenn wir aus der Haustür traten. Das

Farnkraut im Wald leuchtete giftgrün. Über ihm spreizten die Kastanien ihre zarten Blattfinger. Ich setzte Tomatenpflanzen.

Wir gingen viel spazieren, meist auf den Straßen und auf unserem eigenen Weg, wo die Erde einen würzigen Waldgeruch verströmte. Am Fuße unseres Hügels gab es eine Stelle, die einen beinahe ungehinderten Blick auf den Lorbeerbaum, Pecks Brücke, das Zelt und das Baumhaus gestattete. Peck war ein- beziehungsweise hinaufgezogen; und er hatte sich offenbar eine weitere Laterne geliehen oder gekauft, denn nachts schwankte ein helles Licht zwischen den schwarzen Ästen über dem dunkelgelb leuchtenden Zelt hin und her.

Als wir eines Morgens dort vorbeikamen, brach die Sonne gerade durch das Geäst und fiel wie ein Scheinwerferstrahl auf den Giebel des Baumhauses und die kleine Veranda. Wir drehten uns im Weitergehen noch einmal um, und in diesem Augenblick trat ein Mädchen in schwarzen Strumpfhosen aus der Tür. Sie lachte über die Schulter hinweg, und sie war nackt bis zur Taille. Draußen ließ sie üppige Brüste in der Sonne schwellen und warf den Kopf zurück, um das lange dunkle Haar nach hinten zu schütteln. Dann lösten sich ihre Augen von der Morgenfrühe und fanden uns, und mit einer einzigen Bewegung umschlang sie ihren Oberkörper mit den Armen und huschte hinein.

Wir waren nicht einmal stehengeblieben: Die ganze Vision überdauerte gerade nur ein halbes Dutzend Schritte. »Ach du meine Güte!« sagte Ruth beinahe lachend.

Ich hatte den Anblick vielleicht mehr genossen als sie, aber er erboste mich auch mehr.

»Na, wie ist denn unsere offizielle Einstellung gegenüber Dryaden?« fragte ich bissig.

»Oh, ich weiß es nicht!« Aber sie fügte gleich hinzu: »Immerhin haben wir ihn dort kampieren lassen und nichts davon gesagt, daß er keine Freunde einladen dürfe.«

»Freunde«, murmelte ich.

»Das möchte ich doch hoffen«, sagte Ruth. Und dann platzte sie heraus: »Gott, kannst du dir vorstellen, wie dieses Liebesnest auf ein romantisch veranlagtes Mädchen wirken muß? Er könnte sie wahrscheinlich dutzendweise haben, wenn er wollte.«

»Schön«, bemerkte ich. »Es ist romantisch. Trotzdem müssen wir uns darüber einigen, wieviel wir billigen wollen.«

»Müssen wir es billigen?« erwiderte Ruth. »Mir gefällt dieser Hang zur Promiskuität durchaus nicht, den so viele junge Leute heutzutage zu haben scheinen, aber ist das unsere Sache? Müssen wir es nicht Peck überlassen, sich sein Leben einzurichten, wie es ihm paßt?«

»Dann sollen wir das Ganze also ignorieren«, sagte ich. »Und obendrein wird er wissen, daß wir es ignorieren. Sie erzählt ihm bestimmt – sie hat es schon getan –, daß wir sie gesehen haben. Und er wird denken, daß wir seine Streiche entweder gutheißen oder uns nicht getrauen, etwas dagegen vorzubringen.«

Besorgt blickte sie mich an, und wir setzten unseren Spaziergang schweigend fort. Wahrscheinlich hegte sie die Hoffnung, es handle sich um eine echte Liebesaffäre, und ich glaube auch, sie schaute noch einmal hinüber, als wir zurückkehrten. Doch wir bekamen dieses Mädchen nie mehr zu Gesicht. Entweder hatten wir sie, indem wir sie ausgerechnet dabei überraschten, wie sie die heidnische Wildnis umarmte, ein für alle Male verscheucht, oder die Sache war doch nicht so romantisch, wie Ruth sie sich vorstellte. Pecks Generation scheint, ihren Romanen nach zu urteilen, nicht gerade schwärmerisch veranlagt zu sein. In den Büchern und vielleicht auch im Leben dieser jungen Leute ist die Liebe so romantisch wie eine fünfminütige Wagenwaschprozedur.

Ich legte das Thema Peck beiseite, denn ehrlich gestanden interessierte mich sein Liebesleben weniger als das der Eidechsen, die an diesen warmen Tagen zwischen den Steinen hervorflitzten und ihre Freundinnen quer über den Patio und unter den Wacholder verfolgten. Und es gab auch noch andere, nicht minder bemerkenswerte Aspekte des Frühlings, die ich, wie es scheint, nie ignorieren oder vergessen kann und denen ich unwillkürlich eine düstere, gleichnishafte Bedeutung gebe.

Unter den Bildern jenes Frühlings ist mir zum Beispiel noch gut der Mördertanz erinnerlich, den ich Katarrh eines Morgens mit einer Maus vollführen sah.

Es war eine langschwänzige Maus mit weißen Füßen, eine

von der hübschen Sorte. Katarrh trieb sie durch den ganzen Patio vor sich her, indem er wechselnd die eine oder die andere Pfote zu Scheinangriffen ausstreckte. Als die Sache ihren Reiz für ihn verlor und er sich abwandte, machte die verstörte Maus einen verzweifelten, linkischen Fluchtversuch. Doch ehe sie unter dem Wacholder verschwinden konnte, war das Interesse des Katers schon wieder erwacht, und er schaufelte sie zu sich, benutzte sie als Spielball, wirbelte sie im Kreis herum, begann sich zu langweilen, ging fort, kam zurück, scheuchte die Maus von neuem auf, stieß sie noch ein bißchen vor sich her. Als sie am Ende schlaff dalag und Katarrh erkannte, daß sie für seine sportlichen Übungen nicht mehr taugte, ließ er sich in dem dunstigen Morgenlicht nieder und fraß sie, den Kopf zuerst.

II

Außenseiter verschlägt es kaum jemals hierher, es sei denn, sie wollen Kinder zu einem der drei Reitställe bringen, Zärtlichkeiten austauschen und dabei Bierdosen auf unseren dunklen Wegen hinterlassen, oder ganz einfach Müll neben unseren Straßen abladen. Der Fortschritt wartet auf Wasserleitungen, denn die geologischen Schichten unter uns sind gesprungen und verschoben, und auf Brunnen ist kein Verlaß. Wir leben in der Zone der San-Andreas-Verwerfungsspalte. Neben Mutter Erde, im gleichen Bett, liegt Vater Erdbeben.

Der Gedanke an diesen Sprung unter den heiteren Hügeln hat mich immer auf eine gewisse Weise getröstet: Der Teufel ist in seiner Diözese, die Welt ist im Gleichgewicht. Wo das Gute in seiner vollkommensten Form erscheint, zeigt sich auch das Böse in seiner vollkommensten Form, denn genau wie das Gute liebt auch das Böse das Paradies. Wo die *Clematis armandi* am besten gedeiht, fühlt sich die Laubheuschrecke wohl. Und von einem Fleck Erde, auf dem Joe Allston seinen Lebensherbst zu genießen hofft, stellt sich heraus, daß er Weldsches Ackerland und attraktiv für Caliban ist.

Und man braucht diesen authentischen Garten Eden, wo die Pflanzen wie Feuer an einer Zündschnur in die Höhe schießen, nur zwei Tage zu vernachlässigen, und schon breiten sich Übel aus, die die Blätter welk machen, kräuseln oder zerfressen; Übel wie Mehltau, Milben, Käfer und Bohrfliegen, Brand- und Rostpilze; Winden und wilde Gurkenranken, die einen halben Acre in ihren Polypenarmen ersticken, der Giftsumach, der schon wieder üppig sprießt, wo ich ihn erst vor sechs Monaten ausgerissen habe, um einen Weg oder eine Hecke anzulegen – ja, und Übel wie die Maulwürfe, die Wühl- und Feldmäuse und vor allem die rattenähnlichen Gopher, die sich im Frühling von der Shieldschen Weide her nach und nach zu uns vorzuarbeiten beginnen, ihre unterirdische Einfallsroute mit loser, aus seitlichen Löchern herausgeworfener Erde markieren und sich dann, wenn alles andere braun ist, hier einfinden, um die saftigen Wurzeln der Pflanzen abzunagen, die wir rücksichtsvollerweise für sie grün erhalten haben.

Doch ich nehme diese Gefahren nicht so einfach hin. Wenn Gott keine perfekte Welt schaffen konnte – und, Herr, das ist Dir wirklich nicht gelungen –, so ist Allston gern behilflich. Also bin ich von Frühlingsanfang bis November, wenn das Schlachtfeld von den Regenfällen durchnäßt ist, in stetem Kreuzzug gegen die tausend Plagen, die den Garten Eden heimsuchen. Als Vertilger hat mich Marian kennengelernt. Als Vertilger und Clown. Und ich hielt an diesen Rollen fest, vornehmlich an der letzteren, denn Marian beunruhigte mich. Es war so etwas wie Liebe auf den ersten Blick, aber das Ganze stand irgendwie unter einem dunklen Omen, und so war es Besorgnis ebenso wie meine natürliche Veranlagung, die mich als Narr auftreten ließen. Es störte mich aber auch gar nicht, den Clown zu spielen. Ich hätte Purzelbäume geschlagen, wenn das ein Mittel gewesen wäre, ihre Aufmerksamkeit zu erwecken.

Hier gibt es vielerlei Arten vollkommener Tage. An jenem Tag im vergangenen März zum Beispiel muß jede Scholle gespürt haben, daß sich Kraft in ihr rührte. Ein später, heilsamer

Regen hatte bewirkt, daß die Vegetation geradezu aus der Erde quoll. In Welds Aprikosengarten, der während der beiden vorangegangenen Wochen ein schaumiges blaßrosa Meer gewesen war, begannen grüne Blätter die Blüten zu verdrängen. Die zwei Mandelbäume in unserem kleinen Obstgarten standen in vollem Laub und hatten bereits Früchte angesetzt. Und angesichts der jungen Kirschbäume fühlte man sich an zarte Gedichte erinnert oder an Südstaatenmädchen, die für eine Gartenparty gekleidet waren.

Ruth war oberhalb der Auffahrt damit beschäftigt, verwelkte Narzissen abzuschneiden. Hinter ihr sah man eine Reihe Pflaumenbäume und Weideland, dreißig Acres wilden Senf, so leuchtend gelb, daß er sogar der Luft eine leichte Tönung verlieh. Eine riesige Sumpfdotterblume unter dem Kinn des Himmels. Vom Vordereingang drang der Duft des Seidelbasts dreißig Meter weit bis zu mir. Jenseits der Umzäunung trillerte liebestoll eine Feldlerche.

Ich streue also Raupengift um meine Reihe junger Tomatenpflanzen, und der Gedanke kommt mir, wie absurd es doch ist, das Paradies durch todbringende Chemikalien verbessern zu wollen. Was mögen wohl Adam und Eva ohne all diese Schädlingsbekämpfungsmittel angefangen haben? Hat etwa in jenen Zeiten, in denen sich der Löwe zum Lamm gesellte, auch der Floh mit dem Hund und die Mücke mit dem geplagten Sterblichen in Frieden gelebt? Hat die Blattlaus mit der Rose, die San-José-Schildlaus mit dem Pfirsichbaum Freundschaft gepflogen? Während ich noch nachsinne, sehe ich plötzlich, wie die Tomatenpflanze am Ende der Reihe zittert, schwankt und zwei Zoll im Boden versinkt.

Innerhalb von neunzig Sekunden bin ich im Haus und mit der Flinte in der Hand wieder zurück. »Was ist?« ruft Ruth und »Joe, sei vorsichtig!«, aber ich achte gar nicht auf sie und schleiche auf Zehenspitzen den Gartenweg hinunter. Die Tomatenpflanze hat sich nicht bewegt. Der Bösewicht schnaubt und schmatzt gewiß noch voll Behagen. Während ich mit angehaltenem Atem warte, höre ich Stimmen, und ein fremdes junges Paar erscheint an der Stelle, wo unsere Zufahrt nach oben abbiegt. Die Frau sieht so erschrocken aus, daß ich befürchte, sie könnte schreien, und ich flehe mit wilden Gesten um Ruhe. Wer sind bloß diese Leute? Eindringlinge, die den Boden erschüttern und den Feind verscheuchen. Meine Augen sind unverwandt auf die halbversunkene Tomate geheftet, meine Nase juckt von der duftgeschwängerten Luft, ich höre das glückselige Trillern, das der Feldlerche fast die Kehle sprengt, und Ruths leise Stimme, als sie die Fremden begrüßt.

Das Büschel zuckt, die Pflanze senkt sich wie der Schwimmer an der Angelschnur, und mein Finger berührt den Abzug. Der Schuß zerreißt mir fast das Trommelfell, und von dem kleinen Fleck, auf den ich gezielt habe, spritzt die Erde wie Wasser in die Höhe. Ich lege die Flinte beiseite und grabe, und da ist er auch schon, zwischen den gerillten Zähnen noch einen Tomatenzweig – ein fetter alter Gopher mit großem Kopf und nackten Fußinnenflächen: *Thomomys bottae,* der Böse.

Mit der Schuhspitze schaufle ich ihn an die Oberfläche, und schließlich liegt er auf dem Rücken vor mir, zeigt sein vierzähniges gelbes Grinsen, und ich sehe die Flöhe auf dem dünnbehaarten Bauch schutzsuchend herumhasten. Dann höre ich von der Auffahrt über mir diese hohe, ein wenig gepreßte und doch wohlklingende Stimme fragen: »Um Himmels willen, was haben Sie getan?«

Jetzt natürlich blicke ich hoch, und es ist ein eigenartiger Moment, denn meine Ohren und meine Augen sind sich nicht einig. Ich hatte ursprünglich eine etwas scharfe Entgegnung auf der Zunge, unterdrücke sie aber sofort, denn ich sehe eine Gestalt, die völlig mit diesem Frühlingstag zu verschmelzen scheint. Sie hat ein kaum wahrnehmbares Beben, ein Irisieren an sich, wie man es von jungen Pappelblättern kennt. Es ist schwer für einen sentimentalen Mann, unsentimental zu berichten, und zudem ist mein Herz wund – da steht also dieses Mädchen, diese Frau vielmehr, ungefähr dreißig Jahre alt, das Haar ein wenig vom Wind zerzaust, ein blasses, angespanntes und gleichzeitig leuchtendes Gesicht, sehr lebendige Augen, um den leicht geöffneten Mund ein Ausdruck, der Mitleid mit dem Gopher enthält, Freude über die Begegnung (obwohl ich nach wie vor ein Unmensch bin) und simples Entzücken über die strahlende Sonne und die Art, wie die welken Narzissen in einem Bündel auf Ruths Arm liegen. Ich muß gestehen, daß ich einen Stich verspüre. Gott weiß, was es ist – vielleicht Neid auf den Glücklichen, der eine solche Tochter hat. Ich bin altmodisch. Ich glaube, daß das menschliche Antlitz dazu bestimmt ist, etwas auszudrücken, und es gefällt mir, wie Mund und Augen dieser jungen Frau jede Gefühlsregung widerspiegeln. Doch bei aller Bewunderung – ihre sentimentale Klage über den Tod eines Schädlings ärgert mich.

Deshalb antworte ich ihr auch nicht sofort. Ich schiebe nur den Gopher in das Loch zurück und scharre Erde darüber. Katarrh würde ihn zweifellos bereitwillig verspeisen, aber wir ziehen es vor, daß er sich an Katzenfutterkonserven hält. Ruth sagt mit ihrer leisen, ruhigen Stimme: »Joe, das sind die Catlins, sie haben das Thomassche Haus gekauft.«

»Allston«, stelle ich mich vor. »Der wilde Jäger.«

»Das glaubt man Ihnen aufs Wort«, sagt Catlin mit deutlichem Maine-Akzent. Bürstenhaarschnitt, ungemein gesunder Aspekt – er gehört zu jener Sorte, die einem dann und wann vor Augen führen, wie männlich Neuengland noch ist. Er macht einen gescheiten Eindruck, und er beherrscht die Diplomatie des Lächelns. Doch seine reizende Frau möchte jetzt erst einmal erfahren, weshalb ich in der Gegend herumlaufe und harmlose kleine Tiere abknalle. »Warum mußten Sie ihn denn gleich *totschießen*?«

»Weil er meine Tomatenpflanzen fraß.«

»Das ist, wie wenn man jemanden hängt, weil er einen Laib Brot gestohlen hat.«

»Heute sind es meine Tomaten«, entgegne ich. »Morgen die Narzissen meiner Frau – nein, die schmecken ihm nicht. Morgen also die Knollenbegonien, am nächsten Tag der Agapanthus und anschließend die blühende Quitte. Bald ist alles wieder Wüste, nur noch Giftsumach und Gestrüpp.«

»Dann hätten Sie aber einen hübschen natürlichen Garten von perfekter Harmonie und brauchten keinen Schuß mehr abzugeben. Ist es denn fair, eine Unmenge Pflanzen zu setzen, die nie für diese Gegend gedacht waren, und anschließend den Gophern einen Vorwurf daraus zu machen, daß sie sie mögen?«

Das kommt rundheraus, und sie ist wirklich davon überzeugt. Doch ihr Gesicht bleibt gelöst, verheißungsvoll, transparent, so, als müsse nur diese kleine Wolke fortziehen, und schon würde sie, von der Sonne beschienen, strahlend wieder aufblühen. »Ihnen ist also alles Lebendige heilig«, bemerke ich, aber ich meine es weder spöttisch noch aggressiv. »Für Sie gibt es nur liebe kleine Lebewesen.«

»Sie ahnen gar nicht, wie präzis Ihre Feststellung ist«, sagt ihr Mann. »Ich habe das Angeln aufgegeben, weil ihr der Gedanke an die Würmer unerträglich ist.«

»Nun«, verteidigt sie sich, »würde es Ihnen etwa gefallen, wenn sich ein Haken quer durch Sie hindurchbohrte?«

Darauf gibt es wohl keine Antwort. Ich schlage vor, daß wir uns auf die Terrasse setzen und etwas trinken, damit ich ihnen ein paar Vögel vorführen kann, die ebenfalls Wurmliebhaber sind. Während wir den Küchenpatio überqueren, sagt der junge Catlin halb neckend, halb zärtlich, so wie er vielleicht mit einer jüngeren Schwester gesprochen hätte: »Na, los. Erzähl ihnen schon von deinen Füchsen.«

»Lach nur! Du warst ja nicht dabei!« Sie dreht sich schwungvoll zuerst mir und dann wieder Ruth zu. »Wußten Sie, daß wir Füchse haben?«

»Wir sind ab und zu schon einmal nachts auf der Straße einem begegnet.«

»Ich habe *zwei* gesehen«, sagt sie. »Gestern abend. Wirklich, so etwas Bezauberndes habe ich noch nie erlebt. Ich hatte gerade Debby zu Bett gebracht und ruhte mich am Fenster aus und überlegte, was für Vorhänge ich kaufen sollte, als ich ein leises Scharren hörte und ein Fuchs keine eineinhalb Meter von mir entfernt vor der Scheibe auftauchte. Das Licht blendete ihn – vermutlich konnte er mich deshalb nicht sehen; vielleicht hielt er mich auch einfach für etwas, was zu seiner Welt gehörte. Es würde mich freuen, wenn er das gedacht hätte, denn es war der sauberste, glänzendste, reizendste . . .«

Ich habe das Gefühl, daß ich in diesem Augenblick, während

ich sie betrachte, etwas ganz Ähnliches empfinde wie sie, als sie den Fuchs betrachtete. Mir ist, als dürfe ich mich, wenn überhaupt, nur leise bewegen. Ich ertappe mich bei der absurden Tatsache, daß ich den Atem anhalte. Nun merkt sie, daß sich unser aller Aufmerksamkeit auf sie konzentriert, und ihre Wangen röten sich. Sie setzt sich in einen Gartensessel, den einen Fuß untergezogen, lacht und schickt einen belustigten, herausfordernden Blick zu uns hoch.

»Er war wirklich hübsch. Er schaute ins Fenster wie jemand, der Einkäufe macht, dann winselte er, und ein zweiter, ebenso niedlicher Fuchs erschien. Und wissen Sie was? Sie waren verliebt. Sie beschnüffelten sich unentwegt und winselten und guckten durch die Scheibe, als hätten sie ein ideales Schlupfloch entdeckt und wüßten nicht, wie sie hineingelangen sollten. Drei oder vier Minuten müssen sie da gestanden haben. Ich konnte jedes Schnauzhaar unterscheiden. War das nicht eine nette Überraschung für die erste Nacht?«

Wir pflichten ihr bei. Im übrigen scheinen auch die Catlins eine angenehme Überraschung zu sein, ein wesentlicher Fortschritt gegenüber Thomas. Und in dem schäbigen Versuch, mich auf Kosten eines früheren Nachbarn einzuschmeicheln, erzähle ich ihnen, wie der alte Thomas immer Sonntag morgens in einem rosafarbenen Pyjama im hinteren Patio saß und mit einer 38er Pistole Scheibenschießen auf Finken und Wachteln veranstaltete.

Marian Catlin ist gebührend entsetzt. Doch dann streift mich ein Seitenblick aus ihren seltsam geformten großen Augen, und sie sagt voll ungemilderter Mißbilligung: »Und Sie schießen Gopher tot.«

»Richtig«, muß ich zugeben. *»Yes, ma'am.«*

»Wie wollen Sie behaupten, daß Gopher nicht dasselbe Recht zu leben haben wie Wachteln? Daß sie nicht schön sind und nicht singen können, ist schließlich nicht ihre Schuld. Und sie graben doch nur ganz harmlose Gänge in den Boden und fressen die Wurzeln, auf die sie stoßen.«

»Haben Sie einem Gopher jemals in die Kulleraugen geschaut? Er *weiß*, daß er böse ist. Die Schuld steht ihm ins Gesicht geschrieben. Warten Sie, bis einmal einer ganz harmlos ihre Begonien abnagt.«

»Wir haben keine Begonien.«

»Sie werden aber welche haben.«

»Nein.«

»Dann eben Karotten. Brombeeren. Stangenbohnen. Irgend etwas.«

»Wir werden überhaupt nichts pflanzen«, verkündet sie fröhlich. »Wir werden die Dinge einfach *wachsen lassen.* Während das Haus leerstand, ist fast alles verdorrt und eingegangen, und daran wollen wir nichts ändern, damit die ursprüngliche Vegetation allmählich wiederkommt. Wir finden es besser, der Natur nicht ins Handwerk zu pfuschen; uns gefällt sie, wie sie ist.«

»Einschließlich Giftsumach et cetera?«

»Mir tut es nichts«, entgegnet sie, als sei sie durch gute Beziehungen abgesichert.

»Wer immun ist, kann kein objektiver Zeuge sein«, bemerke ich. »Ich hoffe, Sie sind auch gegen Kletten, Klebkraut und Fuchsschwanz immun. Ich hoffe, Ihre Nylons sind immun.«

»Wenn ich so albern bin, auf dem Land Nylons zu tragen, verdiene ich es, sie zu ruinieren.«

»Dann eben barfuß. Haben Sie einen Hund?«

»Wir dachten daran, Debby ein Hündchen zu kaufen. Debby ist unsere Tochter.«

»Ist *sie* immun?«

»Das wissen wir noch nicht.«

»Ah. Also, sollten Sie sich einen Hund zulegen, so besorgen Sie sich einen, der weder Ohren, Augen noch Füße hat. Sonst müssen Sie ihn nämlich, wie Fran LoPresti ihren Cockerspaniel, jede Woche einmal zum Tierarzt bringen, weil er Fuchsschwanzsamen in den Tränenkanälen, im Trommelfell und den Zehen stecken hat.«

Ihre Augen, so finde ich nun, erinnern an eine exotische Sonnenbrille. Sie stehen schräg und sind dabei nicht schmal und von schweren Lidern überschattet wie die der Orientalen, sondern außergewöhnlich groß. Und genauso blau, wie die Augen meiner Mutter es waren. Sie ist schon wieder ein bißchen rot geworden. »Ja, aber ...«

»Nicht einmal barfüßige Naturliebhaber können über den Fuchsschwanz etwas Gutes sagen«, behaupte ich.

»Er verbreitet nur seinen Samen, wenn er sich in Strümpfen oder Hundeohren festsetzt.«

John Catlin, der die Diskussion mit unterdrücktem Lächeln verfolgt hat, sagt jetzt, den Blick auf seine Frau gerichtet, zu mir: »Und wenn er seinen Samen verbreitet, dann erzählen Sie Marian bloß nicht, daß Sie etwas daran auszusetzen haben.«

Doch ich beginne allmählich auf Touren zu kommen, denn wie ich die Sache sehe, meint diese junge Frau all die lächerlichen Dinge ernst, die sie sagt. Ich mißachte die Sturmwarnungen, die mir meine bessere Hälfte zu übermitteln beginnt, gieße Catlin und mir noch einen Drink ein und treffe meine Vorbereitungen, um den Gegner durch einen Bombenteppich von der Landkarte zu fegen.

»Ihnen gefällt die Natur, wie sie ist«, sage ich. »Nun möchte ich Sie etwas fragen. Der Gopher gehört zur Natur, nicht wahr?«

»Ja. Genau wie jeder ...«

»Also ist es okay, daß er meine Tomaten frißt. Er folgt seinen Naturinstinkten. Gehört die Zecke auf dem Gopher zur Natur?«

»Gewiß.« Sie lächelt, errötet ein wenig, merkt amüsiert, daß ich sie in die Enge treibe, und ist entschlossen, sich mit allen Mitteln zu verteidigen.

»Also ist es ganz in Ordnung, wenn die Zecke am Blut des Gophers saugt. Gehört die Bazille auf der Zecke zur Natur?«

»Nun ... Selbstverständlich.«

»Und wenn die Bazille von der Zecke des Gophers zufällig auf Sie übergeht und Ihnen Fleckfieber beschert, dann falten Sie wie ein Mohammedaner ergeben die Hände und sagen: ›Gott ist gütig‹?«

»Nein. Ich hätte nicht gern Fleckfieber.«

»Es ist aber etwas ganz Natürliches«, doziere ich mit meinem Staatsanwaltslächeln. »Diese kleinen Bazillen verbreiten lediglich ihre Samen. Von ihrem Standpunkt aus, den Sie doch offenbar ebenso respektieren wie Ihren eigenen, sind Sie nur ein Sumpfgebiet, wo die Bazillen Siedlerrechte haben.«

Eigensinnig entgegnet sie: »Man kann auch gegen Bazillen immun werden, genau wie gegen Giftsumach.«

»Manche Leute schaffen das. Beneiden Sie etwa diejenigen, von denen Sie wissen, daß sie durch Ansteckung gegen Kinderlähmung immun geworden sind?«

Catlin betrachtet mich mit gutmütigen Augen und schlürft seinen Drink. Ich habe irgendwie den Eindruck, er wünscht in aller Freundschaft, ich hielte den Mund. Aber, du lieber Himmel, was diese reizende, törichte Frau hier von sich gibt! Das natürliche Gleichgewicht möchte sie wiederherstellen, das gestört ist, seit irgendein Cro-Magnon-Mensch zufällig sein Trinkwasser kochte. Ihre idealen Gesinnungsgenossen wären die indischen Jainas, die nachts Plagenschutzgräben niederreißen und kleine Stege bauen, damit die Heuschrecken auf ihre Felder gelangen können. Ich mag sie momentan zum Schweigen gebracht haben, ihre Überzeugungen sind deshalb noch lange nicht ausgelöscht. Sie liegen tief unten in Kellern und Bunkern und zwischen dem Schutt, und sobald der Bombenhagel aufhört, werden sie nach oben kommen, genauso aktiv wie zuvor.

»Diese kahlen Bäume sehen fast violett aus, wenn alles ringsum grün ist«, sagt Ruth. »Ist das nicht ein hübscher Kontrast?«

Wenn sie so tun will, als habe das Gespräch sein Thema erschöpft und wende sich nun etwas anderem zu, so redet sie in den Wind. Ich hefte mein weises, altes Auge auf Marian Catlin und setze meine kauzige Miene auf, die ausdrückt, daß ich trotz meiner schroffen Art ein pflaumenweiches Herz habe, und sage: »Mein liebes Kind, es ist menschlich, allem Lebenden zugetan zu sein – wer wäre das nicht –, aber man kann den Existenzkampf nicht einfach ignorieren. Es gibt gutes Leben und schlechtes Leben . . .«

»Schlecht ist, was mit unseren Interessen kollidiert«, erklärt sie sogleich. Das ist logischer, als ich es ihr zugetraut hätte.

»Ja, mag sein. Wir haben uns zu einer ganz bestimmten Spezies Unkraut entwickelt und rotten alle Spezies, die uns bedrohen, aus oder domestizieren sie. Aber wir haben diesen Prozeß nicht erfunden. Jede Art Leben ist den Attacken irgendeiner anderen Art ausgesetzt.«

»Gewiß«, sagt sie. »Alles ist Glied einer Nahrungskette. Nur heißt das noch lange nicht, daß wir das Recht haben . . .«

»Selbst Stachelschweine«, falle ich ihr ins Wort, »selbst Stachelschweine scheinen nur zu dem Zweck erfunden worden zu sein, um Mardern als Nahrung zu dienen. Der Gopher, den ich da unten totschoß, wimmelte von Flöhen und Zecken und hatte vermutlich Bandwürmer – unser Kater zumindest bekommt Bandwürmer, wenn er etwas fängt. Meinen Sie nicht, daß der Gopher, wenn er nur wüßte wie, seine Seuchen und Parasiten gern eliminieren würde, um ungestört und glücklich in meinem Tomatenbeet zu leben? Glauben Sie, wir selbst könnten hier draußen wohnen, wenn wir uns nicht jeden Tag gegen alle möglichen Plagen zur Wehr setzten?«

»Wenn Sie einen botanischen Garten um sich haben wollen, dann freilich nicht.«

Ruths Augenbrauen berühren fast das weiße Haar. Der junge Catlin gähnt, streckt sich, nippt an seinem Drink, betrachtet mich mit freundlicher, vager Miene. Aber ich muß noch einmal für die Vernunft eintreten, bevor ich von dieser albernen Debatte ablasse.

»Schauen Sie«, sage ich. »Gefallen Ihnen Wald und Wiesen wirklich so, wie sie die gute alte Mutter Natur entworfen hat? Wenn sich dort einmal die Samen verbreitet haben, was ungefähr um den Mai herum geschieht, dann können Sie nicht mehr hindurchgehen. Giftsumach und wilde Gurkenranken ersticken die Wälder, bis kein Kaninchen mehr hineinlaufen kann. Und haben Sie sich einmal unter der Erde umgesehen? Denn da ist es, wo das wahre Böse sitzt. Haben Sie sich Giftsumachwurzeln einmal angeschaut? Sie sind tiefschwarz, mit roter Innenrinde, und wenn man eine mit der Schaufel oder der Axt durchschlägt, spritzt ein Saft heraus, der einen für acht Tage ans Bett fesseln kann. Oder diese wilden Gurken. Ich habe einmal eine ausgegraben, nur um zu sehen, woher diese ganze nichtswürdige

Vitalität kommt, die sechs Meter lange Fangarme hervorbringt. Wissen Sie, was da unten ist? Ein großes, tumorartiges Ding vom Umfang eines Kübels, eine unterirdische Krebsgeschwulst. Ich bezweifle sehr, daß all diese Gewächse die Freunde des Menschen sind.«

Wie immer, wenn ich mich an meinen eigenen Überredungskünsten berausche, halte ich meine Argumente für unwiderleglich, doch dann streifen meine Augen Marian Catlin, und ich merke, daß sie nicht im mindesten beeindruckt ist. Sie hat etwas Zurückweichendes in der Miene, als zwänge sie sich, einen häßlichen Anblick zu ertragen, oder fände mein Benehmen peinlich und hoffe um meiner selbst willen, daß ich verstummte. Ihr Mann streckt abrupt die Beine. Gleich wird er aufbrechen wollen. Und meine teure Gattin, die seit fünf Minuten alle Mittel an mir erprobt, serviert mir nun ihr patentiertes Extra-Dry-Gemurmel mit einem Ringel Zitronenschale. »Joe, Liebling, du ereiferst dich zu sehr ...«

Ich muß es also damit bewenden lassen und schneide ein neues Thema an, indem ich mich nach Catlins Beruf erkundige. Die Antwort erklärt den Naturkult zwar nicht, paßt aber dazu. Er erwidert, er sei Ethologe, was meines Wissens ein Mittelding zwischen einem Experimentalpsychologen und einem Tierarzt ist. Sein Spezialgebiet sind Meeressäugetiere – Wale und Tümmler und Robben und dergleichen –, und er verbringt viel Zeit draußen. Im Verlauf der Unterhaltung erzählt er mir, daß ein junger kalifornischer Grauwal pro Monat eine Tonne zunimmt, eine Tatsache, die mich gewiß noch in mancher schlaflosen Nacht beschäftigen wird. Unglaublich! Was ist bloß in der Walmilch?

Wir berühren noch andere interessante Punkte. Catlin weiß viel Interessantes zu berichten, und zwischen den Damen hat sich ein intimer Dialog entsponnen; meine streitsüchtige Aufgeblasenheit ist vergessen.

Dann gleitet eine Spottdrossel an uns vorüber, setzt sich in die Krone einer Eiche unter uns und überschüttet den ganzen Hügel mit ihrem Gesang. Sie wiederholt sich nie, und sie singt so hingebungsvoll und laut und schwingt sich zwischendurch mit solch überschäumender Freude in die Luft, daß wir verstummen und ihr lauschen.

Einen Augenblick lang bin ich mir ungeheuer intensiv bewußt, was für ein Bild dies ist: Wir hier auf der Terrasse, ein mit Vogelstimmen gesättigter, windstiller Nachmittag, an dem sich kein Blatt regt, Dunst, der sich amethyst- und lavendelfarben und violett zwischen den Hügeln auszubreiten beginnt, die Sonne, die den roten Steinboden sprenkelt wie etwas, was eigens von oben zu uns heruntergeschickt wurde, damit wir unsere irdischen Kümmernisse vergessen. Marian Catlins Gesicht zeigt, daß sie dasselbe wahrnimmt. Sie erspürt alles – hungrig, begierig. So viel schutzlos bloßliegende Sensibilität ist beinahe ein Fluch.

Mir fällt auf, wie schmal ihr Hals und ihr Gesicht sind; und wenn nicht gerade die so leicht aufsteigende Röte ihre Wangen färbt, ist sie blaß. Sie hat den Kopf lauschend zur Seite gedreht, und ich sehe den Puls in ihrer Kehle klopfen – verborgenes Leben. Ihr Lächeln hat etwas Schmerzliches, und ich möchte schwören, daß ihre Augen tränenfeucht glänzen. Ich schäme mich, sie derart mit Argumenten niedergehämmert zu haben; mir ist, als hätte ich ein überempfindliches Kind gehänselt.

Unermüdlich singt die Spottdrossel weiter. »Ist das nicht herrlich?« fragt Marian enthusiastisch, und da ich mich in einem Zustand emotioneller Entblößung überrascht sehe, den ich im allgemeinen peinlich vermeide, kann ich es nicht lassen, leise zu bemerken: »Das machen die Wurmmahlzeiten.«

Ein ziemlich flauer Witz, der unsere Meinungsverschiedenheiten zugleich wiederbeleben und aus der Welt schaffen soll – doch er tut seine Wirkung: Die Nase kraust sich, der Mund mit den weißen Zähnen lächelt. Wir sind also doch Freunde.

Halbverdeckte weiße Federn blitzen auf, als die Spottdrossel fortfliegt. Eine Einsiedlerdrossel, die aus irgendeinem Grund noch hier ist, obwohl sie längst im Norden sein müßte, hüpft auf die Terrasse und betrachtet uns mit einem großen runden Auge. Verstohlen macht Catlin seiner Frau ein Zeichen. Um sie noch ein wenig länger festzuhalten – denn mittlerweile habe ich mich bereits willig an den Triumphwagen dieser jungen Frau ketten lassen –, frage ich ihn, was man in Ethologenkreisen über die Spottdrossel sagt. Ahmt sie tatsächlich andere Vögel nach, erlernt sie ihr Repertoire von den Eltern, oder sind die Anlagen schon im Ei vorhanden?

Glucksend wirft Marian den Kopf zurück, der hungrige Ausdruck wird von einem Lachen abgelöst. »Oh, erzähl es ihm! Erzähl ihm von Hannes! Aber dann müssen wir Debby abholen.«

Catlin berichtet also von einem österreichischen Freund, der sich Spottdrosseleier beschaffte, sie im Dunkeln brütete und die jungen Vögel völlig isoliert aufzog, um festzustellen, wie sie singen lernten. Die einzigen Laute, die sie hörten, entstammten einem besprochenen Tonband, das mit Höchstgeschwindigkeit ablief und die Stimme zu einem hohen Zwitschern verzerrte. Hannes stellte fest, daß die Spottdrosseln tatsächlich durch Imitation lernten; bald konnte er Tonband und Vogel nicht mehr voneinander unterscheiden. Doch dann begann der alte Wissenschaftlerteufel auf ihn einzuflüstern, und er beäugte das Unerkennbare mit immer begehrlicheren Blicken. Ein Faust im Ethologengewand, griff er natürlich zu hoch. Er machte von einer seiner Spottdrosseln eine Bandaufnahme und setzte beim Abspielen die Geschwindigkeit *herab*, um herauszufinden, ob sich die verschlüsselten Worte in Laute zurückverwandeln würden. Ich sehe ihn förmlich vor mir, wie er sich nachts in seinem schalldichten Laboratorium gespannt über den Lautsprecher beugt. Die Helfer sind alle gegangen. Selbst das Surren der elektrischen Uhr hat aufgehört, seit er den Stecker herauszog. Ungezählt verrinnen die Sekunden. Er streckt die Hand aus, seine knochigen Finger drehen an einem Knopf.

Und hört er eine menschliche Stimme? Nein. Er hört etwas, was wie sieben Ukrainer klingt, die hinter einer schweren Tür Umsturzpläne schmieden. Ein glatter Mißerfolg. Mephistopheles, ein Schwefelwölkchen unter sich, erscheint auf der Szene.

»Da haben Sie die Erbsünde«, sagt Marian. »Er wollte der Natur ins Handwerk pfuschen.«

Genau in diesem Moment entfesseln drüben bei Weld die Spürhunde, die sich eine Stunde lang ungewöhnlich still verhalten hatten, lautes Getöse. Ich stehe auf und werfe einen Blick über die Toyonbüsche, denn ich befürchte, die Eigentümer der Tiere könnten in ihren wattierten Jägerjacken, die Flinte über dem Arm, erscheinen, um ihren Wochensport zu betreiben. Das hieße, daß man die Catlins schnell nach drinnen oder auf die andere Seite des Hauses befördern müßte, denn es würde Marian kaum gefallen, dieses Paar dabei zu beobachten, wie es Tauben freisetzte und sie dann mit der Flinte herunterschoß, damit die Hunde sie apportierten. Aber die Jäger sind nicht zu sehen. Wahrscheinlich hat einer der Hunde im Schlaf irgend etwas gewittert und ist kläffend aufgewacht. So arbeitet nämlich das Spürhundgehirn.

»Ist das ein Zwinger?« erkundigt sich Marian. »Kann man da junge Hunde kaufen?«

»Nein«, antworte ich. »Das ist nur Tom Welds jüngster Nutzungseinfall für seine Weide. Sein Sohn hat sie am vierten Juli* mit einem Feuerwerkskörper in Brand gesetzt, so daß er sie nicht mehr für Pferde anbieten kann. Jetzt vermietet er sie irgendwelchen Leuten, die Hunde und Tauben halten. Sobald das Gras ein bißchen wächst, wird er sie wieder als Weide abgeben. Wahrscheinlich schickt er die Schützen trotzdem nicht fort, und über kurz oder lang wird einer von ihnen ein Pferd totschießen, und ich werde zuschauen und mir die Hände reiben.«

Beide Catlins lächeln mich an und warten. Doch ich füge nichts mehr hinzu, und so fragt Catlin: »Weld ist der Mann, der unten in dem weißen Farmhaus wohnt, nicht wahr?«

»Wenn er nur das wäre! Aber er ist das Farmhaus, er ist dieses Wrack von einer Brücke, auf der wir unsere Autos ruinieren. Er ist diese widerliche Meute Spürhunde, er ist Fran LoPrestis Promenadenmischung, er ist Ärger am Tag und Unruhe bei Nacht, er ist der Widersacher, das Id, Stammvater Adam. Er ist unsere Feuersgefahr, unser Dorn im Auge, unsere Vergangenheit, unsere Zukunft, unsere Geschichte und unser Drama. Möchten Sie wirklich noch mehr von Tom Weld wissen?«

»Joe«, sagt Ruth. »Nicht schon wieder. Nicht ausgerechnet jetzt.«

---

* Jahrestag der Unabhängigkeitserklärung. Amerikanischer Nationalfeiertag.

Doch ich bin bereits in voller Fahrt, und Marian Catlins belustigtes und aufmerksames Gesicht vor mir bewirkt, daß ich mich selbst übertreffe. Als einer der ersten, die diese Gegend erkundeten, übernimmt es der alte Siedler, den unerfahrenen Einwanderern die Gefahren der Neuen Welt in krassesten Farben auszumalen. Ich beginne mit den Anfängen, als unsere Beziehungen zu Weld noch gut waren und sogar einen gewissen Reiz hatten – er der nackte Wilde, wir die weißhäutigen Fremden, die es an diese Gestade verschlug –, und ich stelle meine philosophischen Betrachtungen darüber an. Es muß etwa so gelautet haben:

2

Es gibt bestimmte Normen für die Berührung zwischen Eingeborenen und Siedlern. Die Neuankömmlinge gehen an Land, stellen fest, daß die Gegend vielversprechend aussieht, knien nieder und ergreifen im Namen des Königs davon Besitz, pflanzen eine Fahne und ein Kreuz auf und rücken, durch allerlei Zeichen ihre friedfertige Gesinnung kundtuend, mit schußbereiten Musketen ins Innere vor. Gewöhnlich empfängt sie der zuständige Häuptling freundlich; tut er es nicht, so lehrt ihn eine Salve schnell Manieren. Er tauscht Mais, Fisch, Kürbisse, Töchter und andere heimische Erzeugnisse gegen Glas, Perlen, Spiegeln und Nadeln ein. Er lädt sie zu einem Festschmaus, unterzeichnet einen Freundschaftsvertrag, der so lange währen soll, wie das Gras wächst oder das Wasser fließt, und nimmt einen Zylinderhut, einen Rock mit Epauletten und eine Bleimedaille entgegen. Man bietet ihm mit Cayennepfeffer und Schnupftabak gewürzten Alkohol an, und wenn er anderntags stöhnend zu sich kommt, danken ihm seine neuen Freunde herzlich dafür, daß er ihnen die Flußinsel Manhattan geschenkt hat.

Die Flußinsel Manhattan scheint immerhin noch ein geringer Preis für derartige Erhöhungen des Lebensstandards, wie sie die Bleichgesichter bescheren. Der Eingeborene findet als Führer und Jäger Verwendung, es gibt neue Märkte und Arbeitsgelegenheiten, die Wirtschaft erfährt einen Aufschwung. Wie sich herausstellt, schätzen die Neuankömmlinge sogar französische und irokesische Skalps; sie zahlen einen Dollar pro Stück und liefern obendrein die Skalpiermesser.

So weit ist alles schön und gut. Aber nach und nach merkt der Indianer, daß die Weißen die Wälder, in denen er früher jagte, abgebrannt und die Sümpfe, wo er Preiselbeeren sammelte und Bisamratten fing, trockengelegt haben. Immer öfter erlebt er, daß ihm irgendwo der Zutritt verwehrt oder etwas verboten wird. Vergreift er sich am Mais des weißen Mannes, so wird er in den Fußblock geschlossen. Schießt er eins seiner Rehe ab, so bekommt er dreißig Peitschenhiebe. Von rotem Bruder ist keine Rede mehr – diebische Rothaut heißt es jetzt. Junge Männer murmeln Drohungen, alte Häuptlinge empfehlen Geduld, es wird Winter, die Rothaut friert und hungert, Fleisch ist knapp, die Decke zerrissen, an Tabak und Feuerwasser ist nicht zu denken. Erscheint er an der Tür des weißen Mannes und bettelt um eine Mahlzeit und Tabak, so heißt es: »Fort mit dir, du Vagabund! Und wag dich bloß nicht in die Nähe des Hühnerhauses!«

Das ist das normale Schema. Bis jetzt gehörten meine Sympathien der edlen, mißbrauchten Rothaut. Ich habe ihr applaudiert, wenn sie brennende Pfeile in die Strohdächer schoß und die mit brennenden Haaren herauslaufenden Frauen und Kinder mit dem Tomahawk erschlug, und ich habe um sie getrauert, wenn sie von rauhen Siedlertypen in die Enge getrieben und niedergemacht wurde. Doch der Zusammenprall der Kulturen, zu dem es bei Tom Weld und mir kam, hat mich gelehrt, daß der weiße Neuankömmling manchmal im Recht ist. Wenn ich an diesen Mohikaner denke, mit dem ich einen Vertrag geschlossen habe, dann ist mir, als ob jemand eine Blutdruckmanschette um meinen Hals gewickelt hätte und sie aufpumpte.

Ruth betont immer wieder, daß wir hierhergezogen seien, um uns ein bißchen Frieden zu erkaufen, und die örtliche Kultur hinnehmen müßten, wie sie ist. Welds Familie hat den Boden auf diesem Hügel seit sechzig Jahren ohne den geringsten Erfolg bestellt – Ruth macht die unzulängliche Wasserzufuhr dafür verantwortlich, ich den hoffnungslosen Schwachsinn aller

Welds. Diese unbewässerten Hügelaprikosen sind klein und bringen keine Spitzenpreise. In trockenen Jahren tragen die Bäume fast gar nichts. Was würden Sie unter solchen Umständen tun? Eine ergiebigere Quelle suchen? Anderswohin ziehen, wo das Land bestellt werden kann? Aber Sie sind ja auch nicht schwachsinnig. Schwachsinnige nämlich bemühen sich unentwegt weiter, den Boden zu bewirtschaften. Jedesmal, wenn sie eine Pechsträhne haben, unterschreiben sie einen neuen Vertrag mit den Bleichgesichtern und geben wieder ein Stück Land ab. In den letzten zwanzig Jahren mußte man schon völlig unfähig sein, um an kalifornischem Grundbesitz Geld zu verlieren. Nun, den Welds sind von zwei- oder dreihundert Acres vielleicht noch dreißig geblieben, und sie haben dennoch kaum einen Cent. Als Weld zwanzig Acres an eine Bodenerschließungsfirma verkaufte, von der wir dann unsere fünf erstanden, brauchte er gerade Geld, um die Beerdigung seines Vaters und einen neuen Raupenschlepper zu bezahlen, damit er weiterhin für eine uninteressierte Konservenindustrie Mini-Aprikosen züchten konnte.

Man kann das Weldsche Anwesen von hier aus nicht sehen, aber an dem Tag, an dem die Zimmerleute unser Dach fertig hatten, kletterten wir in unserer Hochstimmung hinauf, um mit dem Fernglas die Umgebung zu betrachten, und da sahen wir dieses weiße Farmhaus mit seinem krummen Dachfirst, den verblaßten blauen Türen und Fensterrahmen und dem verbogenen Drahtzaun darum herum. Auf dem Hof stand, von nichts verdeckt, ein verzinkter Butantank, des weiteren ein alter Karren, durch den schon der Senf hindurchwuchs, ein Ackerwagen mit zwei platten Reifen, und dazwischen lagen eine Menge Blechdosen, Papier und ein unordentlicher Stapel Zaunpfähle.

Aber glauben Sie nur nicht, dieses ländliche Elendsquartier hätte uns damals gestört. Im Gegenteil. Ruth fand es sogar beruhigend, zu wissen, daß Welds nur eine halbe Meile von uns entfernt wohnten. Ein Nachbar, wie schön. Nur für etwaige Notfälle, verstehen Sie. Wir suchten ja schließlich Ruhe und Frieden.

Dann sahen wir drüben auf der Weide diesen Neufundländer mit irgend etwas Großem im Maul herantraben, das sich, als er näher kam, als ein Hähnchen entpuppte. Er hielt es hoch, weil ihm das Unkraut und das Gras hinderlich waren, und verschwand dann im Giftsumach am oberen Ende unserer Straße, um eine ganze Weile danach weiter unten wieder zum Vorschein zu kommen. Er steuerte auf das Weldsche Anwesen zu, setzte mit einem vollendeten, schwerelosen Sprung über den Drahtzaun, legte sich hin und fraß, und zwischen den Dosen und alten Knochen stoben Federn auf.

Wir kannten LoPresti damals noch nicht, aber wir vermuteten nach alledem, daß er Hühner hielt. Offenbar hielt er sie nur für Welds Hund, denn im Verlauf der nächsten zwei Tage sah ich zwei weitere im Maul des Neufundländers die Wiese durchqueren, und wann immer ich hoch genug stieg, um in Welds Hof blicken zu können, lagen zwischen dem Senf und den Disteln Hühnerfedern herum.

Dann erscheint eines Morgens ein kleiner, dunkelhaariger Mann und lehnt sich an einen Zaunpfahl, um unseren Hausbau zu beobachten. Er trägt eine verwaschene khakifarbene Hose, ein ebensolches kurzärmliges Hemd, und die Hand, die ich schüttle, ist so schwielig wie die eines Ruderers. Das war LoPresti, was nach Parma klingt, tatsächlich aber schon in der dritten Generation kalifornisch ist. Er erzählte mir, er baue sein Haus selbst und stelle sogar seine eigenen Backsteine her. Er baute schon seit drei Jahren, und vielleicht würde er bis an sein Lebensende damit beschäftigt sein. Er hatte eine sympathische Art, sich selbst zu verspotten, so, als käme ihm sein ganzes Tun ziemlich verrückt vor. Seine Frau war nicht gesund – Emphysem. Sie hatten diese Wohngegend wegen der smogfreien, reinen Luft gewählt und auch, weil ihre Tochter so auf Pferde versessen war. Er sagte, es gebe eine Menge Rotwild, und wenn man nachts mit der Taschenlampe aus dem Fenster leuchte, könne man Waschbären und Opossums auf den Eichen ertappen.

»Die sind wohl scharf auf Ihre Hühner?« fragte ich.

»Ich habe keine Hühner«, sagte er.

»Ach? Ich dachte . . .«

»Ich *hatte* Hühner«, erklärte LoPresti. »Gestern habe ich den fünf überlebenden die Köpfe abgeschnitten und sie in die Gefriertruhe gepackt. Obwohl sie vielleicht selbst da noch nicht in Sicherheit sind.«

»Sie wissen also Bescheid über diesen Hund«, sagte ich. Oh, und ich lachte – es kam mir ungeheuer komisch vor.

Er blickte zur Weide hinüber, und während seine zupfenden Finger dem Stacheldrahtzaun volltönende Jazzlaute entlockten, gab er mir zu verstehen, daß er über diesen Hund sehr gut Bescheid wisse. »Konnten Sie keinen Zaun ziehen, um ihn auszusperren?«

»Habe ich gemacht . . .«

»Oder die Hühner in einem Schuppen halten?«

»Hab' ich auch gemacht.«

»Aber er kam trotzdem hinein.«

»Von unten«, sagte LoPresti. »Von oben. Mitten durch. Das ist kein gewöhnlicher Hund.«

»Warum haben Sie nicht mit Weld gesprochen?«

»Hab' ich gemacht.«

»Und was sagte er?«

»Er sagte, der Hund gehöre seinem Bruder und sei nur bei ihm in Pflege.«

»Haben Sie mit dem Bruder gesprochen?«

»Selbstverständlich. Er erklärte mir, es wundere ihn gar nicht. Er kenne keinen Hund, der diesem als Jagdhund überlegen wäre. Einmalig zum Aufspüren von Kaninchen, Gophern, Wachteln, Mäusen. Charlie Weld fand es nur logisch, daß er hinter Hühnern her war. So ein Hund, der immer auf dem Land gelebt hat, wo er lernt, sich sein Fressen selbst zu beschaffen, sei spottbillig im Unterhalt. Charlie war zu jeder Wette bereit, daß Tom noch keine einzige Dose Hundefutter gekauft habe.«

In meiner Unschuld und Unerfahrenheit kicherte ich. »Bot er Ihnen wenigstens an, die Hühner zu bezahlen?«

»O nein. Warum sollte er? *Er* hat sie doch nicht gestohlen. Es war der Hund.«

»Und keinem der Brüder ist je der Gedanke gekommen, daß so ein Hund angebunden gehört . . .«

»Ich machte ihnen den Vorschlag, und Charlie gestand, das

habe er schon probiert. Aber wie wollte man mit der Sorte Hund fertig werden? Er machte jeden Knoten mit den Zähnen auf, kaute Seile durch, sprengte Ketten. Einsperren? Völlig sinnlos, erklärte Charlie. Dieser Hund sprang über einen drei Meter hohen Zaun so, wie ein anderer über einen Stuhl hüpfte.«

Summend zog LoPresti Späne vom Zaunpfosten ab und schnippte sie ins Gras. »Nein«, sagte er, »Charlie hat mich davon überzeugt, daß man diesen Hund lediglich mit schmerzlicher Bewunderung betrachten kann. Und das tue ich auch, wirklich. Er hat Stil. Gestern kam er herüber, um sich seine tägliche Hähnchenration abzuholen, und fand das Hühnerhaus leer. Man sollte meinen, er hätte sich davongemacht. Aber nein, er war nicht kleinzukriegen. Ich schichtete gerade Holzklötze für den Kamin in den Kasten und hatte die Cockerspanielhündin meiner Frau an die Wäscheleine gebunden, damit sie ein bißchen Bewegung bekäme. Sie ist augenblicklich heiß und fast den ganzen Tag eingesperrt. Na, und ich komme gerade noch rechtzeitig, um die Gewißheit zu haben, daß dieser Weldsche Köter Nachkommen hinterläßt, wenn er einmal eingeht. In sechsfacher Ausfertigung werden wir das gottverdammte Vieh in unserer geplagten Familie haben.«

LoPresti wanderte über die Wiese fort, und Ruth und ich lachten. Wir besaßen weder Hühner noch Cockerspaniels.

In dieser Nacht strich der erste Regen herein. Wir hasteten aus dem Motel, in dem wir wohnten, um zu sehen, ob unser halbfertiges Haus Schaden gelitten hätte, und blieben sofort im Schlamm der halbfertigen Straße stecken. In solchen Situationen sucht der weiße Siedler bei den Eingeborenen Hilfe; ich ging also zu Welds Wigwam, und er zog uns mit seinem Lieferwagen heraus. Als ich zusah, wie er sich in diesem Schmutz mühte, um das Abschleppseil einzuhaken, spürte ich meine Jahre und war ihm dankbar.

Oben angelangt, parkten wir neben dem aufgestapelten Bauholz, und was sahen wir? Drei Pferde, die aus dem unverglasten Fenster unseres Hauses schauten. Ihrer Hinterlassenschaft nach zu urteilen – wir brauchten eine halbe Stunde, um alles zu entfernen –, hatten sie die ganze Nacht in unserem Wohnzimmer zugebracht.

Ich konnte den Pferden keinen Vorwurf machen. Weld hatte keinen Unterstellplatz für sie eingerichtet und seine Zäune nicht versetzt, als er ein Stück Land verkaufte. Woher sollten diese Gäule, die noch nicht einmal ihm gehörten, sondern lediglich Logiergäste waren, wissen, daß die südlichen fünf Acres nun nicht mehr betreten werden durften?

Trotzdem mußte es ihnen natürlich irgend jemand klarmachen. Also marschierte ich noch einmal die halbe Meile ins Tal hinunter. Ich klopfte an die verwitterte blaue Tür, und Weld steckte sein gutmütiges Gesicht heraus. »Wieder festgefahren?«

Nein, antwortete ich, ich wollte ihn lediglich eine Minute sprechen. An meinen Schuhen klebten derartige Lehmklumpen, daß ich sie auszog und die fünf- oder sechsfarbigen Asphaltfliesen in Socken betrat. Mrs. Weld empfing mich mit einem Lächeln und einer nassen gummibehandschuhten Hand. Entweder war sie bei der jüngsten Instandsetzung des Hauses widersprüchlichen Ratschlägen gefolgt oder aber sie hatte eine Freundin, die ihr Warenmuster schenkte. Die Wohnzimmerwände waren ebenso bunt wie die Böden; eine Wand Rosentapete, eine andere Mammutbaum-Sperrholz kombiniert, die dritte Birkenholz. Auf die vierte achtete ich nicht – es handelte sich wohl um die Fensterwand. Vor einem großen Fernsehgerät saß Welds halbwüchsiger Sohn und starrte gebannt in den Bildschirm. Mrs. Weld sammelte mit den gummibehandschuhten Fingern überstürzt einige Sonntagszeitungen ein und verschwand. Weld und ich redeten über das Wetter und kamen überein, daß es sehr feucht sei. Des weiteren waren wir uns einig, daß die Straße noch ein paar Ladungen Steine, die ich bestellen wollte, vertragen könne. Wir waren uns auch klar darüber, daß der Regen trotz allem guttue; hier draußen konnte es bis November leicht wieder trocken sein. Und wir brachten beide unsere Überzeugung zum Ausdruck, daß in einer Woche das Gras schon grün sein werde.

Nach den Präliminarien sagte ich: »Als wir eben zum Haus kamen, fanden wir Ihre Pferde darin.«

Das freute ihn aufrichtig. »Tatsächlich? So'n Pferd weiß sich doch immer zu helfen. Da braucht's bloß naß und kalt zu werden, schon machen sie's wie die Menschen – wenn sie sich wo unterstellen können, tun sie's.«

»Ich hätte es gar nicht erwähnt«, fuhr ich fort, »nur – irgendwie beschmutzen sie das Haus ja doch.«

Wir lachten beide und einigten uns auch insoweit, als ein Pferd in der Tat ein Haus beschmutze, irgendwie.

»Jetzt ist es nicht weiter schlimm«, sagte ich, »aber später könnten sie Schaden anrichten. Meinen Sie nicht, es ließe sich vielleicht ein Weg finden, sie davon abzuhalten?«

»Och, ganz sicher«, antwortete Weld. »Sie wollen wahrscheinlich 'nen kleinen Zaun um Ihr Grundstück ziehn. Ich könnt' Ihnen helfen.«

»Das ist nett von Ihnen«, erklärte ich, »aber ein Zaun bedeutet Tore, und es ist so lästig, dauernd auf- und zumachen zu müssen. Wäre es nicht besser, wenn Sie das Land einzäunten, das Ihnen noch gehört?«

Nun kam der entscheidende Moment, in dem es bei ihm zu dämmern begann. Eine Kultur-Schocksekunde, sozusagen. Er beäugte mich blinzelnd. »Das würde ein Mordstrumm Weide abschneiden.«

»Gewiß«, bestätigte ich, »aber den Verlust müssen Sie doch einkalkuliert haben, als sie es verkauften.«

Stirnrunzelnd stand er da, zupfte an seinem Hals und starrte auf meine Socken. »Hm, tja, richtig. Ist nur 'ne teure Sache, so viel Zaun.«

Ich war eigentlich schon bereit gewesen, in einer Art nachbarschaftlicher Geste einen Teil der Kosten zu übernehmen. Aber es befremdete mich nun doch ein bißchen, daß er es überhaupt nicht als seine Pflicht betrachtete, die Pferde auf seinem eigenen Land zu halten. Ich machte also zunächst keinerlei diesbezügliche Angebote, sondern bemerkte nur, daß das Gesetz in den einzelnen Staaten unterschiedlich sei. Mancherorts mußte man frei weidendes Vieh aussperren, in Kalifornien hingegen oblag es dem Eigentümer, es einzusperren.

»Wie – so ist das?« sagte er. »Na, wird schon stimmen. Hab' nie in 'n Gesetzbuch geschaut.«

Sein Gesicht hatte einen etwas störrischen Ausdruck angenommen. Mrs. Weld stand lauschend in der Küche und trocknete angelegentlich einen Stieltopf ab. Ein Blick auf das Fernsehgerät, dem gerade tumultartiger Lärm entquoll, belehrte mich darüber, daß Weld junior nicht mehr den Bildschirm, sondern mich anstarrte. Ihre stumme Solidarität machte mich wütend.

»Ich möchte nichts Unbilliges verlangen«, sagte ich. »Aber wenn erst einmal das Haus fertig und der Garten bepflanzt ist, können da keine Pferde mehr herumtrampeln, das werden Sie einsehen.«

Weld hatte die Angewohnheit, Luft zu schlucken, und diese Angewohnheit schien sich im Lauf unseres Gesprächs zu einer Manie verstärkt zu haben. Er zupfte an seinem Hals, rieb sich das Kinn, schluckte hörbar und bückte sich, um in den Regen hinauszuschauen, der nun heftig herunterpeitschte. Dann sagte er: »So 'n hübscher kleiner Zaun um Ihr Grundstück müßt' Ihnen aber doch gefallen, mein' ich. So 'n Holzzaun, so richtig ländlich. Das säh' nett aus, und Sie hätten 'nen Schutz für den Garten und wär'n alle Sorgen los.«

»Stimmt«, erwiderte ich. »Nur ist zufällig im Landschaftsplan kein Zaun vorgesehen, und ich *brauche* ja auch keinen. *Ich* habe keine Pferde.«

Damit ließ ich es fürs erste bewenden. Als ich an der Küchentür vorbeikam, verzog Mrs. Weld ihr Gesicht zu einer Grimasse, die meiner eigenen gequälten Miene darin glich, daß sie wohl beide allenfalls noch eine entfernte Ähnlichkeit mit einem Lächeln aufwiesen. Weld beäugte meine lehmbeschmierten Schuhe, während ich hineinschlüpfte. Wahrscheinlich dachte er daran, daß er mir vor einer Stunde den Gefallen getan hatte, meinen Wagen aus dem Schmutz zu ziehen. Was das betraf, so war es mir leider nur allzu gegenwärtig.

Als ich ging, sagte er mit unverändert verstocktem Gesicht, er müsse sich die Sache mal überlegen. Wenig später blieben wir auf der Rückfahrt in dem gleichen Loch noch einmal stecken.

Ich wollte mich nicht soweit demütigen, Weld wieder um Hilfe zu bitten. Und so stapfte ich dreiviertel Meilen weit zu der alten Pferderanch und bestellte einen Abschleppwagen.

Eine Zeitlang hielten wir die Pferde mit Barrikaden fern, die sich von Zäunen nicht so weit unterschieden, daß es mir Vergnügen bereitet hätte, sie aufzurichten. Im Januar hatten wir Türen, und das Haus war sicher; aber im Februar, als die Anstreicher kamen, gab es Eimer und Kannen umzustoßen. Einer der Anstreicher war schließlich so wütend, daß er eine Luftpistole zur Arbeit mitbrachte und sich (für fünf oder sechs Dollar pro Stunde, die ich ja letzten Endes zu bezahlen hatte) hinter Ecken und Trennwänden verbarg, um einem der Pferde einmal einen wirksamen Denkzettel zu verpassen. Ich habe nie gesehen, daß er Erfolg gehabt hätte. Ich selber verließ mich auf Steine. Doch weder Steine noch Luftpistolen noch Barrikaden konnten die Pferde davon abhalten, in der Nacht, nachdem der Beton gegossen war, in den Küchenpatio einzudringen. Man sieht die Hufabdrücke noch jetzt. Diesmal machte ich mir die Mühe, die einschlägigen Gesetze nachzulesen, und wenn Ruth nicht gewesen wäre, dann hätte ich die wanderlustigen Biester eingesperrt und Weld für ihre Herausgabe tüchtig blechen lassen.

Bei unserem Einzug im April waren die Pferde Zuschauer. Ich hatte haufenweise Steine bereitliegen und gab sie ihnen kräftig zu spüren. In ihrer Bestürzung rannten sie unseren Zaun ein, der das Grundstück hinten hinaus von Welds Terrain abgrenzt. Am Abend erschien Tom, um sie abzuholen, und nachdem er sie auf die Straße geführt hatte, begann er den Zaun wieder zu befestigen.

»Oh, lassen Sie das nur«, sagte ich. »Machen Sie sich keine Mühe.«

Er wirkte recht friedlich und schluckte nur ganz leicht. »Na, meine Pferde hab'n ihn doch auch umgerissen.«

»Das ist nicht weiter schlimm«, entgegnete ich. »Ich habe sowieso vor, diesen Zaun zu entfernen.«

Jetzt schluckte er heftig. »Dann wär'n sie gar nicht mehr abzuhalten.«

»Tom«, sagte ich, und ich versichere Ihnen, ich lächelte dabei, »es gibt *nichts*, was sie abhalten könnte.«

Sieg. Nach vierundzwanzig Stunden hörten wir ihn neben der Straße Pfostenlöcher bohren. Ich ließ den Gartenarchitekten kommen. Doch ein Sieg über einen alten Indianerhäuptling ist stets nur ein halber, wenn nicht gar ein Pyrrhussieg. Statt den Zaun um die ganze Weide herum zu ziehen, läßt er ihn an der Brücke enden und reißt aus dem Brückenbelag jede zweite Planke heraus, um aus dem Holz dieses schreckliche Hinterwäldler-Viehgatter zu verfertigen, das wir jetzt dort haben. Seine Pferde können noch immer um das Ende des Zaunes herumgehen und zu uns heraufkommen. Ich ersparte mir jeglichen Protest. Es ist seine Brücke.

Es gibt also weiterhin Nächte wie jene, in der Ruth Geräusche hört und mich wach rüttelt. Ich schalte die Außenbeleuchtung ein, und da ist ein Pferd, ein Pferd, das in unser Schlafzimmerfenster schaut. Es nickt uns zu. Ich hätte schwören mögen, daß es Luft schluckt. Wir können die anderen wie Wachtposten über die Terrasse stampfen hören. Das hier am Fenster muß in unserem neuangelegten Rosengarten stehen. Ich springe aus dem Bett, öffne leise die Tür und schleiche auf Zehenspitzen zum nächsten Steinhaufen. Die Wurfgeschosse erscheinen mir lächerlich klein; Steine vom Umfang eines mittleren Balls, das wäre das Richtige. Die Pferde hören mich und stürmen über zwei japanische Ahornbäumchen, die mich eben erst fünfzehn Dollar das Stück gekostet haben. Sie galoppieren auf die Straße und außer Reichweite, während ich ihnen fluchend meine Steine nachschleudere und meine Füße an harten Lehmschollen wundstoße – eine Figur der Schwäche, der Machtlosigkeit.

Wir hatten also immer noch Pferde.

Aber es kann hier auch schön sein. Sie wissen vermutlich noch nicht, wie es ist, wenn sich der Wind im Mai endlich legt und der Frühling seinen Höhepunkt erreicht. Lyrisch ist das richtige Wort. Morgendämmerung mit Feldlerchenchören, mittags unsere Spottdrosseln und Nachmittage, die sich unter dem sanften, traurigen Gurren der Wildtauben mit blauen Schleiern verhüllen. Die Felder leuchten goldgelb auf, die Bäume werfen purpurfarbene Schatten, Rehe beginnen, über die Umzäunungen zu springen und sich Welds Pumpenhaus zu nähern, um Wasser zu trinken. All dies nahmen wir in uns auf und vergaßen Weld beinahe darüber. Selbst die Pferde waren schön, wenn ihre jungen Eigentümerinnen kamen und abends im kurzen Galopp über die Anhöhe dort drüben ritten.

Einmal war es unser einziges aufregendes Erlebnis während mehrerer Wochen, daß ich eines Nachts ein junges Opossum vor Welds Hund retten mußte, der es in die Autobox gehetzt hatte. Das Opossum stellte sich tot, während ich den Hund verjagte, es stellte sich noch immer tot, als ich es herausholte, und es machte die Augen auch um keinen Spalt auf, als ich es betrachtete. Wie chloroformiert lag es vor mir, und schließlich trug ich es hinaus und legte es auf den untersten Ast einer Eiche.

Es war eine mondhelle Nacht. Spottdrosseln pfiffen und krächzten und veranstalteten einen unglaublichen Spektakel. Der Wiesenhafer hatte sich in ein Silbertuch verwandelt, die Schatten waren samtweich. Lange stand ich wartend und lauschend da, bevor sich das Opossum regte. Es hob die Schnauze und kroch den mondlichtgesprenkelten Eichenast entlang, und ich ging zurück ins Haus und erklärte Ruth, dieses primitive kleine Geschöpf habe mir den Glauben an das irdische Paradies wiedergegeben. Es habe mir bewiesen, daß man es mit jedermann aufnehmen könnte, wenn man sich nur friedfertig und harmlos gebe.

Und was sagt sie? Sie haucht mir von ihrem mitternächtlich zerdrückten Kopfkissen die Frage zu, ob das Opossum denn vor meinem Einschreiten mit seiner Sanftmut bei Welds Hund etwas ausgerichtet habe. Den ganzen Winter über predigt sie mir maßvolle, verständige Milde, die mir gar nicht liegt, und wenn ich endlich die ersten Ansätze von Bekehrung zeige, dann führt sie mir vor Augen, daß es Gegner gibt, denen man mit solchen Mitteln niemals beikommen kann.

3

Hier ungefähr hielt ich inne. Ich wurde meiner Rede allmählich müde, und außerdem nagten gewisse Zweifel an mir, was die Figur betraf, die ich selbst dabei abgab. Diese Übertreibungen, diese Art, aus dem alten, vertrottelten, gutmütigen Weld mehr zu machen als ein harmloses Ärgernis, klang beunruhigend nach Joe Allston, der sich auf Kosten seiner Nachbarn rechtfertigte. Also hörte ich auf.

Sie blickten mich beide lächelnd an. »Und?« sagte Marian. »Das ist doch nicht alles, oder?«

»Fortsetzung folgt, lassen Sie sich die nächste spannende Episode nicht entgehen.«

»Aber was geschah denn weiter? Strolcht der Hund immer noch herum? Finden Sie auch jetzt noch Pferde in Ihren Blumenbeeten?«

»Der Hund ist in die ewigen Jagdgründe eingegangen«, antwortete ich. »Er nahm sich gerade eines überfahrenen Kaninchens an, als ihn ein Lastwagen erwischte. Die Pferde verschwanden im letzten Juli, als der Junge die Weide absengte.«

»Dann gibt es also keinen Streitgegenstand mehr, und Sie haben sich mit Weld ausgesöhnt.«

»Das würde ich nicht so leichthin sagen. Schauen Sie sich doch nur diese scheußliche Sache da drüben an.« Ich fing einen liebevoll mahnenden Blick von Ruth auf. »Und die Brücke«, fuhr ich fort. »Soll ich das Thema noch ein bißchen weiterspinnen?«

»Warum läßt du's nicht lieber sein?« meinte Ruth.

»Nur noch ein bißchen«, sagte ich, denn es drängte mich, diesen Leuten klarzumachen, daß ich tatsächlich vieles erdulden mußte und nicht nur streitsüchtig war. »Natürlich war Weld nicht zu Hause, als sein Sohn den Grasbrand entfachte«, berichtete ich. »Ich ging also mit einer Schaufel hinüber und versuchte, das Feuer zu bekämpfen, aber ich mußte mit qualmenden Hemdzipfeln auf den Hügel flüchten, und während ich in dem ungepflügten Obstgarten nach Atem rang, sah ich ein Feuerwehrauto von der Landstraße her in unseren Weg einbiegen und vor der Brücke stoppen. Die Feuerwehrleute trauten diesem Wrack von einer Brücke nicht; sie fürchteten, es würde der Belastung nicht standhalten. Gottlob kam später ein zweiter Wagen von oben durch die Umzäunung und löschte das Feuer. Sehen Sie, der Vorfall zeigt wieder einmal, welche Folgen eine Handlung haben kann. Natürlich hätte Weld, wenn der Brand über die ganze Nachbarschaft hinweggefegt wäre, nie begriffen, daß seine Weigerung, einen Zaun um seine Weide zu ziehen, irgend etwas damit zu tun hatte. Er hätte der Feuerwehr die Schuld gegeben. Er findet nie die richtige Antwort.«

»Wenn *Sie* aber Ihrem Impuls gefolgt wären und Weld angeboten hätten, die Hälfte des Zauns zu bezahlen, dann wäre die Brücke vielleicht noch in Ordnung, und wir brauchten uns nicht den Kopf darüber zu zerbrechen«, sagte Marian. »Bedauern Sie nicht doch irgendwie, daß Sie es nicht getan haben?«

»Nein«, antwortete ich. »Das wäre eine allzu jämmerliche Niederlage gewesen.«

Wieder beginnen die Spürhunde zu bellen, und diesmal sehe ich die beiden Flintenjäger kommen. Die Catlins machen Anstalten, zu gehen. Jetzt muß ich sie nur unauffällig zur Eile antreiben, obwohl es eigentlich gar nicht so schlecht wäre, wenn sie etwas von dem systematischen Gemetzel mitbekämen – das würde Marian wahrscheinlich davon überzeugen, daß ich mich mit Recht über Weld beklagt habe. In zehn Minuten wird die Schießerei anfangen. Lächle, Joe, verschiebe es auf ein andermal.

An der Ecke legt John Catlin den Arm um seine Frau, und mir fällt auf, wie rührend behutsam und schützend seine Geste ist. Als wir zwischen dem Rosengarten und der Irisrabatte um das Haus herumgehen, bleibe ich neben einem Rosenbusch stehen und untersuche die Blätter. Richtig, ganz wie ich vermutet hatte, ein dicker Klumpen Blattläuse. Ich zeige Marian den Zweig. »Den schicke ich Ihnen, wenn er Blüten trägt«, sage ich. »Ihnen gefallen die Rosen ja mit Löchern.«

»Das ist etwas völlig Natürliches«, entgegnet sie unbeirrt.

Ich will weitergehen, aber Ruth führt ihre Gäste den Hang entlang, der sich zur Shieldschen Weide hinuntersenkt; dort habe ich einen Asphaltpfad anlegen lassen, damit man bei Nässe nicht im Morast versinkt. Ich folge den Catlins als Nachhut, und plötzlich sehe ich, wie sich Marian bückt und etwas betrachtet, was sie auf dem Boden erspäht. »Oh, wer bringt mir eine Hacke?« ruft sie in kindlichem Überschwang. »Hier ist etwas, was ich Mr. Allston unbedingt zeigen muß. Ich kenne das, ich habe es neulich schon einmal gesehen.«

Der Asphalt vor ihr ist zu drei runden, fast pampelmusendikken Beulen aufgeworfen. Die größte davon ist oben zum Teil geplatzt. Gopher? Maulwürfe? Ich hoffe, der Versuch, sich durch eine zehn oder zwölf Zentimeter starke Asphaltdecke hindurchzuwühlen, hat ihnen wunde Füße eingetragen. Und ich zöge es wirklich vor, wenn wir uns jetzt nicht um sie kümmerten, damit die Catlins heimkämen, bevor die Schießerei anfängt. Aber mir bleibt nichts anderes übrig, als die Hacke aus der Garage zu holen. Catlin nimmt sie mir ab und gräbt den größten Höcker aus. Und was findet sich da unten, kurz davor, diese solide Schicht zu durchbrechen? Ein Pilz. Ein kleiner Wiesenchampignon von der Größe meines Daumens und so weich wie Käse.

Marians Augen leuchten. »Begreifen Sie jetzt?« ruft sie triumphierend. »Sie fragten sich, was in der Walmilch sei. Wissen Sie es noch nicht? Dasselbe, was auch eine mikroskopisch kleine Champignonspore in sich trägt, der Gopher, der Sumach und alls andere, was wir unter Asphalt zu ersticken versuchen, ausreißen oder vergiften. Es gibt kein gutes oder schlechtes Leben, es gibt nur Leben. Und was für eine gewaltige, unwiderstehliche Kraft muß es sein, die die Dinge da unten *werden* heißt!«

Eine Sekunde lang fürchte ich, sie könnte in Tränen ausbrechen. Sachte, sachte, ermahne ich mich, während Ruth mir einen völlig unnötigen beschwörenden Blick zuwirft; Catlin beobachtet seine Frau mit konzentrierter Wachsamkeit und versteckt den Mund hinter einem aufblitzenden Feuerzeug. Doch man hat mich in meiner Eigenschaft als Vertilger angesprochen, und ich muß mich immerhin irgendwie äußern. Und da ich ein komischer Kauz bin, blinzle ich und singe:

»Ein Farmer nahm 'nen Champignon,
Champignon, Champignon,
und begoß ihn mit Asphalt.
Warte, Freundchen, balde schon,
balde schon, sagt der Pilz,
fühl' ich mich hier ganz zu Haus
und komm' oben wieder 'raus.«

»Aha«, meint Marian. »Das hat Sie also doch beeindruckt.«

»Stimmt.« Insgeheim bin ich sehr erleichtert, daß der exaltierte Zug von ihr gewichen ist. Ihre überschäumend lebendige Art ist atemberaubend – und seltsam, wenn man bedenkt, wie schmal und blaß sie aussieht.

Noch ganz im Bann dieses frappierenden Kontrasts schaue ich ihnen wenig später nach, als sie die Einfahrt hinuntergehen. Dann drehe ich mich um und begegne einem merkwürdig forschenden Blick meiner Frau, der allerdings gleich wieder skeptisch-ironisch ist, wie gewohnt. Ruths Benehmen wird vermutlich weitgehend von mir selbst gesteuert. Sie beklagt sich darüber, daß ihr Verstand die Form eines baskischen Schlagkorbs angenommen habe, weil er ständig gewärtig sein müsse, meine Angriffe abzufangen und zurückzugeben. Das Zusammentreffen mit dieser sensiblen jungen Frau hat mich bewegt, und so frage ich ziemlich barsch: »Was ist? Habe ich ein Loch in der Hose?«

»Dein ergebenes Hundegesicht sprach Bände.«

»Na und? Sie gefallen mir. Ihn finde ich interessant, und sie finde ich reizend.«

»Sie ist bezaubernd«, sagt Ruth. »Und ein bißchen närrisch. Und traurig.«

»Traurig? Warum?«

»Sie ist offenbar nicht gesund.«

»Was ist dann so komisch?«

»Du, Herzchen«, antwortet Ruth zerstreut und in sich gekehrt. »Du belustigst mich.« Ich weiß natürlich, daß das nicht wahr ist. Sie hängt sich bei mir ein, und wir kehren um. Nach ein paar Schritten schlingt sie den Arm um mich und sagt: »Du hättest sechs hübsche Töchter haben sollen.«

Dies kommt meinen eigenen Gedanken gefährlich nahe, und so übergehe ich es und erwidere nur: »Sicher wirst du mir gleich eine Standpauke halten, weil ich mich so boshaft über Weld und die Heiligkeit des Lebens ausgelassen habe.«

Ruth betrachtet gerade die Knospen des Zwergorangenbaums neben der Garagenmauer und blickt nun auf. »Du konntest es ja nicht wissen.«

»Was konnte ich nicht wissen?«

»Du hast bestimmt nicht bemerkt, daß sie schwanger ist.«

»Nein«, bestätige ich. »Woher weißt du es denn?«

»Woher soll ich es schon wissen? Sie hat es mir erzählt.«

»Na«, sage ich, »dann brauchst du auch nicht so zu tun, als seist du durch weibliche Intuition zu der Erkenntnis gelangt. Mir hätte sie so etwas wahrscheinlich auch gar nicht anvertraut. Im wievielten Monat ist sie denn?«

»Oh, im zweiten oder dritten.«

»Schön. Sie verbreitet also ihren Samen. Niemand könnte so etwas mehr schätzen als sie. Aber ich kann nicht behaupten, daß ihr Benehmen dazu paßt. Ich glaubte immer, schwangere Frauen führten ein beschauliches Leben voll seliger Träume und verströmten Milchgeruch.«

Drüben auf der Weide trainiert die Feldlerche mit ein paar Flötentönen ihre Stimme für ein spätnachmittägliches Lied. »Ach«, sagt Ruth, »das ist vielleicht gerade das Traurige bei alledem. Sie hat eine Operation hinter sich. Hast du nicht bemerkt, daß sie den linken Arm immer so bewegt, als sei er steif oder sogar ein bißchen verkrüppelt? Sie haben ihr an der Seite die Brust abgenommen und all die kleinen Lymphknoten bis in die Armhöhle hinein entfernt.«

Der Schatten des Hauses hat den Lilienteich erreicht und überzieht auch schon die untere Hälfte der Garagenwand. Ich denke an diese junge Frau, die wie ein sonnendurchsickerter Wald wirkt, und an das Übel, das sich schleichend in ihrem Körper verbreitet hat. »Mein Gott«, sage ich, »sie ist noch so jung.«

»Ja.«

»Ist es wiedergekommen? Sieht sie deshalb so spitz aus?«

»Nein, ich glaube nicht. Sie hätte es mir sicher erzählt. Sie spricht sehr offen darüber.«

Die Feldlerche gestaltet ihre musikalischen Darbietungen auf eine sehr eigenwillige Art. Sie singt weder Dubletten noch Improvisationen, wie es viele andere Vögel tun, sondern trillert statt dessen eine Melodie acht- oder zehnmal, wechselt dann für eine Weile auf eine zweite über, auf eine dritte. Ihre mechanischen Rhapsodien und dazwischen das unausgesetzte Toben der Spürhunde irritieren mich. Nun schwirrt etwas durch die Luft, und eine Taube fliegt silbrigschimmernd über uns hinweg, kreist im Sonnenlicht und kommt zurück. Ich sehe die rötlichen Brustfedern, höre den Flügelschlag. Eine Sekunde später knallt ein Schuß, und das Hundegebell schwillt an.

Ruth und ich wechseln einen Blick stummen Einverständnisses. Wenn man einmal die Sechzig hinter sich hat, weiß man, wie verwundbar die Menschen sind – einschließlich der eigenen Person –, doch selbst dann kann gelegentlich ein mahnender Wink vonnöten sein. Ich bin froh, daß der jungen Frau wenigstens die widerwärtige Taubenschlächterei erspart geblieben ist, aber mich plagen auch Gewissensbisse, weil ich ihr mit meinem Geschwätz solch unangenehme Minuten bereitet habe.

»Gott, ich habe schon ein besonderes Talent, das Verkehrte zu tun«, sage ich. »Warum hast du mich nicht zum Schweigen gebracht?«

»*Dich* zum Schweigen bringen?« erwidert Ruth. »Wie macht man das?«

Doch ihre Bissigkeit ist nur eine Art rauher Schale. Als wir auf das Haus zugehen – es ist mir wirklich nicht danach, draußen zu bleiben und das Geknalle und das aufgeregte Bellen der Hunde zu hören –, nimmt Ruth wieder meinen Arm. Und ich weiß sehr gut, was sie mir damit sagen will.

Wir hatten uns von neuem engagiert, unsere Schutzhülle abgestreift, und brauchten einander deshalb mehr als zuvor. Unser so spät erlangtes Paradies des Glücks und der Beschaulichkeit war verloren; und schuld daran war nicht etwa einer der Menschen, denen ich so eilfertig die Schlangenrolle zuweisen wollte, sondern jemand, dem unsere Herzen spontan zuflogen. Es ist eine bittere Doktrin, die sich mir damals aufdrängte und bis heute ihre Gültigkeit für mich behalten hat: Daß es die Liebe, nicht die Sünde ist, was uns um den Garten Eden bringt. Liebe führt Tod mit sich – sie ist es, die den Tod überhaupt erst bedeutungsvoll macht. Sonst wäre alles nur jener simple Proteinaustausch, an den Marian zu glauben vorgibt.

III

Ich habe mich aus der gleichen Stimmung heraus in diese Grübeleien versenkt wie ein altmodischer Christ, der im unbestimmten Verlangen nach irgendeiner Bibelstelle aufs Geratewohl das Heilige Buch aufschlägt. Ich wollte mit Marian und über sie sprechen, weil ich mich nicht damit abfinden konnte, daß das Leben sie, die so gerne lebte, derart betrogen hatte. Jetzt stelle ich fest, daß ich mindestens ebensoviel über Joseph Allston gesagt habe und darüber, wie er, der sich lediglich zur Ruhe setzen und seinen Garten pflegen wollte, vom Leben geprellt wurde.

Mißgeschick ist eine Gemeinschaftsarbeit; das Böse ist überall und in jedem von uns. Dennoch treibt es mich ständig, in diesem Garten herumzustochern, um die Schlange aufzuspüren. Früher oder später werde ich bei mir selbst angelangt sein.

Niemand von uns ist harmlos, wenn wir das auch noch so gerne glauben möchten. Was immer wir gesucht haben mögen, als wir uns hier draußen niederließen, wir sind einander nicht entkommen. Der biedere Farmer, der aus seinem verbleibenden Grundbesitz Kapital zu schlagen hofft, der Italiener mit der kränklichen Frau und der mürrischen Tochter und seinen Ziegelbacksteinen, die ihm als Narkotikum dienten, die vom Tod bedrohte junge Frau, die sich so verzweifelt um Fortdauer bemühte, der Narr, der in dem Baumhaus lebte, und dieser Narr hier, der auf der Hügelkuppe wohnt – wir bildeten, ob wir es wollten oder nicht, eine Gemeinschaft, mit allen Konsequenzen. Und unser Mittelpunkt war das Catlinsche Cottage.

Seit wir Marian Catlin kannten, fanden wir, daß das Cottage, das uns früher eher schäbig vorgekommen war, wunderbar zu ihr paßte. Solange Thomas dort wohnte, waren wir allenfalls mit einem Nicken oder Winken daran vorbeigefahren, und wir hatten es nie betreten. Bei den Catlins hingegen gingen wir fast täglich ein und aus, und der schattige Picknickplatz wurde uns so vertraut wie unsere eigene Terrasse.

Es fällt mir schwer, zu rekonstruieren, wie es zu dieser engen Beziehung kam. Eben noch waren sie uns völlig unbekannt, wenige Tage später bereits unsere besten Freunde. Wir haben immer sehr zurückgezogen gelebt und neigten eher dazu, andere von vornherein abzulehnen – wie ich es vermutlich mit Peck tat –, als sie auf den ersten Blick zu mögen. Doch Marians Herzlichkeit nahmen wir an wie eine übertragbare Krankheit. Es war eine Art spontane gegenseitige Adoption; wir betrachteten die Catlins praktisch als unsere Kinder. Auf Marians Bitte hin übernahmen wir sogar die Verantwortung für Debby, falls John etwas zustoßen sollte.

Wir sind zweifellos eine ziemlich altersschwache Zuflucht, doch unsere Bereitwilligkeit beruhigte Marian, denn sie sorgte sich um das Kind und hatte Angst, es könnte einmal allein auf der Welt stehen. John besaß keine näheren Verwandten außer einem Bruder, den diplomatische Missionen ständig in irgendwelche arabische Länder führten, und Marian hatte ihre Eltern durch einen Autounfall verloren, als sie fünf Jahre alt war. Sie war bei einer kränklichen Großmutter aufgewachsen, die für sie sorgte, so gut sie es konnte, und sie mit Liebe überschüttete. Und Liebe wollte Marian auch ihrer Tochter für den schlimmsten Fall sichern. Und eigentlich noch mehr, viel mehr: einen Bruder oder eine Schwester. Wenn sie überhaupt eine Religion hatte, so war sie biologischer Art.

Am Tag nach dem ersten Besuch der Catlins begegneten wir unten bei den Briefkästen einem kleinen Mädchen, das nur Debby sein konnte; sie war ungefähr sechs Jahre alt, trug die Haare zu einem Pferdeschwanz hochgebunden und hatte ein schmales, spitzes, von einer eulenhaften Kinderbrille beherrschtes Gesicht. Für unser Winken ernteten wir lediglich ein neugieriges Starren. Wir sahen ihr von der Brücke aus nach, wie sie den Weg hinunterlief und mit den Fingern hier und da eine Senfblüte berührte. »Umzüge sind hart für Kinder«, sagte Ruth.

Am nächsten Tag mußten wir unsere Wochenendeinkäufe machen, und ehe wir abfuhren, schnitt Ruth einen Strauß Rosenknospen und ein paar kleine Seidelbastzweige und legte sie in den Wagen. Als wir bei den Catlins ankamen, war Marian gerade im Picknickwäldchen damit beschäftigt, Debbys Schaukel, die von einem hohen Eichenast herabhing, in Bewegung zu halten. Wir hörten fröhliche Stimmen. Dann sah uns Marian, gab der Schaukel einen letzten Stoß und kam herauf.

Schwer atmend ergriff sie meine ausgestreckte Hand, drückte sie fest und ließ sie auch nicht los, als sie sich bückte, um Ruth zuzulächeln, die ihr die Rosen gab.

»Die versprochenen Würmer«, sagte ich.

»Darf ich es riskieren, daran zu riechen, oder inhaliere ich dabei DDT?« Doch sie fügte gleich hinzu: »Was für ein wunderbarer Strauß. Ich freue mich schrecklich darüber.«

Sie lachte mir zu, und wieder fiel mir auf, wie ungemein blau ihre Augen waren – Kornblume, Rittersporn. Die schräg nach oben verlaufenden äußeren Augenwinkel, die andere Frauen künstlich zu erzeugen suchen, verliehen ihr etwas Sehnsüchtiges, Junges und Verletzliches, weil sie keinerlei Make-up trug und so blaß war.

Ich erinnere mich noch gut daran, wie schmerzlich mich jede ihrer Bewegungen berührte, weil ich ständig an die Verstümmelung denken mußte, die sie erlitten hatte. Und ganz unwillkürlich fragte ich mich, welches wohl die betroffene Seite sei. Man sah keinen Unterschied, aber sie mußte die Brust ja auch zweifellos wattieren. Ob ihr dieser Betrug unangenehm war? Was empfand sie, wenn sie ihren entstellten Körper betrachtete oder wenn ihr Mann ihn sah? Glaubte sie, die so mystisch der Verbreitung des Samens ergeben war, sie tauge nicht mehr für die Liebe? Nein, das war nicht anzunehmen, denn sonst hätte sie bestimmt nicht, kaum daß sie sich von der Operation erholt hatte, ein Kind haben wollen. Einen Augenblick lang erwog ich, ob sich ein Ehemann in John Catlins Lage benutzt vorkommen könnte, doch dann dachte ich an sein gutmütiges, zuverlässiges, beherrschtes Gesicht und an seine Augen, die ihr überallhin folgten, und verwarf die Idee sofort.

Sie antwortete, fragte, erzählte mit dieser melodiösen Stimme, eine überschlanke junge Frau in einem verwaschenen Leinenrock. Die orangeroten Rosen lagen in ihrem Arm. Hinter ihr starrte das verwitterte Cottage mit seinen noch vorhanglosen Fenstern auf Unkrautbeete hinaus. Ruth bot Setzlinge an, Geranien, Mesembrianthemen und ähnliches, was praktisch keiner Pflege bedurfte, doch nein, erklärte Marian beharrlich, sie wollten wirklich nichts pflanzen. Es mochte eine etwas spleenige Idee sein, aber sie fand eben, daß man Pflanzen, deren Gene sich auf eine gewisse Umwelt eingestellt hatten, dort wachsen lassen sollte, statt sie zugunsten fremdartiger anderer auszureißen, die, wenn man sie nicht ständig begoß, sofort eingingen. Und außerdem – weshalb sollte sie sich mit Gartenarbeit abplagen, wenn ihr die Nachbarn so herrliche Blumen brachten? Zum Ausgleich mußten wir sie aber sehr oft besuchen; sie hatte uns auch etwas zu bieten – ein reizendes, staubiges Picknickwäldchen, wo es von Eichenminiermotten wimmelte.

Von dorther rief jetzt ihre Tochter. »Mami! Stößt du mich an?«

»Ich unterhalte mich gerade, Schätzchen. Müh dich doch selbst ein bißchen und probier mal, wie hoch du hinaufkommst.«

»Ich kann nicht, die Schaukel fliegt nie geradeaus.«

»Setz dich richtig in die Mitte.«

»Ich sitze in der Mitte!«

Ihre Mutter runzelte die Stirn und machte Anstalten, uns mit einer Entschuldigung zu verlassen. Ruth reichte ihr den duftenden Seidelbast. »Fragen Sie sie doch, ob sie sich den ins Knopfloch stecken möchte.«

Marian roch daran. »Mmmm. Debby, die Allstons haben dir etwas Schönes mitgebracht.«

Die weißen Nylonseile schnellten hoch, verwickelten sich, pendelten hin und her. Debby kam zu uns herauf und nahm die Handvoll Duft mit einer Miene entgegen, als hätte sie etwas wesentlich Großartigeres erwartet – ein Pony zum Beispiel. »Riech mal«, sagte ihre Mutter. Das kleine Mädchen hielt sich den Seidelbast unter die Nase und starrte uns durch seine Eulenbrille an. Liebevoll umschlang Marian die Schultern ihrer Tochter. »Debby, das sind Mr. und Mrs. Allston, die droben auf dem Hügel in einem schönen Haus wohnen und einen Siamkater haben, der Katarrh heißt.«

»Was ist Katarrh?«

»Schnupfen«, antwortete ich. »Wir nennen ihn auch nur im Familienkreis Katarrh. Sein eingetragener Name ist Otorhinolaryngitis.«

Es kam ihr nicht lustig vor ... Abgang des Clowns unter dem spöttischen Gelächter des Publikums.

»Nun sag erst einmal guten Tag und vielen Dank für den schönen Seidelbast«, mahnte Marian.

»Guten Tag. Vielen Dank für den Seidelbast.«

»Ich hoffe, du besuchst uns oft«, sagte Ruth. »Wie gefällt dir dein neues Haus?«

»Gut.«

»Sie hat noch keine Spielgefährten gefunden«, erklärte Marian. »John ist den ganzen Tag im Laboratorium, und mit mir allein langweilt sie sich auf die Dauer. Und dazu noch der Schulwechsel. Wir müssen es irgendwie organisieren, daß ein paar von ihren Freundinnen zum Spielen herauskommen, oder neue für sie suchen.«

»Na, wenigstens hast du schon eine wunderbare Schaukel«, meinte Ruth.

»Ja, aber sie will mich nie anstoßen.«

»Schätzchen, ich kann dich doch nicht unaufhörlich anstoßen. Wenn du lernen würdest, dich selbst in Schwung zu bringen, könntest du den ganzen Tag schaukeln.« Zu uns gewandt, sagte sie: »Seit John gestern abend diese Schaukel angebracht hat, läßt sie mir keine Ruhe damit.« Wieder drückte sie Debby an sich. »Wir sind noch ein bißchen fremd hier, das ist es. Aber wir werden uns bald eingewöhnt haben, und dann gefällt es uns hier bestimmt viel besser als anderswo. Nicht wahr? Wir fangen doch schon an, uns mit den Tieren anzufreunden. Einer unserer

Füchse hat sich wieder gezeigt, und ein Waschbär stieg in unsere Mülltonne, und drei Rehe kamen vorbei. So etwas siehst du in der Stadt nie.«

»Du hast den Mann vergessen, der in einem Baum wohnt.«

Marian lachte auf. »Ja, warum haben Sie uns nichts von diesem Baumnachbarn gesagt?«

»Ich habe einfach nicht an ihn gedacht«, antwortete ich. »Ich muß gestehen, daß ich auch gar nicht an ihn denken *will*.«

»Warum nicht? Er scheint ein richtiges Original zu sein.«

»Original?« sagte ich. »Originale wie den kann Ihnen jeder Vervielfältigungsapparat liefern.«

»Nun seien Sie doch nicht so! Wie viele Leute kennen Sie, die auf Bäumen leben?«

»Wie viele bärtige Gesellen sehen Sie auf Motorrädern herumrasen?«

»Das ist unfair. Ich bezeichne Sie ja auch nicht gleich als Dutzendtyp, weil Sie wie hundertfünfzig Millionen anderer Amerikaner ein Auto fahren. Und im übrigen ist ein rasiertes Gesicht eigentlich unnatürlich. Ich finde Bärte bei manchen Männern attraktiv.«

»Sie haben mich überzeugt«, sagte ich. »Ich werde mir sofort einen Bart wachsen lassen.«

»Wie nachgiebig Sie sind«, sagte Marian. »Aber Ihr Gesicht gefällt mir so wie es ist – glattrasiert. Ich meine nur, Sie sollten niemanden nach seinem Haarwuchs beurteilen.«

»Haben Sie diesen Burschen kennengelernt? Finden sie ihn charmant?«

»Na ja, charmant würde ich nicht gerade sagen. Er ist schon ein ziemlich extremistischer Sonderling. Aber vielleicht kommt das daher, weil er sich so sehr engagiert.«

»Wie? Wenn er sich für irgend etwas einsetzte, wäre er jetzt in Mississippi oder trüge Plakate bei Protestmärschen, statt mit hochgezogener Brücke in einem Baum zu hocken.«

»Ich nehme alles zurück«, sagte Marian. »Sie sind überhaupt nicht nachgiebig, ganz im Gegenteil – Sie stecken voller Vorurteile. Warum haben Sie ihm denn erlaubt, hier zu leben, wenn Sie ihn nicht ausstehen können?«

»Weil ich schwachköpfig bin. Weil ich nachgiebig bin.«

»Ach ja? Nein, er ist aber wirklich nicht so schlimm. Als er neulich abends hereinkam, fuhr er mit ziemlichem Getöse an unserem Fenster vorbei und erschreckte Debby, die schon geschlafen hatte. Daraufhin gingen wir hinaus und sprachen mit ihm.«

»Das will ich hoffen. Wenn er Sie mit dieser Halbstarkenmaschine belästigt, dann ist es auf der Stelle aus mit seinem lauschigen Nachtquartier.«

»Sie brauchen sich gar nicht aufzuregen«, sagte Marian. »Er zeigte sich sehr einsichtig, er hatte einfach nicht daran gedacht. Heute früh schob er das Motorrad vorbei und ließ es erst bei der Brücke an. Aber er ist wirklich ein komischer Typ, mit diesem Bart und dem Hubschrauberanzug. John hält ihn für einen schweren Fall von Establishment-Feindlichkeit.«

»Ja, die Symptome habe ich auch bemerkt.«

»Und er ißt nur Nüsse und Obst und Gemüse.«

»Das erzählt er offenbar jedem.«

»Hat er Ihnen auch verraten, warum?«

»Nein.«

»Sein Vater ist irgendein großes Tier in der Chicagoer Fleischkonservenindustrie. Deshalb ißt er kein Fleisch.«

»Ein imponierender Grund«, bemerkte ich. »Trägt sein Vater nicht auch Hosen? Wie kommt es dann, daß unser Tarzan keine Sarongs oder Togen bevorzugt?«

»Na, ein ausgesprochen herkömmliches Kleidungsstück ist der orangefarbene Dreß ja nicht.«

»Und auch nicht besonders hygienisch.«

»Ach«, meinte sie lächelnd, »ich sehe schon, Sie gefallen sich in der Rolle des brummigen alten Ekels. Nichtsdestoweniger stelle ich fest, daß er auf Ihrem Baum lebt. Und dieses Wohnnest wird noch unseren Hausfrieden zerrütten. Der kleine Plagegeist hier liegt mir schon den ganzen Tag in den Ohren, daß sie sein Baumhaus sehen will. Und er hat doch offenbar nichts für Besucher übrig.«

»Ich könnte ihn aber fragen«, sagte Debby. »Warum darf ich ihn nicht fragen?«

»Weil er seine Ruhe haben möchte«, antwortete ihre Mutter. »Jeder hat seine Eigenheiten. Er liebt seine Ruhe, Mr. Allston hat schreckliche Vorurteile, du hast ein bißchen hervortretende Augen, ich bin eine hysterische Bohnenstange. Aber wir haben alle das Recht genau das zu sein, was wir sind. Oder nicht?«

»Ich weiß es nicht.«

»Ich schon. Deshalb zieht er seine Brücke hoch und will nicht, daß man bei ihm herumschnüffelt.«

»Und ich tu es doch!«

»Das will ich nicht hoffen, Baby«, sagte Marian. »Du würdest uns in große Verlegenheit bringen.«

Ruth beugte sich vor. »Wir müssen jetzt leider fahren, sonst geraten wir in die Hauptverkehrszeit. Aber schauen Sie doch zu uns herein, wenn Sie spazierengehen. Und bringen Sie uns Debby, damit sie Katarrh kennenlernen kann.«

Ich startete den Motor, Mutter und Tochter traten zurück, allerseits lächelnde Gesichter. Marian sagte noch, in einem Arm die Rosen, den anderen um Debby gelegt: »Sie beide ... sobald wir eingerichtet sind ... John hat demnächst eine Woche Ferien. Debby, so warte doch! Manchmal wünschte ich, dein Vater hätte das Ding nie angebracht. Wink den Allstons, Schätzchen. Auf Wiedersehen, und vielen Dank für die Blumen! Und die Würmer! Ganz besonders für die Würmer ...«

Im Rückspiegel sah ich Debby ihre Mutter zur Schaukel zerren. »Die Kleine ist ein Tyrann«, sagte ich. »Ein nachdrückliches Nein täte ihr ab und zu ganz gut.«

»Marian will sie wahrscheinlich für den Umzug ein bißchen entschädigen.«

»Und der Gorillamann«, fuhr ich fort. »Wer hätte gedacht, daß sie innerhalb von vierundzwanzig Stunden schon ein Herz und eine Seele wären?«

»Oh, ein Herz und eine Seele! Sie haben sich ein paar Minuten unterhalten, das ist alles.«

»Stimmt, aber ich dachte immer, er verabscheut alle gewöhnlichen Sterblichen. Er hätte doch grunzen und sich auf seinem Ast in Sicherheit bringen können.«

»Joe«, sagte sie, »du bist ein Phantast. Du bist eifersüchtig.«

»Du nennst *mich* einen Phantasten? Köstlich.« Aber sie hatte natürlich recht. Es ärgerte mich, daß es überhaupt einen Berührungspunkt zwischen Marian und Caliban gab.

Als wir gegen halb vier zurückkamen, schnitt John gerade mit einer Sichel die Disteln im Garten ab. Ich hielt. »Wie?« sagte ich. »Tragen Sie sich etwa doch mit Naturverbesserungsabsichten?«

»Nur die Disteln sollen weg«, antwortete er. »Sie verkratzen Debbys Beine. Wie wär's mit einem Bier?«

Ich sah Ruth an und dachte vermutlich das gleiche wie sie: Wir sollten es nicht zu weit treiben, keine allzu enge Verbindung entstehen lassen. Doch offenbar war es genau das, was wir uns wünschten. »Haben wir irgendwelches Gefrierzeug, das auftauen kann?« fragte ich.

»Ja, Gemüse.«

»Dann steig du schon aus«, sagte ich. »Ich fahre schnell hoch und lege es in die Tiefkühltruhe.«

Ich beeilte mich wie ein Junge, der sich auf eine Party freut. Als ich zurückkam und den Wagen abstellte, fiel mein Blick auf ein Motorrad, an dessen Lenkstange ein weißer Helm baumelte. Ich schaute zu der kleinen Baumgruppe hinunter. Tatsächlich, da saß er mitten unter ihnen, Jim Peck in seinem orangefarbenen Anzug, ein Satyr, der sich zum Picknick eingefunden hatte.

2

Die Szene gleicht einem Landschaftsbild aus dem achtzehnten Jahrhundert, oben Blätter, seitlich Wiese, Bronzetöne in der Mitte, wo die Figuren versammelt sind. Die Sonne steht tief über dem Hügel, und ihre nachmittäglichen Strahlen dringen in das Wäldchen ein und heben Marians Blaßblau, Ruths Rot, Johns Khaki hervor und das grelle Blechgold der Bierdosen, die auf dem verwitterten Picknicktisch stehen. Das Nylonseil, eine

Note, die zu dem übrigen nicht passen will, glänzt seidig, wenn es durch Debbys Schaukelbewegungen mit der Sonne in Berührung kommt. John stößt mit einer Hand das Brett an, in der anderen hat er eine Bierdose. Er unterhält sich lächelnd mit Ruth und Marian, die es sich in Liegestühlen bequem gemacht haben. Durchscheinende Flammen züngeln aus der Barbecue-Grube auf: Es ist noch Frühling und nicht übermäßig warm. Der Holzfeuerrauch, durch die Schwingungen der Schaukel daran gehindert, senkrecht ins Laub hochzusteigen, zieht in lokkeren dünnen Schwaden zwischen dem grauen Geäst hindurch.

Höchst wohlgeordnet und neoklassisch, dieses Idyll; stattliche Bäume, harmonisch verteilte Figuren. Höchst romantisch, die fröhliche Note, die das schaukelnde Kind in das Ganze bringt. Doch da, unausweichlich Teil des Bildes, wenn auch ein wenig abseits im Schatten stehend, das anarchische Element; der orangefarbene Anzug wirkt vor dem Hintergrund der braunen Laubschicht wie eine grelleuchtende Riesenblume.

Jim Peck ist keiner von diesen Modernitätsaposteln, die mit strengem, abweisendem Gesicht herumlaufen, so, als trügen sie ein Schild um den Hals: »Weg da, ich bin fertig mit der Gesellschaft.« Das wirre Haar, der zottige Bart, die wilden Augen geben ihm etwas satyrhaft Lauerndes. Hinter seinem unwandelbaren Grinsen versteckt, beäugt er die Welt der Zivilisation und Vernunft wie ein Wilder, der durch einen Rankenvorhang hindurchspäht. Er müßte eigentlich lächerlich oder pathetisch wirken, und er persönlich glaubt bestimmt, viel von einem Heiligen an sich zu haben. Doch das Bild, das mir vorschwebt – sei es der Erinnerung entstiegen, selbstverfertigt oder imaginär –, bestätigt nur meinen ersten Eindruck: daß er gefährlich ist. Und er *ist* auch gefährlich, um so mehr, als in ihm, wie ich jetzt erkenne, ebensowenig Arglist wie Vernunft steckt und er daneben eine bemerkenswerte Vorliebe für Überzeugungen hat, die er fraglos für edel und vortrefflich hält. Gefährlichkeit bedarf nicht unbedingt böser Absicht. Wenn ich den Vater alles Bösen porträtieren müßte, würde ich ihm vielleicht gerade die Gesichtszüge eines hochherzigen Narren geben.

Gefährlich oder nicht, er ist da, er hat auf die liebenswürdige

Geste der Catlins genauso reagiert, wie es die Allstons getan haben. Ich hätte den ungewaschenen Phantasten mein Haus nicht betreten lassen, aber, so mache ich mir klar, es ist ja nicht mein Haus, wo er Zutritt gefunden hat. Und er stört mich wiederum nicht so sehr, daß ich seinetwegen auf die Gesellschaft der Catlins verzichten möchte. Wenn er mich ertragen kann, so kann ich ihn auch ertragen. Ich gehe also hinunter zu ihnen.

Peck erweckte den Eindruck, als ob er sich an diesem lauschigen Plätzchen unter all den netten, mehr oder weniger älteren Leuten nicht ganz behaglich fühlte, und mein Erscheinen verstärkte seine Unsicherheit so offenkundig, daß ich mir – um nicht gar noch Mitleid zu empfinden – schnell vor Augen halten mußte, wie arrogant und mißgünstig dieses ostentative Zurückweichen im Grunde doch war, genauso mißgünstig, wie mir mein eigener Groll auf ihn zuweilen vorkam. Außerdem war er unter seinesgleichen alles andere als schüchtern. Da konnte er Gitarre zupfen, singen, Bier trinken, auf den Bongos herumtrommeln und Mädchen betätscheln: ein Bacchant *comme il faut*. Ich dachte auch an jene Mädchen, die hin und wieder mit ihm ankamen oder fortfuhren – wie Insektenflügel an ihn geklebt, wenn er allzu rasant in die Kurven ging oder federnd über die Bohlen der Weldschen Menschenfalle hinwegsetzte –, und vor allem an die Vision in der schwarzen Strumpfhose, die uns eines Morgens so demonstrativ kundtat, daß zumindest sie Peck ernst genug genommen hatte, um mit ihm ins Bett zu gehen. Es bestand kein Anlaß für mich, dumme väterliche Beschützergefühle zu entwickeln. Ich hatte hier keine Gastgeberpflichten. Wenn er alt genug war, um den Heiligen zu spielen und mit Mädchen zu schlafen, dann war er auch alt genug, um sich in zivilisierter Gesellschaft zu behaupten.

Und er konnte sich nicht ausgeschlossen fühlen. Im Gegenteil. Man hatte ihn dazugeholt und zeigte ihm nun, daß er willkommen war. Eine möglicherweise quietschende Angel, wurde er sowohl von Marian als auch von Ruth vorsorglich geölt; und ich – wiewohl ich es vielleicht vorgezogen hätte, an der Unterhaltung teilzunehmen, die Marian einbeschloß – sprach inzwischen mit John über die kommenden Stadtverordnetenwahlen und ein Kiesgrubenprojekt, das unseren Frieden zu stören drohte, während wir Debby gemeinschaftlich hin und her schaukelten. Meine Ohren waren allerdings anderswo, genau wie Debbys Blicke, die keine Sekunde von Peck abließen. Es ärgerte mich, daß ich unfähig war, ihn zu ignorieren. Wie konnte er unser Interesse durch seine bloße groteske Anwesenheit so weit fesseln, daß ich mir die unsinnigsten Dinge anhörte?

. . . gesunde, vegetarische Kost? (Ja.)

Was aß er eigentlich? (Oh, Reis, Grahambrot, Erdnußbutter, Gemüse, Obst, Nüsse und solche Dinge.)

Hatte man ihm etwa nahegelegt, Kohlenhydrate ein wenig zu meiden, nahm er leicht zu oder ab? (Nie darauf geachtet. Glaubte es aber nicht. Sein Gewicht war wohl immer ungefähr dasselbe.)

Bewogen ihn gesundheitliche oder religiöse Gründe, sich an diese Diät zu halten? (Sowohl als auch.)

Er schien so etwas wie ein Hindu zu sein. Lehnte er alle Fleischsorten ab oder nur Rindfleisch? (Alle.)

War er prinzipiell gegen Fleischgenuß, oder verabscheute er die grausamen Gepflogenheiten auf den Schlachthöfen; Fleisch zu essen war doch *natürlich* (diese Feststellung konnte ja nur von einer Seite kommen), denn schließlich und endlich gehörte alles zu irgendeiner Nahrungskette. Stießen ihn vielleicht nur die Schlachtungsmethoden ab? (Nein, er hatte etwas gegen den Fleischgenuß als solchen. Die größten und stärksten Tiere waren ausnahmslos Vegetarier. Und seinetwegen sollte keine Kreatur leiden. Er vertrat die Gewaltlosigkeit, *ahimsa*. Außerdem beeinträchtigte der Fleischgenuß auch die geistige Klarheit, und sein Ideal war ein kristallklarer Geist, der sich über alle Grenzen hinwegzusetzen vermochte. Die Welt war unfrei, und Denker und Intellektuelle hatten die Pflicht, an ihrer Befreiung zu arbeiten. Er schrieb gerade ein Buch, worin er detailliert aufzeichnete, was sich ihm erschloß, während sein Bewußtsein immer weiter in unbekannte oder wenig bekannte Zustände vordrang. Wenn den Menschen ein Weg gewiesen würde, könnten sie ihre Frustrationen und Feindseligkeiten loswerden und eine ungeahnte geistige Läuterung erreichen. Je länger er bei seiner strengen

Diät blieb, je länger er seine Übungen und Kontemplationssitzungen fortführte, um so klarer wurde sein Denken, um so seltener stellten sich Frustrationsgefühle ein, um so weniger bedeutete die Welt, um so weiter schob sich sein Wahrnehmungshorizont hinaus. Er hatte bereits Hunderte von Seiten fertig, manchmal arbeitete er die ganze Nacht hindurch, die Gedanken kamen immer freier, er schrieb schon beinahe automatisch. Was er entdeckte, war so erregend, daß er nicht länger als ein oder zwei Stunden schlief. Denn auch den Schlaf konnte man kontrollieren. Man . . .)

In seiner weichen, melodiösen Stimme schwang ein Ton leidenschaftlicher Überzeugung mit. Während er sprach, zerknickten seine langen, schlanken Finger mit einer Nervosität, die zu seinen theosophischen Doktrinen nicht recht passen wollte, unaufhörlich kleine Zweige.

Wie interessant, sagten die beiden Frauen. Trieb er auch Yoga? War das eine notwendige Ergänzung seiner Diät? (O ja.) Und wie dachte er über die Verwendung natürlichen Düngers, die Vermeidung chemischer Spritzmittel et cetera? (Er lächelte nachsichtig; für derartige weltliche Dinge blieb ihm keine Zeit – seine Anstrengungen waren ausschließlich auf geistige und körperliche Transparenz, auf Erleuchtung ausgerichtet.)

In der Stadt gab es ein Reformgeschäft – wußte er das? – wo man Sojabohnensteaks, Sirup, Hagebutten und ähnliches in erstaunlicher Vielfalt geboten bekam. (Das wußte er nicht. Er hatte auch nicht viel übrig für diese Heuchelei, die guten ehrlichen Sojabohnen den Geschmack von Rinderlende zu geben versuchte. Einfachheit, das war . . .)

Doch nun fanden sie offenbar, daß sie ihm lange genug das Wort überlassen hätten, und waren sehr bald ganz mit ihren eigenen, bei weitem nicht mehr so einfachen Rezepten beschäftigt. In die Rolle des andersgesinnten Zuhörers abgedrängt, quetschte er resigniert seine Bierdose vierkantig zusammen und ließ sie fallen. John öffnete ihm eine neue und setzte dann die Schaukel wieder in Bewegung, auf der Debby noch immer saß und unentwegt zu Peck hinüberstarrte. Jetzt endlich zwinkerte er ihr zu und bedachte sie mit seinem satyrhaften Grinsen, und als sie wieder an ihm vorbeischwang, stand er schon bereit, um sie anzustoßen.

Es war beinahe rührend zu sehen, wie er sich um das Kind bemühte – die einzige Person, die ihn augenscheinlich faszinierend fand. Ich machte mir eine neue Bierdose auf und setzte mich zwischen Marian und Ruth.

Während ich den bärtigen Narren beobachtete, überlegte ich, ob eine Kommunikation mit ihm wohl jemals denkbar war, vorausgesetzt, man wollte sich überhaupt darum bemühen. Konnte man etwas, was sich beim eigenen Sohn als völlig unmöglich erwiesen hatte, bei einem Fremden erreichen, den man obendrein nicht gerade sympathisch fand? Ich war beinahe versucht, es zu probieren.

Doch sofort dachte ich an all das Geschwätz, das ich mir dann anhören müßte, diese schwerverdauliche Mischung unvereinbarer Dinge, die ich zu verarbeiten hätte. Würde ich seine halbgaren menschlichen Gefühle und edlen Ideale ertragen können? Ich bezweifle es. Dieser Junge würde natürlich auch für eine Abschaffung des Marihuanaverbots plädieren und auch behaupten, daß LSD und sonstige Psychedelika völlig unschädlich seien. Er würde spöttisch über Leute lächeln, die Aspirin schluckten und Drogen verurteilten, und über beginnende Alkoholiker, die es ablehnten, sich anderer Rauschmittel zu bedienen. Er würde sich über sexuelle Konventionen und Heucheleien ereifern und einen mystischen Glauben an den vollkommenen Orgasmus als einen der Wege zur Erreichung jenes erstrebenswerten Zustands, in dem der Geist jedes Inhalts entleert ist, offenbaren. Er würde den Gebrauch vulgärer Wörter als die ehrlichste, aufrichtigste Ausdrucksweise und eine der obersten Pflichten jedes Freiheitsjüngers bezeichnen.

Und so weiter und so weiter. Der bloße Gedanke daran verursachte mir schon Magenkrämpfe. Einen nach dem anderen und in einer gewissen kohärenten Ordnung hätte ich vielleicht sogar die meisten der Ingredienzen, aus denen sich die halbgare Pizza der Jim Peckschen Überzeugungen zusammensetzte, hinnehmen und billigen können, kombiniert jedoch erschienen sie mir unverdaulich, Senf auf der Blaubeertorte, Spargel mit Schokoladeneis überzogen. Im Grunde waren wir einander unserem ganzen Wesen nach fremd. Und obendrein hatte ich das irritierende Gefühl, daß mich sein überspanntes Freiheitsstreben dazu brachte, meinerseits nach der konservativen Seite hin zu übertreiben.

Die Sonne verschwand hinter den Bäumen, die den Hügel säumten, und es wurde kühl. Das Bier erwies sich mit einemmal als ein Getränk, das mich nicht mehr reizte, und ich rückte näher an die warmen Backsteine der Barbecue-Grube heran. John beugte sich vor – die Schaukel entführte Debby nach oben, Peck beugte sich vor – sie kam zurück. Als Debby ihre leere Limonadendose herunterwarf, bückte sich John zwischen zwei Stößen, um sie in die Tonne neben dem Barbecue zu werfen, was Jim Peck dazu veranlaßte – weil er es als einen Appell an seine Ordnungsliebe respektierte? Aus Angeberei? –, seine beiden Bierdosen ebenfalls in die Tonne zu befördern. Marian schenkte ihm ein strahlendes Lächeln. Die Zähmung Calibans. Das primitive Urwaldtier, das sich wie ein gutbürgerlich erzogener junger Mann benahm.

Unverwandt starrte ihn Debby von der Schaukel aus an, und plötzlich sagte sie – ich glaube, es war das erste Mal, daß sie den Mund auftat: »Schläfst du in deinem Baumhaus?«

»Natürlich«, antwortete Peck und stieß ihre ausgestreckten Füße an. Sie schwang nach hinten und bekam von John einen Stoß in den Rücken.

»Kommt manchmal was zu dir hinein?«

»Was soll denn kommen?«

Hin, und her. »Na, irgendwelche Tiere.«

Ein Stoß gegen die Schuhsohlen. »Vögel.«

Wieder nach hinten, und zurück. »Darf ich es sehen?«

»Was? Die Vögel?«

»Das Baumhaus!«

»Debby!« sagte Marian.

Und da war sie schon wieder, die Seile umklammernd, der Rock hochgeweht, nackte Beine, die Brille auf das bärtige Grinsen konzentriert.

»Du möchtest mein Baumhaus sehen?« fragte Caliban.

»Jaaa!«

»Ich habe nichts dagegen«, sagte Peck sanft.

»Könnten wir es vielleicht alle besichtigen?« kam es beinahe sehnsüchtig aus Ruths Liegestuhl – ach, die romantische kleine Ruth, Jane aus einem Tarzan-Film, stets bereit, ein Baumnest mit duftenden Gräsern und Farnen auszupolstern. Sie gibt lediglich vor, fünfundsechzig zu sein. In Wirklichkeit ist sie fünfzehn.

Eine Sekunde lang zögerte Peck. Ich fand es irgendwie bezeichnend für unsere Beziehungen, daß er mir einen seiner abwägenden Taschendiebblicke zuwarf. Doch was stand dahinter? War es Unbehagen, weil ich Besitz und Autorität repräsentierte, die er verabscheute? Oder wünschte ich nur, daß er diese Aspekte meiner Person anerkannt hätte? Jedenfalls würde er mit mir – einem Menschen, der ihn offensichtlich nervös machte und, all seiner philosophischen Prätentionen zum Trotz, eindeutig feindselige Gefühle in ihm weckte – möglicherweise zugleich die Welt akzeptieren und aufhören, sie als etwas hinzustellen, was sie gar nicht war. Er strich sich über den Bart und sagte mit seinem stereotypen Grinsen: »Ich weiß nicht, ob Sie es schaffen, hinüberzukommen.«

»Ich bin recht gewandt auf allen vieren«, versicherte Ruth.

»Stört es Sie auch wirklich nicht?« fragte Marian. »Ich hatte Debby eigens gesagt, sie dürfe unter keinen Umständen . . .«

»Keine Sorge, das ist schon O. K. Ich fürchte nur, außer Mr. Catlin kann sich niemand von Ihnen mit dem Seil hinüberschwingen, und die Brücke ist ziemlich wacklig.«

»Oh, wir wollen es versuchen«, sagte Marian. »Der Reiz eines Idylls liegt ja gerade darin, daß es schwer zugänglich ist.«

Debby wich Peck bis zu der Lattentür, die auf den Pfad führte, keinen Augenblick von den Fersen, und als er den Motorradständer hochkippte, sah er sie von der Seite an. »Willst du gefahren werden?«

»Ja!«

Er hob sie auf den Sitz und schwang sich dann selbst darauf. »Debby!« rief Marian hinter ihnen. »Ach, du lieber Gott!« Peck winkte ihr zu – nur keine Angst, Mama –, trat auf den Starter, ließ die Maschine ein paarmal aufheulen und fuhr dann dröhnend den Weg zum Lorbeerbaum hinunter. Debby, mit hüpfendem Pferdeschwanz und zweifellos wildpochendem Herzen, drückte sich eng an seinen grellfarbenen Rücken. Zehn Jahre älter, und sie würde sich in Strumpfhosen auf seinen Baum hinaufstehlen.

Wir folgten ihnen und standen kurz danach alle in dem feuchten, nach Lorbeer duftenden Schatten über dem leise plätschernden Bach, der vom Regen noch immer ein bißchen Wasser führte. Seit meinem letzten Besuch hatte Pecks spleenige Erfindungsgabe neue wilde Blüten getrieben. Der Lorbeerbaum und die Eiche gegenüber bildeten ein ganzes Spinnennetz von Tauen und Drahtseilen. Peck hatte das Brückenende nun über eine Seilscheibe hochgezogen und in der Eiche befestigt. Vor dem Baumhaus hing – ebenfalls über eine Rolle geführt – die Leiter wie eine Karotte vor der Nase eines Kaninchens. Buchstäblich jeden Zugangsweg hatte er in die Luft gehievt und die Drahtseile mit Vorhängeschlössern und Ringbolzen an Brückenpfosten und Bäumen verankert. Das Problem der Müllbeseitigung indessen schien ihn weitaus weniger zu bekümmern. Ein Gang um die Zeltplattform herum hätte gewiß sämtliche Flaschen, Konservendosen, Plastiktüten und Rosinenschachteln zutage gefördert, die in diesen sechs Monaten hier geleert worden waren.

»Hast du nicht so eine vage Erinnerung, daß irgendwann einmal vom Vergraben der Abfälle die Rede war?« fragte ich Ruth leise.

»O komm«, sagte sie. »Sei kein alter Sauertopf.«

Na schön. Ich sah ein, daß mir nichts anderes übrigblieb, als die Rolle des nörgelnden Besitzers aufzugeben und unter die Schaulustigen zu gehen. Jim Peck war gerade dabei, mit überlegener Expertenmiene ein Vorhängeschloß aufzuschließen; es gab eine Wäscheleine frei, die ihrerseits das Schwungseil aus dem Lorbeerbaum herabließ. »Warten Sie einen Moment«, sagte er. Ein kurzer Anlauf, ein Sprung, und er landete auf der anderen Seite des Bachbettes, wo er das Knotenende des Seils in einem gespaltenen Pflock sicherte.

Applaus. »Jetzt ich!« rief Debby aufgeregt hüpfend.

»Sei nicht so ungeduldig, er wird uns schon holen.« Marian und John lächelten, schüttelten fasziniert den Kopf und blickten mich an; ich sollte offenbar bestätigen, daß all diese sinnreichen Vorrichtungen schlechthin köstlich seien.

»Man meint, am Hölleneingang zu stehen«, sagte ich. »Es fehlt nur noch ein Zerberus.«

»Um den Posten könntest du dich bewerben«, entgegnete Ruth bissig. »Niemand würde mit drei Köpfen überzeugender aussehen.« Ich hatte wohl allzu deutlich gezeigt, was ich von Peck hielt. Geduld, Geduld . . .

Auf der anderen Seite des Baches schloß Peck nun ein zweites Vorhängeschloß auf, das das Schlingenende eines Drahtseils mit einem in die Eiche getriebenen Ringbolzen verband. Die Baumleiter senkte sich herab. Erneuter Applaus.

Noch ein Vorhängeschloß, diesmal am Brückenpfosten, und jetzt erzitterte die Brücke selbst und begann sich herabzusenken. Wenn er den Einfall gehabt hätte, das Drahtseil durch einen Block zu leiten, hätte er es leicht handhaben können; so aber hob ihn das von einer einzigen Seilscheibe beförderte Gewicht beinahe in die Luft, und durch das Absacken der Brücke trafen die Kabelschlingen nicht mit den Pfosten zusammen, über die sie sich schieben sollten.

»Brauchen Sie Hilfe?« fragte John. »Werfen Sie mir doch das Sprungseil herüber.«

»Nein«, sagte der schwitzende Caliban. »Ich schaffe es schon.« Er band sich das Drahtseil um die Hüften, und so gelang es ihm schließlich, das schwankende Ding so weit festzuhalten, daß er die erste Schlinge über den zugehörigen Pfosten praktizieren konnte. Nachdem er mit einiger Mühe auch die zweite befestigt hatte, machte er das Zugseil los und ließ die Brücke einrasten, als letztes die Schlaufen der Geländerseile. Verstärkter Beifall. Debby setzte einen Fuß auf die Bretter, doch sie gaben nach unten und zur Seite hin so stark nach, daß sie sich sogleich wieder verängstigt festklammerte. »Warte, ich komme«, sagte John. Beide Hände um die ihren und das Seilgeländer geschlossen, schob er sie langsam und ungemein vorsichtig hinüber. Schwierig wurde es vor allem, nachdem sie einmal über die Mitte hinausgelangt waren und aufwärts gehen mußten. Als John endlich heruntersprang, meinte er: »Jetzt verstehe ich, warum Sie das Seil vorziehen.«

»Ach, so schlimm ist das Ding gar nicht, wenn man sich daran gewöhnt hat«, sagte Peck. »Neulich abends sind sogar ein paar Mädchen mit hohen Absätzen darübergegangen.«

»Na«, sagte ich zu Marian und Ruth, »was andere Mädchen schaffen, traut ihr euch doch hoffentlich auch zu.«

Ruth schien nicht so sicher zu sein, denn während sich Marian mühsam auf den schwankenden Brettern vorwärtstastete, bedachte sie mich mit einem vielsagenden Stirnrunzeln, doch als sie dann an der Reihe war, stieg sie tapfer auf die wacklige Brücke und gelangte auch glatt hinüber. »Kommst du?« rief sie.

»Ich glaube, ich lasse es lieber bleiben«, antwortete ich. »Ich bin nicht hoch genug versichert, um in meinem Alter auf so einem Ding herumzukriechen.«

»Komm doch, es ist ganz leicht.«

»Nein«, sagte ich. »So neugierig bin ich nicht.«

Peck beäugte mich vom Ufer aus. Wir hatten solche Momente – und gar nicht so selten–, in denen wir uns perfekt verstanden. Nach einer Sekunde grinste er. Ich schickte ihn insgeheim zum Teufel und sah zu, wie die drei Catlins und Ruth hintereinander die Leiter hinaufstiegen und im Baumhaus verschwanden. Der Baum nickte ein bißchen, die Blätter zitterten. Man hörte Ausrufe des Erstaunenes, der Begeisterung. Ein Licht ging an und wieder aus.

»Elektrizität?« forschte ich.

Pecks Augen und Zähne strahlten mich über den Bach hinweg an. »Ich habe mir da mit einer Taschenlampe etwas zusammengebastelt, damit ich nachts lesen kann«, sagte er.

Marians lebhaftes Gesicht erschien unter der Baumhaustür. »Das ist *phantastisch!«* rief sie. »Ein urgemütliches Nest. Und so hoch. Man kann den ganzen Bachgrund überschauen. Ein *Gedicht!«* Zu Peck sagte sie: »Kein Wunder, daß Sie die Brücke hochziehen und alles mit Vorhängeschlössern sichern. Wenn Sie das nicht täten, würde die halbe Welt bei Ihnen einziehen wollen.« Ihr Lächeln fiel wie Sonnenschein auf den haarigen Narren, der sich nun gegen den Brückenpfosten lehnte, um zu ihr hoch und vermutlich unter ihren Rock zu schauen.

»Wenn die Welt so wäre, wie sie sein sollte, würde mich das nicht stören«, erklärte Peck. »Aber leider kann man der Menschheit nicht trauen, und deshalb muß ich alles absperren, obwohl ich es im Grunde gräßlich finde.«

Er glaubte wahrscheinlich, er habe damit etwas unerhört Neues oder Profundes verkündet und seine in einer so unlauteren Welt bewunderungswürdige Lauterkeit der Motive bewiesen. Ich dachte bei mir, daß wohl alle je irgendwo angebrachten Schlösser auf ähnliche Weise gerechtfertigt worden waren, doch ich hielt mich zurück, denn ich merkte sehr gut, daß man allseits entschlossen war, ein faszinierendes Original in ihm zu sehen. Er hatte diese entzückende Mausefalle gebaut, und die Mäuse strömten in Scharen zu seiner Tür. Darunter auch eine Maus, mit der niemand gerechnet hatte. Als die Catlins und Ruth noch auf der Baumhausveranda standen und die Aussicht genossen und die Vorzüge einer Baumwohnung rühmten, hörte man plötzlich Wasser aufspritzen, ein stampfendes, holpriges Klettergeräusch, rauhes Hundegebell, und da erschien sie auch schon über der Stelle, wo der Reitpfad das Bachbett durchschritt: Julie LoPresti auf ihrem schwarzen Wallach, neben sich die hysterisch tobende Promenadenmischung aus dem Cockerspaniel ihrer Mutter und Welds Neufundländer – ein feister, hochbeiniger Hund mit Spanielohren, die bei jedem Bellen wippten, einer Neufundländerschnauze, Spanielfell und einem langen Schwanz.

Wir hatten offenbar Julies Interesse geweckt, denn sie wandte uns den Kopf zu, zog die Zügel an, um den nervös tänzelnden Wallach zu bändigen, und schalt den Hund, der auch sofort verstummte und nun mit hängenden Ohren hinter dem Pferd herumstrich und uns beäugte.

Ich lächelte und grüßte, was sie, wie üblich, nicht zur Kenntnis nahm. Ihre Augen waren auf das Baumhaus geheftet, und Jim Peck, der alte Waldschrat, grinste ihr hinter seinem Rankenvorhang zu. Es mußte ein seltsamer Anblick für ein Mädchen sein, das eben noch ganz damit beschäftigt gewesen war, seinen Eltern zu grollen, und sich um nichts sonst gekümmert hatte.

Und tatsächlich, er brachte Julie so weit aus der Fassung, daß sie sich veranlaßt sah, meine Gegenwart wahrzunehmen. »Was ist denn das?«

»Hallo, Julie«, rief Ruth vom Baum herunter. »Hier wohnt dieser junge Mann, Mr. Peck. Na, wie findest du das?«

Julies Blick erfaßte Peck, das Zelt hinter ihm, die Leiter, den schiefen kleinen Giebel zwischen den Ästen, die mit Müll, Papier und Dosen übersäte Plattform. »Toll«, sagte sie. »Phantastisch!«

Sie waren sich also einig. Wollen Sie die Herzen der Frauen erobern? Klettern Sie auf einen Baum.

»Marian, John«, sagte Ruth. »Ich glaube, Sie kennen Julie LoPresti noch nicht. Sie wohnt mit ihren Eltern in der Nähe des Hangwegs, ungefähr eine halbe Meile östlich von hier. Das sind Mr. und Mrs. Catlin, Julie. Und Jim Peck.«

Sie war so überrascht, daß sie ganz vergaß, ein mürrisches Gesicht zu machen. Zum erstenmal sah sie richtig jung aus. »Wir besichtigen das Haus gerade«, erklärte ihr Marian. »Darf sie herüberkommen und es sich anschauen, Jim?«

Jim also schon.

Für einen Mann, der so viel Zeit darauf verwendet hat, die Welt von sich fernzuhalten, schien Peck erstaunlich erfreut über die Störenfriede. »Natürlich«, sagte er. »Vom Pferd müßte sie allerdings absteigen.«

Sehr spaßig, ha, ha, ha. Julie wurde tomatenrot, doch sie sprang herunter und schaute sich suchend nach einem Gegenstand um, an dem sie den Wallach anbinden könnte. Da es nichts Kleineres gab als den Lorbeerbaum mit seinen sechzig bis siebzig Zentimeter Durchmesser, legte sie die Zügel schließlich in meine ausgestreckte Hand. Auch ich hatte also eine Aufgabe und erfüllte einen Zweck. Reitknecht Allston.

Sie kehrte mir das herzförmige Hinterteil in den hautengen, vom Reiten ohne Sattel fleckig gewordenen Jeans zu und setzte vorsichtig einen Fuß auf die Brücke, zog das andere Bein nach und lief dann flink wie ein Eichhörnchen hinüber. Man zollte ihr Beifall: »Das ist das ideale Mädchen für die Brücke!«, und Marian sagte: »Komm herauf, hier wird es erst richtig interessant. Warte, wir machen dir Platz.«

Alle außer Debby kamen herunter, und Julie kletterte hinauf, breithüftig, aber ungewöhnlich behend. »Hallo«, wurde sie von Debbys Gesicht begrüßt, als ihr Kopf über der Plattform auftauchte. »Paß auf, jetzt spielen wir, daß ich hier wohne und du mich besuchst.« Strahlend – gar nicht mehr dieses quengelige kleine Mädchen, das wir am Morgen gesehen hatten, wartete sie, bis Julie oben stand, und flötete dann geziert, die herabbaumelnde Hand wie eine verletzte Tatze gehoben: »Oh, guten Tag, Mrs. Johnson, das ist aber nett, kommen Sie gleich mit ins Wohnzimmer, da ist es kühl.«

Ja, tun Sie das. Gesellen Sie sich zu uns.

Es war wirklich erstaunlich, wie die Catlins das härteste Material zum Schmelzen brachten. Es waren noch keine fünf Minuten vergangen, da hörte ich Debby schon fragen, ob sie Julies Pferd reiten dürfe. (Nein, Julie ließ es niemand anders reiten, sie hatte es selbst trainiert, und es war nicht gut für ein Pferd, wenn man es anderen Leuten überließ. Aber am Hangweg gab es einen Reitstall, und dahin würde sie Debby gern begleiten.) Konnte Julie wohl einmal als Babysitter fungieren? erkundigte sich Marian. (O ja, natürlich.) Julie ihrerseits fragte Peck: »Wann haben Sie das denn gebaut? Ich bin vor dem Regen dauernd hier vorbeigeritten und habe nie was gesehen.«

Ich stand am anderen Ufer und hielt das Pferd fest. Es wurde kühl, und im Bachgrund hing ein dumpfiger, unangenehmer Geruch. Oben im Baumhaus, wo Debby noch immer Gastgeberin spielte, ging das Licht wieder an – der Sache würde ich noch auf den Grund gehen, das hatte ich mir fest vorgenommen. Ich bezweifelte sehr, daß diese strahlende Beleuchtung von einer Taschenlampe herrührte, und ich glaubte auch nicht, daß Peck in jenen Nächten, in denen Zelt und Baumhaus hinter den Regenschleiern geradezu aufglühten, lediglich eine zweite Benzinlaterne aufgehängt hatte. Ich konnte allerdings keine Spur von Zuführungsleitungen entdecken.

Der Nachmittag erschien mir allmählich schal und unbefriedigend; ich war recht froh, als sie einer nach dem anderen die schwankende Brücke überquerten, und ich trennte mich auch nicht ungern von Julies Pferd, das meinen Jackenärmel mit grünlichem Speichel besabbert hatte.

»Wie schade, daß Sie nicht herübergekommen sind«, sagte Marian. »Es ist einfach herrlich – und so einfallsreich gemacht!«

»Vielleicht ein bißchen allzu einfallsreich«, meinte ich.

»Ich besuche dich jetzt jeden Tag!« rief Debby von Johns Schulter zu Peck hinüber.

»Fein«, sagte Peck. »Aber nur, wenn ich daheim bin, nicht wahr?« Und dann wandte er sich mit seinem dionysischen Grinsen an Julie, die inzwischen aufgesessen war und neugierig von ihrem Pferd herunterstarrte. »Sie auch, Miss Johnson. Trinken Sie eine Tasse Tee bei mir, wenn Sie ausreiten.«

Sie errötete, beäugte ihn zweifelnd. Dann warf sie den Kopf herum und sah, daß wir sie beobachteten. Ein verärgerter Fersendruck, und schon galoppierte das Pferd den Pfad hinauf. Unser Grüppchen rief noch ein paar Dankesworte zu Jim Peck hinüber, der neben seinem Burgtor stand und wohlwollend die Hand hob. Wir hatten uns kaum umgedreht, da zog er bereits die Brücke hoch.

»Na, das war aber wirklich ein aufregender Nachmittag!« sagte Marian unterwegs zu Debby, die auf Johns Schultern saß, und sie streifte mich dabei mit einem halb amüsierten, halb mitfühlenden Blick. »Wir haben das Baumhaus gesehen, jemanden gefunden, der dich vielleicht einmal zum Reiten mitnimmt und bei dir bleibt, wenn wir ausgehen, und zudem hatten wir noch eine kleine Party.«

Als wir bei unserem Wagen anlangten, wandte sie sich mit einem spontan aufleuchtenden, strahlenden, beunruhigend intensiven Lächeln an uns: »Solche Tage *liebe* ich. Ich finde es wunderbar, wenn man mit einer neuen Umgebung vertraut wird und neue Menschen kennenlernt und merkt, daß man schon dabei ist, sich einzuleben.«

»Und das sind Sie zweifellos«, erwiderte ich melancholisch und öffnete die Wagentür. Ich konnte ihre enthusiastische Daseinsfreude in diesem Augenblick nicht teilen. Ich hatte kalte Hände, kalte Füße, und meine Stimmung war eher reizbar und gedrückt. Doch dann stand sie plötzlich auf den Zehenspitzen und küßte mich auf die Wange. »Wir sind glücklich, daß Sie so nahe wohnen!« sagte sie. »Es kommt uns vor, als hätten wir Sie unser Leben lang gekannt.«

»Das ist unser einmütiges Familienempfinden«, bestätigte John, und er bückte sich mit seiner Bürde zu Ruth hinunter, die bereits eingestiegen war, küßte sie und drückte ihr die Hand. Dann schauten sie zu, wie ich den Wagen rückwärts hinausmanövrierte und wendete. Marians stahlendes Lächeln wirkte angespannt, und ich hatte das Gefühl, es sei für mich bestimmt und solle mir versichern, daß *sie* mein Verhalten an diesem Nachmittag in keiner Weise mißbilligte, auch wenn Ruth es vielleicht tat. Sie sah schmal und zerbrechlich aus, so, als sei es an der Zeit, daß sich ein paar Freunde um sie kümmerten, damit sie sich nicht zuviel zumutete. Ihr Kuß haftete auf meiner Wange und versöhnte mich mit dem ganzen Nachmittag.

3

Ich benutzte die erste Gelegenheit, die sich ergab, als weder die Catlins noch Jim Peck zu Hause waren, um mich über Pecks weniger sichtbare Errungenschaften zu informieren. Ganz wie erwartet, fand ich ein isoliertes Kabel, das sich aus der Uferböschung herausschlängelte und durch das Strauchwerk des Bachbettes führte. Auf der anderen Seite verschwand es im Boden, um zweifellos unter dem Zelt wieder aufzutauchen und sich von da aus auf der Rückseite des Eichenstammes bis ins Baumhaus hinaufzuziehen. Auch auf meiner Seite blieb es diskret unter der Oberfläche. Wenn ich es nicht herausreißen wollte, wozu ich eine Sekunde lang gute Lust hatte, gab es keine Möglichkeit, seinem Verlauf zu folgen, doch ich wußte genau, wohin es führte, und nachdem ich mir drüben bei der Pumpe zuerst den Pfahl besehen hatte, an dem unser Zähler befestigt war, fand ich das Kabel schließlich an der furchigen Innenseite eines unschuldig aussehenden, verwitterten, am Strommast angenagelten Bretts. Jemand, der – wie ich vermutete – etwas mehr Fachkenntnisse als Peck besaß, hatte oberhalb meines Zählers die Leitung für ihn angezapft. Ein Plus für das zwanzigste Jahrhundert. Selbst heilige Baumvögel können technisch erfahrene Freunde haben und auf diese Weise etwas von den Reichtümern der gefühllosen kapitalistischen Welt für sich abzweigen.

Zweifellos war das Leben im Wald mit Elektrizität angenehmer. Eine schätzenswerte Einrichtung, die Pazifische Gas- und Elektrizitätsgesellschaft. Möglicherweise entstammte die Musik, die ich so gläubig Peck und seinen Freunden zugeschrieben hatte, gar nicht ihren Gitarren, sondern einigen Schallplatten. Wie ich Peck beurteilte, war es durchaus möglich, daß er ein Stereogerät besaß und seine Lautsprecher zwischen Zelt und Baumhaus untergebracht hatte. Das Mädchen, das wie Joan Baez sang, war vielleicht tatsächlich Joan Baez. Und wie gemütlich, wenn die Winterfeuchtigkeit durch einen Elektroofen vertrieben wurde und man in seiner Baumhauskoje unter einer hellen Leselampe liegen konnte. Ich habe mir da mit einer Taschenlampe etwas zusammengebastelt, ja, ja.

Und er hatte das einfache Leben nicht nur durch Strom bereichert. Unter der Brücke, fast unsichtbar unter Giftsumach und Brombeerranken, entdeckte ich ein schwarzes Kunststoffrohr. Auch dieses verschwand zu beiden Seiten der Brücke in der Erde, doch die logische Verknüpfung aller Fakten und eine dreiminütige Suche ergab, daß es dicht unter der Oberfläche an die Rohrleitung angeschlossen worden war, die von meinem Brunnen fortführte.

Wenn mir danach gewesen wäre, auf der halsbrecherischen Brücke mein Leben zu riskieren, hätte ich womöglich ein komplett eingerichtetes Badezimmer vorgefunden – Becken, Dusche, Wasserklosett, Wanne, gekachelte Wände, Chromarmaturen, einen Boiler. Und vielleicht auch ein Bidet für die weiblichen Gäste.

Eine Woche zuvor hätte ich ihn gezwungen, seine Komfortspender wieder auszugraben, das Zelt abzureißen und sich zum Teufel zu scheren. Doch jetzt saß ich in einer Falle. Wie? Das Baumhaus, das Debbys ganze Wonne war, zerstören und damit auch Marians Freude darüber, daß ihr Kind glücklich war und sie sich so schön hier eingelebt hatten? Mich selbst zum Autokraten und Polizisten stempeln und nicht nur Peck – dessen Reaktion mich nicht im geringsten bekümmern würde, nachdem er meine Gutmütigkeit derart mißbraucht hatte –, sondern auch den Catlins klein und schäbig vorkommen? Es ruinierte mich bestimmt nicht, ihn mit Wasser zu versorgen, und ich hatte keine besondere Verpflichtung, die Interessen der Pazifischen Gas- und Elektrizitätsgesellschaft wahrzunehmen. Doch es machte mich wütend, daß er mich wie einen Trottel behandelte und ich es mir widerspruchslos gefallen lassen mußte.

Ich hielt mich an mein gewohntes Ritual: Ich ging nach Haus und ließ meinen Dampf bei Ruth ab, die meine Aufregung unverständlich fand. War das nicht alles im Grund völlig belanglos? Wenn ich mich nicht anfangs so feindselig betragen hätte, wäre es vermutlich nie zu derlei Übergriffen gekommen. Mir erschien ihre Analyse ziemlich fragwürdig, aber ich unternahm nichts. Und eigentlich wußte ich von vornherein, daß ich nichts unternehmen würde, denn die Rollen waren ein für allemal verteilt, und jeder mußte die seine spielen – Peck die des ungeratenen Sohnes, der seinen Papa hintergeht, und ich die des Molièreschen Geizhalses, der von findigen, respektlosen jungen Leuten geprellt wird.

IV

Zwölfter Dezember, sagt der Kalender. Zwei Monate, seit im Catlinschen Cottage die Lichter erloschen sind.

Die ganzen letzten Wochen hindurch brausten Stürme vom Pazifik über uns hinweg. Jeder neue Sturm beginnt mit Brachialgewalt und rüttelt an unserem auf der Hügelkuppe verankerten Haus, die Bäume ächzen und knarren, und unsere Terrasse ist mit Zweigen und Beeren übersät. Wir sorgen uns um unsere Fensterscheiben, gegen die der Wind preßt und der Regen peitscht, und wenn wir hinausschauen, sehen wir, wie horizontale Regenböen die Baumspitzen unter uns striegeln und die häßlichen Male der Weldschen Wühlarbeit verwischen.

Selbst die flechtenüberzogene Eiche vor meinem Studiofenster, von deren Ästen einige umfangreicher sind als mein Körper, gerät bei solchem Wind in steife, arthritische Bewegung. Fast immer durchstöbern Finken und Sperlinge die feuchte Moderschicht auf dem Boden. Wir haben für diese Vögel an einer Stelle, zu der Katarrh nicht vordringen kann, eine Futterschale angebracht, und wir beobachten sie gern; doch ihre Anwesenheit verwirrt uns ein wenig, denn wir verbinden sie ganz unwillkürlich mit Frühling, und sie bedeutet doch Winter, einen Winter, der so stark mit Frühlingszeichen untermischt ist, daß es jeden verblüfft, der an normale Jahreszeiten gewöhnt ist.

Jetzt im Dezember hat die Erde eine Art Neufundlandgeruch, und wenn wir nicht schon zwei kalifornische Winter erlebt hätten, würden wir Schnee erwarten. Immerhin mutet die Szenerie an manchen klaren Tagen morgens recht winterlich an; es kann sein, daß die Klinker eine Eisglasur tragen und ein weißer Reifpelz alles überzieht, den einsamen, verlassenen Bachgrund, die Latten und Pfostenspitzen von Debbys Ringbahn und die Bohlen der elenden Weldschen Brücke, die noch immer nicht repariert ist.

Und doch hat in der gleichen Zeit der Sand zwischen unseren Patioklinkern hellgrüne Mooslinien hervorgebracht. Und schon zehn Tage nach dem ersten Regen kamen, wenn man die rauhe

Erde auf den Wiesen mit dem Fuß spaltete, winzige Pflanzenkeime zum Vorschein. Die ganzen Wochen hindurch, während sich das Jahr seinem Ende zuneigte, hatte allenthalben grünes Wachstum ans Licht gedrängt, und jetzt, kurz vor Weihnachten, sind die Hügel üppige Rasenflächen, und zwischen den lavendelfarbenen Zweigen der laubabwerfenden Eiche schimmert ein frühlingsgetönter Hintergrund hervor. Der winterharte Coyotenstrauch trägt schon seit November seine weißen Blüten.

So unsystematisch, widersprüchlich und überraschend diese Regenperiode auch wirkt, sie ist dennoch eine Jahreszeit mit ureigenen Charakteristika, grundverschieden von dem Sommer, der ihr vorausgeht. Sie ist grün, nicht goldgelb, feucht, nicht trocken, kalt, nicht warm, klar, nicht dunstig. Sie bringt richtige Wolken hervor, keine Schleierschicht, wie sie den Sommerhimmel überzieht. Sie schenkt uns echte Sonnenuntergänge, kein unmerkliches Erlöschen des Tageslichtes. Sie zieht ganze Scharen überwinternder Vögel an. Sie hat einen besonderen Geruch.

Während ich diese noch immer ungewohnten Veränderungen kommen sehe, wird mir bewußt, daß die ganze Zeit unserer Bekanntschaft mit Marian dem anderen Zyklus angehört. Marian ist in die Erinnerung mit Sonne, Salbei, Grindelia und Staub verbunden, mit dem schwachen, pulverig trockenen Lohegeruch des sonnenheißen Rotholzes. Ihr Licht ist gleißend und gelb oder auch warm und braun, nie feuchtgrün wie in dieser Jahreszeit. Sie reicht vom Frühling bis in den Sommer hinein und bleibt dort stehen. In dem kalten fauligen Geruch nach feuchter Erde, in der Frische eines vom Regen staubfreien Windes findet man keine Spur von ihr. Sie ist nicht weitergegangen. Man muß zurückkehren, um sie zu suchen, und nicht nur sie selbst, sondern auch die Jahreszeit, die zu ihr gehört, wiedererstehen lassen.

Es war eine so junge, lebendige Jahreszeit, daß sie selbst in der Erinnerung als ein Beginn haftengeblieben ist. Das war Marians Werk. Wir hielten uns für »alte Siedler«, und sie machte noch einmal Neuankömmlinge aus uns. Bevor die Catlins unsere

Nachbarn wurden, lebten wir überaus zurückgezogen; wir hatten lediglich ein paar angenehme Gewohnheiten und distanzierten uns im übrigen sorgfältig sowohl von unserer eigenen wie von der gesamten restlichen Geschichte. Erst Marian mit ihrem leidenschaftlichen Drang, sich einzuleben, lockte uns aus unserer Reserve hervor.

Kaum ist ein Kalifornier lange genug ansässig, um spanische Namen korrekt zu verstümmeln, so wird er zur Spinne und lauert ständig auf eine Gelegenheit, andere in die Vorzüge seines Exils einzuweihen. Obwohl er noch gar nicht richtig dazugehört, prahlt er mit allem. Ein wenig zu unserer eigenen Überraschung entpuppten wir uns als diese Sorte Kalifornier. Da die Catlins den Winter in einer möblierten Stadtwohnung verbracht hatten, nur einen Wagen besaßen und John zudem so oft fort war, hatten sie noch nicht viel gesehen. Sie boten sich als Opfer geradezu an.

Wie wär's mit unserem Lieblingsspaziergang, knappe fünf Kilometer, zauberhaft um diese Jahreszeit? Wunderbare Aussicht, alle Hänge übersät mit Lupinen, Mohn und Iris.

Gern. Am ersten Sonntag, der zur Verfügung stand, wanderten sie mit uns durch die Hügel. Alle drei Minuten entdeckte Marian eine neue Pflanze, die John mit der Unfehlbarkeit eines Botanikbuchs identifizierte. Wir begegneten Reitern auf der Weide und spürten in einem Dickicht eine Ricke mit ihrem Rehkitz auf, aber alles in allem waren wir ein bißchen zu lange unterwegs. Marian sah erschöpft aus, als wir endlich oberhalb des Peckschen Camps den Bach überquerten, und Debby hatte sich schon eine halbe Stunde lang beklagt und war schließlich auf Johns Schultern gelandet. Anderntags bekam sie die Wirkung des Giftsumachs zu spüren.

Auf gemeinsamen Beschluß hin wurde dieser Spaziergang nicht wiederholt, aber wir schauten des öfteren zu ihnen hinein, wenn wir von unserer therapeutischen Wanderung zurückkehrten, und überredeten sie, auf einen Drink oder zum Essen zu uns hinaufzukommen und Debby mitzunehmen, damit sie in unserem Wasserlilienteich planschen könne. Einmal saßen wir bei einer solchen Gelegenheit gerade auf unserer Terrasse, die Füße aufs Geländer gestützt, und kritisierten das flintenbewehrte Paar, das Tauben mordete, um seine Hunde abzurichten (und daneben noch – wie Marian erfahren hatte – Fallen aufstellte für die Füchse, die in das Taubenhaus eindrangen), als der rotschwänzige Habicht, von der Shieldschen Weide kommend, ungewöhnlich langsam und schwerfällig über uns hinwegflatterte. Wir schauten mit zusammengekniffenen Augen in das blendend-klare Blau hinauf und sahen, daß er eine Schlange in den Krallen hielt, die sich nicht geschlagen geben wollte. Wie ein Seil um seine Läufe gewickelt, zog sie ihn nach unten. Man merkte, wie ihr ganzer Körper arbeitete, während der Habicht immer wieder von neuem zupackte, in der Hoffnung, endlich den tödlichen Griff zu finden oder sich zu befreien. Zweimal torkelten sie – dem fatalen Sturz gefährlich nahe – in nur zwanzig oder fünfundzwanzig Meter Höhe über der Terrasse durch die Luft, bevor sie verschwanden, um ihr Drama anderswo zu vollenden. Marian behauptete sofort, ich hätte das Ganze inszeniert, um meine Thesen zu beweisen, und meine Miene war so selbstgefällig, als hätte ich es wirklich getan. Ach, Kalifornien!

Sie ließen unseren Führereifer über sich ergehen und sahen es uns nach, wenn wir gelegentlich vergaßen, daß sie über ihre Zeit nicht so frei verfügen konnten wie wir. Dies und jenes müssen Sie unbedingt sehen, lassen Sie es sich von uns zeigen. Hier haben Sie die Neue Welt, so geht es zu in unserem lebensprühenden, hektischen Garten Eden, dem entschwindenden Schlaraffenland. Schauen Sie es sich schnell noch an, bevor es ganz mit Asphalt bedeckt ist und im Smog erstickt.

Und die Nachbarn? Ja, ein paar. Die Casements, Bill und Sue, reich, freigebig, offen, ungeschlagene Meister auf dem Gebiet der *fêtes champêtres* und Barbecues. Sobald es wärmer würde, sollte Debby, wann immer sie Lust hatte, zum Schwimmen kommen, alle Kinder taten das. Und die LoPrestis. Julies Urteil über ihre Eltern ist ungerecht, es sind sympathische, intelligente Leute, und wenn er sich in der Rolle des domestizierten Naturburschen gefällt und sie sich ein bißchen zu ernst nimmt – wer ist schon frei von allen Ticks? Frans echter oder eingebildeter Leiden wegen gehen sie nur selten aus, aber wenn sie eine ihrer Nationalfeiertags- oder Weihnachtsparties geben, machen sie Geschichte.

Wer noch? Wir merken plötzlich, daß es um unsere Kontakte sehr dürftig bestellt ist. Da sind die Canadays, bewundernswerte Menschen, die alljährlich ihre Ranch in ein Camp für blinde und verkrüppelte Kinder umwandeln. Wir würden sie sehr gern kennenlernen, sind aber über einen Gruß im Vorbeigehen nie hinausgelangt. Drüben im Westen liegt noch eine große Ranch, die irgendeinem Immobilienhändler gehört; doch diese Leute sind ungeheuer besorgt um ihr hochherrschaftliches Air und gehen derart verschwenderisch mit Durchgangsverbotsschildern um, daß wir gar keine Lust verspüren, sie kennenzulernen.

Neben diesen Immobilienleuten wohnt ein ehemaliger Mittelstürmer der Nationalelf, der die Tochter eines italienischen Schokoladenfabrikanten aus San Francisco geheiratet hat. Es sind Pferde- und Jagdliebhaber, die sich freundlich gebärden, wenn man ihnen begegnet, aber definitiv die »große Welt« repräsentieren. In ihrem Gästebungalow lebt erstaunlich spartanisch der vertriebene Diktator irgendeiner Bananenrepublik. Als wir an einem heißen Herbstnachmittag einmal querfeldein wanderten und dort vorbeikamen, stand er gerade in Shorts auf dem Rasen und wurde von seiner Frau, einer auffallenden, hochgewachsenen Schönheit, mit dem Gartenschlauch abgespritzt. Doch es lag ihnen offenbar nichts an einem vertrauten Umgang mit uns, denn sie baten uns nicht zu sich hinein.

Das war so ungefähr die ganze Auswahl. Im Osten die Phalanx der immer näher rückenden Vororte und ein paar eigensinnige Farmer, die sich an ihre schrumpfenden Obstpflanzungen und Weinberge klammerten. Unten an der Straße Tom Weld, ewig mit Plänen beschäftigt, seinen Besitz noch weiter aufzusplittern und eine Million dabei zu verdienen: niemand, den wir Catlins unbedingt vorführen wollten. Doch bald bemerkten wir, daß sich zwischen den Welds und Catlins gewisse freundnachbarschaftliche Beziehungen anspannen. Die Frauen schwatzten bei den Briefkästen miteinander, Welds Tochter, ein schwerfälliges, etwas zurückgebliebenes Kind, spielte manchmal mit Debby, und Welds Sohn machte sich auf dem Catlinschen Grundstück zu schaffen, verbrannte Reisig, spaltete Brennholz. Er war ein sehniger, drahtiger Bursche mit braungebranntem Oberkörper, und er trug bei der Arbeit mit Vorliebe eine 22er Pistole in einem vollbesteckten Patronengürtel und lederne Gelenkschutzmanschetten, die vermutlich mehr ornamentalen als orthopädischen Zwecken dienten. Er besaß einen verbeulten, verkratzten Mercury Jahrgang 1957, dessen Heck derart hochstand, daß man meinte, die Räder seien vorn kleiner als hinten. Auf der Straße sah das Ding aus wie ein Murmeltier, das einem Loch zustrebt.

Selbst diese Eingeborenen erlangten allmählich, von Marians freundlichem Interesse überstrahlt, eine gewisse Daseinsberechtigung – harmloses Unkraut, das die örtliche Flora vervollständigte. Was war schon dabei, wenn sie mir Heuschnupfen verursachten?

Als der Obstgarten umgepflügt war, hatte Tom Weld mit einemmal ständig etwas in der Stadt zu erledigen. Ich ahnte nicht, was er ausheckte – sonst hätte ich sein geschäftiges Hin und Her nicht so gelassen registriert, wenn ich morgens in Bademantel und Hausschuhen den Frühlingstag auf der Terrasse inspizierte und mir Katarrhs neueste Mattenschöpfung ansah, und ich hätte auch nicht so leichtfertig angenommen, daß es sich bei den Leuten, die einige Male mit ihm auf seinem Hügel herumwanderten und die Spürhunde wild machten, um Freunde handelte.

Fast jeden Nachmittag ritt Julie LoPresti vorbei, stets von ihrem krausbärtigen Köter begleitet, der unweigerlich so dicht hinter dem Pferd hertrippelte, daß man jeden Augenblick meinte, ein Hufschlag müßte ihn an der Nase treffen. Ich sagte zu Ruth, diese abscheuliche Promenadenmischung sei ein höchst anschauliches Symbol für die Bande, die eine Familie mit einer zweiten Familie, Menschen mit anderen Menschen, Lebende mit Ungeborenen verknüpften, ohne Rücksicht darauf, ob sie selbst eine solche Bindung wünschen oder nicht. Ich fand, ich gliche Joseph Conrad in seinen besten Momenten, doch Ruth streifte mich nur mit einem verständnisinnigen Blick und stellte fest, man merke sofort, mit wem ich gesprochen hätte. Na schön, ich nahm die Anspielung hin. Ich unterhielt mich mit Marian, wann immer sich eine Gelegenheit bot, und meines Wissens tat das jedermann.

Und eigentlich hatten Ruth und ich mehr Gründe als alle anderen Leute, sie oft zu besuchen. Wir hatten sogar den Auftrag, ein bißchen auf sie zu achten. An einem Spätnachmittag im April kam John, der sich gerade für einen Aufenthalt auf der Guadalupe-Insel vor der niederkalifornischen Küste rüstete, wo er See-Elefanten beobachten wollte, zu uns und fragte, ob wir uns während seiner Abwesenheit um Marian kümmern wollten.

Selbstverständlich sicherte er sich unser Versprechen mühelos. Es war so etwas Ähnliches, wie wenn man als kleiner Junge gebeten worden wäre, einen Vollblüter festzuhalten. Aber sein Besuch erhöhte meinen Respekt für ihn. Zuvor hatte ich einen sympathischen, netten jungen Mann in ihm gesehen, der seine Frau liebte, im Grund aber kein ebenbürtiger Partner für sie war. Als er an jenem Spätnachmittag in unserer Einfahrt stand und mit uns sprach, entdeckte ich in seinem Gesicht ganz neue Züge, die von Ernst, Verantwortungsbewußtsein und männlicher Entschlossenheit zeugten. Wenn er – dessen abenteuerliches Leben so viel Mut und Kraft erforderte – im Schatten seiner lebhaften Frau stand, dann nur, das war mir plötzlich klar, weil er es so wollte. Wäre ich als Vater um das Wohl einer Tochter besorgt gewesen, so hätte ich keinen Schwiegersohn finden können, dem ich sie lieber anvertraut hätte.

»Sie wissen schon, wie es mit ihr steht«, sagte er. »Es ist nicht wiederaufgetreten, und sie läßt sich alle paar Wochen untersuchen. Sie kommt mir auch kräftiger vor – das Leben hier draußen tut ihr gut. Aber eine Schwangerschaft beschleunigt derartige Prozesse manchmal, weibliche Hormone scheinen karzinogen zu wirken. Und deshalb wäre ich viel ruhiger, wenn ich wüßte, daß Sie immer für sie da sind, wenn sie jemanden braucht.«

Von Herzen gern, versicherten wir ihm. Sollte man sie nicht

auch davon abhalten, sich zu überanstrengen, wäre es nicht besser, wenn sie mehr ruhte?

Er lächelte. »Wenn Sie das fertigbringen, haben Sie mehr Einfluß als ich. Aber solange ich weiß, daß Sie hier sind und ihr im Notfall helfen können, mache ich mir keine Sorgen. Sollte irgend etwas passieren, dann rufen Sie doch diese Nummer in San Diego an. Der Teilnehmer heißt Bill Barger. Falls Sie ihn nicht erreichen, versuchen Sie es mit dem ozeanographischen Institut in La Jolla. Das sind unsere täglichen Funkkontakte.«

Er gab mir eine kleine Karte mit zwei Adressen und Telefonnummern. Dann schüttelte er mir die Hand, küßte Ruth auf die Wange, sagte noch, in etwa einem Monat sei er wieder da, und wollte sich schon umdrehen, als ich ihn zurückhielt.

»Warten Sie noch einen Moment. Weiß Marian, daß wir ihr Hüter sind?«

John lachte. »Glauben Sie, ich wollte eine schöne Freundschaft aufs Spiel setzen? Nein, lassen Sie es sich nicht anmerken. Sie würde sich sowieso an Sie wenden. Ich wollte Sie nur bitten, noch ein bißchen zusätzlich auf sie aufzupassen. Sie braucht jemanden, der sich um sie kümmert, sie hat das nur noch nicht herausgefunden.«

Man hätte meinen können – und vielleicht gar nicht so unrecht damit gehabt –, unserem Leben habe es bis dahin vor allem an Verantwortlichkeit gemangelt. Ruth fuhr nie am Catlinschen Haus vorbei, ohne anzuhalten und zu fragen, ob sie jemanden mitnehmen oder etwas auf dem Markt besorgen solle. Und ich machte es mir zur Gewohnheit, täglich einmal hineinzuschauen, wenn ich zum Briefkasten ging. Da wir nur selten etwas für Marian tun konnten, versuchten wir es mit Debby. Ich brachte einen ganzen Tag damit zu, ein Spielhaus im Wäldchen für sie zu bauen, das sie aber überhaupt nicht zu benutzen schien. Ein wenig abbittend meinte Marian, es komme einfach nicht so recht zur Wirkung neben Pecks Baumhaus, das neuerdings Debbys und Julies bevorzugter Aufenthaltsort war. Marian hatte um so weniger etwas dagegen einzuwenden, als es in der Nachbarschaft kaum gleichaltrige Spielgefährten für Debby gab. Die kleine Tochter der Welds war drei Jahre älter und kam erst spät mit dem Schulomnibus nach Haus. Manchmal zweifelte Marian, ob es überhaupt das richtige gewesen war, Debby hierher zu verpflanzen. Ihr und John gefiel das ländliche Leben so sehr, daß sie gar nicht an Debby gedacht hatten. Das alte, unselige Problem aller Einzelkinder. Sie kannte das aus ihrer eigenen Kindheit. Später, mit einem kleinen Bruder oder einer kleinen Schwester, würde Debby es besser haben. Oder wenn sie ein Pony hätte. Julie LoPresti zumindest schien nichts weiter zum Leben zu brauchen.

Warum nicht? fragte ich. Sie konnten jederzeit im Bachgrund zwischen dem Cottage und Pecks Camp eine Ringbahn und, wenn sie wollten, auch einen Schuppen bauen.

Oh, sagte sie erfreut, durften sie das wirklich? Würde ich ihnen das Stück Land verpachten?

Von Pachten könne gar keine Rede sein, erklärte ich. Wenn ich es mir leisten konnte, Peck auf meinem Baum wohnen zu lassen, dann durfte ich ihnen doch wohl noch ein Stück ungenutztes Weideland abtreten.

Ich erwärmte mich für die Idee um so mehr, als ich den Eindruck hatte, daß das Pony Marian wesentlich entlasten würde. Sie verbrachte die Hälfte ihrer Zeit damit, das Kind herumzuchauffieren – zu Klavierstunden, zu Freundinnen, zu Parties, in den Park, ins Museum. Und wenn sie nicht damit beschäftigt war, Debby mit neuen Eindrücken, Anregungen und Freunden zu versorgen, dann widmete sie sich ihr zu Hause und zeigte ihr, wie man Wasser- und Futterschalen für die Vögel installierte und Farn- und Blumensammlungen anlegte. Ein Pferd bedeutete für Marian gewiß zwanzig zusätzliche Ruhestunden in der Woche.

Wir besichtigten also gemeinsam jede erreichbare Ranch und jeden Pferdestall, bis wir einen fünfzehnjährigen Schecken fanden. Er sei überaus sanft und gutmütig, wurde uns versichert. Und wie um es zu demonstrieren, flitzten zwei junge weiße Katzen, die einander in der Ringbahn gejagt hatten, mit erhobenen Schwänzen den Zaun entlang, und als die eine auf einen Pfosten sprang, kletterte die andere am Vorderfuß des Schecken hoch und krallte sich oberhalb des Knies fest. Der Schecke zuckte lediglich ein wenig zusammen. Marian kaufte ihn auf der Stelle und vereinbarte, daß er gebracht werden sollte, sobald wir eine Unterkunft für ihn geschaffen hätten.

Das war in jener Maiwoche, als von Norden ein trockener Wind hereinstrich und die Hügel zuerst bronzegrün und dann goldgelb färbte; innerhalb weniger Tage änderte sich die gesamte Landschaft. Fast schwarz hoben sich die runden, dichtbelaubten Eichen von den hellen Hügeln ab. Die Felder wimmelten plötzlich von allen möglichen Sorten stacheliger Samen.

Natürlich wies ich Marian auf diesen abrupten Jahreszeitenwechsel hin: Auch er war typisch für Kalifornien und auf seine Art ebenso bemerkenswert wie der mit Beginn des Winters so verstohlen einsetzende Frühling. Man geht an einem Maiabend bei Blumenduft und Vogelgesang zu Bett und erwacht im Sommer, von Staub, rissigem Lehmboden und den ersten Mücken umgeben.

2

Mit dem Kauf des Pferdes und dem jähen Sommeranfang endete so etwas wie ein Prolog. Der nächste Akt begann, als wir an einem Samstagmorgen den Hügel hinunterfuhren und einen Pferdetransportwagen vor der Wegpforte sahen; John, Dave Weld und der Pferdestallbesitzer waren gerade dabei, den Schecken auszuladen.

Wir hielten, begrüßten John, erkundigten uns nach den See-Elefanten. Er war schwarzbraun, dunkler sogar noch als der junge Weld, und jetzt, da er kein Hemd trug, sah man erst, daß er mit Muskeln bepackt war wie ein Boxer. »See-Elefanten!« wiederholte er. »Ich war noch keine zehn Minuten zu Hause, da hatte mich Debby schon zum Pferdedompteur gemacht. Dave und ich wollen jetzt mit dem Lieferwagen Material heranschaffen und eine Ringbahn bauen. Sie als der großzügige Eigentümer können das Ganze ja überwachen.«

»Ich werde überhaupt nichts überwachen, ich schlage lieber ein paar Nägel ein«, antwortete ich.

Ich schickte Ruth allein in die Stadt und stand schon mit Bohrgerät, Schaufel und Hammer bereit, als der Lieferwagen mit Pfosten und Rotholzlatten zurückkam. Bald war unsere Arbeitsparty in vollem Gang, während Julie Debby auf dem Schecken herumführte. Dave Weld, die Pistole im Gürtel, ein Kofferradio neben sich, dem eine lärmende Baseballreportage entquoll, bohrte Löcher für die Pfähle in den betonharten Lehm. Sein zäher, junger, muskulöser Körper glänzte schweißfeucht.

Wir arbeiteten die ganzen heißen Nachmittagsstunden hindurch – der junge Weld bohrte Löcher, John und ich setzten die Pfosten. Ich plagte mich allerdings nicht besonders, ich hielt nur die Wasserwaage auf die Pfähle, während John Erde in die Löcher schaufelte und feststampfte. Ein bißchen abseits von uns stand das lärmende Kofferradio im Gras. Wir unterhielten uns über die verschiedenen Seehundspielarten, ihre Migrationsgewohnheiten, ihre Paarungsgebiete, über die Rettung einiger Arten, die bereits im Aussterben begriffen waren. Später, im Juni, wollte John auf die Pribilor-Inseln, um dabeizusein, wenn die Seehundweibchen ihre Jungen warfen. Er wollte ihre Lernrate untersuchen. Ein Tier, das innerhalb einer Woche schwimmen und sich selbst versorgen lernte, erschien ihm hochinteressant.

Ich richtete mich auf: »Dann sind Sie also auch im Sommer eine Zeitlang nicht da.«

Er wußte, was ich meinte; achselzuckend hob er die Hände. »Sie will es nicht anders. Die trächtigen Seehunde sind angeblich wichtiger für mich und meine Karriere als meine schwangere Frau.« Dann blickte er mich forschend an. »Sie behauptet, sie sei sehr gut zurechtgekommen. Stimmt das?«

»Ich glaube schon. Ruth meint es auch. Sie hat ein bißchen zugenommen, sie ist braun geworden, sie ist viel draußen in der Sonne. Finden Sie nicht, daß sie besser aussieht?«

»Doch«, bestätigte John. »Und ich bin Ihnen beiden sehr dankbar dafür, daß Sie auf sie achten.«

»Wir tun es gern.«

Er betrachtete mich mit seinen klugen blauen Augen und

lächelte, als sei sein Gesicht anderswo. Die körperliche Betätigung hatte ihm kleine Schweißperlen auf die braune Stirn getrieben, sein Brustkorb und die Schultern wirkten wie geölt. »Verdammt noch mal«, sagte er dann. »Warum schuften wir hier eigentlich, als bekämen wir es bezahlt? Ich bin nur drei Tage zu Hause. Wie wär's mit ein bißchen weiblicher Gesellschaft? Nach den See-Elefanten ist das eine schöne Abwechslung.« Er warf die Schaufel klirrend auf den harten Lehmboden. »Dave? Laß uns eine Pause machen. Hast du keine Lust auf Coca-Cola oder Bier?«

Der junge Weld zog einen Bohrschaft voll glänzendem schwarzem Lehm aus dem Loch und entleerte ihn, und wir gingen zu Marian und Ruth hinauf, die neben einem Kübel eisgekühlter Flaschen im Patio saßen. Dave Weld blieb einen Moment neben dem Eimer stehen und fischte schließlich mit einem schrägen Blick auf uns eine Bierdose heraus. Dann ging er den Weg wieder ein Stück hinunter, setzte sich vor eine Eiche, lehnte sich zurück, riß die Lasche von der Dose ab und trank. Seine Augen fixierten irgend etwas jenseits des Baches. Ich schaute hinüber und sah Peck.

Es ärgerte mich, daß unsere schöne nachbarschaftliche Teamarbeit seiner Neugier preisgegeben war. Da hatten wir sogar den jungen Weld und Julie, die normalerweise zu den Ärgernissen des Alltags gehörten, für unser Werk gewonnen, und nun hockte dort Peck und beobachtete uns, wer weiß wie lange schon, ohne auch nur guten Tag zu sagen. Warum hatte er sich nicht an seinem Tarzanseil herübergeschwungen und seine Hilfe angeboten? Die Catlins hatten sich ihm gegenüber so freundlich verhalten, er wußte, daß John eben erst zurückgekehrt war, die jugendlichen Bewunderer seines Baumhauses hatten sich vollzählig eingefunden – weshalb schloß er sich nicht an? Erbitterte ihn etwa der Gedanke, die pferdesportliche Tätigkeit der beiden Mädchen könnte seinen Frieden stören? Ich war so erbost, daß ich es hoffte.

»Was macht er da? Sieht er den biederen Bürgern bei der Arbeit zu?« sagte ich.

Peck saß auf dem Zeltvorplatz, den nackten Oberkörper unter dem zerzausten Löwenhaupt kerzengerade aufgerichtet, den Blick selbstvergessen ins Gebüsch versenkt. Links von uns redete das Kofferradio im Gras mit sich selbst, und auf dem Weg sagte Julie etwas zu Debby, aber ich beachtete dies alles ebensowenig wie Peck. Er starrte geradeaus, ich starrte ihn an.

»Was soll das? Ist er in Trance?«

»Yoga!« flüsterte Ruth spöttisch. »Körpertraining.«

»Bist du sicher, daß er am Leben ist? Wie lange hockt er schon da?«

»Zehn oder fünfzehn Minuten.«

»Er wird sich restlos erschöpfen«, sagte ich. »Soviel Anstrengung muß sich auf den Organismus auswirken.«

»Ach, tu doch nicht so, als ob du nicht über Yoga Bescheid wüßtest«, sagte Ruth. »Du betreibst es doch selbst, und vieles davon machst du im Sitzen. Übungen mit irgendwelchen versteckten Muskeln zum Beispiel.«

»Jeder Organismus hat seine eigenen Regeln«, bemerkte Marian.

»Sie haben recht«, entgegnete ich. »Aber eine Regel, die auf alle Organismen zutreffen dürfte, ist, daß man Leuten, die nett zu einem waren und die man bei einer mühsamen Arbeit sieht, seine Hilfe anbietet. Oder sie wenigstens grüßt.«

»Was für ein Moralist du bist«, sagte Ruth. »Paß auf, vielleicht lernst du etwas, was für deinen Rücken gut ist.«

Von unserem schattigen Winkel aus schauten wir über den sonnenheißen, zertrampelten Bachgrund zu der Plattform hinüber, wo Peck, die Beine in den abgschnittenen Jeans etwas angewinkelt, unbeweglich saß. Nach einer Weile kippte er plötzlich vornüber und stieß sich zu einem Kopfstand hoch. Seine Hände umschlangen den Nacken, die Ellbogen bildeten einen Dreifuß, auf dem er eine Sekunde lang schwankend balancierte. Dann streckten sich die insektenhaft über dem Brustkorb gekreuzten Beine, und schließlich deuteten die nackten Zehen senkrecht nach oben. »Ahhhh!« sagten die beiden Frauen neben mir bewundernd.

Ich ließ kein Auge von ihm, bis er das Rückgrat krümmte

und in eine Sitzpositur rollte. »Drei Minuten und zwanzig Sekunden«, verkündete ich. »Was ist der Rekord?«

Sie waren viel zu gefesselt, um auf meine Sticheleien einzugehen. Atemlos beobachteten sie ihn. Dave Weld hatte über dem Schauspiel sowohl seine Bierdose vergessen, die er noch immer in der Hand hielt, als auch das Baseballspiel, das ungehört im Gras verhallte. Sogar Julie, durch unsere gebannten Mienen aufmerksam geworden, schaute hinüber. Ach, zum Teufel, wir alle betrachteten ihn fasziniert. Bei so vielen Augenpaaren hätte er sich vorkommen können, als strichen die Saugnäpfe eines Polypen über ihn hinweg. Doch er nahm keine Notiz von uns. Er war über uns, weit entfernt von uns – in anderen Regionen.

Pustekuchen. Er war sich unserer Gegenwart genauso bewußt, wie sich ein Schauspieler des Publikums bewußt ist. Demonstrativ legte er sich zurück und warf den mageren Brustkorb zu einer Brücke in die Luft. Dann ließ er sich herabsinken, bis sein Rücken flach auf dem Boden lag. Und wieder stemmte er sich hoch. Der nach oben gereckte Bart zitterte. Vor Anstrengung? Oder war es ein Hitzewellen-Effekt?

»Glaubst du noch immer, daß es leicht ist?« fragte Ruth.

Peck wiegte sich wieder in seine Sitzstellung zurück. »Bekken-Positur«, sagte Ruth zu Marian. »Das ist eine Grundhaltung.«

Eine Weile saß er unbeweglich da, das heißt, sofern sich nicht irgendein Muskel in seinem Körperinnern zusammenzog und entspannte. Schließlich stand er auf und trat gebückt in das Zelt, um gleich danach mit einem Glas Wasser wiederzukehren, aus dem er einen großen Schluck trank. Dann beugte er sich über die Plattform nach hinten, so daß Kopf und Schultern in die Sonne gerieten, und war plötzlich von einem Sprühregen umgeben. Bei etwas sorgfältigerer Inszenierung hätte er einen Regenbogen fabrizieren können.

»Elefantenmudra«, erklärte Ruth. »Man bläst Wasser durch die Nase aus. Einer der Reinigungsbräuche. Das hier ersetzt einem eine Zwanzig-Dollar-Unterrichtsstunde.«

Nun nahm Peck von der Lehne seines Fledermausstuhles ein Tuch, zog seine Zunge weit heraus und rieb in seinem Schlund herum. Er spuckte aus, warf das Tuch in den Stuhl, setzte sich wieder und zog erst den einen, dann den anderen Fuß in seinen Schoß. »Siehst du das?« wisperte Ruth aufgeregt. »Das ist die Lotos-Positur. Eine *schwere* Übung. Und die beste für Meditationszwecke, weil die unteren Gliedmaßen vollkommen miteinander verschlungen sind und man eine feste Unterlage hat.«

»Meinst du denn, er meditiert?« fragte ich. Doch als sie sich mir zuwandten – Marian mit fragendem Gesicht, Ruth mit hocherhobenem Kopf wie jemand, der sich im Theater umdreht, um einen Störenfried zum Schweigen zu bringen –, sprach ich nicht aus, was ich dachte: Daß Peck von echter Meditation weit entfernt war, daß er sich seines Publikums gar nicht besser hätte bewußt sein können, daß da unten – blub – sein kleiner alter analer Schließmuskel auf- und zuging, das Fenster seiner Seele. Blub! Blub! Glotzt nur, ihr Spießbürger.

Ich leerte meine Bierdose und stellte sie geräuschvoll ab. »Wie wär's, wenn wir die Umzäunung fertigmachten? Wenn ich mir das noch länger ansehe, werde ich nervös.«

Die beiden Catlins lachten. »Joseph Allston, Sie sind engstirnig«, sagte Marian.

»Gegenüber Heuchlern und Angebern. Wenn dieser Grünschnabel seinen vergeistigten Mastdarm trainiert, um der materialistischen Welt zu imponieren, interessiert mich das nicht.«

Ruth betrachtete mich mißbilligend, Marian erheitert und nachdenklich, mit leicht zusammengekniffenen Augen; sie überlegte sicherlich, ob ich das alles ernst meinte oder nur Spaß machte. John stand lachend auf. »Ich hoffe, Sie werden nie böse auf mich«, sagte er. Er schaute noch einmal zu Peck hinüber, der unbeweglich auf seinem Podest hockte. »Ja, die Darbietung scheint vorüber zu sein. Sollen wir gehen, damit Sie Ihren Ärger durch die Arbeit abreagieren können?«

»Ich werde nie böse auf andere Leute«, erklärte ich. »Mir sind nur manche Typen gründlich zuwider. Fragen Sie Ruth.«

Es war ein harmloses, vergnügtes Geplänkel. Dennoch war ich fest davon überzeugt, daß Peck seine Show aus dem trivialen, infantilen Verlangen heraus, sich vor uns zu produzieren, aufgeführt hatte, und ich konnte einfach nicht nachsichtig darüber lachen, wie ich es eigentlich hätte tun sollen. Als wir zu Dave Weld hinuntergingen, der bereits ein neues Loch bohrte, war ich definitiv verdrießlich gestimmt. Und meine Laune wurde nicht besser, als ich hinüberschaute – nur einmal, ich konnte nicht widerstehen – und feststellte, daß der gereinigte und geläuterte Jim Peck uns, kaum fünfzig Meter entfernt, noch immer in glückseliger Geistesabwesenheit übersah. Er saß nun auf der Veranda seines Baumhauses, ein Buch in der Hand, aber ich bezweifelte, daß er las; gewiß beobachtete er heimlich, wie wir da unten in der Sonne schwitzten. Sein rechter Unterarm machte mechanische, schlenkernde Aufwärtsbewegungen; offenbar warf er gesalzene Erdnüsse oder Rosinen in die pulsierende Höhlung zwischen seinem Bart.

Gegen fünf Uhr waren alle Pfosten eingerammt. Wir überließen es Dave, die Latten anzunageln, und schlenderten in das kühle Picknickwäldchen. Julie hatte Debby zu dem Reitpfad auf der anderen Seite des Bachbetts hinübergeführt; wir waren gerade dabei, die Handwerkszeuge abzulegen, als sie zurückkamen, die Pferde in der halbfertigen Ringbahn anbanden und mit Striegel und Bürste bearbeiteten. Ich hatte den Eindruck, daß Daves nußbrauner, muskulöser Oberkörper eine ungeheure Anziehungskraft auf Julie ausübte, während Dave seinerseits krampfhaft bemüht schien, so zu tun, als sei keine Menschenseele in seiner Nähe. Im Grund war das ganz natürlich, wenn man bedachte, daß sie beide fünfzehn oder sechzehn waren. Mit wuchtigen Schlägen trieb er die langen Nägel ein.

Vielleicht rebellierten meine Nerven tatsächlich schon. Für meinen Geschmack gab es hier zu viele Leute, die ihre Muskeln vor einem Publikum spielen ließen, das sie keines Blickes würdigten. Ich war froh, als wir uns auf die andere Seite des Hauses zurückzogen, wo ich ein kühles Glas in die Hand gedrückt bekam, mich in einem Liegestuhl ausstrecken und John zuhören durfte, der mit seinem Publikum weitaus höflicher verfuhr, während er über das soziale Verhalten der See-Elefanten sprach.

Nach einer Weile merkte ich, daß das Hämmern in der Ringbahn aufgehört hatte, und ich wartete eigentlich darauf, Dave

Weld mit seinem alten Mercury nach Hause fahren zu sehen. Doch er zeigte sich nicht, und auch Julie und Debby waren verschwunden. In einer Gesprächspause hörten wir die Laute einer Gitarre, die gestimmt wurde. Marian stand auf. »Debby? Deb . . . by!« Keine Antwort.

»Ich schaue mich nach ihnen um«, sagte ich und ging um das Haus herum in den Patio. Pecks Zeltplattform war nun dichter bevölkert. Der pistolentragende Filmheld, die Amazone mit dem dunkelverfärbten Ohne-Sattel-Hinterteil, die bebrillte Sechsjährige, alle saßen sie da eng aneinandergedrängt mit faszinierten Mienen um ihren haarigen Guru herum.

3

Peck gesellte sich also im Grunde niemals zu uns; er betrieb ein Konkurrenzunternehmen. Und während ich mir sagte, daß er kein Dauersiedler sei und vertrieben werden könne, wann immer es mir paßte, breitete er sich aus wie eine wilde Gurkenranke. Sein Camp und die Baumhausdependence waren durch einen Burggraben geschützt, den ich weder physisch noch geistig überqueren konnte und es auch gar nicht wollte. Seine Honda war in dem ohne Erlaubnis errichteten Schuppen neben der Wegpforte untergebracht. Kurz nachdem John im Mai zu seinen See-Elefanten zurückgekehrt war und wiederum, ohne zu fragen, nagelte Peck einen alten Briefkasten neben den meinen und kleckste mit einem in schwarze Farbe getauchten Finger seinen Namen darauf: J. PECK.

Allmählich verbrachte er immer weniger Zeit meditierend oder allein. Entweder durchliefen seine Absichten während der Monate, in denen er seinen Baum herrichtete, einen Reifeprozeß, oder er hatte Studenten gefunden, die er beeinflussen konnte. Er begann, sich ganz eindeutig für einen Guru zu halten, und seine Anziehungskraft wurde durch die Bequemlichkeiten, mit denen er mein Stück Giftsumachland ausgestattet hatte, offenbar noch vermehrt.

Wäre er den Catlins lästig geworden, hätte ich ihn vielleicht fortgeschickt – oder doch nicht? Hätte ich es wirklich getan? Ich weiß es nicht. In Augenblicken, in denen es mich gerade einmal nicht allzusehr erbitterte, daß er unweigerlich die ganze Hand nahm, wenn man ihm den kleinen Finger gab, war ich zu dem Zugeständnis bereit, daß er im Grund noch ein Junge war, vielleicht sogar ein gescheiter Junge, mit fast allen idealistischen Phantasievorstellungen seiner Generation und einer angeborenen Begabung fürs Theater. Nichtsdestoweniger hatte ich immer das Gefühl, daß wir Gegner waren und er dies ebensogut wußte wie ich; ich merkte aber auch, daß Marian und John ihn und seine Clique mit ähnlichen Augen betrachteten wie Anthropologen ein pittoreskes Kopfjägerdorf und deshalb die emotionellen Antagonismen gar nicht wahrnahmen, die wie mürrische Kettenhunde in uns lagen, bereit, beim leisesten Schritt aufzuspringen und zu knurren. Wenn ich, um mein Leben zu vereinfachen, Pecks Nest ausgehoben hätte, wäre damit zugleich die Freude der Catlins an *ihrem* neuen Leben beträchtlich geschmälert worden, und ich hätte mir wahrscheinlich nur Vorwürfe gemacht. Trotzdem konnte ich den Mund nicht halten.

»Finden Sie es richtig, daß Julie so oft mit Debby da drüben ist?« fragte ich Marian eines Tages. Ich war auf dem Rückweg vom Briefkasten vorbeigekommen und hatte sie im Patio vorgefunden, wo sie gerade Erdbeeren entstielte. In der Luft hing der fruchtig-süße Geruch kochender Marmelade. Der schwarze Wallach und der Schecke standen in der Ringbahn; vom Peckschen Camp drangen Gitarrenklänge herüber. Während Marians fleckige Finger die Blattkelche von den Beeren zupften und die Beeren in einen, die Blattkelche in einen anderen Tiegel warfen, bedachte sie mich mit einem amüsierten und gleichzeitig ernsthaften Blick, so, als wollte sie einer lächerlichen Bemerkung jede Chance geben, revidiert zu werden, bevor sie darüber lachte. Dann schüttelte sie den Kopf.

»Er und seine Freunde sind völlig harmlos. Irgendwie haben sie tatsächlich manches mit Heiligen gemein.«

»Mit Heiligen? Guter Gott.«

»Sie sind freundlich«, sagte sie. »Sie belästigen niemanden.

Sie betrachten Kinder als vollwertige Menschen und behandeln sie dementsprechend. Debby betet sie an.«

»Natürlich. Sie sind alle mehr oder weniger in ihrem Alter.«

»Was ist daran so schlecht? Glauben Sie nicht an die Geschichte mit den kleinen Kindern und dem Himmelreich? Da.« Sie steckte mir eine große Erdbeere in den Mund, aber kaum hatte ich das saftige Fruchtfleisch hinuntergeschluckt, fing ich schon wieder an: »Das Gefährliche an erwachsenen kleinen Kindern ist unter anderem, daß sie kindliche Ansichten haben und zugleich die Fähigkeit Erwachsener, Schaden anzurichten.«

»Inwiefern könnten sie Debby schaden?«

»Oh, was weiß ich. Indem sie ihr Bier geben, zum Beispiel.«

»Das tut John auch.«

»Dann eben Marihuana. Sie schwören ja alle, daß es ganz ungefährlich ist, und es sind so nette, freundliche Menschen . . .«

Sie wollte bereits antworten, als sie irgend etwas in der Küche hörte oder roch, was sie veranlaßte, den Tiegel beiseite zu stellen und ins Haus zu stürzen. Doch gleich darauf kam sie wieder heraus, und während sie sich setzte und die Schüssel mit den Erdbeeren ergriff, sagte sie ernst: »Möglich, daß sie Marihuana rauchen, ich nehme es beinahe an, heutzutage scheinen das alle jungen Leute zu tun. Aber ich bin sicher, sie geben ihr keins.«

»Wie wollen Sie da sicher sein?«

»Nun, vielleicht kann ich es nicht. Trotzdem, ich traue es ihnen einfach nicht zu.

»Und wie ist es mit Julie?«

Man merkte Marian an, daß sie auf ihre Gesundheit achtete und viel dafür tat. Ihre Arme und Hände und Beine waren tiefgebräunt, sie hatte zugenommen, und die Augen leuchteten hell und klar aus dem braunen Gesicht. Sie runzelte die Stirn. »Tja«, antwortete sie fast unwillig. »Das hat mich zeitweilig ein bißchen beunruhigt. Sie behandeln Julie und Dave als eine Art Maskottchen oder Nachwuchs oder so etwas. Sie könnten sich einmal einen Spaß daraus machen, sie Marihuana probieren zu lassen. Aber wenn es tatsächlich ungefährlich ist, und John hält es mehr oder weniger für ungefährlich, dann wäre das nicht schlimmer, als wenn Fünfzehnjährige ein paar Drinks bekämen.«

»Die Polizei hätte da eine etwas pessimistischere Meinung.«

»Nun, ich kann ihr ja wohl kaum verbieten, hinüberzugehen.«

»Aber ihre Mutter kann es.«

»Ob damit etwas erreicht ist, bezweifle ich noch«, entgegnete Marian. »Julie kann manchmal so wild und ungebärdig sein; sie ist überhaupt die personifizierte Rebellion, sie tut unweigerlich genau das, was ihre Mutter ihr untersagt.«

»Weiß Fran, daß sie so oft da drüben ist?«

»Ich habe keine Ahnung. Vermutlich denkt sie, sie sei hier bei uns.« Sie fuhr mit den Händen nervös in der Beerenschüssel herum und blickte mich mit zusammengekniffenen Augen zweifelnd an. »Wenn ich sie nicht als Babysitter beschäftigte, wäre sie auch drüben. Vielleicht ist es sogar gut, daß sie Debby bei sich hat und auf sie achten muß.«

»Na«, meinte ich, »sollen sich ihre Eltern den Kopf über sie zerbrechen. Julie ist vermutlich sowieso ein unlösbares Problem.«

»Ach«, sagte Marian lächelnd, »sie schafft es schon noch. Jeder wird einmal erwachsen, wenn er die Chance dazu geboten bekommt. Julie möchte als Gleichberechtigte, nicht als Kind behandelt werden. Deshalb findet sie auch Pecks Clique so viel interessanter als ihre Mutter. Das ist keine Halbstarkenbande, Joe. Das sind junge Leute, die herumsitzen und über das gute Leben reden, über das ideale Leben. So etwas dürfte doch eigentlich nicht jugendverderbend sein, oder?«

»Das hängt davon ab, wie sie das gute Leben definieren.«

»Sie definieren es als Freiheit. *Absolute* Freiheit.«

»Hab' ich es mir doch gedacht«, sagte ich. »Alles ist erlaubt – darauf läuft es hinaus, nicht wahr?«

»Das stimmt nicht ganz – na ja, in der Praxis vielleicht –, aber sie glauben wohl hauptsächlich an die natürlichen Tugenden des primitiven Menschen. Es sind im Grund Romantiker. Ihrer Ansicht nach ist der Mensch von Natur aus gut und wird erst durch die Gesellschaft korrumpiert.« Sie kicherte plötzlich und beäugte mich skeptisch, als fürchtete sie, ich könnte explodieren. »Habe ich Ihnen schon erzählt, daß sie ein Motto auf ein Brett gemalt und an den Baum genagelt haben? SEI DU SELBST. GUT IST DAS SELBST, DAS SICH FREI MANIFESTIERT, SCHLECHT IST, WAS DAS SELBST UNTERDRÜCKT.«

»Oh, wie hübsch!« sagte ich. »Hat Peck das geschrieben?«

»Vermutlich. Vielleicht ist es auch entliehen. Sind Sie kein Anhänger der Freiheit?«

»Nicht in irgendeinem extremen Sinn«, antwortete ich. »Was treibt Peck, wenn er sich zu seinen Yogaübungen hinsetzt? Freie Lebensäußerung?«

Mit einem zweifelnden Blick zog sie die Stiele von zwei oder drei Beeren ab. Sie wedelte eine Wespe fort, die sich der Schüssel näherte. »Meinen Sie, daß sich Peck widerspricht, weil Yoga *Selbst*disziplin ist? Gegen Selbstdisziplin haben diese jungen Leute gar nichts, nur gegen ihre traditionellen, konventionellen Formen, die sie als Anti-Leben ansehen.«

»Improvisiert er etwa seine Übungen?«

Stirnrunzelnd betrachtete sie mich. »Was wollen Sie damit sagen, Sie streitsüchtiger Mensch?«

»Ich bin kein streitsüchtiger Mensch«, antwortete ich. »Ich gehe der Sache lediglich auf den Grund. Yoga ist ein System mit sehr strengen Regeln; Jim Peck hat keine davon erfunden. Absolute Freiheit – was für ein Blödsinn! Man kann nicht einmal den Mund aufmachen oder die Hand bewegen, ohne irgendwelchen Regeln zu gehorchen, die normalerweise immer von jemand anders stammen, und das gilt für diese Narren da drüben so gut wie für alle anderen Leute. Weisheit beginnt da, wo man erkennt, daß man nichts Besseres tun kann als sich entscheiden, nach welchen Regeln man sich richten will, und es ist hochgradiger Schwachsinn, sich einzubilden, daß man ohne Regeln leben kann. Wenn Sie aber meinen, daß Peck und Genossen harmlos sind, dann soll's mir recht sein. Ich fing eigentlich nur deshalb mit diesem Thema an, weil ich hoffte, sie würden Sie stören.«

Lächelnd war Marian inzwischen auf die Tür zugegangen und hatte nur noch abgewartet, bis ich endete, um sogleich in der Küche zu verschwinden, wo sie offenbar wieder dringend nach dem Rechten sehen mußte. Nach einer Weile kam sie heraus, in der einen Hand einen Topf Marmelade, in der anderen einen großen Löffel, den sie ab und zu eintauchte und die rote Masse probeweise herunterfließen ließ.

»Oh, verflixt!« sagte sie, klopfte den Löffel ab und fischte eine Wespe aus dem Topf. Vorsichtig trug sie das Tier zu dem Anschlußhahn für den Gartenschlauch. Der Strahl schwemmte es auf die Erde, und sie spülte den Löffel ab und hob das marmeladenverklebte Tier, das unbeholfene Krabbelversuche machte, wieder auf, wusch es behutsam noch einmal ab und setzte es zum Trocknen auf das Fensterbrett.

4

Ich las also weiterhin die leeren Bierdosen auf, womit die Verfechter der Freiheit unseren Weg säumten, und fast jeden Tag entzündete ich auf der Asphaltstraße neben dem Briefkasten ein kleines Feuer, um die weggeworfenen Zeitungen, Prospekte und andere Papierkorbpost loszuwerden, die bei Peck einzutreffen begann, nachdem er sich als ortsansässig erklärt hatte. Er öffnete das Zeug weder noch schaffte er es fort; er warf es einfach auf den Boden, wo es liegenblieb oder herumflog, bis ich es einsammelte und verbrannte.

Ich sagte zu all den ungekämmten jungen Männern und Apachenmädchen, die da kamen und gingen, höflich guten Tag, als hätte ich es mit normalen Menschen und nicht mit verrückten, unreifen Exzentrikern zu tun; als Beförderungsmittel benutzten sie meist den Illinois-Volkswagenbus, der inzwischen wiederaufgetaucht war, diesmal offenbar, um zu bleiben. Ich sah sie oft mit Lebensmittelpaketen und Bierdosen bepackt und auffallend freudig-erregten Mienen, so, als hätten sie eine Audienz mit dem Allerhöchsten vor sich, an Debbys Ringbahn vorbei der Brücke zustreben. Der Allerhöchste bewegte sich mit einer neuen, raubkatzenhaften Würde unter ihnen; hinterhältig lächelnd und hypnotisch blickend ließ er dem Streben nach absoluter Freiheit seine wohlwollende Unterstützung zuteil werden.

Nicht immer jedoch, so erzählte Julie Marian, durften Neuankömmlinge gleich vor sein Antlitz treten. Manchmal warteten sie einen ganzen Nachmittag und Abend und bekamen den Heiligen, der sich mit einigen auserwählten Jüngern im Baumhaus aufhielt, überhaupt nicht zu sehen. Dieser Kult mit der geheiligten Persönlichkeit war derart phantastisch, daß ich mir an die Stirn schlug, als ich davon hörte. Ich fragte Marian, was aus der absoluten Freiheit geworden sei. Warum manifestierten sich die Novizen nicht als freie Individuen und verhinderten, daß man ihr Selbst unterdrückte, indem sie einfach die Leiter hinaufkletterten?

Selbstbeschränkung, sagte sie und warf damit einen Köder aus.

Ich schnappte förmlich nach dem Haken. Ja, sagte ich, Selbstbeschränkung, durch eine Regel erzwungen – oder durch ein Tabu, was noch schlimmer war. Heilig, heilig, heilig. War es ein todeswürdiges Sakrileg, aus seiner Reisschale zu essen oder seinen Hubschrauberanzug anzufassen?

Sie lachte nur. Für sie waren es Kinder, Utopia spielende Kinder.

Was ich vielleicht auch bestätigen würde, wenn ich das Unheil, das sie stifteten, vergessen könnte. Ich sah sie auf Pecks unordentlicher Plattform sitzen und liegen, vor jeder Störung geschützt, Babylon und der *In-loco-parentis*-Universität entronnen, absolut frei, ihren Geist Pecks Charisma zu unterwerfen. Ich beobachtete, wie die bevorzugten Jünger mit ihm auf der Baumhausveranda hockten und ihre Bierdosen ins Gebüsch warfen. Verlasset eure Netze und folget mir nach.

Als im Juni die Collegeferien begannen, richtete sich eine etwas reduzierte, sechs- oder achtköpfige Kerngruppe, darunter auch die Volkswagenclique, häuslich ein. Die Honda war aus ihrem Winterquartier im Schuppen entfernt worden und stand, mit einer Plane bedeckt, unter dem Lorbeerbaum. Der Schuppen war nun vollgestopft mit Matratzen, Campingstühlen, Klapptischen, Bücherkartons, Papierkörben voller Gerümpel –

kurzum, mit jener Sorte schäbiger Gebrauchsgegenstände, wie sie von einem Studenten auf den anderen übergeht, zum Altwarenhändler und zurück zum Studenten wandert, weggeräumt und wieder hervorgeholt wird, um immer wieder einmal mittellosen jungen Leuten zum Sitzen oder Schlafen zu dienen. Vielleicht wollte Peck das Zeug nur den Sommer über für jemanden verwahren, vielleicht speicherte er es auch für eine geplante Erweiterung des Etablissements. Ich betrachtete es verlegen und mit einer gewissen Melancholie, wenn ich daran vorbeikam. So wenig und Dinge von so geringem Wert zu besitzen, hieß in der Tat, auf eine wunderliche Weise frei sein.

Abends scharten sie sich oft um ein Feuer und sangen. Keine offenen Feuerstellen, hatte es geheißen. Doch das war natürlich eine Vorschrift von fremder Seite. Als ich das Feuer das erstemal sah, packte mich wieder unbändiger Zorn über diese berechnend-herausfordernde Art, mit der Peck jede Beschränkung überging, die ich ihm auferlegt hatte. Aber ich glaube, nicht einmal in diesem Moment habe ich erwogen, hinunterzumarschieren und ihn zu zwingen, das Feuer auszumachen. Ich hielt mir vor Augen, daß sein Plateau inzwischen kahlgetrampelt und die Gefahr somit auf ein Minimum verringert war; daß der Bach letzten Endes eine Brandschneise darstellte; daß die Pferde die anliegende Wiese bis auf den nackten Lehmboden abgegrast hatten, so daß sich das Feuer nicht ausbreiten konnte; daß Peck außerdem für eine Brandbekämpfung über das gesamte Wasser meines Brunnens verfügte. Fest stand, der Gedanke an eine Konfrontation mit Jim Peck war mir zuwider, und zwar nicht nur seinetwegen, sondern auch meinetwegen.

Es war eine regelrechte Zigeunerniederlassung. Morgens wurden vor dem Zelt Schlafsäcke gelüftet. Um die Essenszeit stieg Rauch auf, und Mädchen in Jeans machten sich am Feuer zu schaffen: Entweder hatte Peck seine vegetarische Lebensweise aufgegeben, oder er forderte sie nicht von seinen Anhängern, denn es roch oft nach gebratenen Steaks. An den Nachmittagen war bisweilen die Ringbahn Zentrum des Interesses; nackte Füße und Sandalen stützten sich dann auf die untere Umzäunungsstange, und zahlreiche Augenpaare – unweigerlich von üppigem Haarwuchs behindert – schauten zu, wie Julie Debby Reitunterricht gab. Apachenmädchen entblößten munter ihre Schenkel, wenn sie Debbys Pferd für einen Proberitt bestiegen. Ungekämmte Burschen schwangen sich auf den verdutzten alten Schecken, ließen ihn den Weg hinaufkantern und produzierten sich so angeberhaft, daß man hätte meinen mögen, es handle sich um ganz normale junge Leute. Julie saß währenddessen wie festgeklebt auf ihrem Wallach, damit sich nicht noch jemand *seiner* bemächtigte, und Peck blickte mild von seiner Baumhausveranda herunter. Spielt nur, Kinder. Alles ist erlaubt, selbst Spaß.

Es war so sonderbar zu sehen, wie sich diese Kaffeehausintellektuellen an ländlichen Zerstreuungen ergötzten, daß sie mir beinahe sympathisch wurden – und dies, obwohl sie sich höchstwahrscheinlich genauso wahllos vermischten wie eine Herde Brüllaffen. Allmählich begann ich Gesichter zu unterscheiden. Da gab es zum Beispiel zwei Mädchen, die ständig anwesend waren und, soweit ich es beurteilen konnte, niemandem im speziellen beziehungsweise allen gemeinsam gehörten. John erzählte mir ein wenig erheitert, eine der beiden, Margo, sei die Begründerin eines sogenannten Komitees für sexuelle Freiheit, das in allen nahe gelegenen Colleges Zweigstellen eingerichtet und in einigen auch Frühjahrsdemonstrationen veranstaltet habe. Nie sahen wir die Gesichter unserer Gäste auf Zeitungsfotos von all den Sit-ins und ähnlichen Manifestationen, die in jenem Sommer bei uns förmlich aus dem Boden quollen. Sie beteiligten sich nicht an Anti-Vietnam-Paraden, sie protestierten nicht gegen Napalmhersteller. Sie konzentrierten sich auf das Wesentliche: sexuelle Freiheit. Ich entdeckte Margo nur einmal in der Zeitung – als Anführerin einer Massenkundgebung gegen das Abtreibungsverbot.

»Du lieber Gott«, sagte ich, »das ist wie bei der Irokesenansiedlung. Demnächst werden sie anfangen, Silberwaren herzustellen. Jedesmal, wenn ich daran denke, daß wir diese Bande fördern, zweifle ich an meinem Verstand.«

»Wir fördern sie nicht«, entgegnete Ruth. »Wir sind neutrale Beobachter. Beobachte also und sei friedlich.«

»In Ordnung«, sagte ich, »Ich *werde* sie beobachten. Aber wenn ich Marian wäre, würde ich sie weniger wohlgefällig beobachten, und wenn ich die LoPrestis wäre, würde ich sie überhaupt nicht wohlgefällig beobachten, und wenn ich Tom Weld wäre, würden mir die Haare vor ungläubigem Entsetzen zu Berge stehen. Hast du gemerkt, was für ein Wandel in unserem pistolentragenden ländlichen Adonis vorgeht? Hast du ihn neulich da auf dem Bulldozer gesehen, als er die Straße planierte?«

Denn es war offenkundig, daß Peck, der nie in den Zeitungen auftauchte und nichts anderes verfocht als absolute Freiheit, die benachbarte Jugend völlig in seinen Bann gezogen hatte. Mehr als einmal sah ich Julie mit gekreuzten Beinen unter den Hippies sitzen, nachdem Debby zum Abendessen heimgerufen worden war und sich protestierend gefügt hatte. Mehr als einmal sahen wir, wenn wir spätabends nach Hause kamen, Daves verbeulten Mercury neben der Lattentür parken. Er trug die Kettensäge seines Vaters zum Camp hinunter, um die Bacchanten mit einem Stapel Holz zu versorgen und seine rustikale Muskelkraft (und meine Bäume) als Entree für die Clique, die er umwarb, zu benutzen. Er gab das Pistolentragen auf: Die gute alte *ahimsa* hatte auch ihn ergriffen. Und sein Haar, früher so kurz geschoren, daß der braune Schädel durchschimmerte, hatte sich bis Ende Juni zu einer stachligen rötlichen Bürste ausgewachsen. Ich bot Ruth eine Wette an, daß es die wohlbekannte Johannes-der-Täufer-Nackenlänge erreichen würde, und ich hätte auch gewonnen. Es faszinierte mich, fruchtlose Spekulationen darüber anzustellen, was Tom Weld wohl zu dieser Haartracht sagte. Andererseits war es gut möglich, daß sie ihm gar nicht auffiel; er merkte nicht so leicht etwas.

Der Pecksche Anhang schien sich ausnahmslos bei den Catlins ungeheuer wohl zu fühlen, ganz gleich, ob John zu Hause war oder nicht. Uns oder zumindest mir gegenüber legten sie eine wachsame Höflichkeit an den Tag – *non timeo sed caveo*. Alle außer dieser Margo; sie gehörte zu jenen Mädchen, die sich in jedem wachen Augenblick ihres Körpers bis zum letzten Quadratzentimeter bewußt sind. Margo also betrug sich in meiner

Anwesenheit eher provokatorisch. Aber ich widerstand ihren Reizen.

Was Peck selbst betraf, so muß er sich, wenn ich seine Haltung recht deutete, daran geweidet haben, mich in einer Situation zu sehen, in der ich beinahe alles gestatten würde, um nur nicht kleinlich zu erscheinen. Er war so einer, der die Reichen bestahl und den Armen gab. Seine Moral, die er bestimmt nicht nur aus den Upanishaden bezog, hieß zweifellos jedes Mittel gut, das zum Ziel führte. Andererseits schien er genauso entschlossen wie ich, jeder unmittelbaren Konfrontation auszuweichen. Wenn ich in Hörweite war, verhielt er sich stets ruhig und höflich, sprach – sofern überhaupt – nur mit sanftester Stimme und beschränkte sich im übrigen darauf, wissend zu lächeln. Ich erfuhr seine Dogmen aus zweiter Hand, von Marian, die seine philosophischen Ergüsse geduldig über sich ergehen ließ. Philosophisch, habe ich gesagt. Nun, dann und wann war tatsächlich ein Philosoph seine Quelle. Weitaus öfter entsprangen seine Schwärmereien geradenwegs alten James-Dean-Filmen und Ginsberg-Gedichten. Das gehörte zu den Dingen, die man bei ihm am schwersten schluckte. Es gab so viel Dean in seinem Ginsberg.

5

Eines Tages wanderte ich gerade von den Briefkästen herauf, als Peck vor dem Catlinschen Haus seine Honda bestieg. Nacktbrüstig, bloßbeinig in den abgeschnittenen Jeans, weißbehelmter Insektenkopf – so kam er mir entgegen, und als er mit einer Wolke heißer, staub- und ölgetränkter Luft an mir vorbeifegte, bedachte er mich mit seinem wissenden, wortlosen, bärtigen Grinsen. Drei Meter weiter (oder bildete ich mir das nur ein?) ließ er das Motorrad verächtlich aufschnauben. Ich drehte mich um und sah ihm nach. Er überquerte gerade die Brücke und konzentrierte sich ganz auf die schmale Bohle, die ihm als Fahrspur diente, doch als er die andere Seite erreicht hatte, blickte er sich um. Wir tauschten eine Art Botschaft aus, bevor er hinter den Bäumen verschwand.

Marian hatte sich drunten im Wäldchen auf der alten Liege ausgestreckt. Sie winkte mich heran, und ich ging hinunter, obwohl es mich nicht übermäßig freute, Pecks Nachfolger auf der Besucherliste zu sein. Und ich brachte es auch nicht fertig, diese Tatsache stillschweigend zu übersehen, was ich wahrscheinlich hätte tun sollen. »Na, haben Sie ein bißchen mit unserem Freund diskutiert?« fragte ich.

Sie hatte die Ellbogen aufgestützt und hielt ein Buch in der Hand. »Warum so finster? Haben wir heute nicht wieder einen wunderbaren Tag? Diskutiert ist nicht das richtige Wort. Ich glaube, er hat mich zu bekehren versucht.« Sie hob das Buch.

Ich legte mein Bündel Briefe und Zeitschriften auf den Boden und setzte mich in einen Korbsessel. Ja, warum so finster? Das war immer meine schönste halbe Stunde, diese Pause auf dem Rückweg vom Briefkasten. Jedesmal, wenn ich sie nicht antraf oder Debby schon von der Schule heimgekommen war oder ein fremder Wagen vor dem Haus parkte, sank mein Herz nach unten wie ein flacher Stein, den man in ein Wasserfaß warf. Und sie da vor mir zu sehen, lebensprühend, eine überschäumende, unerschöpfliche Flasche Champagner, gab mir in der Tat das Gefühl, daß dies, trotz Peck, ein wunderbarer Tag sei.

»Sie bekehren? Das muß ja lustig gewesen sein. Hat er überhaupt einen Verstand? Geht unter diesem Haarurwald irgend etwas vor sich?«

»Wenn ich das bejahe, würden Sie mir nicht glauben.«

»Nein. Ich glaube auch gar nicht, daß Sie es bejahen wollen.«

»Es ist sonderbar, ich weiß es wirklich nicht«, sagte sie nun mit diesem jähen Ernst in der Stimme, der mich so oft bedauern ließ, einen scherzhaften Ton angeschlagen zu haben. »Meist ist er völlig vorhersagbar, seine Reaktionen sind irgendwie konditioniert – die Anarchie der Jugend, Sie wissen schon. Er ist vierundzwanzig, aber er ist ein junger Vierundzwanzigjähriger. Und manchmal scheint er einfach in seiner Wolke abstrakter Ideen dahinzuschweben, und in anderen Augenblicken ist er wieder ein Weltverbesserer, wie er im Buche steht. Er ist überzeugt davon, daß die Welt zu ändern ist, er ist das wirklich, und er zeigt viel Enthusiasmus« – ein Blick huschte zwischen den Wimpern hervor in meine Richtung –, »wenn er sich ernst genommen fühlt. Sobald er glaubt, daß man ihn verlacht, wird sein Benehmen steif und gezwungen. Er hat mir gerade etwas vorgelesen; es war wohl eine Art Versuch, mir zu erklären, wovon er ausgeht.«

Sie hob das Buch und blätterte mit dieser für sie so charakteristischen lächelnden Hören-Sie-mal-zu-Miene darin herum. Dann fand sie die Stelle und begann, mir mit unnatürlich hoher Stimme vorzulesen, wie ein Kind, das etwas rezitiert:

»Die menschliche Massengesellschaft hat eine Ordnung hervorgebracht, die dem Leben regulierte Kanäle zuweist und die Individuen in einer technisch funktionierenden Organisation miteinander verbindet, nicht aber innerlich, von der Geschichtlichkeit ihrer Seelen her ...«

»Geschichtlichkeit ihrer *Seelen?«* sagte ich.

Ihre Augenbrauen brachten mich zum Schweigen, während ihr Mund mir weise zulächelte.

»Die durch Unzufriedenheit mit der bloßen Leistung verursachte Leere und die Hilflosigkeit, die bei einem Versagen der Verbindungskanäle eintritt, haben eine Einsamkeit der Seele entstehen lassen, wie sie nie zuvor existierte, eine Einsamkeit, die sich versteckt, die vergeblich Befreiung im Erotischen oder Irrationalen sucht und schließlich zu einem profunden Begreifen der Bedeutung zwischenmenschlicher Kommunikation führt.«

Sie hielt inne. Ich sollte augenscheinlich etwas bemerken. Also sagte ich: »Bei dieser Art Prosa kann man nur auf Kierkegaard oder den alten Jaspers tippen.«

»Joe, Sie sind unglaublich! Es *ist* Jaspers.«

»Na und? Eins der vier dunklen Evangelien. Ich habe sie einmal gelesen und versucht, etwas davon zu verstehen, es ist mir aber nie gelungen. Verstehen Sie etwa, was die Geschichtlichkeit der Seele ist? Oder diese Einsamkeit der Seele, die so viel schlimmer ist als je zuvor in der Menschheitsgeschichte? Suchten Sie auch vergeblich beim Erotischen und Irrationalen Zuflucht? Sind Sie ebenfalls unzufrieden mit der bloßen Leistung? Diese Worte allein schon ... *Bloße Leistung!«* höhnte ich aufgebracht.

»Gott! Na, Sie haben meine Frage beantwortet. Da sitzt kein Verstand, da gibt es nur ein Phonogramm auf Lackmuspapier.«

Aus der Art, wie sie lachte, wurde mir klar, daß sie mir die Textstelle nur vorgesetzt hatte, um mich zu reizen. (Ich habe sie hier vor mir liegen und finde sie so hochtrabend-banal wie eh und je.) »Das Schlimme an den Leuten, denen das profund vorkommt«, sagte ich, »ist, daß sie mit der bloßen Leistung schon unzufrieden sind, bevor auch nur die geringste Gefahr besteht, daß sie eine vollbringen. Hat Peck etwa Schwierigkeiten mit seinem bedeutenden Buch? Ist es das, was ihm die Leistung so verleidet?«

»Wer hat es Ihnen erzählt?«

»Niemand. Habe ich recht?«

»Wissen Sie«, sagte Marian und beäugte mich mit schiefgelegtem Kopf, »wenn Sie nicht so ein aufbrausendes Temperament hätten, wären Sie ungeheuer imponierend. Ja, er hat das Buch tatsächlich aufgegeben. Er sagt, es sei ohnehin nur eine Vorübung gewesen, die ihm zu einem klareren Bewußtsein verhelfen sollte. Es gehörte zu seiner Weltentsagungsphase. Schreiben ist eine tote Kunst. Die Zukunft gehört der zwischenmenschlichen Kommunikation.«

Es hätte mich eigentlich befriedigen müssen, daß meine Prophezeiungen über Peck gerechtfertigt schienen. Doch ich merkte lediglich, wie das alte Gefühl des Überdrusses und der Erbitterung wieder in mir aufstieg, das aus einer Zeit stammte, in der ich Jim Peck noch gar nicht gekannt hatte. Ich sagte: »Dieser Geselligkeitstrieb, den er neuerdings entwickelt, ist selbstverständlich philosophischer und nicht etwa zufälliger Natur, nicht wahr? Er hat die Kontemplation aufgegeben? Zuviel Einsamkeit der Seele, wie? Womit beabsichtigt er denn, die zwischenmenschliche Kommunikation in Fluß zu bringen?«

»Er will eine Schule organisieren«, antwortete Marian.

»Organisieren?«

»Na schön, improvisieren. Er hat auch schon mit dem Improvisieren angefangen. Als John das letztemal zu Hause war – bevor er nach Alaska fuhr –, kam er eines Abends mit Margo und diesem blonden Peter Soundso herüber und erkundigte sich bei ihm, wie man an Stiftungen herantreten könnte.«

»Das paßt«, bemerkte ich. »Das Establishment soll das Disestablishment finanzieren. Ich hoffe, John war nicht so töricht, ihnen zu helfen.«

»Oh, er hat ihnen ein paar Namen genannt. Er war irgendwie gerührt, sie sind so ernsthaft und naiv. Das Ganze hat sowieso keine Chance.«

»Das würde ich noch nicht beeiden«, sagte ich. »Ich habe verschiedene Stiftungsleute gekannt. Sie leiden alle an Projektitis. Diese Sache könnte justament idiotisch und irreal genug sein, um irgendeinem Ausschuß interessant vorzukommen. Um was für eine Schule handelt es sich denn?«

Sie kicherte. »Können Sie es sich nicht vorstellen? Keine Kurse, keine Aufnahmebedingungen, keine Verwaltung, keine Titel, keine Autorität.«

»Keine Autorität«, sagte ich. »Das greift geradenwegs nach der Wurzel allen Übels. Sie werden sich gegenseitig unterrichten, nicht wahr?«

»Natürlich.«

»Unter einem Lorbeerbaum.«

»Wahrscheinlich. Auf dem Land jedenfalls, und soweit wie möglich im Freien. In Jim steckt eine ganze Menge Pioniergeist, haben Sie es bemerkt? Die Aktivität, die er da drüben entwikkelt, erinnert irgendwie an einen Siedler.«

»Hm, wenn Sie unter Siedler einen Mann verstehen, der sich widerrechtlich auf fremdem Eigentum einnistet und breitmacht.«

»Meinetwegen. Auf jeden Fall wollen sie einen Versammlungsraum und eine Bibliothek bauen, das ist alles, was sie brauchen.«

Eine Weile blieb ich stumm. Diese sogenannten »freien Universitäten« waren mir selbstverständlich nichts Neues. Und da es sich um eine Idee handelte, die sich unter seinesgleichen wie eine Epidemie verbreitete, mußte sie Peck natürlich unerhört originell vorkommen. Er war gegen nichts immun, dieser Junge. »Abgesehen von dem Gebäude und den Bücherregalen«, sagte ich dann, »scheint mir, daß sie ihre Schule bereits haben – da drüben am Bach. Professor Pecks Freiluftakademie.«

Die Beine untergezogen, die braunen Arme lässig herabhängend, lag sie da und beobachtete mich mit dem koboldhaften Gesichtsausdruck eines Kindes, das darauf wartet, daß der Knallfrosch unter Tantchens Stuhl losgeht. »Haben Sie sich heute seinen Briefkasten angeschaut?«

»Ich verbrannte die Peckschen Papierabfälle, wie jeden Tag. Mit der üblichen Erbitterung. Auf seinen Briefkasten habe ich allerdings nicht geachtet. Warum?«

»Haben Sie die Initialen unter seinem Namen nicht gesehen? U. L. G.?«

»Unvorstellbar lächerlicher Genosse? Universal-Liga der Geisteskranken?«

»Universität des liberalen Geistes«, erklärte Marian kichernd. »Nein, Sie haben sich nicht verhört! Sie ist in Betrieb. Sie wird den Ford-, Rockefeller- und Carnegiestiftungen als bereits bestehend präsentiert. Zehn Studenten, einschließlich Julie und Debby.«

Ihr Lachen war so ansteckend, daß auch ich zu lachen anfing. Ich war bei ihr immer bereit, mitzulachen, sogar über mich selbst. Schon in Betrieb. Ha, ha, ha.

Braune Schatten hüllten uns ein. John war seit zehn Tagen auf den Pribilow-Inseln. Debby war irgendwo draußen – mit Julie spazierengeritten, vielleicht. Der Volkswagenbus hatte nicht an der Pforte gestanden, als ich den Hügel herunterkam. Von Pecks Camp, das Bäume und Gebüsch verdeckten, drang kein Laut herüber. Vielleicht waren sie alle unterwegs, um Bücher für ihre Bibliothek zu stehlen. Ein bißchen grimmig sagte ich: »Dieses bereits bestehende Studienzentrum könnte sich sehr leicht morgen schon gezwungen sehen, nach neuen Lokalitäten Ausschau zu halten.«

»Würden Sie das tun?« fragte Marian. »Hegen Sie so wenig Sympathie für den jugendlichen Idealismus?«

»Von jugendlichem Idealismus werde ich seit sechs Monaten als vertrotteltes Opfer mißbraucht.«

»Ach, sie sind nur gedankenlos. Wenn Sie ihre Vorurteile abstreifen könnten und sie besser kennenlernten, würden Sie sie wahrscheinlich mögen. Ich mag sie.«

»Sie mögen alles, was Sie sehen.«

Sie lächelte und blickte mich an. »Und Sie sind ein hartherziger Griesgram und hassen junge Leute. Warum haben Sie soviel gegen diese Kinder?«

»Wissen Sie ...« Plötzlich zitterten meine Hände, und meine Zunge stolperte über die Worte. »Wissen Sie, ich habe all das schon einmal durchgemacht, ich kenne es von hinten und vorn, ich könnte jede Verrücktheit, die dieser Narr noch aushecken wird, vorhersagen!«

Während ich es aussprach und gleichzeitig wünschte, es wäre unausgesprochen geblieben oder ich hätte zumindest meine Stimme in der Gewalt, wurde mir klar, daß ich es schon lange hatte sagen wollen. Zu ihr, um ihre Anteilnahme zu finden. Halb beschämt und halb hoffnungslos blickte ich ihr in das lebhafte Gesicht, das sich in spontanem Mitgefühl meinem Ton angepaßt hatte. Ich fand das Verständnis darin, wonach ich verlangt hatte, und dahinter – oder bildete ich mir das nur ein, weil ich mich schämte? – einen gewissen Vorbehalt. Ich fragte mich, ob sie mir wohl mit derselben amüsierten, zweifelnden Toleranz zuhörte, die sie Peck gegenüber bewies. Aber ich glaubte es nicht; ihre Augen hatten einen schmerzlich-liebevollen Ausdruck. »Ihr Sohn«, sagte sie.

»Ja, mein Sohn.«

»Ruth hat es mir erzählt.«

»Was hat sie Ihnen noch erzählt? Daß ich ein halsstarriger Vater war und ihn dazu getrieben habe?«

»Nein, denn so war es ja nicht. Nur daß Sie sich sehr ähnlich waren, zu ähnlich, um miteinander auszukommen, und daß er nie etwas fand, was er *sein* konnte.«

»Und an den verkehrtesten Orten Umschau hielt«, sagte ich. »Genau wie dieser einäugige König der Blinden da drüben.«

Ich bedauerte bereits, daß ich mich bloßgestellt und damit vielleicht den Anschein erweckt hatte, meiner Abneigung gegen Peck lägen persönliche Motive zugrunde. Ich sagte mir, daß ich seine Überzeugungen und Taten auch dann für gefährlichen

Unsinn gehalten hätte, wenn ich nie einen Sohn gehabt oder mein Sohn sein Leben nicht so jämmerlich vergeudet hätte.

»Peck macht doch sicher für jedwede Handlung seines Lebens seinen Vater verantwortlich«, fuhr ich fort. »Papa war streng, also weg mit aller Disziplin. Ich wünschte, er käme und schleuderte mir sein Innenleben vor die Füße – ich würde es mit Terpentin besprühen.«

Sie hatte manchmal eine bezaubernde, junge, abrupte Art, sich zu bewegen, wie jetzt gerade, als sie ihre braunen Beine hochzog und den Leinenrock straff um die Knie wickelte. »Und meinen Sie, er wüßte das nicht ganz genau? Das ist doch der Grund, weshalb er Ihnen aus dem Weg geht.«

»Er ging mir praktisch schon aus dem Weg, bevor er mich überhaupt kannte. Als ich hierherkam, schleppte er bereits einen tiefen Groll gegen die ganze Welt mit sich, den er mir immer wieder herausfordernd unter die Nase hielt, um zu sehen, wie ich reagierte.«

Marian lächelte mich nachdenklich an. Alles, was ihr durch den Kopf ging, zeigte sich auf ihrem Gesicht wie Wolkenschatten, die über eine Wiese zogen. »Vielleicht war das nur seine Reaktion auf den Groll, den *Sie* seiner Meinung nach mit sich herumschleppten.«

»Möglich«, antwortete ich gekränkt.

Aber sie ließ mich nicht schmollen. Sie beugte sich vor und stimmte mich mit einem Lächeln wieder versöhnlich, ohne ihren eindringlichen Ernst abzulegen. »Eigentlich ist es so schade! Denn gerade Sie sind ein Mensch, der ihn alles mögliche lehren könnte, wenn Sie nur zueinanderfänden.«

»Sofern er überhaupt irgendwelche Lehren von jemandem annehmen würde. Sie haben eben selbst zugegeben, daß er mir ausweicht.«

Sie lehnte sich nachdenklich wieder zurück. »Das habe ich wohl. Diese jungen Leute zitieren ja ständig die abgestandene Phrase, daß es unmöglich sei, jemandem zu vertrauen, der über dreißig ist. Vielleicht muß es jemand sein, der ihm altersmäßig nähersteht.«

»Jemand wie Sie, offenbar.«

»Gut, ich bin jederzeit gewillt. Mir tut diese Jugend leid. Es fällt ihr von Tag zu Tag schwerer, zu glauben, daß die Welt sie schätzt oder einen Platz für sie hat.«

»Das kommt davon, wenn man sich über die bloße Leistung erhaben fühlt. In der Welt ist für jeden Platz, der irgend etwas *tun* kann.«

»Joe«, sagte sie, »ich glaube, Sie *wollen* Ihr Vorurteil gegen diesen jungen Mann, der sich so mühsam seinen Weg ertastet, gar nicht ablegen.«

»Mühsam seinen Weg ertastet! Du lieber Gott, er ist doch Mahatma in Person, er hat ein schlechthin unbeschränktes Selbstvertrauen!«

»Meinen Sie? Würde er sich so sehr um einen selbstsicheren Anstrich bemühen, wenn das stimmte? Ich glaube, er ist alles andere als selbstsicher – man braucht bloß zu sehen, wie er all diese aufgeblasenen Philosophien nach irgend etwas durchkämmt, woran er glauben könnte. Er tut mir wirklich leid. In seinem Alter muß einen ja die Welt mit ihren Atombomben und alledem einfach abstoßen.«

»Könnte Peck denn eine bessere Welt schaffen?« fragte ich. »Und was die Bombe betrifft, so ödet mich dieses Ding, das da an seinem Faden hängt, gründlich an. Es unterscheidet sich in nichts von dem, was immer über uns gehangen hat. Und wenn jemals ein Mensch auf den Knopf drückt, dann ist es bestimmt so ein Irrer wie Peck, irgendein wildäugiger Eiferer ohne Gefühl für Geschichte. Seine Mentalität ist es, was ich so unsympathisch an ihm finde – diese Pose des ›wahren Gläubigen‹ und das mystische Vertrauen auf das emanzipierte Individuum. Die gesamte Menschheitsgeschichte ist sozial geprägt, nicht individuell. Wir haben nach und nach gelernt, menschliche Energie in soziale Ordnung umzuwandeln. Außerhalb des Establishments, das diese unausgegorene Jugend so sehr verachtet, gibt es das Individuum im eigentlichen Sinn des Wortes gar nicht, denn es hat ja alles, was zu ihm gehört – Sprache, Charakter, Kunst, Ideen – von der Gesellschaft übernommen. Das freie Individuum ist ein ungeformtes Tier. Die Gesellschaft lehrt es sogar das Schema seiner Revolte.«

Es war eine jener Tiraden, mit der ich sie zuweilen absichtlich überfiel, um mir das Vergnügen einer Diskussion zu verschaffen. Diesmal hatte ich wohl das Gefühl, mit meiner ganzen Überzeugung dahinterzustehen, aber es kam dennoch vehement-ironisch aus mir heraus, weil ich noch immer aufgebracht war. Marian, chamäleonhaft anpassungsfähig, betrachtete mich ernst mit ihren großen, schrägen Augen. »Gut, mag sein«, sagte sie. »Aber falls wir noch immer von Jim sprechen, so gestehen Sie ihm doch wenigstens guten Willen zu. *Er* wird bestimmt auf keinen Knopf drücken. Er haßt die Gewalt. Und ist es nicht auch wirklich erschreckend zu sehen, *wofür* sich die Menschheit manchmal organisiert?«

»Ja«, antwortete ich. »Stimmt, wir haben uns für Technik und Kriege organisieren gelernt, für nicht viel mehr. Was will er tun? Resignieren? Im wesentlichen ist alles so, wie es immer schon war. Außer der Technik kann ich nichts entdecken, was die moderne Menscheit anders machte. Und ob daraus allein eine nie dagewesene Einsamkeit der Seele entsteht, weiß ich noch lange nicht.«

»Und Sie glauben nicht, daß sie besserungsfähig ist?«

»Die Technik? Sie macht ständig Fortschritte.«

»Ach kommen Sie, Joe Allston. Die Menschheit.«

Das braune Licht verlieh ihrer Haut eine warme Tönung. Es war mir, als sei sie der einzige Mensch auf der Welt, dem ich – wenn uns der scherzhafte Ton und die Wortgefechte nicht gerade in Versuchung führten, einander lediglich zu provozieren – meine innersten Überzeugungen anvertrauen könnte. Also sagte ich: »Wollen Sie wissen, was ich von der Menschheit halte?«

»Ja.«

»Es wird ein gewichtiger, erschöpfender Vortrag werden.«

»Ich bin auf alles gefaßt.«

»Schön«, sagte ich. »Ich glaube, daß sich die Menscheit vervielfältigen wird, weil sie leider sehr fruchtbar ist. Da die Ehe eine der Konventionen darstellt, mit denen Peck so gern aufräumen möchte, werden immer mehr Kinder unehelich zur Welt kommen oder die zweifelhaften Vorteile dessen, was wir ein Elternhaus nannten, entbehren müssen. Diese und andere Belastungen führen auf die Dauer dazu, daß die Welt der Erwachsenen immer stärker von Lumpen, Strolchen, Kriminellen einerseits und extrem Besitzlosen andererseits durchsetzt sein wird, und von diesen beiden Gruppen werden unsere Demagogen und Romanciers in zunehmendem Maße ihre Moralbegriffe, ihre Einstellungen und ihre Ausdrucksweise entlehnen. Zuerst tragen wir zur Entstehung solcher Unterweltsgeschichten bei, und dann imitieren wir sie aus Schuldgefühl und Mitleid heraus.«

»Oh, einen Augenblick . . .«

»Nein. Sie haben behauptet, Sie seien auf alles gefaßt. Wir imitieren sie also aus Mitgefühl heraus, und wir schaffen sie aus Mitleid heraus. In jeder Zivilisation, die etwas leistet, gibt es Verlierer – einer der Gründe, weshalb sie vorwärtskommt, ist ja gerade, daß sie unfehlbare Methoden hat, ihre Verlierer von ihren Helden zu unterscheiden. Wir büßen Helden ein – sie opfern sich für die Leistung. So bleiben immer mehr überlebende Verlierer, die wir imitieren, weil wir nicht unbarmherzig genug sind, sie einfach zu unterdrücken. Hören Sie mir noch zu?«

»Nicht sehr ruhig.«

»Ich weiß. Sie sind mitfühlend. Ich auch. Aber ich versuche, bei allem Mitgefühl einen klaren Kopf zu behalten. Das Gesetz, einschließlich des Sittengesetzes, ist niemals gerecht oder barmherzig. Es ist lediglich notwendig. Also werden die verbleibenden Anhänger von Ordnung und Stabilität und Gesetz und Leistung auch weiterhin die unvollkommene Disziplin ihrer Gesellschaft gegen die Subvention krimineller Künstler und krimineller Heiliger verteidigen. Hören Sie zu?«

Sie nickte, eine aufmerksame, ernste Schülerin, um deren Lippen ein leichtes Lächeln spielte. »Was sind Sie?«

»Weder das eine noch das andere. Ich habe resigniert. Ich habe effektiv *getan*, was Peck zu tun glaubt. Aber lassen Sie mich das noch zu Ende bringen. Wir werden fortfahren, neue Proteine und Kohlehydrate synthetisch herzustellen, um unsere anwachsenden Milliarden zu ernähren. Wir werden uns alles mögliche ausdenken, um die anschwellenden Berge unserer Abfälle zu beseitigen, ohne dabei je ganz erfolgreich zu sein. Wir werden neue Waffen und neue Verteidigungsmittel erfinden und neue Formen politischer Drohungen und Erpressungen – oder nein, die sind eigentlich schon weit genug entwickelt, auf diesem Gebiet gibt es nichts Neues mehr. Und eines Tages werden wir dann das erreichen, was wir angestrebt haben, seit der erste Halbmensch in seiner feuchten Schlucht einen Stock oder einen Stein aufhob. Irgend jemand *wird* auf den Knopf drükken, oder eine unserer fortschrittlichen Errungenschaften wendet sich als Bumerang gegen uns selbst, und unsere technischen Basteleien werden endlich alles Leben zerstören – und uns selbst mit.«

Sie schüttelte den Kopf, und ihr Lächeln vertiefte sich. »Ich glaube es nicht.«

»Warten Sie«, sagte ich. »Lassen Sie mich aussprechen. Alles ist in die Luft gejagt, zerstört, versengt: Nicht einmal ein Virus ist übrig. Ein bißchen geologische Zeit verstreicht – geologische? astronomische, kosmische Zeit –, und dann beginnt die geduldige alte Mutter Natur von neuem, angenommen, wir haben noch irgendwelchen Stickstoff und andere Elemente hinterlassen, und wälzt ihren Sisyphus-Stein aufwärts: vom Atom zum Molekül zum Polymer zur Zelle; und von der Einzelzelle zu Zellkolonien; und von den Kolonien zu Formen mit spezialisierten Organen; und Millionen Versuchsformen hindurch, bis sie zufällig auf etwas stößt, was sich für höhere Basteleien eignet – in unserem Fall war es das Gehirn und ein greiffähiger Daumen, aber es kann vermutlich ebensogut auch etwas anderes sein. Dann gibt es wieder Bewußtsein auf der Welt – und Werkzeuge, Erfindungen, Sprachen, Kunst, symbolische Systeme –, und die Geschichte beginnt, Völker bilden sich, und die Wissenschaft trägt ein Gesetz nach dem anderen zusammen, und das bewußte Geschöpf geht immer brutaler mit seiner Umwelt um und vermehrt sich unmäßig, und Wettstreit und Feindseligkeiten breiten sich aus, und jemand drückt auf den Knopf. Und – bums! Da rollt der Stein wieder zum Fuß des Hügels hinab. So und nicht anders denke ich über die Menschheit.«

Unverwandt, mit ernster Miene, blickte sie mich an. Wie sie da in ihrem Liegestuhl ausgestreckt lag, noch ziemlich schlank, im fünften Schwangerschaftsmonat (es muß Ende Juni gewesen sein), sah sie aus, als hätte sie eine Pampelmuse verschluckt. Wenn dieser vollkommen geformte kleine Kopf, diese Backenknochen und die großen, schrägen, auffallend blauen Augen nicht gewesen wären, hätte sie beinahe grotesk wirken können, wie eine jener mittelalterlichen Evas mit hübschen, töricht lächelndem Gesicht und hervorgewölbtem Leib.

»Sie überraschen mich«, sagte sie.

»Sie haben mich noch nie eine Predigt halten hören.«

»Nein, ganz im Ernst. Denn wir sind gar nicht so weit voneinander entfernt, wie Sie offenbar annehmen; uns unterscheidet lediglich, daß Sie sich von Ihren Gedanken düster stimmen lassen und ich nicht und daß bei Ihnen das Bewußtsein viel später in Erscheinung tritt als bei mir. Ich glaube nämlich, daß es vielleicht sogar schon im Atom steckt, denn im Atom zeigt sich zum erstenmal eine *Ordnung*. Und – ist es nicht merkwürdig? – ich stimme selbst darin mit Ihnen überein, daß die Ordnung die Grundlage aller Dinge ist. John und ich, wir halten es hier mit Teilhard de Chardin, für den Evolution nichts anderes war als eine Vervollkommnung des Bewußtseins. Was meinen Sie dazu?«

»Ich habe nichts von ihm gelesen.«

»Und wenn sich das Bewußtsein langsam vervollkommnet, erweitert sich zugleich der Spielraum der Wahl, nicht wahr? Das heißt aber, daß ich – wenn ich einerseits an eine Ordnung glaube – auch an *Suche* glauben muß, selbst wenn sie so töricht erscheint wie die Jim Pecks. Es gibt doch nur eine Alternative: Suche oder Versteinerung, Stillstand. Wir müssen den Aufruhr riskieren, das Chaos, wenn wir wollen, daß sich Ordnung und Bewußtsein stetig ausdehnen. Ist es nicht eine erregende Vorstellung, daß wir uns vielleicht ganz allmählich einem immer weiterreichenden Bewußtsein nähern, bis der Mensch am Ende sozusagen aus dem Tunnel auftaucht und im Licht steht?«

»Genau das versprechen sich heutzutage so manche junge Leute von Drogen.«

»Nein«, sagte Marian. »Ich meine, ich weiß, daß sie das tun, aber ich glaube nicht daran. So leicht kann es gar nicht sein.

Man muß es sich *verdienen,* wenn es etwas bedeuten soll. Es geht sehr, *sehr* langsam; trotzdem können wir den Prozeß ebensowenig abbrechen wie uns in unser derzeitiges Bewußtsein vergraben, das wir allem Anschein nach von neolithischen Jägern geerbt haben. Ich glaube, daß wir uns letztlich vervollkommnen, nicht selbst vernichten werden.«

»Wenn alles von Menschen Ihrer Art abhinge – bestimmt.«

»O bitte, bleiben Sie doch ernst!«

»Das ist mein völliger Ernst.«

»Na schön, wenn ich einen Knicks vor Ihnen machen könnte, ohne aufzustehen, würde ich es tun. Ich bin also der Typ, der die Welt retten und die Menschheit rechtfertigen wird. Aber wenn ich Sie recht verstehe, meinen Sie, es gäbe zu wenig von meiner Art.«

»Es gibt überhaupt niemanden mehr wie Sie.«

Ihr Kopf stieß gegen das Kissen, und sie lachte fröhlich auf. »Was für ein *galanter* alter Griesgram Sie sind. Wie können Sie so galant sein und gleichzeitig die Welt mit so düsteren Blicken betrachten? Wie können Sie Peck einen Vorwurf daraus machen, daß er sich entwurzelt vorkommt und nach Allheilmitteln sucht?«

Ich begrüßte es, daß wir wieder bei Peck angelangt waren. Jedesmal, wenn wir in die Nähe der Biologie und Fortpflanzung gerieten, fühlte ich mich unbehaglich, weil ich dann an Marians Schwangerschaft denken mußte und an die Verstümmelungen, die sich unter ihrer karierten Hemdbluse verbargen. Ich merkte sehr wohl, daß sie dieses Baby allzu hingebungsvoll erwartete und sich gleichzeitig allzu systematisch fröhlich zeigte.

»Vermutlich ist es seine dumme Selbstsicherheit, die mich am meisten abstößt«, sagte ich. »Ich hasse Leute, die von sich überzeugt sind – es ist das untrüglichste Zeichen für mangelnde Intelligenz. Peck ist so hohlköpfig, daß er glaubt, er könne die Welt verbessern.«

»Wenn er töricht ist, müßte er Ihnen leid tun«, meinte Marian. »Tue ich Ihnen nicht leid? Ich hoffe nämlich mindestens ebenso zuversichtlich wie er auf etwas Besseres.«

»Seinen Optimismus habe ich schon anderswo kennengelernt«, sagte ich. »Ihrer ist etwas Neues, über ihn muß ich erst nachdenken. Zumindest ist er nicht nur eine nachträgliche Rechtfertigung für Spleens und Sex. Peck erkennt nicht – und da sitzt das Übel –, daß die Welt, in der er lebt, verzweifelt bemüht ist, sich mit Heftpflaster und Zement vor dem Auseinanderfallen zu bewahren und die Unterstützung jedes einzelnen braucht. Er glaubt, er lebe in einer Gesellschaft von Frömmlern, Feinden und Spießbürgern, die sich verschworen hätten, seine Freiheit und seine Vergnügungen einzuschränken. Ich wünschte, es existierte so eine Verschwörung, ich wäre gern ihr Brutus.«

»Genau das habe ich eben gesagt. Sie erklären ihm den Krieg, sie wollen ihm keine Zeit lassen, sich zurechtzufinden.«

»Ich habe ihm durchaus nicht den Krieg erklärt. Er hat eine Revolution ausgerufen, er und seinesgleichen. Die erbarmungslose, gesunde Gesellschaft, von der ich vorhin sprach, würde solche Typen ermahnen, sich anzupassen oder die Folgen auf sich zu nehmen. Unsere Gesellschaft hat Angst vor ihnen. Aber ich sehe keinen Grund, weshalb man ihnen die Palasttüren öffnen sollte, damit sie die Weinkeller plündern und die Gemäldegalerie in eine Latrine verwandeln. Die Jugend ist barbarisch, man darf sich nicht ihrer Willkür ausliefern, sonst ist man erledigt.«

»Ach«, sagte sie, »aber manchmal geht aus ihrer Anarchie und ihrer Suche die Idee hervor, die uns rettet.«

»Vielleicht. Sie sprechen von einer Jugend, die ich nie kennengelernt habe.«

Den Kopf seitwärts geneigt, beäugte sie mich, als überlege sie, ob ich wirklich so konservativ sei, wie es sich anhörte, oder nicht. Dann begann sie zu lächeln. »Trotzdem lassen Sie Jim Peck auf Ihrem Baum wohnen. Warum?«

»Warum? Weil Sie mir immer wieder zu verstehen geben, daß ich ein hartherziges Scheusal wäre, wenn ich es nicht täte – Sie und Ruth. Und auch, weil ich einer von den Narren bin, die sich vor lauter Angst, kleinlich zu erscheinen, nicht getrauen, ihren Standpunkt zu vertreten.«

Wir lachten einander an, und aller Ernst dieser letzten Minuten war wie fortgeblasen. Ich fühlte mich in ihrer Gegenwart immer vollkommen glücklich, selbst wenn wir uns stritten und selbst wenn wir ein so unbedeutendes Gesprächsthema hatten wie Peck. Selbst wenn mich ihre unumwundene Art in die gefährliche Nähe von Dingen trieb, über die ich nicht reden wollte, obschon ich vielleicht hie und da einmal darauf anspielte, um an ihr Mitgefühl zu appellieren.

»Eine Frage habe ich noch«, sagte ich. »Wie ertragen Sie es jetzt bei der Hitze, sich mit ihm zu unterhalten?«

Sie kniff die Augen zusammen und rümpfte schelmisch die Nase. »Oh – im Freien geht es. Man muß bedenken, daß er viel Gymnastik treibt, und er hat ja keine Möglichkeit, sich richtig zu baden.«

»Da irren Sie sich. Er hat ein Plastikrohr an meine Wasserleitung angeschlossen.«

»Vielleicht merkt er es eben nicht.«

»Oh, kommen Sie«, sagte ich. »Das glauben Sie doch selber nicht. Er ist ganz einfach absichtlich schmutzig. Ich las neulich in einem Buch, daß die Lager fleischfressender und allesfressender wilder Tiere samt und sonders höchst unappetitlich sind. Als der Mensch daranging, seine Lagerstätten ein bißchen reinlicher zu halten, war das zweifellos ein Schritt auf dem Weg zur Vervollkommnung, an den Sie glauben. Und hier haben wir nun den alten Peck, seines Zeichens Vegetarier, der sein Bestes tut, um diesen kleinen Fortschritt auszuradieren, und seine Lagerstätte so unappetitlich macht wie nur möglich. Ich glaube, er verfolgt den Zweck, schlimmer zu riechen als Papas Schlachthöfe. Es ist mir ein Rätsel, wie diese Mädchen ihn ertragen können und was sie an ihm finden.«

»Er sieht ganz gut aus«, meinte Marian, »und er hat eine wunderbare Stimme.«

»Mag sein. Trotzdem fällt es mir schwer, meinen Augen zu trauen, was sein Liebesleben angeht. Da kommt mein Verstand einfach nicht mit.«

»Ob er überhaupt ein Liebesleben hat? Irgendwie ist er gar nicht der Typ.«

»O doch. Er sucht – vergebens, wie ich hoffe – im Erotischen und im Irrationalen einen Rückhalt, der ihm hilft, die Einsamkeit seiner Seele loszuwerden und die Kommunikation zwischen Mensch und Mensch beziehungsweise zwischen Mann und Frau zu fördern. Und er wählt – wider Erwarten – den schwierigsten Weg. Wenn Sie ihn das nächstemal sehen, können Sie ihm ausrichten, ich hätte ein neues Motto für sein Hindu-Ashram.«

»Was?«

»Sei du selbst. Bad und Haarschnitt sind von Übel. Gut sind Gestank in Hülle und willige Mädchen in Fülle.«

Sie kicherte. »Vielleicht sollte ich John überreden, ihm ein Desodorisationsmittel zu empfehlen.«

»Du meine Güte! Ich glaube, wir wechseln das Thema lieber. Wann kommt John zurück?«

»Bald, in ein paar Wochen vermutlich.«

»Das heißt, daß ihm LoPrestis Party am vierten Juli entgeht?«

»Ich fürchte, ja. Er soll besser bleiben, bis er alle Daten hat, die er braucht. So ist er wenigstens für den Rest des Sommers zu Hause.«

»Gut, dann nehmen wir Sie mit«, sagte ich. »Aber wir sind froh, wenn er wieder da ist. Sie sollten nicht so viel allein sein, zumal der alte Peck und Genossen gleich nebenan hausen.«

Dies erheiterte sie ungeheuer. »O Gott«, sagte sie, »was für eine *ausschweifende* Phantasie! Ich mag mich vor allem möglichen fürchten, aber bestimmt nicht vor James McParten Peck.«

»Das freut mich. Es freut mich auch, Sie zur Abwechslung einmal ausruhen zu sehen, Sie tun zuviel. Was macht das Baby?«

Sie tätschelte ihren Leib. »Alles in Ordnung.«

»Wann ist denn soweit?«

»Ende Oktober.«

»Ich will es auf dem Kalender vormerken.«

Lächelnd, müde und ein bißchen verlegen saßen wir einander gegenüber. Als ich aufstand, schob Marian vorsichtig die Beine über die seitliche Kante des Liegestuhls und raffte sich hoch. Kläglich sagte sie: »Werden Sie nie schwanger, Joe. Sie können sich gar nicht vorstellen, was für ein mühseliges Geschäft die lebendgebärende Fortpflanzung ist.«

»Machen Sie mir nichts vor. Sie freuen sich unbeschreiblich auf dieses Baby.«

»Ja«, sagte sie glücklich. »Das tue ich.«

6

Freitag, 3. Juli, abends.

Liebe Marian,
Ich weiß noch nicht, ob ich Ihnen diesen Brief überhaupt schicke. Aber je länger ich über unser Gespräch von neulich nachdenke, um so mehr drängt es mich, ihn zu schreiben. Ihrer Meinung nach urteile ich zu hart über Peck, und ich habe das Gefühl, Sie denken, ich schleppe ein von meinem Sohn herrührendes Trauma mit mir herum, dessen Auswirkungen nun Peck zu spüren bekommt. Ich will nicht behaupten, daß das unmöglich ist – nur die wenigsten Dinge sind unmöglich. Wie gesagt, ich kenne das alles von früher, und ich habe mich seit Curtis' Tod bestimmt zehntausend Male damit auseinandersetzen müssen. Glauben Sie, ich würde, wenn ich eine Schuld bei mir festgestellt hätte, diese Schuld nicht mit dem Schmerz zusammen akzeptieren? Meinen Sie, ich würde mit diesem jungen Peck, der mich so sehr an Curtis erinnert, absichtlich noch einmal alles wiederholen? Es gibt bestimmt vieles in meinem Temperament und meinen Handlungen, was zu tadeln ist, aber das Entscheidende, das, was Curtis' Entwicklung bestimmte, kann ich darunter nicht entdecken. Ich finde keine adäquate Begründung für jemanden wie Peck, ich wäge seine Überzeugungen gegen die meinen ab und komme nicht zu dem Schluß, daß ich im Unrecht bin. Ich halte es sogar für meine moralische Pflicht – die ich nicht unbedingt erfülle –, mich gegen ihn zur Wehr zu setzen.

Ich geriete in Verlegenheit, wenn ich Ihnen einiges von dem, was ich hier niederschreiben will, ins Gesicht sagen sollte. Ich habe mich nie für die Couch des Psychoanalytikers geeignet, ich erleichtere mein Herz nicht so einfach. Wenn mich nachts mein

Gewissen aufsucht, dann nehme ich an, daß es mit mir allein sein will. Diese Zwiegespräche zu wiederholen, erscheint mir nur allzu oft eine Art Selbstrechtfertigung. Aber ich will versuchen, mich davon freizuhalten, soweit es geht.

Eine meiner Schwierigkeiten in Curtis' Fall war, daß ich jedesmal, wenn ich nach meinen Grundsätzen handelte, im Krieg mit ihm stand. Und jedesmal, wenn ich meine Grundsätze beiseite schob oder mich von Ruth zu Nachsicht überreden ließ, schämte ich mich. Ich glaube nicht, daß ich mich seit Curtis' Tod geändert habe, was nicht heißen soll, daß mir die Erinnerung an ihn nicht noch manche schwere und reuige Stunde bereitet. Aber was mir zu schaffen macht, sind nicht Gewissensbisse. Es ist das Gefühl einer Schuld, ja, einer Schuld allerdings, die ich nicht zu begründen vermag. Ich kann mir nicht vorstellen, wie ich anders hätte handeln sollen.

Ich bin vermutlich der letzte, der sagen könnte, was für ein Mensch Curtis war, denn ich verstand nie, was er sein wollte, und war mir nie sicher, ob er überhaupt etwas sein wollte. Vielleicht wollte er einfach *nichts* sein.

Siebenunddreißig Jahre lang stellte er sich quer zu seinem Lebensweg; er wurde schon so geboren. Ich bin ganz und gar kein moderner Mann; er repräsentierte die moderne Jugend bis ins letzte Extrem. Und er gelangte nie über dieses Stadium hinaus. Ende der dreißiger Jahre war er ein jugendlicher Kryptokommunist, in den vierziger Jahren jugendlicher Pazifist und Internationalist, in den fünfziger Jahren ein überaltertes Mitglied der Beat-Jugend, und nichts davon ernsthaft, nichts für die Dauer. Ja, wenn ich so auf ihn zurückschaue, sehe ich, daß er sich für nichts sonderlich engagierte, er war lediglich *gegen* alles. Ich habe seine Lebensbeschreibung zwei dutzendmal gelesen und ihre Publikation arrangiert: Rebell in Uniform, Nonkonformist als Herdentyp, der im wesentlichen in das Horn seiner Altersgruppe bläst. Er war das eigensinnige Kind, der trotzige Junge, der Internatsschulen-Tunichtgut, der schimpflich aus der Armee Entlassene, der Nachkriegsalkoholiker. Bei wem lag der Fehler? Normalerweise sind unglückliche Eltern immer bereit, sich zu der Schuld zu bekennen, die ihnen unsere Psychologen so eilfertig zuschieben, und ich glaube, auch Ruth und ich würden es tun, wenn wir fänden, daß wir es müßten. Manchmal taten wir es sogar – wider bessere Einsicht – und versuchten eine Annäherung zu erreichen, indem wir uns selbst einmal kritisch analysierten. Doch alles Einlenken war vergebens; nichts konnte ihn von meiner Anteilnahme und meiner Liebe überzeugen, nie legte er sein Mißtrauen ab, und nie reichte meine Geduld lange genug hin, um ihn dazu zu bringen. Das dürfen Sie mir als Fehler ankreiden: Ungeduld. Vielleicht läßt sich daraus eine Erklärung ableiten. Mir gelingt es nicht. Es erklärt einiges, aber keineswegs alles.

Vermutlich haben ihn viele unserer Bekannten mit jener zungenfertigen Formel von den Söhnen einflußreicher Väter erklärt und mir dabei die Ehre erwiesen, meine Stellung zu überschätzen. Es ist gut möglich, daß es sich genau umgekehrt verhielt, daß er sich insgeheim meiner schämte, weil ich nur Interessenvertreter von Schriftstellern war und nicht selbst dazugehörte. Sie gingen in unserer Wohnung ein und aus; Curtis wuchs praktisch unter Berühmtheiten auf und könnte sehr wohl Vergleiche angestellt haben. Das hätte ihn aber allenfalls dazu bringen können, mir mit Verachtung oder Herablassung zu begegnen – nicht mit Haß.

Grundsätze, habe ich vor einer Minute gesagt. Werte – ein ganz altmodisches Wort, denn um Werte hochzuhalten, muß man das Entgegengesetzte geringschätzen, sich also zum Richter aufwerfen. Ich glaube wirklich, daß ich Curtis im wesentlichen nur vernünftige Ratschläge gegeben habe, und kaum je von einer selbstgerechten, überheblichen Warte aus. Wir lebten schließlich und endlich in der Welt, nicht in einem Pfarrhaus. Ich versuchte ihm ein paar Prinzipien zu zeigen, an die er sich halten könnte. Er wies sie alle von sich, er war nicht mit einem einzigen der Werte, die ich hochhielt, einverstanden. Ich hatte sie aus der Luft gezogen, aus Büchern, aus dem Kontakt mit Menschen, die ich bewunderte, und er hatte die seinen auf die gleiche Weise erworben, war aber völlig unempfänglich für die meinen. Es handelte sich bei den meinen um altmodische, bakterielle Werte, bei den seinen um virusbedingte und in meinen

Augen virulente. Er vertrat unfehlbar nur solche Haltungen, von denen er wußte, daß ich sie mißbilligte oder verachtete, und die einzige Möglichkeit, in Frieden mit ihm zu leben, wäre gewesen, sich seinen Überzeugungen zu unterwerfen. Ich glaubte, und ich glaube es noch jetzt, daß einige Perioden und Phasen in Geschichte und Kultur der Menschheit positiver sind als andere, daß dieser allmähliche Vervollkommnungsprozeß, an den Sie glauben möchten, nicht unausgesetzt vonstatten geht; daß manche Normen denen, die an ihre Stelle treten, überlegen sind. Und ich glaube, daß dies ein korruptes Zeitalter ist, weil es alles unterschiedslos akzeptiert und weil es Verweichlichung höher bewertet als Beschränkung. Ich finde mehr Rühmenswertes an der römischen Republik als am Kaiserreich. Die einen hielten es mit strengen Tugenden, die anderen hatten Brot und Spiele – wie wir.

Man braucht sich nicht wie ein Dostojewskij-Intellektueller zu erschießen, um Willen zu bezeugen. Man braucht keine überspannten existentiellen Gewaltakte zu begehen, um seine Freiheit zu demonstrieren. Man kann sich im Zaum halten, wie ein Pferd, und das bedeutet zugleich Genuß und Moral.

Ich habe Curtis nie überzeugt. Ich war weder der geeignete Lehrer noch das geeignete Beispiel. Sich selbst erziehen – wozu? fragte er immer. Um Wertpapiere zu verkaufen? Um ein guter Geschäftsmann zu sein? Um im Fernsehen zwischen den Halbzeiten eines Fußballspiels einen Rasierapparat vorzuführen? Um einen Haufen Geld zu verdienen? Um einen Beitrag zu diesem Alptraum der Vulgarität, der sich Zivilisation nennt, zu leisten? Um alle möglichen Dinge zu erwerben? Nein, erwiderte ich dann, und leider schon in sehr heftigem Ton. Um ein Mann zu sein. Ist das nicht genug? Um ein Mann zu sein, dessen Wort etwas gilt, auf dessen Großzügigkeit man sich verlassen kann, ein Mann, der nichts fordert, ohne selbst etwas zu geben. Faires Geschäftsgebaren, pflegte er darauf zu antworten. Die Moral der Effektenbörse, die keinen ihrer Kunden betrügt und auf jeden Kleinkrieg mit Kurssteigerungen und auf jeden großen mit einem Boom reagiert.

Was soll man tun? Wenn Ruth besser bei ihm angekommen

wäre, hätte ich mir gesagt, er scheue ganz einfach jede Vaterbindung, solange er vor sich selbst noch nicht als Mann bestehen konnte. Ruth war ihm gegenüber die verkörperte Sanftmut, obwohl sie von Natur aus gar nicht besonders konziliant ist. Sie bedrängte ihn nie, sie folgte ihm in die unergründlichsten Tiefen seines Daseinslabyrinths, um ihn zu verstehen; sie vergab ihm unentwegt, sie war die versöhnliche Kraft, wenn er und ich zusammenstießen. Und er dankte es ihr, indem er sie noch unduldsamer und geringschätziger behandelte als mich. Sein niederträchtiges Betragen ihr gegenüber war einer der häufigsten Anlässe für unsere Streitereien. Ich frage mich manchmal, ob er sie wohl gerade deshalb so konsequent kränkte, weil sie dazu neigte, seine Partei zu ergreifen; vielleicht wollte er keinen Vermittler zwischen uns.

Es hilft mir nicht weiter, wenn ich mir vor Augen halte, daß Rebellion gegen die Eltern eine alltägliche Erscheinung ist. Gegenseitiger Respekt ist möglich, das habe ich gesehen. Er ist nur dort unmöglich, wo die Wertsysteme der beiden Antagonisten absolut unvereinbar sind, wie es bei der konventionell eingestellten Fran LoPresti und ihrer Tochter, die sich allem Konventionellen heftig widersetzt, der Fall zu sein scheint.

Curtis hätte ständig eine andere Meinung als wir vertreten können, wenn bei ihm nur eine gewisse Integrität sichtbar gewesen wäre, die seinem Widerspruch Gewicht verliehen hätte. Ich werfe mir vor, keinen Weg zu ihm gefunden zu haben, aber ich glaube nicht, daß Ruth oder ich wesentlich an seiner Korruption beteiligt sind. Das zwanzigste Jahrhundert verdarb ihn, jenes Amerika, das er verachtete, verdarb ihn; die Industriegesellschaft verdarb ihn mit genau den Lastern, die er ihr ankreidete. Sie ermunterte ihn, dem Wertlosen nachzujagen, dem Physischen, dem Vulgären, der absoluten Enthemmung, und dazu, dies alles Freiheit zu nennen und es über jene Römertugend zu stellen, die für mich die einzige voll und ganz bewundernswerte Haltung ist. Und wie Peck mangelte es ihm nie an politischen oder ästhetischen Nebelwänden, hinter denen er seine Heuchelei vor andern und vielleicht auch vor sich selbst verbergen konnte.

Schon als Halbwüchsiger verfiel er dem Alkohol, der Zügellosigkeit, der Promiskuität. Wir hätten diese Unregelmäßigkeiten noch normal gefunden, wenn er wenigstens zeitweise etwas Zerknirschung darüber bezeigt hätte; doch er schien es seiner Selbstachtung schuldig zu sein, sie großzügig zu übersehen. *Non serviam.* Gut, wir hätten vielleicht auch das hingenommen, wenn er seelisch oder geistig etwas von der Größe eines gefallenen Engels gezeigt hätte. Aber wir mußten feststellen, daß er keinerlei hochherzige Züge besaß, daß er nichts gab und alles nahm, was er bekommen konnte, daß er sich für nichts verantwortlich fühlte und für niemanden Liebe empfand. Er hatte ein derartiges Talent, sich mit den falschen Leuten zu umgeben, daß man gerechterweise ihn, nicht die andern, als den schlechten Einfluß ansehen mußte. Er besaß einen gesunden Körper, den er mißbrauchte, und einen gutentwickelten Verstand, den er ausschließlich dazu benutzte, neue Formen der Herausforderung und der Auflehnung zu entdecken, neue Reizmittel, neue Nervenkitzel, neue Methoden, allen Verpflichtungen auszuweichen. Er schmarotzte bei anderen, vornehmlich bei Frauen; er betrog seine Freunde, vornehmlich Frauen; und er fiel zwanzig Jahre lang auf jede pseudokünstlerisch-intellektuelle Cliquen-Modetorheit herein.

Als Halbwüchsiger hatte er eine politische Phase, in der er an Demonstrationen teilnahm, Versammlungen des Kommunistischen Jugendbundes besuchte und Geld für die spanischen Loyalisten sammelte. Schön. Eine Zeitlang waren wir, obwohl er uns beunruhigte, sogar fast stolz auf ihn, ließ er doch wenigstens Anzeichen eines mitfühlenden sozialen Gewissens erkennen. In Wirklichkeit hatte er das politische Interesse eines Kaninchens und das volkswirtschaftliche Empfinden eines Grashüpfers. Er hatte eine Schwäche für geheime Aktivitäten, Rebellion, staubige Keller-Versammlungslokale, emanzipierte Mädchen und das Geräusch altersschwacher Vervielfältigungsmaschinen, denen Aufruhr und Intransigenz entquoll.

Als der Krieg kam, wandte er sich natürlich sofort dem Pazifismus zu – sein Kanu war bereits in diesem Fahrwasser, er brauchte nicht einmal zu paddeln. Wenn er später von seinen Schulproblemen sprach, deutete er gern an, man habe ihn auf

Grund seiner pazifistischen Überzeugungen hinausgeworfen. Gewiß, er gehörte zu einer Gruppe, die 1941 mit Stahlhelmen, Gasmasken und beleidigenden Plakaten vor den Klassenzimmerfenstern eines Lehrers aufmarschierten, der fanatisch für den Krieg gegen Hitler eintrat.

Aber Curtis wurde nicht wegen seiner Überzeugungen hinausgeworfen, und er wurde auch mehr als einmal hinausgeworfen. Ein Internat schickte ihn heim, weil er an drei aufeinanderfolgenden Wochenenden betrunken vom Rasen aufgelesen worden war und sich gegenüber den Erziehern, die ihn zurechtwiesen, unverschämt betragen hatte. Die zweite Schule mußte er deshalb verlassen, weil er und zwei andere Jungen ein Mädchen in ihren Schlafraum eingeschmuggelt und drei Tage dort behalten hatten. Ein Erzieher, der ein paar mahnende Worte über die pazifistische Demonstration hatte sagen wollen, fand es in dem verschlossenen Zimmer vor, wohlversorgt mit Teenagerzeitschriften, einer Tüte Bonbons und einer Flasche Gin.

Ein paar Monate des Jahres 1944 war Curtis Soldat, aber er kam schnell wieder: unehrenhafte Entlassung – Homosexualität. Soweit ich unterrichtet bin, entschließt man sich in derartigen Fällen nur dann zu diesem Schritt, wenn sich jemand mit seinen Verirrungen herausfordernd produziert. Ich glaube nicht eine Sekunde lang, daß Curtis homosexuell war. Er wollte einfach die Uniform ausziehen und hatte nicht mehr Selbstachtung, als es auf solche Weise durchzudrücken.

Es ist eine schmerzliche Chronik, und ihre Niederschrift bringt mir nichts anderes ein als wiederaufgefrischten Kummer. Es gab zwei billige Ehen und zwei billige Scheidungen. Es gab eine Banjo-Phase und die Phase des barfüßigen Heiligen. Curtis fuhr mit einem Motorrad durch Europa, probierte Zen und Lyrik, das Village und Sausalito aus. Ich suchte Stellungen für ihn, die er binnen weniger Wochen oder Monate einbüßte oder von selbst aufgab. Einmal arbeitete er ein halbes Jahr lang recht zufrieden als Mechaniker in einer Autoreparaturwerkstätte. (War diese Arbeit schmutzig genug, um ihm zuzusagen, oder fand er in solch anspruchslosen manuellen Verrichtungen eine rührselig-verschrobene Geborgenheit?) Ein Verkehrsunfall und eine Geldbuße für Trunkenheit am Steuer beendeten auch diesen Job. In der Hauptsache lebte er von uns und von dem kleinen Erbe, das ihm Ruths Mutter – übel beraten – vor ihrem Tod vermachte. Es warf gerade genug ab, um ihm seine Unabhängigkeit zu sichern. Ich sagte Ihnen einmal, daß ich von Freiheit nicht viel halte. Sie war das Schlimmste für Curtis.

Nachdem er die Dreißig überschritten hatte und nicht mehr vorgeben konnte, er fange mit seinem Leben nur deshalb nichts an, weil er sich erst einmal »mit der Realität auseinanderzusetzen« und »zu sich selber finden« wolle – du lieber Gott, was für schwülstige Phrasen die Verteidiger dieser verlorenen Seelen benutzen –, machte er ab und zu halb ernstgemeinte krampfhafte Anstrengungen, etwas zu lernen oder etwas zu sein. Solche Anwandlungen bekam er gewöhnlich, wenn er – sei es, weil er krank oder pleite war oder weil er sich mit irgendeiner Frau überworfen hatte – vorübergehend auf ein gemästetes Kalb zu uns zurückkehrte. Während dieser kurzen Spannen gab er sich frisch und tatkräftig; wir hörten ihn unter der Dusche singen; er trug Jackett und Krawatte, wenn er etwas Wichtiges zu erledigen hatte. Es waren leidvolle Zeiten für uns, denn wir wußten, daß sein Gehabe nur eine Maske war; dennoch gab sie uns eine Vorstellung davon, wie es sein konnte, einen Sohn zu haben, mit dem man auskam.

Fehlstarts machte er ein Dutzend. Einmal belegte er einen Kurs für »schöpferisches Schreiben« – ist Ihnen je aufgefallen, wie mitleiderregend sich die Leute durch das Wort »schöpferisch« einfangen lassen? –, aber er fand den Dozenten langweilig und zog sich in ein Cottage zurück, das Freunden von uns gehörte, um es auf eigene Faust mit der Schriftstellerei zu versuchen. Er und seine Gäste brachten das Haus in einen verheerenden Zustand und uns um einen Freund. Einmal wollte er Architektur studieren – das war bereits in seinen Dreißigerjahren – und beschwatzte jemanden, ihm, da er ein gewisses Talent dafür nachweisen konnte, einen Job als Planzeichner zu geben. Zwei Wochen hielt er es aus; dann sagte er, er könne es nicht ertragen, anderer Leute Entwürfe zu zeichnen. Ein Jahr lang brachte er beinahe ausschließlich in New York im Village zu, wo er angeblich malte und einige Vorlesungen des Volksbildungswerks besuchte. Auch das klang wieder ab. Dann kam ein langes und relativ ruhiges Jahr, das er im Ausland verlebte – in einem ungeheizten Zimmer am Kopenhagener Nyhavn, der ihn nur deshalb reizte – so behauptete er –, weil man ihn als das europäische Hafenviertel bezeichnete, wo es am rauhesten herging. Aber ich weiß nicht. Ich habe selbst eine Zeitlang in Dänemark verbracht, auch ich ging dorthin zurück: auf der Suche nach etwas, was ich nie fand. Ob Curtis nicht vielleicht doch insgeheim hoffte, einen Leitfaden aufzuspüren, der ihm einen Weg durch sein Labyrinth zeigte, indem er ihn mit der Vergangenheit verband? Die Vorstellung schmerzt mich, denn ich bin sicher, daß der Faden riß und Curtis sich von neuem auf den verschlungenen Pfaden verirrte.

Jedesmal, wenn er irgendwo versagte, eine Stellung, das Interesse verlor, fiel er im Village oder wo immer er sich gerade aufhielt wieder in sein altes hektisches Leben zurück. Seine Motive waren Freiheit und Genuß, und beide interpretierte er falsch.

Vor knapp drei Jahren, als er schon siebenunddreißig war – ein Mann, der es nicht ganz zur Universitätsreife gebracht hatte, sich aber rühmen konnte, alles einmal verachtet zu haben, was die Menschheit je für wertvoll angesehen hat –, kam es erneut zu einem dieser Ausbrüche aufpolierten guten Willens. Da seine Eignungstests hohe Resultate erbrachten und meine Freunde noch immer bereit waren, Empfehlungsbriefe für ihn zu schreiben, erreichte er seine Zulassung am San Diego State College. Er erwartete unseren Beifall, und wir spendeten ihn auch – reuig, bußfertig, denn immerhin schien es ja eindeutig festzustehen, daß wir nicht die richtigen Eltern für ihn waren und es nie gewesen waren. Jedes College, das es riskierte, ihn aufzunehmen, verdiente unsere Dankbarkeit, und jeder einigermaßen ernst erscheinende Schritt, den er tat, ließ unsere Hoffnungen wieder erwachen.

Im September fuhr er mit einem Freund hinüber. Ungewöhnlich und ermutigend prompt bekamen wir einen Brief. Das College war besser, als er erwartet hatte. Die Vorlesungen für Anfänger waren infantil, aber er glaubte, sein Studium durch den Besuch von Sonderkursen auf drei Jahre zusammendrängen zu können. Er hatte ein freundliches, ruhiges Zimmer über einer Garage gemietet. Das Wetter war wie angekündigt, der Strand herrlich. Und die Hauptattraktion: Wellenreiten – eine großartige Sache. Er war zwar physisch nicht mehr viel wert, würde es aber trotzdem einmal versuchen. Sicher freute es Mutter riesig, zu hören, daß er seinen Bart abrasiert hatte – er war ihm am Strand etwas unpassend vorgekommen.

Er überschätzte die Bedeutung, die wir derartig trivialen Stigmata beimaßen. Ich bin kein Freund von Bärten, aber ich hätte jeden noch so langen Bart akzeptiert, wenn ich sicher hätte sein können, daß sich Curtis nun endlich, nachdem er sein Leben so lange vergeudet hatte, zusammenreißen und Form annehmen würde, selbst wenn ein südkalifornischer Naturmensch dabei herauskam.

Danach trafen keine Briefe mehr ein. Im November berichtete ein Freund, den wir gebeten hatten, sich nach ihm umzuschauen, Curtis habe College und Zimmer aufgegeben. Nach einiger Detektivarbeit hatte er ihn in einer Wohnwagenkolonie in der Nähe des Strandes aufgespürt, wo er mit einem Mädchen und einem Surf-Gleitbrett hauste. Die Kolonie machte keinen guten Eindruck, sie schien mehr ein Unterschlupf für Motorrad-Bohemiens zu sein als ein Wellenreitercamp: viel schwarzes Leder, speckige Blue Jeans, langes Haar, ausgedehnte Parties und Razzias des Rauschgiftdezernats, bei denen das Gelände und die Blumenkästen auf Hanf untersucht wurden.

Er blieb also allen Änderungsanwandlungen zum Trotz immer der gleiche. Wir schluckten die Nachricht ohne sonderliche Überraschung. Ein Karamelpudding ließ sich eben nicht an eine Wand nageln. Ich glaube, damals resignierten wir endgültig, obwohl wir schon verschiedentlich zuvor resigniert hatten und obwohl Ruth eines Abends, als sie einen Artikel über Surf las, zu mir aufblickte und sagte: »Hör mal, dieses Wellenreiten scheint tatsächlich eine feine Sache zu sein. Und es ist nicht nur ein Nervenkitzel, es ist ein Kult. Man braucht Geschick und Kraft und Mut dazu.« Ja, erwiderte ich, das hätte ich auch gehört. »Es müßte eigentlich ein gesundes Leben sein, oder?« fuhr sie fort. »Gesünder jedenfalls als dieser Zoo im Village, meinst du nicht?«

»O Ruthie«, sagte ich. »Ruthie, Ruthie!« Aber insgeheim hatte ich selbst schon gedacht, daß es zumindest nichts Falsches, Unwürdiges sei, wenn auch nicht gerade die höchste Aufgabe, der sich ein Mann widmen konnte.

Das muß um die Weihnachtszeit herum gewesen sein. Im Februar rief uns die Polizei von La Jolla an. Curtis war tot, beim Wellenreiten ertrunken, seine Leiche hatte man geborgen.

Ruth erholte sich gerade von einer Operation. Ich überredete sie, bei ihrer Schwester in Bucks County zu bleiben, während ich Curtis mit dem Flugzeug heimholte. Ich sah seine Freundin, ein unbedeutendes, sonnenverbranntes Ding mit strähnigen Haaren, das entschlossen schien, etwaigen Unfreundlichkeiten meinerseits mit Herausforderung zu begegnen. Doch weshalb hätte ich unfreundlich sein sollen? Sie weinte und erklärte, er sei der großartigste Mensch gewesen, den sie je gekannt hätte, einer, der sich nur mit dem Besten des Lebens zufriedengab; und dann blickte sie mich mit ihren feuchten, ganz leicht schielenden Augen an und flüsterte: »Manchmal überlege ich, ob er wirklich weggerutscht ist. Ob er sich nicht einfach hat fallen lassen. Er war fähig dazu.«

Ich hatte diese Möglichkeit ebenfalls erwogen, war aber nicht gewillt, sie mit ihr zu erörtern. Vermutlich suchte sie sich gleich nach meiner Abfahrt einen neuen Gefährten unter den anderen großartigen Burschen, die da auf diesem schäbigen Lagerplatz in Wohnanhängern und umgebauten Lieferwagen hausten. Vielleicht blieb sie auch in Curtis' Wagen, den ich auf der Stelle zwei Motorradfahrern mit kinnlangen Bartkoteletten verkaufte.

In La Jolla zeigte man mir Curtis nicht. Erst beim Begräbnis in Bucks County sah ich ihn, und es war, als betrachtete ich durch einen heißen Tränenschleier hindurch sein und mein total zerstörtes, verfehltes Leben. Sein Gesicht wirkte männlich. Ohne den Bart, den er getragen hatte, seit Bärte zur Uniform der Establishmentgegner gehörten, erinnerte er mich an den bronzenen Wagenlenker von Delphi. Das Strandleben hatte ihm gutgetan. Er sah fit und jung aus, und sein braunes Haar hatte ausgebleichte Strähnen. Sonne oder Wasserstoffsuperoxyd? Eine unvermeidliche Frage, doch sie beschämte mich. Letzten Endes war er siebenunddreißig Jahre alt.

Noch heute verkrampft sich alles in mir, wenn ich an sein Gesicht auf dem weißen Satin denke. Das Haar mag ein ebenso falsches Emblem gewesen sein wie zuvor der Bart, aber das Gesicht hatte jede Pose aufgegeben und sah nur noch jung aus, unglaublich jung, viel jünger, als es eigentlich hätte aussehen dürfen; es war das Gesicht des nervenkitzelsüchtigen Amerikas, ohne nachdenkliche Furchen, in keiner Weise von Leid gezeichnet, nicht einmal von den Jahren der Ausschweifung überschattet, unberührt vom Leben wie vom Tod; nur in den etwas gesenkten Mundwinkeln hing ein unzufriedener Zug. Vielleicht, falls der Verdacht des Mädchens überhaupt eine Grundlage hatte, war er in den Tod genauso hineingeglitten wie zuvor in all die Jobs und Projekte seines Lebens und hatte zu spät gemerkt, daß er diesmal nicht einfach wieder abspringen konnte, wie er es sonst getan hatte.

Irgendwie hatten Ruth und ich immer eine vage Hoffnung gehegt, er würde sich eines Tages eines Besseren besinnen. Der Junge, dem es so schwerfiel, ein Mann zu werden, würde sein Problem früher oder später doch noch bewältigen. Er würde sich die Hörner abstoßen, würde die Phase überwinden, in der er an jedem Laternenpfahl schnüffelte, wo irgendein existentialistisch angehauchter Rauschgiftsüchtiger, Beatnik oder krimineller Heiliger das Bein gehoben hatte. Der Tag würde kommen, an dem er die Gutmütigkeit seiner Mutter nicht mehr mißbrauchte und er und ich uns unterhalten, ein Baseballspiel besuchen, ein Glas zusammen trinken oder ein Buch erörtern konnten, ohne daß sich dieses leidige Vater-Sohn-Mißtrauen und dieses nie weichende Bewußtsein unserer Verschiedenheit zwischen uns schob. Wir hatten uns insgeheim auf die Zeit verlassen, und nun war die Zeit abgelaufen. Nie, nie, nie, nie, nie. Wenn Lear ein alter Narr war, und das war er zweifellos, so war er am Ende ein reuiger, leidender Narr. Dasselbe gilt auch für mich, denn ich konnte den Gedanken nicht beiseite schieben, daß Curtis vielleicht da draußen in jenen glasigen Sturzwellen plötzlich dem allen, sich selbst ins Gesicht gesehen hatte und das Brett fortgleiten ließ. Sein Körper hatte keinerlei Wunden oder sonstige Verletzungen aufgewiesen. Die meisten Selbstmörder, so glaube ich, sind verbittert. Wenn Curtis tatsächlich Selbstmord beging, war es dann Groll oder Hoffnungslosigkeit, was ihn dazu trieb? Was immer es auch gewesen sein könnte, es würde heißen, daß er sich außerstande fühlte, noch mehr zu ertragen. Wie ich, wenn ich darüber nachdachte.

Irgendwann nach dem Begräbnis schickte uns das Mädchen Curtis' persönliche Habseligkeiten zu. Es war etwas Menschliches, beinahe Rührendes an dieser kleinen, pflichtbewußten Geste. Der Karton enthielt auch Bücher. Ich hätte sie katalogisieren können, ohne ihn zu öffnen: Miller Albee, Kerouac, Sartre, Genet, der Marquis de Sade, Ginsberg, Burroughs. Ob ihn diese Bücher wirklich korrumpierten, hätte ich nicht zu sagen gewußt, und ich weiß es bis heute nicht. Vermutlich bestärkten sie ihn nur, ohne ihm volles Vertrauen in seine Überzeugungen einzuflößen.

Damit ist Curtis' Geschichte zu Ende. Ich will noch ein wenig mit der meinen fortfahren. Ich hielt es für meine Pflicht, um Ruths willen standhaft zu bleiben, und eine Weile schien es mir auch zu gelingen. Doch am Ende trug sie es besser als ich, denn mir kam trotz allen Grübelns kein erlösender Gedanke, der mir geholfen hätte, mich mit der Art und Weise abzufinden, wie unser einziger Sohn gestorben war – unverantwortlich, leichtfertig, von einer absurden Mischung aus Sonnenanbetung und Weltekel erfüllt; und unglücklich, unglücklich, weil er es selbst so haben wollte. Ja, ich tadelte ihn noch im Tode und obwohl mich gleichzeitig die Vorstellung peinigte, wie unglücklich er gewesen sein mußte; und ich machte mir Vorwürfe, weil ich ihn tadelte, und konnte doch nicht davon ablassen.

Februar und März waren trübe, traurige Monate für uns beide, und sie kamen uns endlos vor. Ich fand keinen Schlaf und versteifte mich auf ein altes Vorurteil gegen Beruhigungspillen, wenn Ruth mir etwas geben wollte. Wahrscheinlich war es eine

Art Selbstkasteiung. Ich habe schon bekannt, daß ich an Schuld als ein notwendiges Ätzmittel der Seele glaube. Eins meiner Probleme war, daß ich mich schuldig fühlte, es aber nicht fertigbrachte, mich verstandesmäßig davon zu überzeugen, daß ich anders hätte handeln können.

Unter dem Vorwand, Ruth nicht stören zu wollen, siedelte ich in Curtis' ehemaliges Zimmer über, um mit meinem Sohn allein zu sein. Es war die schlimmste Zeit meines Lebens. Nacht für Nacht entwickelte ich Dialoge, examinierte sein und mein Leben, versuchte mit Gründen, an die ich nicht ganz glaubte, unsere Entfremdung zu erklären, und zeigte bei diesen fiktiven Gesprächen mehr Weisheit, als ich je zuvor in Wirklichkeit bewiesen hatte, indem ich das ganze Gerede von Werten, Selbstdisziplin, Selbstachtung und klar umrissenen Zielen in nüchterne Prosa übertrug. Alles, was ich irgendwann einmal zornig oder resigniert gesagt hatte, klang nun eindringlich und überzeugend. Und letztlich widerte mich mein Geschwätz dann doch immer wieder an; es gelang mir nie, mir einzureden, daß ich ihn tatsächlich hätte überzeugen können. Ich merkte, daß ich mich nicht einmal mit seinem Schatten abzufinden vermochte. Warum? Weil ich unfähig war, ihn als den zu akzeptieren, der er – lebend oder tot – hatte sein wollen. Ich strebte eine Aussöhnung an, o ja, aber die Bedingungen stellte nach wie vor ich, weil ich diese Bedingungen nicht als falsch erkennen konnte; meine Überzeugungen waren durch nichts erschüttert worden.

Innerhalb weniger Wochen verblaßte sein Gesicht zu ein paar wächsernen Bildern: der spitzbübische Junge (was war nur aus ihm geworden, wohin war er entschwunden?), in der Bewegung festgehalten, während er auf einer weiten Rasenfläche mit einem Terrier spielte; der sandalentragende Beatnik, der seinen Kopf gegen eine Mauer lehnte und seinen schmutzigen rotbraunen Bart in Kontemplation emporreckte; der Sportler mit dem sorgfältig gebürsteten, von ausgebleichten Strähnen durchzogenen Haar und dem ernsten, gutgeschnittenen, unzufriedenen Gesicht, das sich so leuchtendbraun von dem weißen Satin abhob.

Diesen blassen, starren Bildern, hinter denen sich die unerreichbare Persönlichkeit meines Sohnes verbarg, suchte ich immer wieder von neuem meine innersten Gedanken und Gefühle darzulegen; doch der Tote hörte mir ebensowenig zu, wie es der Lebende getan hatte. Er wies meine Liebe zurück, solange sie sich nicht uneingeschränkt, unkritisch und ungeachtet aller Provokationen kundtat – und es ist geradezu unheimlich, wieviel von diesem Geist ich in Jim Peck aufspüre, der selbstverständlich nicht an meiner Zuneigung interessiert ist, mich aber ständig in die Enge zu treiben versucht, ohne selbst auch nur im geringsten nachzugeben. Einer Liebe, wie Curtis sie erwartete, bin ich vollkommen unfähig und werde es wahrscheinlich immer sein. Ich glaube auch nicht, daß irgendein Mensch Anspruch darauf erheben darf, ganz abgesehen davon, daß für mich Liebe und Achtung untrennbar miteinander verbunden sind. Curtis verlangte etwas, was ich ihm nicht geben konnte, und ich beharrte auf etwas, was er nicht akzeptieren wollte. Nie, nie, nie, nie, nie.

In dem Bemühen, mich zu rechtfertigen, erzählte ich ihm einige Dinge aus meinem eigenen Leben, darunter auch ein paar beschämende Episoden; doch ich erreichte damit nur, daß längst überwunden geglaubter Kummer wiederauflebte und so manche alte Schuld, die Curtis' Verfehlungen gar nicht unähnlich war, in meine Erinnerung zurückkehrte. Die ewig kreisenden Gedanken erfüllten meine Tage mit Monotonie und meine Nächte mit Ekel vor mir selbst. Aus dem Tod meines Sohnes erwuchs mir die Überzeugung meiner eigenen Unvollkommenheit, meines eigenen Versagens, und dennoch wußte ich nicht, was ich hätte tun müssen, um vor dem Versagen bewahrt zu bleiben.

Manchmal überkam mich im Büro angesichts irgendwelcher vertraglicher Spitzfindigkeiten ein würgender, erstickender Überdruß; es gab Momente, in denen mir meine Stimme beim Diktieren wie schrilles Spatzengezwitscher ans Ohr drang. Ende März sagte Ruth zu mir: »Joe, du mußt Urlaub machen. Du mußt für eine Weile von hier fort.«

Ich hätte leicht eine Reise nach Rom, London oder Paris rechtfertigen können. Aber in jeder dieser schillernden Weltstädte hätte ich gewärtig sein müssen, auf Schritt und Tritt Klienten zu treffen. Und ich erhoffte mir auch gar nichts von einer zweiwöchigen Pause mit anschließender Rückkehr ins Büro. Ich wollte, wenn überhaupt, die Tafel gründlich abwischen, nicht mit einem staubigen Tuch, sondern mit einem petroleumgetränkten Lappen. Was mir vorschwebte, war eine schwarze, leere Fläche – ein von allem Unabänderlichen entlasteter Verstand, ein kompletter Rückzug der Seele.

Wenn Ruth nicht so beharrlich auf eine Ortsveränderung gedrungen hätte, wäre ich vielleicht nie dazu gekommen, das Heilmittel für meine verstörte Seele in einem eigenen Heim zu suchen. Ich hatte nie eines besessen und mein Leben in ständiger Bewegung zugebracht; obwohl ich mir gern einredete, seßhaft zu sein, war ich lediglich ein Vagabund mit fester Adresse. Mein Sinn für Stetigkeit war der einer streunenden Katze, die gewisse Gewohnheiten annimmt; ich hatte weder ein Elternhaus, noch ein Domizil. Wir hatten siebenunddreißig Jahre lang in Manhattan kampiert und alljährlich mindestens eine Auslandsreise gemacht. Als ich zu überlegen begann, ob es möglich sein könnte, zurückzugehen und die Stelle zu suchen, an der sich der Weg gabelte, kam mir keine Idee, wohin ich mich wenden sollte.

Hätte ich eine Heimatstadt gehabt, so wäre ich unverzüglich dorthin gepilgert – wie es ältere Leute so gerne tun –, um den Jungen wiederzufinden, der ich einmal war, einen barfüßigen Jungen mit einer Angelrute. Doch ich war von einer ewig herumwandernden unglücklichen Frau großgezogen worden, deren erster Ehemann, mein Vater, sich in der Scheune erschoß und deren zweiter, ein trunksüchtiger Eisenbahner mit Delirium-tremens-Anfällen und zeitweiliger Paralyse, eines Tages von einer zurückstoßenden Rangierlokomotive überfahren wurde. Ich war sechs, als er starb. Nach seinem Tod zogen wir von einem Ort zum andern. Meine Mutter sprach einen starken dänischen Akzent und hatte vom zwölften Lebensjahr an keinerlei Ausbildung mehr erhalten; sie hatte weder besondere Fertigkeiten noch Schönheit anzubieten – nichts als ein Paar derbe

Hände. So hielt sie anderer Leute Häuser in Ordnung und betreute anderer Leute Kinder.

Unsere Existenz schleppte sich mühselig in ständig wechselnden Spuren dahin, über deren Rändern sie immer wieder einen rosigen Schimmer, einen Regenbogen erspähte – die Sorte Regenbogen, der sie einst in die Staaten gefolgt war und die jetzt *mir* eine bessere Zukunft verhieß. Normalerweise wartete sie nur, bis das Schuljahr endete und ich Ferien hatte, und schon waren wir – auf einen Brief, ein Gerücht oder einen Tip hin, den sie zufällig über einer Tasse Kaffee bekam – wieder unterwegs, in eine neue Stadt, ein neues Haus, eine neue Stellung, zu fremden Gesichtern, fremden Gerüchen, in fremde Zimmer, fremde Straßen, die man kennenlernen mußte. Manchmal meine ich, ich könnte mein Leben mit der Nase zurückverfolgen – von einem fremden Haus ins andere –, so, wie sich ein Hund an den kleinen Markierungen, die er an einem Ahornbaum, einer Ulme oder einem Laternenpfahl hinterlassen hat, seinen Heimweg erschnüffelt. Ich würde ein Haus am Duft zerdrückter Maulbeeren erkennen, ein anderes am Geruch ausgelassenen Schweineschmalzes, wieder ein anderes an der dumpfigen Feuchtigkeit der Wäsche, die an einem Ständer hing, unter dem ich versteckt lag und die Stimmen der Erwachsenen über mich hinwegfluten hörte. Es gibt in dieser Zeit keinen Plan, keine Beständigkeit, keine Dauer. Die ersten sechzehn Jahre meines Hin- und Herwanderns auf der Welt waren ein unausgesetzter Übergang von Vakuum zu Vakuum.

Meine Lehrer hielten mich für begabt, und ich brachte es schließlich zu einem Stipendium und einer Nebenbeschäftigung an der Universität von Illinois – dieses Land bietet wirklich viele Möglichkeiten, und es gibt tatsächlich noch so etwas wie uneigennütziges menschliches Entgegenkommen. Oder wenigstens den Willen dazu, denn wie so viele gute Absichten zeitigte auch die Hilfe meines Schuldirektors gemischte Resultate. Ich lebte plötzlich in einer Welt der Bücher und Ideen, und die Menschen in meiner Umgebung unterschieden sich so sehr von all jenen, die ich in meiner Dienstboten- und Pensionszimmeratmosphäre kennengelernt hatte, daß sie eine andere Spezies hätten sein können. Ich vibrierte unausgesetzt wie ein übervolles Glas. Ich entdeckte, daß ich *klug* war, und die Erkenntnis berauschte mich. Und ich wäre nie auf den Gedanken gekommen, wiewohl ich seit meinem zwölften Lebensjahr während der Sommermonate immer gearbeitet hatte, daß ich, statt Bücher zu verschlingen, ein bißchen Geld hätte verdienen können, um meiner Mutter das Leben zu erleichtern. Wenn man jung ist, nimmt man die Opfer der Älteren so selbstverständlich hin ... Ich zumindest tat das. Ich weiß andererseits, daß sie es mir – *wenn* ich auf den Gedanken gekommen wäre – gar nicht gestattet hätte. Ein einziges verlorenes Jahr oder auch nur ein eingebüßtes Semester wären in ihren Augen schon eine verhängnisvolle Verschwendung meiner Talente gewesen, obwohl ich erst sechzehn war und mir eine solche Unterbrechung durchaus hätte leisten können.

Ich war ein unnatürlich zurückhaltendes Kind gewesen, ich hatte frühzeitig lernen müssen, gesehen, aber nicht gehört zu werden. Ich hatte mich mit meinen Büchern und meinen Plänen in Winkel, Hinterhöfe und Schuppen verkrochen, denn ich wußte schon mit sieben oder acht Jahren, daß man das Kind einer Hausgehilfin wohl duldete, bisweilen auch mit sentimentaler Anteilnahme überhäufte, ihm aber nicht das mindeste nachsehen würde. Als das College all diese Beschränkungen und Hemmungen hinwegfegte, muß ich unerträglich gewesen sein, genau der Typ, der mir heute eine Gänsehaut einjagt. Jeder, der die Ansichten nicht akzeptierte, die ich in der gleichen Stunde entwickelt oder zehn Minuten zuvor in einem Buch gelesen oder im Verlauf einer Diskussion als unübertrefflich erkannt und vorgebracht hatte, war ein Idiot, und von mir und einigen wenigen Leuten abgesehen, gab es eine ganze Menge Idioten auf der Welt. Sie kennen mich – ich habe mich nicht wesentlich verändert. Ich entsinne mich beispielsweise noch gut, wie ich den Entschluß faßte, ein von aller Emotion freies Leben zu führen. Gemütsbewegungen, so erklärte ich, seien unvollkommene Gedanken. Ich wollte in der dünnen, reinen Luft der Vernunft leben. (Asche auf mein Haupt. Ich war albern. Aber ich war eindeutig der Vorfahr des hitzköpfigen alten Narren, den Sie kennen.)

Meine Mutter, die mich begleitet hatte, betrachtete einen Tag lang interessiert alle Gebäude, das Stadion, die Rasenflächen voller Studenten und Eichhörnchen, und dann fuhr sie fort – wahrscheinlich aus reinem Taktgefühl heraus, weil sie sah, daß sie mich in Verlegenheit brachte – und nahm eine Stellung in einer Pension in Chicago an.

Ihre Abreise erleichterte mich. Später verbarg ich ihre Briefe vor meinen Zimmergenossen, denn ich schämte mich des linierten Papiers und ihrer bleistiftgeschriebenen, fehlerhaften Mischung zwischen Dänisch und Englisch. Obwohl ich sie zu lieben meinte und mir ausmalte, wie ich sie aus ihrer ärmlichen Existenz befreien und in meine prächtige Villa holen würde, sobald ich mein Studium abgeschlossen und eine kometenhafte Karriere begonnen hätte, wäre ich nicht um all der Ehren willen, die ich einzuheimsen hoffte, nicht um all des Geldes willen, das ich zu verdienen erwartete, bereit gewesen, der Welt einzugestehen, daß meine Mutter Mädchen für alles in einer Pension war und Angestellte und Verkäuferinnen bediente.

Ich brauchte nicht viele Briefe hastig zu lesen und in einer Schublade zu verstecken. Im Dezember meines ersten Collegejahres blieb sie mit dem Absatz in einer morschen Kellerstufe hängen und stürzte. Mein einziger Besuch in Chicago war die Fahrt zu ihrer Beerdigung.

Arm und unglücklich liegt sie dort in einem Grab, das niemand besucht, ein bäurisch-schwerfälliges dänisches Dienstmädchen, das außer mir keinen einzigen Verwandten auf dem amerikanischen Kontinent besaß. Sie hatte zwei schwache Männer geheiratet, ernährt und begraben und sich danach ganz der Aufgabe gewidmet, ihrem Sohn zu einem besseren Leben zu verhelfen. Das alles klingt abgedroschen, platt. Doch vielleicht sind Dinge wie Liebe und Leid, Ehrgeiz und Selbstsucht, Reue und Tod zwangsläufig Gemeinplätze. Nur der neuerungssüchtige Literaturapostel scheut den Gemeinplatz, und ich gehöre nicht mehr zu jener Zunft.

Ich hatte in zwanzig Jahren kaum zehnmal an meine Mutter

gedacht, aber in der dunklen Zeit nach Curtis' Tod erschien sie allnächtlich und gesellte sich zu dem Geist meines toten Sohnes. Sie forderten meinem Herzen und meinem Verstand das Äußerste ab, denn sie zwangen mich, die aufopfernde Liebe meiner Mutter, die das Beste in meinem Leben war, bevor ich Ruth kennenlernte, meinem Widerwillen entgegenzustellen, Curtis zu akzeptieren oder ihm zu vergeben. Hätte sie mich getadelt, wie egoistisch und verdorben ich mich auch gebärdet hätte? Wäre sie an meiner Stelle fähig gewesen, sich mit einem Tunichtgut abzufinden und ihm jene bedingungslose Zuneigung zu schenken, von der ich beinahe überzeugt war, daß mein Sohn sie erwartet hatte? Und wenn, hätte ich sie geachtet? Hätte ich sie nicht insgeheim sentimental gefunden und ihr diese Liebe, von der ich wußte, daß ich sie nicht verdiente, mit Lügen und Kränkungen vergolten?

Meine beiden Schatten ließen Ruth nicht an mich herankommen, und sie machten mir schmerzhaft bewußt, was ich einem Menschen, den ich liebte, angetan hatte und von einem anderen Menschen, den ich nicht minder liebte, hatte hinnehmen müssen. Wenn ich Curtis vergab, mußte ich mir selbst vergeben. Und noch ein zweiter Aspekt trat hinzu: daß ich eindeutig mit meinem Pfunde nicht gewuchert hatte. Nur sah ich keine Möglichkeit, klar zu bestimmen, wer oder was er war, dem gegenüber ich versagt hatte, denn ich konnte mich auf keinen Ursprung, keinen Stamm, keine Familie, keine Region, kein Volk, keine Tradition, kein Reservoir der Gene berufen, für die mein vergeudetes Leben ein Verlust gewesen wäre. Ich begann, die Spärlichkeit meiner Verwandten zu hassen; meine Mutter in der Erde von Chicago, mein Sohn in Bucks County, jeder allein unter Fremden. Und ich hier, ohne Ziel und jetzt kinderlos, ein Mann, der in der Leere der Madison Avenue sinnlose Kreise beschrieb.

Ein Hund, den man in einem Wald verliert, folgt unfehlbar den Spuren zum Ausgangspunkt zurück. Ich, über sechzig, ziemlich tief in den Wald hineingeraten, hob die Nase zwischen Humus und Pilzen, um an jeder kalten Fährte zu schnuppern, die mich irgendwohin zu führen versprach. Doch ich konnte keinen Ort finden, der mein gewesen wäre. Der krause Lebensweg meiner Mutter hatte alle Gerüche vermischt.

Wir probierten schließlich nacheinander zwei Möglichkeiten aus, die Amerikanern und verirrten Hunden immer offenstehen. Zuerst folgten wir der Spur, die in die alte Heimat zurückführte, und schnüffelten eine Weile in Kopenhagen herum und auf der kleinen Ostseeinsel Taasinge, wo meine Mutter geboren war. Wir mögen dabei einiges gelernt haben, doch das steht auf einem anderen Blatt. Wesentlich ist, daß ich nichts Vertrautes roch; ich fand keinen Menschen, kein Echo, keinen Hauch der Vergangenheit. Europa bedeutete nichts mehr für mich.

Also taten wir den zweiten möglichen Schritt. Wir ließen davon ab, alte Spuren zu verfolgen, und gingen statt dessen vorwärts. Wir kehrten allen Erinnerungen den Rücken und machten in Kalifornien einen neuen Anfang. Im Grund war es kein radikaler, sondern ein überaus herkömmlicher Entschluß, der an die Erfahrung zwanzig amerikanischer Generationen anknüpfte. Wir hätten den Gedanken, daß wir uns den Garten-Eden-Mythos zu eigen machten, verächtlich von uns gewiesen; nichtsdestoweniger war er unsere Basis und ist es bis heute geblieben. Wir hofften, unsere Schuld durch ein etwas zurückgezogeneres Leben zu verringern. Wir schüttelten uns den Staub aus dem Gewand, zupften uns die Zweige der Verwirrung aus dem Haar und verließen den Wald. Ich bin fest entschlossen, nie mehr mit den Schatten zu ringen und auch nie mehr wie ein dummes altes Weib herumzuhocken und Schuld und Verantwortlichkeit auseinanderzuklauben. Ich wäre gar nicht überrascht, wenn Peck und ich in der Frage der Gewaltlosigkeit völlig übereinstimmten, wenigstens in der Theorie. Ich möchte niemandem zu nahe treten, und ich möchte nicht, daß mir jemand zu nahe tritt.

Verstehen Sie jetzt, weshalb dieser junge Peck mich so erbittert? Er erinnert mich an Dinge, an die ich mich nicht erinnern will. Er bedroht mich, er gefährdet meinen Frieden. Wenn er und Curtis die Zukunft repräsentieren, dann bin ich eine mit dieser Zukunft unvereinbare Vergangenheit. Sie lassen mir nichts, nicht einmal den Trost der Blindheit, denn ich glaube, ich sehe sie beide sehr klar – genauso klar, wie ich meine Unfähigkeit erkenne, sie zu akzeptieren oder mit ihnen fertig zu werden.

Und natürlich kann ich sie andererseits nicht von mir wegschieben, wie ich es auch nicht über mich bringe, Peck von meiner Eiche zu vertreiben.

Ja, nun habe ich Ihnen zwei Stunden lang geschrieben und mich bemüht, einige Dinge, die ich neulich allzu vage angedeutet habe, etwas verständlicher darzustellen. Wie ein alter, weinerlicher Gewohnheitszecher, der in einer Kneipe herumlungert, habe ich mich Ihnen aufgedrängt, Ihre Hand mit meinen feuchten Fingern umklammert und Ihnen meine traurige Lebensgeschichte erzählt. Ich überrasche mich fortlaufend selbst: Nie hätte ich vermutet, daß ich der Typ wäre, der auf diese Art sein Innerstes nach außen kehren könnte. Normalerweise halte ich es mehr mit wortgewandter Ironie und Ausweichtaktiken als mit Beichten. Was ich hier niedergeschrieben habe, ist – außer für mich – ohne jede Bedeutung. Aber es ist persönlich, und es ist ernst, und das ist es, was mich immer daran beunruhigt hat.

Ich fand diesen Brief kürzlich unter einem Stapel alter Zeitungen in meinem Studio. Er ist nie beendet, nie unterschrieben, nie abgesandt worden. Aber er beweist mir, daß Marian bereits im Hochsommer begonnen hatte, mich aus meinem Bau herauszuziehen, in dem ich mit Gophern, Maulwürfen und anderen Geschöpfen der Dunkelheit hauste.

Wenn Peck eine Bedrohung des Friedens war – was war dann sie?

V

Die meisten Hochsommertage hier fangen grau an; der Tau liegt wie kalter Schweiß auf den Blättern, es riecht nach nassem Wiesenhafer, und wo die Holzlatten der Umzäunungen aufeinanderstoßen, sieht man dunkelfeuchte Stellen. Den Himmel verdeckt eine reglose, monotone Hochnebelschicht, die gegen zehn Uhr von der Sonne aufgezehrt wird. Danach bleibt der Tag gleichmäßig warm, bis sich die Abendkühle herabsenkt.

Aber zwei- oder dreimal kommt es vor, daß man beim Aufstehen in einen wolkenlosen, milchigen Morgen hinaustritt; die Sonne ist dann rot, und selbst hier oben in den Hügeln hängt noch ein säuerlicher Smoggeruch. Dunkelheit verwischt das Tal, die nächstgelegenen Bergrücken sind undeutlich zu erkennen, die weiter entfernten ausgelöscht. Wenn es nicht völlig windstill ist, streicht gerade nur ein Hauch aus den Tälern landeinwärts. Die Zeitungen sprechen von Inversionen und verzeichnen stetig ansteigende Smogziffern, bis sich schließlich nach drei oder vier Tagen zunehmender Hitze und brennender Augen die natürliche Klimaanlage, die der pazifischen Küste vorgelagert ist, hereinschiebt und uns, in flaumigen Nebelrollen über dem Horizont zusammengeballt, wieder Kühle zubläst.

Der vierte Juli war einer dieser rot heraufdämmernden Tage. Als ich um sieben aufstand und auf die Terrasse hinausging, leuchtete die Sonne wie eine Orange durch Welds Obstgarten. Die sauerschmeckende Luft schien stillzustehen. Die Rotholzstreifen zwischen den aschfarbenen Patiosteinen warfen sich an den Enden. Als ich daran dachte, wieviel Hitze dieser steinerne Rasen später ausstrahlen würde, sehnte ich mich für einen treulosen Augenblick nach dem kühlen Gras und dem breitblättrigen Schatten regenreicherer Gegenden.

Katarrh hatte nichts auf der Matte deponiert. Er war kein Sommerjäger. Im ersten Jahr hatte er eine Unzahl Eidechsen gefressen, die ihm offenbar schlecht bekommen waren, so daß er sie aufgab. Er war zu faul, um ein ausgedehntes Jagdgebiet zu betreuen; hatte er einmal im Frühling die Schädlinge in der unmittelbaren Umgebung des Hauses vertilgt, so gab er sich wieder apathischen Siestas in den Blumenbeeten hin und versorgte gerade noch die wenigen Vögel, die sich an den Fensterscheiben das Genick brachen.

Ich wiegte mich einen Augenblick lang in der schönen Hoffnung, der zementhart getrocknete Lehm böte die Gewähr, daß Katarrhs Frühlings-Ausrottungsfeldzug wenigstens noch eine Weile nachwirken würde. Dann ging ich ums Haus herum und entdeckte, daß sich innerhalb der letzten vierundzwanzig Stunden ein Gopher unter dem Weg hindurchgewühlt hatte; mehrere abgesackte Ziegelsteine bezeichneten seine Spur, und er war bereits dabei, Erdhügel im Rosengarten aufzuwerfen.

Solche Dinge treiben mir laute Verwünschungen über die Lippen. Dieses Viehzeug findet unfehlbar jeden schwachen Punkt. Und der Weg war der letzte Überrest eines schwachen Punktes; ein halbes Jahr nachdem der Patio fertig war – Sandgrundlage, Sand auch zwischen den Backsteinen, wie es der Plan vorschrieb –, hatte ich festgestellt, daß dieses System in einem Gophergebiet, wo es unterminiert wurde, fehl am Platze war. Ich hatte bereits den gesamten Patioboden herausgenommen und neuntausend Backsteine Stück für Stück in eine Zementunterlage gebettet. Nur bis zum Weg war ich noch nicht vorgedrungen. Und sofort findet dieser Schädling das heraus. Ich durfte diesen Nager nicht ungeschoren lassen; gleich nach dem Frühstück wollte ich ihn mir vornehmen.

Mit einer Grabgabel und ein paar Fallen ging ich zum Rosengarten. Inzwischen war es bereits heiß. Die aufgeworfenen Hügel verliefen in einer unregelmäßigen Linie zur Hausecke hin. Ich trat die Grabgabel tief in den Boden und stemmte sie hoch. Der Klumpen, den ich heraushob, war schwer, und irgend etwas in ihm bewegte sich in wildem Kampf. Als die Erde abbröckelte, sah ich, daß sich ein Knoten aus schwarz-weißen Ringen um die Gabelzinken ballte. Gleich mit dem ersten Einstich, bei dem ich nur mit Schollen und allenfalls der dunklen Öffnung des Gangs gerechnet hatte, war diese Natter ans Tageslicht gekommen, die im Verborgenen unter mir gelegen hatte.

Ihre Zuckungen übertrugen sich auf den Gabelgriff und

meine Hände. Eine Gänsehaut überlief mich, während ich das sich windende Ding hochhielt. Gräßlich. Und zugleich schön – staubiges Schwarz, von weißen Diagonalen durchkreuzt, unten cremefarben, ein glatter, peitschenartiger Körper. Und verletzt, durchbohrt, blutig.

Ich schleuderte sie auf die Erde und streifte sie von der Grabgabel ab, und sie zog den aufgerissenen Körper zusammen, den in der Mitte, wo der Gopher stak, eine unverkennbare Ausbuchtung blähte, und schickte sich an, mir mit Diamantaugen und flatternder Zunge Trotz zu bieten. Doch ich gab ihr keine Gelegenheit zu herausforderndem Gehaben. Ich zerschlug sie mit der Grabgabel zu einem blutigen, zuckenden Bündel, erweiterte dann schnell das Loch, aus dem ich sie herausgeholt hatte, und verscharrte sie. Ich reagierte, als hätte ich einen persönlichen Feind oder das Böse selbst vor mir. Dabei war sie das natürliche Vertilgungswerkzeug, das Gopher, Mäuse, Maulwürfe und Klapperschlangen ausrottete, all jene Schädlinge, die mich und meinen Garten heimsuchten. Wenn sie ihr Werk auch im Dunkeln vollbrachte und ihr unvermuteter Anblick mir Schauer eingejagt hatte, so war sie doch gerade dabeigewesen, mir einen Gefallen zu tun, als ich sie tötete.

Angeekelt, nervös und schweißbedeckt von der Hitze und dem Schock trat ich aus dem zertrampelten Blumenbeet heraus; ich hatte das unheimliche Gefühl, daß diese Schlange ein Omen oder ein Symbol sei, dessen Bedeutung ich unbegreiflicherweise nicht erfassen konnte. Jetzt würde ich in ihr einen kryptischen Hinweis auf das Böse sehen, das wir so oft ungewollt anrichten, als wären unsere Kleider allein schon todbringend, als entspränge das Böse nicht nur der Bösheit, dem Haß, der Liebe und ähnlichen Leidenschaften, sondern auch dem allerzufälligsten Kontakt und gewöhnlichsten Handlungen. Man tritt aus dem Haus, um den Sonnenuntergang zu beobachten, und zerquetscht einen Käfer – diese Art Dinge. Aber das denke ich jetzt. Damals war ich angewidert und verärgert. Ein Tag, der nicht gut begann, war von vornherein verdorben.

Ich ging in die Küche, goß mir einen Gin-Tonic ein, um meinen Magen zu beruhigen, und wurde dabei von Ruth ertappt, die außer sich geriet, weil ich am Vormittag schon etwas trank, obwohl ich doch höchstwahrscheinlich auf LoPrestis Party ohnehin noch zehn Whiskies in mich hineingießen würde. An meine Leber sollte ich denken.

Also saß ich den Rest des Morgens auf der Terrasse, dachte an meine Leber und hörte mir den Spektakel der Feuerwerkskörper an, die irgendwo östlich von uns alle paar Minuten losknallten und -knatterten, obwohl es in ganz Kalifornien verboten ist, sich privat mit derlei Dingen zu befassen. Und jedesmal schossen in dem Zwinger unter mir Welds Spürhunde, die gekrümmten Schwänze hoch erhoben, hin und her, legten die Pfoten auf den Zaun und reckten die Schnauzen zum Himmel. *Uwuuuuu. Uwuuuuu.*

»Sollte man nicht meinen, selbst von den einfältigen Welds müßte es einmal einer merken, daß diese verdammten Köter ein Ärgernis sind?« sagte ich.

Ruth, in eine Zeitschrift vertieft, hob den Kopf. Unser Geplänkel wegen des Morgendrinks war hitziger gewesen als sonst und hatte beiderseits eine leise Verstimmung zurückgelassen. Und sie trug Shorts, obwohl ich ihr schon soundso oft zu verstehen gegeben habe, daß Shorts für Frauen über fünfzig nicht mehr das richtige sind. Ich faßte sie denn auch nicht als eine Konzession an die Hitze auf, sondern als eine vorsätzliche Herausforderung.

Jetzt beäugte sie mich. »Ruf sie doch an und sag es ihnen!«

»Es ihnen sagen! Du weißt genau, was für eine Antwort ich bekäme!«

Sie zuckte mit den Achseln – ungeheuer gleichgültig. »Warum kannst du nicht friedlich hier sitzen und dich mit der Vorstellung trösten, wie du alles abbrennen lassen würdest, wenn an diesem vierten Juli in seinem Haus ein Feuer ausbräche?«

»Du solltest dich als Gedankenleserin betätigen«, bemerkte ich. »Verstehst du dich auch auf Kaffeesatz und Teeblätter?«

Eine halbe Minute lang betrachtete sie mich mit gespitztem Mund. »Tee«, sagte sie dann. »Eigentlich gar keine schlechte Idee.« Sie lächelte – wenn sie mich ordentlich gereizt hat, bringt sie schnell wieder ein ganz natürliches Lächeln zuwege – und verschwand nach drinnen. Nach einer Weile kam sie mit einem Glas geeistem Tee heraus, den sie mit Fruchtsaft verschönt hatte. Ein Friedensangebot? Ich entschied mich dafür, es als einen Wink aufzufassen, welche Getränke mir vor fünf Uhr gestattet seien. Ich nahm es ihr ab und stellte es neben meinen Stuhl, wo es unberührt stehenblieb, bis das Eis zerschmolzen war und sich ein paar Wespen darin ertränkt hatten.

Gegen zwölf Uhr klapperten Pferdehufe die Straße herauf: Julie, die Marian oder ihre verrückten Freunde in den Bäumen besuchen wollte. Hier bei mir im Schatten war es still und stikkig heiß. Das häßliche Flickwerk des Taubenhauses und Hundezwingers auf dem gegenüberliegenden Hügel beleidigte meine Augen. Alle paar Minuten erschütterte ein Knall die träge Luft, und *uwuuuuu* heulten die Hunde. Als ich mit dem Feldstecher ans Geländer trat und auf die Landstraße hinunterschaute, sah ich, daß Tom Weld vor seinem Haus eine Flagge gehißt hatte.

Lou LoPresti hätte sich keinen ungünstigeren Tag für seine Party aussuchen können, wenn er von astrologischen Gesichtspunkten ausgegangen wäre.

2

Um drei Uhr wachte ich aus meinem Mittagsschlaf auf und fand die Luft im Zimmer so regungslos und wassergesättigt wie auf dem Grund eines Tümpels. Meine Haut war klebrig, mein Kopf wie aufgebläht, und hinten auf der Zunge schmeckte ich den Smog. Die geschlossenen Fenster hielten mit der Hitze zugleich auch jede Möglichkeit eines Luftzugs ab. Doch draußen war ebensowenig von einer Brise zu verspüren, und der Smog machte sich noch aufdringlicher bemerkbar. Die Sonne war herumgewandert und wellte nun die regungslosen Eichen- und Toyonblätter unterhalb des Terrassengeländers. Die bewaldeten Schluchten brodelten in spülwassergrauer Luft. Die Spürhunde lagen schlaff ausgestreckt in ihrer Hütte, und den Patrioten war die Munition ausgegangen, aber unsere Flagge hing noch immer da.

Auf der Patioseite fand ich Ruth barfüßig und in Shorts damit beschäftigt, den schmalen Schattenstreifen entlangzugehen und welke Blüten von den Geranien abzulesen. Zwischen ihr und der Pyrancantharabatte flimmerten die Ziegelsteine farblos in der Hitze. Als sie sich aufrichtete, um mich anzublikken, trat sie versehentlich neben die Schattengrenze, und die Miene, mit der sie ihren Fuß einzog, war sprechend. Ein an glühende Kohlen gewöhnter Fakir hätte in diesem Patio ideale Voraussetzungen vorgefunden.

»Ein großartiger Barbecue-Tag«, stellte ich fest.

Ohne zu antworten, bückte sie sich und fuhr fort, welke Blüten in den Gartenkarren zu werfen. Es schien an mir zu sein, die Versöhnung herbeizuführen; der verschmähte Tee hatte sie offensichtlich wütend gemacht. Nun, ich hatte nicht im Sinn, sie auf die Dauer zu verstimmen. Es gibt nur eine einzige Möglichkeit, mit einer Frau zusammenzuleben: in gutem Einvernehmen. Also rollte ich den Schlauch von der Haspel ab und drehte das Wasser an; zuerst lief es so heiß heraus, daß man sich damit hätte rasieren können, dann kam es kalt. Die Steine dampften unter dem Strahl und trockneten so schnell wie eine vom Atem beschlagene Fensterscheibe.

Ich streifte meine Schuhe ab und bespritzte meine Füße und Knöchel. Herrlich. Scheinbar ganz mit mir selbst beschäftigt, paßte ich eine günstige Gelegenheit ab, und als sich Ruth über das Geranienbeet beugte, richtete ich den prallen Strahl auf ihr ausgestrecktes Hinterteil.

Schreiend fuhr sie hoch. »Mein Haar! Oh, verdammt!«

Ich erwiderte: »Es wäre in diesem Dampfbad sowieso strähnig geworden. Noch ein bißchen mehr?«

»Nein, das reicht! Hör auf!«

Ich ließ sie hüpfen, indem ich den Wasserstrahl auf ihre Füße richtete, und als sie sich umdrehte, gab ich ihr noch einmal eine tüchtige Dusche auf den Hintern, um ihr zu bedeuten, daß Shorts keine Schonung verdienten und Damen über sechzig nur in anständiger Kleidung sicher seien. Dann, um etwaigen Vergeltungsmaßnahmen zuvorzukommen, hob ich den Schlauch hoch und ließ mich beregnen, bis mein Hemd und meine Hose tropfnaß waren. Doch selbst so war mir noch warm.

»Stell den Springbrunnen an«, sagte Ruth. »Zumindest *klingt* es dann kühl.«

Ich ging in die Garage und drehte den Hahn auf; der Motor brummte in seinem Kasten. Bis ich wieder in den Patio kam, stürzte der Strahl bereits in das Stahlbassin über dem Teich, das gleich danach überzulaufen begann. Ein paarmal gingen wir aus dem Schatten über die warmen, feuchten Steine zum Teich, um dort, während die Sonne auf uns herunterbrannte, für eine Weile unser Blut an den Knöcheln abzukühlen. Wir waren gerade wieder da, als Marian um die Haarnadelkurve am Fuß unseres Hügels herumkam.

Ich sah, wie sie stehenblieb, um zu verschnaufen. Sie trug das Haar wie Debby zu einem Pferdeschwanz zurückgebunden, und ihr Kleid war eins von diesen unbegrenzt erweiterbaren Wickeldingern, die garantiert immer scheußlich aussehen. Sein grüner Ton schmeichelte ihr nicht besonders. Sie machte einen müden, erschöpften Eindruck, den auch das Lächeln, das ihr Gesicht überstrahlte, als sie sah, daß ich sie betrachtete, nicht verwischen konnte.

Sehr langsam kam sie herauf und um das untere Ende des Teiches herum, und dann ließ sie sich mit einem komischen Stoßseufzer in den Sessel fallen, den ich ihr hinschob. Die Füße in den Sandalen weit von sich gestreckt, pustete sie erschöpft. »Ich bräuchte Sauerstoffnachschub für diesen Hügel.«

»Sie bräuchten einen Psychiater«, sagte ich. »Warum sind Sie heraufgekommen? Ich hätte Sie doch abgeholt!«

Das so gar nicht kleidsame Grün ließ ihr braunes Haar matt erscheinen; unter ihren Augen lagen Schatten, die dunkler waren als die Sonnenbräune. Sie streifte mich mit einem prüfenden Seitenblick, als wollte sie festellen, ob ich tatsächlich verärgert sei. »Ich bin gleich wieder bei Atem. Ich weiß, Sie sagten, Sie würden mich abholen, aber ich ... ja, also, Debby ging mit Julie zum Schwimmen zu den Casements, und ich hatte da unten das Gefühl, in einem Dampfkochtopf zu stecken. Und so bin ich eben gekommen.«

Ruth starrte sie mit jener völlig ausdruckslosen Miene an, die sie stets zur Schau trägt, wenn sie sich auf etwas konzentriert, was sie beunruhigt. »Ist Ihnen nicht gut, Marian?«

»Wieso? Natürlich!« Sie sah Ruth an, dann mich. Ihr Mund zuckte ganz leicht – es war ein flehendes Beben der Lippen, so flüchtig, daß man hätte meinen können, es sich eingebildet zu haben –, und schon sagte sie gelassen, während sie sich mit scheinbarem Behagen entspannt in den Sessel zurücklehnte: »Ich muß nur zu Atem kommen.«

»Sie haben sich zweifellos einen schönen Tag für einen Spaziergang ausgesucht.«

Sie bewegte sich unruhig, und ich sah ihre Streitsucht wiederkehren wie ein müdes Hündchen, das von irgend jemandem zum Spielen gereizt wird. »Ich weiß nicht«, sagte sie. »Ich mag die Hitze irgendwie.«

»Sie haben einen Sonnenstich«, erklärte ich. »Ziehen Sie Ihre Sandalen aus.«

»Warum?« Mißtrauisch beäugte sie uns; sie schien uns erst jetzt richtig zu betrachten. »Oh, Sie sind ja beide ganz durchnäßt. Was haben Sie gemacht? Sind Sie in den Teich gefallen?«

»Wir haben mit Vernunft auf das Wetter reagiert.« Ich drehte den Schlauch an und bespritzte ihre Füße samt den Sandalen.

Sie zog sie schnell ein, streckte sie aber gleich wieder aus und schob ihr Kleid hoch, so daß die braunen Knie freilagen.

»Oh, das ist himmlisch!«

Die gequälte, erschöpfte Miene, die Marian bei ihrer Ankunft gezeigt hatte, glättete sich zusehends, als hätten allein die Hitze und der Hügel sie verursacht. Ich suchte den verstörten, schmerzlichen, flehenden Ausdruck, den ich zuvor wahrzunehmen geglaubt hatte, und fand lediglich ihre gewohnte Angriffslust. Sie sagte zu mir: »Schmerz ist eine Form von Lust, wissen Sie das nicht?«

»Sie meinen, wenn er aufhört.«

»Nein, der Schmerz als solcher.«

»Für Sadisten und Masochisten«, erwiderte ich. »Für Leute

wie Sie und mich reicht Lust nur bis hart an die Grenze des Unangenehmen.«

Während sie noch darüber nachdachte, fing sie bereits an, den Kopf zu schütteln. »Möchten Sie es im Sommer nicht *heiß* haben? Wirklich heiß? Und möchten Sie im Winter nicht *frieren*? Schmerz macht die Dinge erst kostbar. Wie würden sich die Frauen vorkommen, wenn das Kinderkriegen so einfach wäre wie Äpfelpflücken? Finden Sie keinen Genuß – oder Befriedigung – nein, es ist Genuß – in allem, was rauh, heiß, kalt, kratzig, hart, unangenehm ist?«

»Nein.«

»O doch!«

»Nein, keineswegs. Und ich glaube nicht, daß John damit einverstanden ist, wenn Sie sich den Hochgenuß verschaffen, in einer Hitzewelle Hügel hinaufzusteigen. Sie sahen bei Ihrer Ankunft aus, als wären Sie dem Zusammenbruch nahe.«

»Wirklich, Marian, er hat recht«, sagte Ruth.

Selbst bei einem so harmlosen Geplänkel erweckte sie immer den Anschein, als zöge sie hin und wieder eine tiefinnerliche Ernsthaftigkeit zu Rate, so wie ein Mädchen, das gerade über etwas lacht, mit einem flüchtigen Seitenblick in einem Spiegel, an dem es vorbeikommt, seine Frisur überprüft. Ihre Hände strafften das Kleid über den Knien, so daß sich die Umrisse der Schenkel abzeichneten. Dann hob sie die eindringlichen, klaren blauen Augen. »Ich fühlte mich einfach bedrückt und allein da unten, ohne John. Deshalb kam ich herauf zu Ihnen, und jetzt geht es mir viel besser. John möchte auch, daß ich das tue, was für meine Gemütsverfassung gut ist.« Sie strahlte uns an.

Kaum fünf Minuten zuvor war sie atemlos, erschöpft, mit verkrampftem Mund auf unserem Hügel angelangt, eine Frau, die zudem ein so belastendes Wissen in sich trug, und schon nahm sie uns wieder mit ihrer intensiven Daseinsfreude gefangen. Lebt! Leidet! Genießt! Wacht auf! In diesem Körper war zweifellos der Geist Herr über das Fleisch. Und dieses Lächeln – wie klares Brunnenwasser sprudelte es aus ihr heraus. (Wenn ich daran denke, könnte ich meine Stirn gegen den Boden schlagen.)

Ganz im Bann ihrer Persönlichkeit, betrachteten wir unsere

Umgebung. Der Motor summte leise in seinem Kasten. Die schwankende schmale Wassersäule, die knapp fünfzehn Zentimeter hoch aus der Düse aufstieg, kippte mit sonoren, glucksenden Lauten vornüber. Ab und zu summte das Bassin tief und nachhaltend wie ein Gong. Von seinem Rand ergoß sich ein glatter, dünner Strahl in den Teich, und wo er aufklatschte, bildeten sich Kreise, die ineinander übergingen und die einsame gelbe Seerose auf ihrem grünen Floß hin und her wiegten, und die Sonne zauberte aus den fortstrebenden Kreisen Reflexe, die auf der Umzäunung irrlichterten und die zungenförmigen Clematisblätter umspielten. Ein Kolibri schwirrte gegen den Orangenbaum neben dem Teichende und schoß davon.

»Sie hätten das alles hier nicht so schön gemacht, wenn es Ihnen nicht gefiele«, sagte Marian. »Und es würde Ihnen nicht so gut gefallen, wenn nicht alles ringsum so heiß und trocken wäre. Erinnern Sie sich noch an unser Gespräch im Frühling, an dem Tag, an dem wir zum erstenmal hier heraufkamen? Wie ich Sie angriff, weil Sie die Dinge nicht in ihrem natürlichen Zustand belassen wollen? Also, ich selbst tue das noch immer, aber Ihre Methode ist so gut, daß sie mich fast überzeugt. Was ist eine Oase ohne eine Wüste darum herum? Was ist ein Garten, wenn man ihn nicht von einer schmutzigen Straße oder einem beengenden Haus aus betritt? Sie *müssen* es heiß haben in diesem Patio. Bei Regen würden Sie den Springbrunnen nicht anstellen.«

Ihre sprühende Lebendigkeit ließ die Luft um sie herum vibrieren, so wie der Winkel neben dem Orangenbaum vibrierte, als der schwirrende Kolibri zurückkehrte. Lächelnd saß ich da und bespritzte ihre Sandalen; dann streckte sie ihre Hände zu einer triumphierenden Quod-erat-demonstrandum-Geste aus, und mein Blick fiel auf den linken Arm, der sich so unbeholfen bewegte.

Ein kalter Schock durchfuhr mich. Unwillkürlich suchten meine Augen die vorgetäuschte Wölbung der Brust, die echte Wölbung der Schwangerschaft, den schmalen braunen Hals. Hätte ich für diese junge Frau ebensoviel Zärtlichkeit empfunden, wenn sie nicht verstümmelt, ihr Leben nicht bedroht gewesen wäre? War sie es oder die Gefahr, in der sie schwebte, die meine fürsorgliche Aufmerksamkeit wachrief? Daß ausgerechnet sie über die Notwendigkeit von Gegensätzen in einem Garten sprechen mußte! Wenn man an ihre These glaubte, war sie selbst es doch, die einen unaufhörlichen an Gefahr und Schmerz erinnerte und diesen Zufluchtsort damit verklärte! Sie sah Sterne bei Tag, denn sie lebte auf dem Boden eines Schachts; sie schaute mit sehnsüchtigem Verlangen nach oben, weil sich die Öffnung über ihr jederzeit ganz schließen konnte.

Für einen flüchtigen Moment dachte ich an die Schlange und ihre blutigen Windungen, die sich in der Mitte wölbten wie Marians Leib. Ich sah das zerschmetterte zuckende Tier in dem Loch liegen und die Erde darauf hinunterfallen. Es war lediglich eine Assoziation der Formen, aber mein ganzes Inneres verkrampfte sich dabei, und auf meinen Armen sträubte sich jedes einzelne Härchen.

Entsetzt über meinen makabren, brutalen Vergleich sagte ich voll Zorn – worauf eigentlich? Auf die Gefahr, in der sie schwebte, auf ihre heitere, tapfere Gelassenheit vermutlich: »Nichts gegen Schmerz, solange man ihn abstellen kann. In kleinen Mengen mag er sogar gut für die Seele sein, so wie Strychnin in kleinen Mengen gut für kranke Herzen ist. Nur tun Sie mir den Gefallen, kultivieren Sie den Schmerz nicht! Schmerz ist Gift, Sie arme, irre, liebe Enthusiastin! Schmerz ist *Gift!* Jagen Sie ihm nicht nach. Verherrlichen Sie ihn nie. Preisen Sie ihn nicht. Vermeiden Sie ihn, soweit es geht, ertragen Sie ihn, wenn Sie müssen. Aber halten Sie ihn nie, nie, nie fälschlich für etwas Begehrenswertes!«

Es war ein regelrechter Ausbruch, und sie starrten mich beide entgeistert an. Peinlich berührt, weil ich mich von meinen Gefühlen derart hatte durchschütteln lassen, bespritzte ich angelegentlich ihre Füße und drehte dann das Schlauchmundstück zu. Ruths halbgetrocknetes Kleid klebte an ihrer Haut und machte die Umrisse ihres sehnigen Oberkörpers und die weiße Form ihres Büstenhalters sichtbar – eine gesunde, zähe Frau. Doch das Fleisch an ihren Schenkeln wirkte etwas schlaff, und ihr Haar war schneeweiß, was um so mehr auffiel, als sie noch immer schwarze Brauen hatte. Ich empfand plötzlich eine überströmende Zärtlichkeit für sie, und nicht so sehr, weil sie vierzig Jahre lang meine Frau und Vertraute gewesen war, sondern weil ich mir in diesem Augenblick bewußt wurde, daß sie genauso sterblich, genauso gefährdet, hilflos und verwundbar war wie die junge Frau neben ihr. Und ich mußte mich mühsam bezähmen, um nicht meine Hand nach ihnen beiden auszustrecken, ihre Nähe zu ertasten wie ein Flußpferd oder ein Walroß, die nicht leben können, ohne sich an ihren Artgenossen zu reiben.

Ich begegnete Marians Augen. Sie lächelte vorfühlend, bereit, auf den kleinsten Wink hin diesen peinlichen Moment zu vergessen und zu dem harmlosen Geplänkel zurückzukehren, hinter dem wir uns sonst so gern verbargen. Ich meinte, sie müßte verstehen, was ich hatte sagen wollen; nach dem langen Brief vom Vortag war mir irgendwie, als wären die Masken für immer gefallen. Doch offenbar verstand sie mich nicht, und ich mußte mir vor Augen halten, daß sie meinen Brief ja nie gesehen hatte: Ich hatte mein Herz ausgeschüttet, ohne ein Publikum zu haben, ich war im Wald zu Boden gestürzt, ohne daß jemand in der Nähe gewesen wäre, der es hätte hören können. Ich merkte, daß Marian gern etwas Aufmunterndes gesagt hätte, wenn sie sich darüber klar gewesen wäre, was mit not tat.

Doch um mich in diesem Augenblick aufzumuntern, hätte sie unser aller Sterblichkeit annullieren müssen, die Sterblichkeit eines jeden noch so winzigen Lebewesens, das irgendwo auf dieser gleichgültigen Erde auch nur durch den schwächsten Reflex eine Wahrnehmungsfähigkeit kundtat und grellere Wahrnehmungen, die es als Schmerz kannte, mied.

Das Telefon klingelte, und ungemein erleichtert verschwand ich ins Haus. Es war Fran LoPresti, die offenbar nichts anderes zu tun fand als zu reden, obwohl die ersten ihrer hundert Gäste jeden Augenblick eintreffen konnten. Es ist fürchterlich, mit ihr zu telefonieren. Ihre Stimme absorbiert einen wie Treibsand. Exaltiert und schmeichelnd, voll weicher Emphase und überflüssigen Betonungen schwatzte sie über die Hitze und wer kam und wer nicht kommen konnte, und was man unternehmen sollte, um Ansel Sutton nüchtern zu halten. Der Hörer in meiner Hand wurde feucht, eine Fliege ließ sich unerbittlich immer wieder auf meiner Glatze nieder, und die Stimme fing mich ein wie zäher Brei, bis barmherzigerweise in meinem überhitzten Schädel irgendein kleiner Kontakt durchschmorte und eine Leitung blockierte, so daß ich nur noch ein beruhigendes Murmeln vernahm.

Es war mir unverständlich, weshalb sie angerufen hatte. Jeder vernünftige Mensch hätte an ihrer Stelle ein kaltes Bad genommen. Vielleicht tat sie es sogar. Ich sah sie rosig und weiß in der Wanne sitzen, mit den Lippen den weißen Telefonhörer liebkosen. Und aus irgendeinem Grund folgte diesem Bild die Vision rosiger neugeborener Mäuse, die an den Schwänzen hochgehoben, in Honig getaucht, tropfend wieder herausgezogen und genüßlich verschlungen wurden.

Ich merkte plötzlich, daß das Murmeln aufgehört hatte. »Mmmm?« sagte ich.

»Überall im Patio«, plapperte sie. »Wir haben wie Irre geschuftet. Sämtliche Wanddinger und das Treibholzzeug und sogar das große, das Geschweißte. Ich habe es gestern abend noch fertiggemacht, da draußen – ich schwitzte aus allen Poren, mir fielen buchstäblich *Tropfen* von der Nase, und dauernd flogen Insekten in die Lötlampe. Du hast keine Ahnung, was ich für meine Kunst erleide.«

»Alle Kunst ist Leiden«, bemerkte ich.

»Na«, rief sie, »hoffentlich nicht für *dich!* Ich bin *sehr* gespannt, was du von ihnen hältst, besonders von dem Geschweißten.«

Ich versicherte ihr, ich könne es kaum erwarten, ihre Werke zu sehen. Der Hörer summte und seufzte und trillerte in mein Ohr.

»Und ach, Joe«, kam es dann. »Ich wußte doch, daß ich dich noch etwas ganz anderes fragen wollte. Julie behauptete, sie müsse auf Debby aufpassen, aber ich habe soundso oft angerufen, und es meldet sich niemand. Hast du Marian gesehen?«

»Marian ist hier bei uns. Sie sagte vorhin, Julie und Debby seien bei Casements.«

»Oh.« Es klang etwas schwankend, unsicher, so als habe sie

eine nichtexistierende Stufe hinuntersteigen wollen. »Dann paßt sie also tatsächlich auf Debby auf.«

»Ja.«

»Na schön«, entgegnete Fran vage, und dann hob sie ihre Stimme ein wenig und verlor ihre Honigsüße, und mir kam unvermittelt der Gedanke, daß sie in einem kritischen Augenblick vermutlich schreien würde. »Ich hätte *gewettet,* daß sie wieder bei dieser Horde Beatniks steckt. Weißt du, ich habe nämlich herausgefunden, daß sie sich *ständig* da herumtreibt. Und sie belügt mich, mein Gott, wie dieses Kind lügt! Es ist das schrecklichste Alter, wirklich, ich kann ihr nichts recht machen, ich kann den Mund nicht auftun, ohne ihren Haß hervorzurufen. Und diese Gammler machen sie noch zehnmal schlimmer. Wem gehört eigentlich das Land euch gegenüber, Joe? Könnten wir das nicht herausfinden und sehen, ob wir vielleicht erreichen, daß sie verschwinden?«

»Gott sei mir gnädig, es gehört mir«, antwortete ich.

»*Dir*? Warum in aller Welt hast du ...«

»Ich gab einem die Erlaubnis, und aus diesem einen wurden durch Mitose, oder was immer es war, sieben oder acht.«

»Aber du bist doch bestimmt nicht *erfreut* darüber.«

»Nicht besonders.«

»Oh, das ist gut«, sagte sie. »*Sehr* gut. Vielleicht läßt sich doch etwas machen. Ich finde solche Nachbarn einfach unzumutbar, sie sind so verdorben wie nur möglich, und schmutzig, und diese zotteligen Mähnen und Bärte! Puh! Oh, jetzt fühle ich mich schon *viel* wohler! Wir müssen darüber reden. Nicht auf der Party, da sollst du dich ja amüsieren, und außerdem möchte ich, daß du meine Skulpturen *sehr genau* betrachtest. Später, gleich danach. Mmmm? O je, da ist ein Wagen, die ersten kommen schon. Auf Wiedersehen. Kommt bald! Bis gleeeiich!«

Ich ging wieder in den Patio hinaus. »Wer hat denn da wieder kein Ende gefunden?« fragte Ruth.

»Fran. Sie machte sich vor allem Sorgen darüber, ob Julie etwa schon wieder bei Peck und Genossen wäre.«

Sofort bedauerte ich, daß ich es gesagt hatte, denn Marian war höchst betroffen. »Ach du lieber Gott! Ist sie verärgert?«

»Ja, ziemlich. Sie möchte, daß ich die ganze Bande fortjage.«

»Und werden Sie das tun?«

»Ich weiß es noch nicht«, entgegenete ich. »Gute Gründe hätte ich dazu. Daß Fran sich aufregt, ist noch der unwichtigste davon.«

»Oh, ich muß mir ihr sprechen, und auch mit Julie. Vielleicht sollte ich Julie nicht mehr als Babysitter engagieren.«

»Dann läuft sie trotzdem hin, wie Sie selbst gesagt haben«, bemerkte ich. »Ach, zum Teufel mit diesen störrischen, unleidlichen Halbwüchsigen. Wie ist es, gehen wir zu dieser Party?«

»Ja, wir könnten so langsam aufbrechen«, sagte Ruth.

»Steht die Sonne tief genug?« Es war eine herausfordernde Frage, doch Ruth quittierte sie mit einem milden, undurchdringlichen Blick. Wahrscheinlich fand sie wirklich, dies sei nun ein schicklicher Zeitpunkt für einen Drink. Sie hat solche kleinen Spielregeln, und wenn man sich daran hält, ist sie zufrieden.

»Gehen wir zu Fuß?« erkundigte sie sich. »Mir wäre es eigentlich lieber, wir nähmen den Wagen.«

Marian blickte uns an. »Ehrlich gestanden, wenn es Ihnen nicht zuviel wird, ich würde ganz gern zu Fuß gehen.«

»Natürlich wird es uns nicht zuviel, aber Ihnen wird es zuviel«, sagte Ruth.

»Und alles nur, weil ich auf Ihrem Hügel ein bißchen außer Atem geraten bin!« Es klang fast aufgebracht. »Ich soll viel laufen, der Arzt will das. Und überhaupt, muß ich nicht konsequent sein und den unbequemen Weg wählen?«

Sachte, sachte, sagte ich zu mir selbst. Streite nicht mit ihr. Aus irgendeinem Grund ist sie heute besonders angespannt. Also erwiderte ich scheinbar gleichgültig: »O. K. Haben Sie einen Schal oder so etwas für den Heimweg dabei?«

»Ich nehme noch eine Stola mit«, erklärte Ruth.

Ein beinahe unmerkliches Lächeln umspielte Marians Lippen. »Joe, sind Sie mir böse? Ich weiß – daß ich schwanger bin und körperliche Plagen genieße, ist noch lange kein Grund . . .«

»Nein, nein, ich teile Johns Ansicht hundertprozentig«, sagte ich. »Sie müssen genau das tun, was für Ihre Gemütsverfassung gut ist.«

»Ich fürchte, Sie sind wirklich böse.«

»Nicht auf Sie. Auf *es*, was immer es auch ist. Ich bin schon den ganzen Tag gereizt. Stellen Sie jetzt nur die Füße ins Wasser, damit Sie es kühl haben, bis wir umgezogen sind.«

Wenig später wanderten wir zwischen rötlichgelber Erde und rötlichgelbem Himmel querfeldein – ich eine absurd anmutende Wolljacke und zwei Stolen über dem Arm. Es war so heiß, daß ich zitterte; meine Augen brannten. Ein Geruch nach Staub und Dung stieg von dem Pfad auf und setzte sich in meiner Nase fest, an meinen Manschetten zerrten Kletten, und Fuchsschwanzsamen zerstachen meine Fußgelenke. Hoch über den dunstumhüllten Bergrücken flog der Habicht herum, und man hatte den Eindruck, es habe ihn nicht die Jagd dorthin geführt, sondern das Verlangen nach einer frischen Brise.

Jenseits des Shieldschen Grundstücks zog sich ein Abkürzungspfad zu den Weidenbäumen hinunter, die das Pumpenhaus und das Wasserreservoir umstanden. Ein flüchtiger, wohltuender Hamamelis-Hauch, eine trügerische Spur Kühle. Wir passierten das Drehkreuz, kamen an dem leeren Hühnerhaus vorbei, dessen zerrissener Maschendraht noch immer an Charlie Welds Hund erinnerte, und gingen dann den Eichenweg hinauf; die Bäume waren von den Raupen der Eichenminiermotte fast gänzlich entlaubt und mit dunklen Misteln überwuchert. Ein Schmarotzergewächs wie die Mistel war natürlich zufälligerweise ungenießbar für alle Schädlinge. Je ärger mitgenommen der Baum, um so besser gedieh dieses Teufelszeug.

Nun hörten wir bereits den Party-Lärm – ein lautes Stimmengewirr, so unverständlich wie ein Disput im italienischen Straßenverkehr. Wenig später langten wir oben an und konnten den ausgedehnten Patio überblicken.

Ein Renoir-Picknick auf einem Bauplatz. Zwischen Holz- und Backsteinstapeln und Sandhaufen, zwischen Zementmischmaschine und Sägeböcken drängten sich Damen in leuchtendfarbenen Kleidern und Männer in leuchtendfarbenen Hemden. Nur drei kleine Feigenbäume spendeten Schatten, und in der

Mitte schützte ein roter Sonnenschirm wie eine riesenhafte Mohnblume vor der sengenden Glut. Im Mauerschatten des Westflügels stand ein weißer Bartisch, vor dem ein Mann in weißem Jackett kühles Labsal ausschenkte. Er reichte gerade einer Dame ein Glas, und die Eiswürfel fingen die Sonne auf und glitzerten mir bläulich-verheißungsvoll zu.

Marians Gesicht strahlte, doch als wir weitergingen und sie mir wieder den Rücken zuwandte, fiel mein Blick auf ihr vom Sitzen zerknittertes Kleid und die hängenden Schultern; wie sehr *ich* mich auch nach einem kalten Getränk und ein wenig Gesellschaft sehnen mochte – *sie* sah aus, als täte ihr eine freundliche, verständnisvolle Hand gut, die sie in einen verdunkelten Raum führte und zu Bett brachte.

3

Neulich, zwischen zwei Regenschauern, stapften Ruth und ich mit einem kleinen Weihnachtsgeschenk durch den Schlamm zu den LoPrestis hinauf, um unsere seit dem vierten Juli völlig aus dem Geleise geratenen Beziehungen wieder etwas zusammenzuflicken. Doch es war niemand zu Hause; wir fanden nur die Skulpturen vor, die eigentlich nicht ganz unschuldig daran waren, daß sich Fran gekränkt fühlte. Und der gesamte riesige Patio, in dem sie standen oder hingen, war gefliest, eingefaßt, poliert, bepflanzt, gesäubert, fertig; Zementmischmaschine, Sägen, Dynamo, Sand- und Ziegelhaufen, alles war fort. Und kein schmutziger Fußabdruck, kein Anzeichen, daß die vom Wind in den Ecken angewehten Blätter mit irgend etwas, was größer als ein Ohrwurm war, in Berührung gekommen wären, nichts Geschäftiges ringsum außer den Ameisen, die auf den grauen Mörtelstreifen zwischen den Ziegelsteinen hin und her liefen. Alles in allem machte der Patio einen kahlen, wohlgeordnet-verödeten Eindruck; er erinnerte an eine unglückliche Frau, die die Lippen aufeinanderpreßte. Und dafür war ich mitverantwortlich.

Angeblich leben heute mehr Menschen auf der Erde als in der

ganzen vorherigen Menschheitsgeschichte. Ich kann es kaum glauben. Unsere Geschichte ist so lang und so mühselig, und sie ruht so schwer auf uns. Leben – wofür? hätte ich gern gefragt, während ich bis zu den Knöcheln in Ameisen stand, die ich mit einer einzigen Insektizid-Ladung in eine schleimige Masse hätte verwandeln können. Geschäftig – wofür? Aber ich wußte es sehr gut. Wir regen uns, weil wir nicht stillstehen können, wir bauen, weil wir bauen müssen, wir vermehren uns, weil unsere Lenden nach profunder Berührung verlangen, und dann übertragen wir auf unsere Kinder, die ihre eigenen Anschauungen haben und unsere ablehnen, all die Hoffnungen, die wir nur noch mit einer müden Grimasse als unsere eigenen erwähnen können. Als ich da in Lucios Patio vor Frans unheilverkündender Skulptur stand, verspürte ich flüchtig den absurden Impuls, nach Hause zu gehen und etwas Nützliches zu tun – beispielsweise ein paar Steine für die Mauer, die unsere Auffahrt einfassen sollte, übereinanderzuschichten.

Hier hatte alle Geschäftigkeit einen endgültigen, sterilen Abschluß gefunden, und es gab kein Anzeichen für einen Neubeginn. Dabei war Lucio früher der Mann unausgesetzten Neubeginns gewesen. Die Zementmischmaschine, sein Wappenemblem, stand immer auf irgendeinem Sandhaufen. Holzstapel und irgendwelche Abfälle waren bei den LoPrestis ähnlich naturgegebene Nutzobjekte wie Baumstümpfe und Steine auf einem Picknickplatz. Ich sah Fran einmal in ihrer zerstreuten Art einen Zweitonnenhaufen Sand glätten, ein Tuch darüber breiten und ihn als Kaffeetisch verwenden, und an Partytagen wurden die Bierdosen stets in der eisgekühlten Zementmischmaschine gekühlt. Selbst unbrauchbar gewordene Werkzeuge verschwanden nie. Fran schweißte sie mit ihrer Lötlampe – einem dieser antiquierten Dinger, die ihr Sauerstoffacetylen aus Karbid und Wasser selbst erzeugten – zu Kunst zusammen.

Und nun standen wir hier vor ihrem Hauptwerk – Auge in Auge, sozusagen, obwohl das Ding gar kein Auge hatte –, und ich wurde mir bewußt, wie sehr ich es verabscheute. Düster starrte sie uns an, diese beunruhigende Schöpfung, die etwas Trauriges, Reizloses zu parodieren schien; war es etwas, was sich auf die Person bezog, die es verfertigt hatte, oder hing es mit dem Beschauer zusammen? Beides, vermutlich. Wie Narben hoben sich die Schweißstellen von dem Torso ab. Bei Frans Kunstwerken handelte es sich in der Regel entweder um grobe Altmaterialkonstruktionen (sie redete immer wieder davon, daß man »mediales Denken« lernen müsse), oder aber um Mosaike aus alten Teelöffeln, Sicherheitsnadeln, Münzen und Kupferdrahtknäueln, die in geschmolzenes Glas eingebettet waren. Dieses Ding hingegen war, so trostlos und unerfreulich es auch wirkte, eindeutig die Darstellung einer Frau. Am vierten Juli hatte ich mich in meiner Alkohollaune lustig darüber gemacht; jetzt war mir, als ob es mich finster, traurig, anklagend und wissend beäugte.

Eine Frau also, beinahe in Lebensgröße. Sie trug als Rock einen verzinkten Boiler, den wie eine Knopfreihe vom Gürtel bis zum Saum Nietnägel zierten. Aus dem abgerundeten oberen Ende ragte wie ein vorspringendes Becken eine alte Schaufel heraus, deren Griff als Wirbelsäule Becken und Brustkorb verband. Auf halber Höhe des Rückgrats hatte Fran, einem wunderlichen Impuls folgend, den ich nie verstand, aber untersuchen würde, wenn ich ihr Psychiater wäre, ein Loch gebohrt und es mit einem Brillenglas versehen. Aus irgendeinem Grund fand ich es widerlich, durch diesen Bifokalnabel hindurchzuschauen. Geile Röntgenstrahlen.

Als Brustkorb war der Wirbelsäule eine von einem Schuttabladeplatz stammende Reiseschreibmaschine angeklammert. Rost bedeckte ihre beweglichen Teile, ihre Tastatur wirkte wie ein Paneel brandiger Gedärme, zwischen den rudimentären Brüsten der runden Bandspulen hing das Halsband verrosteter Typen. Um die Ähnlichkeit noch hervorzuheben, hatte Fran, medialem Denken sehr fern, jeder Spule eine glänzende Brustwarze aufgelötet.

Der Hals war ein mit Leder umwickelter Hammerstiel; er erinnerte an den durch Kupferdrahtringe künstlich gestreckten Hals gewisser Afrikanerinnen. Das Gesicht bestand lediglich aus den abwärtsgebogenen Finnen des Hammers. Über diesem Zinkengesicht wölbte sich wie ein Heiligenschein oder Sonnenhut ein Bambusrasenbesen, von dessen Fächerrippen einige zerbrochen waren. Sowohl Hammer als auch Rasenbesen saßen ein wenig schief auf dem starren Körper, so daß die gesichtslosen Zähne unter dem Sonnenhut auf eine absurde Weise kokett wirkten. Man erwartete beinahe, die Figur könnte sich an einen heranschlängeln und murmeln: »Na, möchten Sie mal durch meinen Nabel schauen? Hi, hi!«

»Was mag Fran dabei bloß vorgeschwebt haben?« sagte ich, nachdem wir drei oder vier Minuten davorgestanden hatten. »Es kann kein Zufallsprodukt sein. Und sie muß es ernst nehmen, sonst hätte ich sie am vierten Juli nicht so tief verletzen können.«

»Ich vermute, es ist einfach eine Spielerei, die grausige Formen angenommen hat«, erwiderte Ruth.

»Weißt du, was ich glaube? Ich glaube, es repräsentiert Julie.«

»Julie – oder Frans Gefühle Julie gegenüber?«

»Na ja, ist nicht jedes Porträt ein Selbstporträt?«

»Fran würde die Idee nicht gefallen«, sagte Ruth. Und dann stellte sie eine seltsame, bittere Frage: »Würde Curtis dir denn ähneln, wenn du ihn darstellen wolltest?«

Fast haßerfüllt starrten wir einander an. Ihre Augen wichen mir aus, ihre Lippen formten ein leichtes, abschwächendes Lächeln, als bäte sie mich, ihre Bemerkungen scherzhaft aufzufassen; dann wandte sie sich wieder der Karikatur zu, die über uns auf ihrem Podest stand. »Ist es nicht nur der Hammer, der diese feindselige Wirkung erzeugt?« meinet sie. »Und den hat sie ja nicht selber gemacht, sondern einfach irgendwo aufgelesen.«

Ich fand es ratsam, auf ihren beiläufig-mutmaßenden Ton einzugehen. »Wenn sie von zärtlichen Gefühlen beseelt gewesen wäre, hätte sie sich einen anderen herumliegenden Gegenstand ausgesucht, einen Tiegel mit Grübchen zum Beispiel. Und wozu diese weißglühenden Brustwarzen? Um der weiblichen Natur einen gefährlichen Anstrich zu geben? Und diese halbgeformten Brüste, die an die schüchternen Schwellungen des eigenen heranwachsenden Kindes erinnern? Und dann noch diese verrotteten

Gedärme und dieser Fensternabel. Sagt das alles nicht mit der Stimme einer wütenden, mißtrauischen Mutter: ›Ich durchschaue dich ganz und gar‹?«

»Das sind freie Assoziationen«, entgegnete Ruth sanft. »Schließlich hat sie das ja lange zuvor angefangen.«

»Dann war es eine Prophezeiung.«

»Oh, ich weiß nicht«, erwiderte Ruth ein wenig ungeduldig. »Julie selbst jagte ihr keine Angst ein. Sie fürchtete lediglich, sie könnte sich zu einer Beat-Anhängerin auswachsen oder eine Tierärztin wie Annie Williamson werden. Sie wollte ein nettes, süßes, feminines, häusliches Mädchen in tadellos gebügelten Kleidern, das seine Prüfungen mit Auszeichnung ablegte, Klavier spielte und sich ein bißchen in Kunst versuchte.«

»In reiner, jungfräulicher Kunst selbstverständlich.«

»Richtig. So von der seelenvollen, präraffaelitischen Art zum Beispiel.«

»Und bekam dieses ungebärdige Geschöpf, das sie weder verstand noch akzeptierte.«

»Und das seinerseits sie weder verstand noch akzeptierte und ihr vor allem keine Autorität zubilligte.«

»Ja.«

»Wie so viele andere Eltern«, bemerkte ich. Es war der Punkt, den wir schon minutenlang umrundet hatten, wie mir ihr Seitenblick bestätigte.

»Warum sagst du nicht ›alle Eltern‹?«

»Weil ich das nicht glaube«, antwortete ich. »Es muß hin und wieder eine Beziehung zwischen Eltern und Kind geben, die funktioniert. Wenn sie nicht funktioniert, ist immer eine der beiden Seiten schuld daran.«

»Und du meinst, gewöhnlich ist es das Kind.«

»Das habe ich nicht behauptet. Nicht einmal angedeutet. Wenn ich überhaupt etwas angedeutet habe, dann höchstens, daß die Leute allzu leichtfertig annehmen, es seien die Eltern.«

Ein Windstoß blies durch den kalten Patio. Die Luft war feucht von Regen, der noch fallen würde. Die schimmernden Bodenfliesen erinnerten an ein verlassenes römisches Bad. Es wäre ein idealer Ort gewesen, um sich die Pulsadern zu öffnen.

Ich sagte: »Hast du von dieser Sache mit dem Fünfzehnjährigen gelesen, der da neulich seine Eltern umgebracht hat? Er hatte das Auto der Familie genommen und zuschanden gefahren, worauf sie ihm den Lernführerschein entziehen ließen. Noch in derselben Nacht ging er in ihr Zimmer und erschlug sie mit einem Beil. Wer ist in diesem Fall zu tadeln?«

»So ein Junge ist zweifellos ein Psychopath.«

»Und er braucht daher um so dringender Kontrolle, oder nicht? Sie taten das einzig mögliche, als sie ihm die Gelegenheit versperrten, mit dem Auto herumzurasen. Trotzdem werden viele Leute Sympathien für diesen halbstarken Mörder empfinden. Er sah sich in seinen normalen Wünschen frustriert. Alle seine Freunde hatten ein Auto. Seine Gesellschaft hatte ihn gelehrt, den Führerschein als ein Symbol der Männlichkeit zu werten. Und Übeltäter muß man ohnehin bedauern, es sind unglückliche Menschen. Zum Teufel damit. Ich wende mein Mitgefühl lieber dem geplagten Paar zu, das diesem Flegel ein bißchen menschliches Verantwortungsgefühl einzuflößen suchte und dafür den Schädel eingeschlagen bekam.«

»Ach, nun hör auf. Julie hat ja schließlich Fran und Lucio nicht *umgebracht.«*

»Nein, aber wie das Blut in ihrer Phantasie floß! Warum? Weil ihr ihre Mutter nicht alles erlaubte, was ihr Hormone und rebellisches Teenagertun eingaben. Fran ist etwas überspannt, gewiß, aber das Mädchen ist ein Monstrum.«

»So schlecht ist sie nicht«, widersprach Ruth. »Und sie gehört vielleicht zu denjenigen, die nur aus Fehlern lernen.«

»Also muß man der Jugend ihre Freiheit lassen, damit sie ihr Leben selbst formen kann, wie? Weißt du, was die Jugend in meinen Augen ist? Eine Meute Barbaren. Und ich habe mich nur deshalb von der gottverdammten Welt zurückgezogen, weil sie ihre Autorität aufgegeben und sich vor diesen halbwüchsigen Hammeln erniedrigt hat, die alles zu wissen glauben und doch in Wirklichkeit *nichts,* rein gar nichts wissen!«

Ruths Lippen waren gespitzt, die Brauen bekümmert und

zweifelnd hochgezogen. Ich merkte plötzlich, wie der Laut meiner Stimme zwischen den nackten Hauswänden erstarb. Ich hatte geschrien. Ihre Hand tätschelte meinen Arm. »Ja«, sagte sie mit einem seufzenden Atemzug, und dann fuhr sie fort: »Es wird gleich regnen, wir sollten besser heimgehen. Ich wünschte, sie wären zu Haus gewesen; vielleicht hätte es einiges geglättet, wenn uns Lucio seinen Patio hätte vorführen können.«

Sie bückte sich und schob unser kleines Angebinde zwischen das Fliegengitter und die massive Haustür. Ihr Gesicht zeigte einen nachdenklichen, entsagenden, bedauernden Ausdruck, wie ich ihn oft bei Menschen, die Blumen auf ein Grab legten, gesehen hatte. Wir hatten die LoPrestis aufrichtig geschätzt. Meiner Meinung nach – und Ruth mußte dasselbe empfunden haben – wäre es in unserer Lage weitaus sinnvoller gewesen, sich gegenseitig zu trösten, als einander auszuweichen.

»Wetten« sagte ich, »wetten, daß Lucio dieser Patio hundertmal besser gefallen hat, als er wie ein rauhes Lavafeld war, voller Werkzeug, Leute und Lärm?«

4

Und das war er, als wir ihn am vierten Juli vom Eichenweg aus betrachteten. Wir waren unter dem letzten Baum noch einmal kurz stehengeblieben. Einige Leute erspähten uns, Köpfe drehten sich um, Zähne blitzten, Hände wedelten. Aus dem Radioapparat eines Polizeiautos drang eine rauhe, scharfe Stimme, und ich dachte schon, es sei vielleicht irgend etwas passiert, doch dann sah ich unter dem roten Sonnenschirm den City-Manager einer benachbarten Stadt; er stand mit lauschend gehobenem Kopf neben einem einflußreichen Grundstücksmakler und Konstrukteur und schien Vergnügen und Pflicht – die dem Tag angemessene Wachsamkeit – miteinander zu verbinden. Vor der Bar entdeckte ich Bill und Sue Casement, braun gebrannt vom Golfspielen, unseren Nationalelfspieler mit seiner porzellanzarten Frau sowie unseren ortsansässigen Diktator, den Mann im weißen Jackett, den ich irrtümlich für einen Barkeeper gehalten hatte. Ich hätte es besser wissen sollen. Lucios Parties gingen stets auf der Do-it-yourself-Basis vonstatten.

Hinter dem weißen bemerkte ich zwei dunkle Jacketts, die einzigen außer dem des Diktators. Ausländer, die wie Nonnen immer dicht beieinanderblieben. Ich sah auch Annie Williamson, unsere Tierärztin, Mitglied des Jagdclubs, Züchterin von Spürhunden und Barsois, Preisrichterin bei allen regionalen Pferde- und Hundeschauen und Sportveranstaltungen, eine Frau mit den Handgelenken eines Arbeiters, den Schultern eines Bantamgewichtlers und der Stimme eines Feldwebels.

Außerdem Collegeprofessoren, Gentlemanfarmer, echte Farmer (nicht Tom Weld, Tom Weld in diesem Patio, das gab es nicht, obgleich er durch den illegitimen Sproß seines Neufundländers vertreten war), pensionierte Generäle, Piloten irgendwelcher Fluggesellschaften, Werbefachleute, die Witwe eines international berühmten Erdölgeologen, die (in Scheidung begriffene) Gattin eines international berühmten Architekten, einen Nobelpreisträgers der Medizin und unbekannte andere Leute – ein Riesenschwarm von schätzungsweise dreitausendsechshundertzweiunddreißig Köpfen, die Kinder, die sich noch im Swimming-pool der Casements tummelten, nicht mitgezählt.

Jetzt kam Fran über den glühendheißen Patio, um uns zu begrüßen. Sie trug ein Dirndlkleid – sehr gretchenhaft – und hatte ihr blondes Haar zu einem dicken Zopf geflochten, der fast bis zur Taille herabhing. Arme und Hals waren weiß und mit blassen Sommersprossen gesprenkelt; ihre Augen braun und feucht wie die ihres Cockerspaniels; Hände und Stimme wetteiferten darin, uns liebevoll zu empfangen. In Gesellschaft trug sie immer eine Manier zur Schau, die Ruth als *haut blanc-manger* bezeichnete: Man hatte das Gefühl, eine Fliege, die sich auf ihr niederließe, müßte einsinken und spurlos verschwinden. Und doch war sie eine sympathische Frau, fast ermüdend feminin, und herzlich trotz allen affektierten Gehabens. Sie klagte sogleich über die Hitze und hoffte, daß wir nicht *umkämen*, und als ich ihr eine meiner Stolen über Arme und Schultern legte, schenkte sie mir einen weichen, dankbaren Blick. Ich hatte einen

Scherz machen wollen; sie faßte es als fürsorglichen Schutz ihrer gefährdeten Haut auf.

»Oh, dieses Wetter macht mich einfach *krank!«* rief sie aus. »Ich wollte eine richtige *schöne* Ausstellung, und jetzt kann es niemand lange genug in der Sonne aushalten, um sich die Sachen anzuschauen.«

Ich machte einen schlechten Anfang. Der Zementmischmaschine zugewandt, deren eisgefülltem Schlund Dunst entströmte, sagte ich: »Ah, aber das hier habe ich schon bewundert. Nein – sag mir nicht, was es darstellt. Oder soll es gar nichts darstellen? Muß ich medial denken?«

»Komm einmal mit, du Halunke«, sagte Fran und hängte sich bei mir ein. »Da drüben gibt es etwas, wozu du dich *sofort* äußern mußt.«

»Ich will erst meine Damen in den Schatten führen.«

»Auf dem Rückweg, es dauert keine Minute. Sie sollen es auch sehen.«

Während wir über den rauhen Beton gingen, riefen uns die Leute aus dem Schatten *Hallo* und *Herzlich willkommen* zu, und *Du lieber Gott, seid ihr etwa gelaufen? Ihr Ärmsten. Was soll diese winterliche Ausrüstung, Joe? Hast du den Verstand verloren? Hallo, Ruth. Hallo, Marian. Wo ist dein hübscher Mann? Noch immer bei diesen Seehunddamen?*

Wir blieben vor der Figur mit dem Boilerrock stehen, und ich starrte sie an. Ich schaute ihr mitten ins Gebiß. Ich blickte durch ihren Nabel. Ich inspizierte ihre verrosteten Eingeweide. Ich betrachtete die kleinen, tropfenförmigen Brustwarzen. Der rote Sonnenschirm, unter dem wir uns aufhielten, milderte die Hitze kaum. Ich sah, wie Marian litt, ich selbst triefte vor Schweiß, und ich fand es eine Geduldsprobe, mich gleich bei der Ankunft mit unaufrichtiger Kunstkritik befassen zu müssen. Außerdem lechzte meine Hand danach, ein kaltes Glas zu umschließen. Doch spaltzüngig bemerkte ich: »Das ist ein authentischer Start. Das ist etwas Neues.«

»Was hältst du davon?« fragte Fran, ihren Zopf in der Hand. »Sag es mir ehrlich.«

»Es ist anders als alles, was du bisher gemacht hast.«

»Ja, ich glaube, ich ...«

»Du hast es auch nicht einfach bloß zusammengebastelt«, fuhr ich fort. »Das wurde *geschaffen*. Und es will in Ruhe betrachtet werden.«

»Schau es dir so lange an, wie du willst!«

»Es hat etwas Ominöses«, fuhr ich fort. »Soll es die Leute ein wenig erschrecken? Mir jedenfalls kommt es so vor.«

»Ja, ich glaube, es soll tatsächlich ein bißchen erschrecken. Es hat irgendwie von mir Besitz ergriffen, als ich daran arbeitete ...«

Ich sah Lucio herankommen, das dunkelgetönte Gesicht schweißglänzend, das Hemd durchweicht. Fran verkündete gerade fröhlich: »Und ihr dürft mir glauben, das war einfach ekelhaft schwer zu schweißen, mit dieser alten Funzel. Ich bräuchte eine neue, Lou sagt mir das immer wieder. Aber irgendwie gefällt es mir, wenn ich mich plagen muß.«

»Die Frauen in meiner Umgebung scheinen ausnahmslos masochistisch veranlagt zu sein«, stellte ich fest. »Aber ich kenne zwei, die fürs erste genug gelitten haben. Bitte entschuldige mich, Fran, ja? Marian muß sich setzen. Ich werde mir das noch einmal genau ansehen und später mit dir darüber sprechen. Zweifellos darfst du stolz darauf sein.«

Ich entkam ihr, von einem milden Lächeln verabschiedet und einem Gesichtsausdruck – neckisch, wäre das richtige Wort dafür –, der besagte: *Vergiß nicht, wir haben eine Verabredung! Denk daran!*

»Ich hätte dich heute früh beinahe angerufen und dich aufgefordert, dir dein Abendessen zu verdienen und mir die Barbecue-Grube ausheben zu helfen«, sagte Lucio. »Aber dann dachte ich, daß man so etwas einem alten Rentner wahrscheinlich nicht mehr zumuten kann. Was hast du so zwischen neun und zehn getrieben? Im Schatten gelegen?«

»Gegraben«, antwortete ich, als ich mich an die Schlange erinnerte.

Ich holte den Damen Gin-Tonic, versorgte mich selbst mit einem gutgefüllten Glas und führte sie in den schattigen Teil, wo ich nach Sitzgelegenheiten Ausschau hielt. Der Diktator machte seiner Erziehung Ehre, indem er Marian sofort seinen Platz überließ, und ein Mann, den ich nicht kannte, erhob sich etwas weniger willig für Ruth. Sue Casement kam auf uns zu, als ich gerade die Wolljacke und die Schals unter einen Stuhl legte und zu Marian sagte: »Die Leiden sind überstanden, versuchen Sie jetzt doch abwechslungshalber einmal das Angenehme zu kultivieren.«

»Die Leiden?« fragte Sue, einen bestürzten Zug in dem rosigen Gesicht. »Ist irgend etwas . . .«

»Nein, Joe spielt nur die besorgte Glucke«, antwortete Marian.

»Nun geh schon und amüsier dich«, sagte Ruth. »Marian ist bei Sue und mir in besten Händen.« Ich unterhielt mich also eine Minute mit Sue und spazierte dann, gefährlich unbeaufsichtigt, in die Party hinein.

Es war ein rauschendes Fest. Die Hitze brachte es mit sich, daß jeder seine Getränke gierig hinunterstürzte und sehr schnell ein wenig angeheitert war; Joseph Allston, der schon seit Stunden danach gelechzt hatte, diesen verkorksten Tag wieder ins Geleise zu bringen, war dabei keine Ausnahme.

Ich unterhielt mich mit Bekannten, ich bekam dies und das erzählt. Dabei erfuhr ich auch, daß in den dunklen Anzügen russische »Studenten« staken, Männer um die Vierzig herum, mit harten, undurchdringlichen Parteigesichtern, die Fran bei irgendeinem Komitee kennengelernt und für diesen Tag gekapert hatte. Sie wollte ihnen eine freundnachbarliche amerikanische Zusammenkunft vorführen, und welcher Zeitpunkt wäre dafür geeigneter gewesen als der Unabhängigkeitstag?

Ich bin wie jeder alte Hund, stets zu schwanzwedelnden Sympathiekundgebungen für Fremde bereit, aber diese Leute ließen sich nicht so einfach anwedeln. Unser Gespräch drehte sich in der Hauptsache um Wodka. Amerikanischer Wodka, so stellte sich heraus, war nicht so stark wie russischer Wodka. Daneben redeten wir auch über Sprachen. Ich erfuhr, daß alle Russen mindestens Englisch, Deutsch und Französisch beherrschen, während nur wenige Amerikaner etwas anderes als Englisch können und kein einziger Russisch lernt. Nach ein paar

Minuten entschuldigte ich mich und wanderte zur Bar zurück, um mir einen zweiten minderwertigen amerikanischen Gin-Tonic zu holen.

Vier-zwei, kam es aus dem Polizeiauto rechts. *Vier-zwei. Unfall in ...* Der City-Manager hatte seine Unterhaltung abgebrochen, um zu lauschen, und widmete sich nun wieder mit ironisch-aufmerksamer Miene den Russen. Der Grundstücksmakler, gegen zwei Frauen gestützt, die vor Lachen aufkreischten, demonstrierte, daß er ein Glas mit den Zähnen festhalten und daraus trinken konnte.

Rückblickend und vor allem nüchtern betrachtet, kann Heiterkeit deprimierend sein. Setzt den alten Joe Allston unter Alkohol, und er wird umwerfend komisch. Was für ein drolliger alter Schwerenöter. Ich will mich kurz fassen. Vater, ich habe gesündigt, ich habe zugelassen, daß sich ein Feind durch meinen Mund einschlich und mir den Verstand raubte. Ich habe Schande über meine grauen Haare gebracht. Ich habe eine Freundin so verspottet, daß sie mir nie mehr Vertrauen schenken wird. Ich habe meine Eselsohren unter Narren und Betrunkenen geschlenkert.

Zum Beispiel: Der Grundstücksmakler, schon eine ganze Weile ziemlich benebelt und in seiner Wahrnehmungsfähigkeit beeinträchtigt, hatte angefangen, dem abzuhelfen und alles mögliche zu befummeln, unter anderem einige Hinterteile. Der City-Manager und ich beobachteten seine herumwandernde Hand vom Boden aus, wo wir gerade kauerten, um Frans reliquienhafte Lötlampe zu untersuchen. Der Manager warf mir einen hinterhältig-ausdruckslosen Blick zu. Ich zeigte mich der Situation gewachsen. Um ihm zu erläutern, wie die Lampe funktionierte, gab ich etwas Karbid in den Behälter und fügte die Eiswürfel aus meinem Glas hinzu. Als ich den Behälter schloß und das Ventil öffnete und ein Streichholz anzündete, ergab es sich zufällig, daß ich das Ding dicht neben die Rückseite des Grundstücksmaklers hielt, und die blaue Flamme, die aus der Düse wehte, setzte sein Hemd in Brand. Der Manager löschte das Feuer, indem er seinen Freund durch einen Schlag mit der flachen Hand einen Meter abseits beförderte.

Später bastelten Lucio und ich aus einem Stück Abflußrohr eine Acetylenkanone, um sodann in glückseliger Stimmung – unterstützt vom City-Manager, dem Nobelpreisträger, dem Fußballstar, Bill Casement und einem halben Dutzend anderer – Konservenbüchsen und Holzpfropfen abzuschießen. Ich hörte Fran den beiden Russen erklären, Feuerwerkskörper gehörten zum traditionellen Rahmen des Unabhängigkeitstages, wiewohl sie aus Sicherheitsgründen nur mit Genehmigung abgebrannt werden dürfen. Die Anwesenheit des City-Managers verschaffte uns eine gewisse Legalität, obwohl es durchaus nicht *unser* Manager war.

Der unerträgliche Tag kühlte sich gegen Abend etwas ab; die schrägstehende Sonne überzog Eichen und Misteln mit Vanillesauce, der Patio lag zu drei Vierteln im Schatten. Mein leeres Glas – oder irgend jemandes leeres Glas – in der Hand, begab ich mich zu meinen Frauen, um die ich mich eine Stunde lang nicht gekümmert hatte. Doch sie waren schon mit Getränken versorgt oder mit dem ersten Glas sparsam umgegangen, unterhielten sich noch immer angeregt über Kleider, Kinder, Elternbeirat, Lokalpolitik, Konservierungsmethoden, Tagesereignisse, Kunst, Musik, Bücher und dergleichen und wedelten mich mit belustigten Blicken fort. Also goß ich mir einen neuen Drink ein und zog davon, um zu schauen, welche sonstigen Zerstreuungen die Party zu bieten hatte.

Als erstes sah ich Annie Williamson, die – offenkundig auf der Suche nach Bier – in der Zementmischmaschine herumwühlte. Sie konnte nur den Boden nicht erreichen, und in ihrer Erbitterung hüpfte sie schließlich hoch und steckte Kopf und Schultern hinein. Just in diesem Augenblick bemerkte ich hinter ihr den City-Manager, der das Stromkabel des Zementmischers in der Hand hielt und auf eine Steckdose in der Hauswand deutete. Er schleuderte mir das Kabelende herüber, und ich steckte es auch prompt hinein.

Die Mischtrommel knarrte und begann sich zu drehen. Annies Füße hoben sich vom Boden, ihr Hintern schwebte nach oben. Man hörte gedämpfte Laute, wie wenn Bären über Bullen herfielen und Dinosaurier kastriert wurden, und dann fanden Annies Füße auf die Erde zurück, und ihr Kopf schoß heraus, rot, naß, kreischend.

Der City-Manager liebte zwar die ausdruckslose Pose, aber jetzt fiel es ihm sichtlich schwer, ernst zu bleiben.

»Lachen Sie!« brüllte Annie ihn an. »Nun lachen Sie doch wenigstens, Mensch!«

Ich reichte Annie mein Taschentuch und sagte: »Das war wirklich ein Böser-Buben-Streich. Es ist ein Jammer, daß Leute, die nichts vertragen, Alkohol trinken. Öffentliche Beamte noch dazu.«

Aus dem Polizeiauto quäkte es wieder. Mit tränenden Augen, von seismischem Beben und Zuckungen erschüttert, hob der City-Manager lauschend den Kopf. Er sprang über ein paar im Wege liegende Steine, beugte sich in den Wagen, redete ins Mikrofon und bekam etwas Unverständliches zur Antwort, was ihn dazu bewog, auf den Sitz zu schlüpfen und die Tür zuzuschmettern. Der Motor sprang an, das Drehlicht begann zu kreisen. Noch immer lachend, schrie er uns etwas zu, ließ die Sirene einmal aufheulen und die Räder über die glatten Eichenblätter schlittern, und dann schoß er zwischen den parkenden Wagen hindurch die Auffahrt hinunter.

Verschiedentlich während dieses schweißtreibenden Nachmittags hatte ich Frans Blick aufgefangen und bemerkt, wie sie versuchte, sich zu mir durchzuschlängeln, doch ich entzog mich ihrer unaggressiven, aber hartnäckigen Verfolgung immer wieder. Ich versteckte mich hinter zusammengeballten Gästegrüppchen, ich übersah Blicke, ich unternahm strategische Rückzüge zur Toilette.

Als ich mich schließlich vor der Statue fand, bedrohte der Alkohol bereits mein Gleichgewicht und meine Zunge, und ich war wieder in Gesellschaft von Annie Williamson. Der Patio hatte sich etwas geleert, weil viele Gäste zuschauten, wie Lucio und andere die Grube freilegten, wo seit Mittag hundert Pfund Rindfleisch in Aluminiumfolienpaketen brieten. Einige der Damen, unter ihnen auch Ruth und Marian, räumten den Bartisch ab und legten Teller und Silberbesteck aus. Ich registrierte Marians Geschäftigkeit erbittert: Setz dich und sei *schwanger*, laß das jemand anders tun. Aber mein Auge wurde gleich wieder von dem Schatten gefangengenommen, den die Statue an die östliche Hauswand warf, ein Monstrum, das einen zu Tode hätte erschrecken können, und ich lauschte Annies vertraulichem Flüstern, das noch in zehn Meter Entfernung Palmenwedel zum Rascheln gebracht hätte.

»Jetzt sagen Sie mir einmal«, begann sie, »sagen Sie mir um Himmels willen – was ist das?«

»Annie, Sie waren doch schon viel zu oft bei Hundeschauen Preisrichterin, um sich von Kunst aus der Fassung bringen zu lassen. Betrachten Sie es genau. Stellen Sie seine Pluspunkte fest.«

Annies Gesicht war braun und glänzend wie eine Kastanie, ihre Arme waren braun, ihre Beine waren braun, ihre Dachshaare bürstenartig gesträubt, die Augen bereits etwas starr. Sie streifte mich mit einem glasig-blauen Blick und begann die Figur zu umkreisen. Eine ganze Weile beschaute sie sich die Kehrseite, beide Hände auf dem Rücken, Kopf gesenkt, Unterlippe vorgeschoben. Sie bückte sich, und ihr bifokal vergrößertes Auge funkelte mich durch den Nabel hindurch an. Kopfschüttelnd richtete sie sich auf.

»Ich gestehe, da bin ich überfragt. Es hat seine Pluspunkte, wie Sie sagen. Es hat Klasse. Es könnte den ersten Preis der Schau verdienen. Aber was für eine *Rasse* ist das bloß, verdammt noch mal?« Sie kam nach vorn und spähte hinter die Hammerklauen. »Na so was!« rief sie dann aufgeregt. »Das Maulinnere ist violett. Das bedeutet Chow-Chow-Blut.«

»Wo bleibt in diesem Fall der üppige Pelz?« fragte ich. »Sie hat doch überhaupt keine Haare. Und schauen Sie sich einmal dieses Bruststück an. Könnte es sich um eine dieser mexikanischen Statuetten handeln, die keinen Kopf haben?«

»Hmmm«, knurrte Annie, und es klang wie das heisere Quäken einer vorsintflutlichen Autohupe. Sie berührte die verrostete Schreibmaschine. »Ein Pointer vielleicht?« Sie bückte sich, um die Marke zu lesen, und schüttelte erneut den Kopf. »Royal-Pointer – gibt's nicht.«

Dann klopfte sie prüfend gegen den verzinkten Rock, der ein

nachhallendes A ertönen ließ. Und Joe Allston, der glatzköpfige alte Spötter, hob spontan und so heftig, daß sein Glas überschwappte, den Finger. »Annie, jetzt ist alles klar! Wir haben es!«

Verständnislos glotzend wartete sie nähere Erläuterungen ab.

»Mein lieber Watson«, sagte ich, »das ist ein Mülleimerhund.«

Lallend, wiehernd, röhrend platzte Annie los und torkelte brüllend vor Lachen in meine Arme. Und genau in diesem Moment schwenkte die Kamera zur Seite und blickte, wie auch Joe Allston, über Annies Kopf hinweg Fran LoPresti, die kaum vier Meter von uns entfernt stand, mitten ins Gesicht. Und eine Sekunde lang sprühte es aus ihren Augen so heiß wie aus ihrer Lötlampe. Das sanfte Gesicht zeigte einen Ausdruck, den ich nie dort zu finden erwartet hätte – Enttäuschung, Wut, ein ungeheures, erschreckendes Maß verletzter Eitelkeit und Haß, Haß. Dann wurde ihre Miene wieder gastgeberinnenhaft glatt und verzog sich zu einem gummiartig weichen, nachsichtigen Lächeln. Natürlich. Nur Joe, der einen seiner Witze reißt. Das Furiengesicht? Einbildung. Aus Blanc-manger konnte doch keine Harpyie werden! Doch für den Bruchteil einer Sekunde war jener Geist zutage getreten, der das Bild der fangzähnigen Hexe entstehen ließ.

Zum Teufel mit Leuten, die in ihren Patios Gerümpelkunst zusammenschusterten. Warum konnte diese alberne Fran LoPresti nicht eine normale, clubbegeisterte Frau wie alle anderen sein? Weshalb konzentrierte sie sich nicht lieber auf russische Besucher? Warum züchtete sie keine Kamelien? Doch im Grund war mein Zorn zu einem guten Teil Ausdruck meiner Reue. Ich mochte die spleenige Frau gern und hätte mich in nüchternem Zustand jederzeit bemüht, sie vor Spöttern meiner Art zu beschützen.

Denn irgendwo unter diesem sanften Lächeln, dieser sanften Stimme, diesen weichen Bewegungen, tief unter dem kultivierten Emphysem und der Haut, die keine Sonne aushielt, und den Händen, die bei der kleinsten Verrichtung Handschuhe trugen, lag ein Traum. In diesem Traum arbeitete eine Frau still vor sich hin; sie suchte ohne jeden Gedanken an Ruhm nur ihren eigenen Ansprüchen zu genügen, und allmählich sammelten sich in ihrem ländlichen Patio immer mehr Statuen, Büsten, Mosaike, Gruppen, Umrisse, Formen an, bis eines Tages zufällig irgendein Pontifex maximus mit einem Homburg in diesen Kunstgarten kam. Wie stand er da? Verblüfft stand er da. Wem konnte er nicht trauen? Seinen Augen konnte er nicht trauen. Er zog sein Scheckbuch heraus, wollte dies und das und jenes. Sagen Sie es niemandem, bat er. Überlassen Sie das mir. Und schon eilte er fort, um Sammler und Galeriebesitzer und Museumsdirektoren zu informieren. Wenige Wochen später war der Garten bereits ein Wallfahrtsort; neben den Kopien und Abgüssen ihrer Werke barg er auch einige Originale, von denen sie sich unter keinen Umständen trennen wollte, ganz gleich, wie sehr die Welt sie bedrängte. In späteren Jahren würde sie dort brillante Interviews gewähren, und ihre bezaubernde, stille Tochter würde zuhören und zu gegebener Zeit den Tee servieren, leise, behutsam, damit kein Geschirr klapperte, solange die Tonbandgeräte der Besucher noch eingeschaltet waren.

O Gott. Es stimmte schon. Man wurde zu schnell alt und zu spät gescheit.

5

An einen Baum gelehnt, machte ich mir ernüchtert klar, daß ich Fran genau das angetan hatte, was ich selbst am meisten verabscheue, wenn man es mir antut. Und ich erinnerte mich an jenen Hilfstrainer, der vor fünfzig Jahren einmal in den Umkleideraum kam, als ich gerade allein darin war und, schon ausgezogen, an einer klemmenden Schranktür zerrte. Er starrte mich mit immer breiter werdendem Grinsen an, streckte dann die Hand aus, die meinen Bizeps mühelos umspannte, und sagte im Weitergehen glucksend: »Langsam, langsam, du Kraftmeier, mit solchen Muskeln hat man schnell alles demoliert.« Nichts, kein späteres freundschaftliches Wort konnte etwas an der Tatsache ändern, daß mir diese ironische Bemerkung seine wahre

Meinung enthüllt hatte und ich ihn demzufolge haßte und immer hassen würde. Ich tat es noch jetzt, als ich da stand – von den Partygästen abgesondert, weil ich mir selbst zuwider war.

Ich mußte unbedingt mit Fran sprechen und versuchen, die abscheuliche Posse ins Lächerliche zu ziehen, zu erklären oder zu entschuldigen (es war der Alkohol, der aus mir sprach) und die geschweißte Frau mit sachkundigen Worten zu würdigen. Es blieb mir nichts anderes übrig, als das Blaue vom Himmel herunterzulügen, denn hier war die Lüge ein Gebot der Nächstenliebe.

Jetzt erschien wie ein Heuschreckenschwarm das junge Volk, die Haare noch naß vom Schwimmen. Im Nu waren Oliven, Chips und Nüsse vertilgt. Die Kleineren durchstöberten die Zementmischmaschine nach Coca-Cola, die Älteren genehmigten sich unter den nachsichtigen Augen ihrer Eltern einen Drink. Ich beobachtete Debby, die wie ein Fisch durch die Menge flitzte, um sich sodann an die Knie ihrer Mutter zu drükken und aufgeregt über den Hals einer Coca-Cola-Flasche hinweg auf sie einzuschwatzen. Es war ein hübsches Bild, wie sie da stand, von Marians Arm umschlungen: die verkörperte glückliche Kindheit. Sie hatte sich dem ländlichen Leben vollkommen angepaßt. Marian brauchte sich ihretwegen keine Sorgen zu machen.

Doch dann erschien eine andere Gestalt: verwaschener blauer Sommerpullover, abgeschnittene Jeans, trotzige Miene, hängende Schultern. Schlaff und naß fiel das dunkle Haar herab, die Beine waren zu stämmig, die Hüften zu breit. Der speckige, abgewetzte Fleck auf dem Hinterteil gehörte bereits zur natürlichen Färbung wie der Spiegel beim Reh. Von glücklicher Kindheit war hier nichts zu spüren, eher von Teenager-Entfremdung. Ich sah Fran LoPresti Julies Ankunft vermerken. Ein paar Sekunden lang, Gabeln und Messer in den Händen, beobachtete sie ihre Tochter, dann fuhr sie fort, die Bestecke auszulegen. Julie strich um den Rand des Patios herum, als wollte sie jedermann aus dem Weg gehen. Gelegentlich warf sie einen Seitenblick auf die Menge, um alle diejenigen, die sie beobachteten oder grüßten, zu registrieren und zu hassen. Mit ausdrucksloser Miene registrierte und haßte sie auch mich.

Schließlich langte sie bei Marians Sessel an und blieb stehen, um mit ihr zu sprechen. Ihre Hände waren burschikos in die Hüfttaschen gezwängt, ihre Schenkel so prall wie die einer Percheron-Stute. In ihrer Art wirkte sie schon jetzt üppig – ein noch in der Entwicklung begriffenes Fruchtbarkeitsreservoir. Sie brauchte nur ein Jahr älter zu werden und ihre Weiblichkeit zu entdecken, und Fran würde auf die gegenwärtigen Schwierigkeiten wie auf das goldene Zeitalter zurückblicken. Marians Gesicht war fragend gehoben; sie schien ein wenig beunruhigt. Sie schüttelte den Kopf, antwortete, und Debby nahm die Cola-Flasche aus dem Mund und sagte auch irgend etwas. Julie zuckte mit den Achseln.

Jetzt kamen einige Männer und Jungen mit einer Holzplatte voll rauchender Aluminiumfolienpakete. Sie stellten sie auf das Tischende, Lucio wetzte sein Messer und löste mit der Spitze die Folie von einem großen Roastbeef. Die Frauen drückten den Kindern Papierteller in die Hände und reihten sie hintereinander auf. Der Grundstücksmakler brachte von drinnen zwei riesige Weinkrüge angeschleppt. Das laute, durch den Alkohol angeregte Stimmengewirr hörte sich an wie das Gebell von tausend Seelöwen. Als ich das Gedränge wieder überblicken konnte, führte Marian gerade ihre Tochter zu der wartenden Kinderschar. Julie war verschwunden.

Ruth versuchte mich zum Essen herbeizuwinken, doch ich bedeutete ihr mit erhobenem Glas, daß ich zuerst austrinken wolle. Ich sah, wie Fran in ihrer besten *haut-blanc-manger*-Art Teller in die Hände der Russen manövrierte, die sich damit zur Hauswand zurückzogen, wo sie sich auf einen Bretterstapel setzten, nicht ohne ihn zuvor – aus Angst vor Nägeln? – mißtrauisch zu beäugen. Als ich sie endlich sicher untergebracht wußte und wieder nach Fran Ausschau hielt, hastete sie gerade ums Haus herum auf die mit parkenden Wagen verstopfte Einfahrt zu.

Dies ist ein Moment, den ich sehr gern vergäße. Ich bin wie ein Fußballfan, der am Montag das verlorene Spiel im Fernsehen verfolgt und nun bei dem entscheidenden Augenblick angelangt ist, wo der Läufer den Ball weitergibt, der dann abgefangen und in das Siegestor verwandelt wird. Gib ihn nicht ab! stöhnt er vor dem Bildschirm. Geh ihr nicht nach, flehe ich mich in der Erinnerung an. Aber ich war von der alkoholbeschwingten Überzeugung durchdrungen, daß ich mit allen Mitteln eine friedliche Lösung für unseren unangenehmen Konflikt finden müsse.

Wie so oft, ist es auch hier der Geruchssinn, der diese Szene vor mir wiedererstehen läßt. Mein Gedächtnis stöbert wie ein Spürhund zwischen allen möglichen Gerüchen herum; dem köstlichen Duft des tranchierten Bratens, dem Geruch von frischem Beton, Ziegelstaub, einem Hauch Acetylengas, einer schwachen Spur Chlor, die das junge Volk in den feuchten Haaren mitgebracht hatte, und der würzigen Gin-Limonen-Mischung aus meinem Glas. Der gesamte Patio, die Menschen, der schwüle, dahinschwindende Nachmittag – alles ist in diesen Gerüchen enthalten. Und da läuft nun Joseph Allston mit flottem Sporthemd und braunem Schädel munter um die Ecke, Fran LoPresti nach, die er vor kurzem schwer gekränkt hat. Und unübertrefflich tölpelhaft, wie es so seine Art ist, stolpert er in einen heftigen Streit zwischen Mutter und Tochter hinein.

Julie hatte sich gegen die Stoßstange und den Kühlergrill eines parkenden Wagens gelehnt, sah aber aus, als könnte sie jeden Augenblick mit gespreizten Nägeln losstürmen. Fran stand dicht vor ihr, den Kopf gesenkt, und überschüttete das Mädchen mit einem leisen, heftigen Wortschwall. Das rauhe, zischende Flüstern hatte mit ihrer sonst so sanften Stimme nichts mehr gemein ... *unerhörtes Benehmen ... in dieser Aufmachung ... bist dir wohl zu gut dafür, um guten Tag zu sagen, wie? ... keinen Finger gerührt ... alles mußte ich allein machen, hundert Gäste ... anderer Leute Töchter ... wieder bei diesen Beatniks, nicht wahr? ... jetzt hör mir einmal zu, und mach bloß nicht wieder dieses aufsässige Gesicht ... nie mehr, verstanden? VERSTANDEN? Gib Antwort ...*

Sie bemerkten mich, ihre Köpfe schnellten herum, ihre Augen durchbohrten mich, Medusa und Basilisk. Die Lippen noch immer wie einen Schnabel gespitzt, griff Fran mit einem unverständlichen Ausruf nach ihrem Gretchenzopf. Ich sah, wie ihr Blick von mir abließ und sich beunruhigt einem anderen Objekt zuwandte, das sich hinter mir befinden mußte. Die trägen, dunkelglimmenden Augen des Mädchens hafteten noch eine Sekunde lang auf mir; dann schwenkte Fran zornig herum und strebte der Haustür zu, und Julie stieß sich mit dem Hinterteil von dem Kühler ab und schlurfte nach der anderen Seite davon, in Richtung des Stalles. Als ich mich selbst fluchtbereit umdrehte, sah ich die Russen in einen alten Plymouth steigen. Sie waren es, die Frans Aufmerksamkeit abgelenkt hatten, als ich in die peinliche Szene hineinplatzte: noch ein Sandkorn, das ihre lastende Bürde beschwerte – die Lustbarkeiten des Unabhängigkeitstages hatten diese Gäste offenbar nicht fesseln können.

Ich versuchte mir einzureden, es sei im Grund sogar gut, daß ich gestört hatte. Was immer Fran auch von Julie forderte, es sah nicht so aus, als sei Julie gewillt, sich zu fügen, und ihr Streit wäre vielleicht lauter geworden und hätte Neugierige angelockt. Aber ich konnte mir nichts vormachen. Nicht genug mit meinen Spötteleien über ihre Kunst, war ich obendrein noch Zeuge eines Augenblicks geworden, in dem sowohl sie als auch ihre Tochter ihre Masken abgelegt hatten. Eine solche Bloßstellung würde sie mir genauso schwer verübeln wie Lächerlichkeit. Beklommen schlich ich in den Patio zurück und ließ mir einen Teller füllen. Dann hockte ich bedrückt zwischen Ruth und Marian und kaute auf Lucios saftigem Braten herum, als wäre es ungekochter Ochsenziemer. Das Essen hatte den Lärm ein wenig gedämpft, aber es ging immer noch laut zu.

»Haben Sie mit Fran gesprochen?« fragte Marian.

»Worüber?«

»Über Julie.«

»Nein. Warum?«

»Julie fragte mich, ob sie Debby später heimbringen und schlafen legen solle, damit ich noch ein bißchen bleiben könnte.«

»Und was haben Sie gesagt?«

»Daß wir sowieso nur den Beginn des Feuerwerks abwarten

wollten. Ich dachte, sie suchte vielleicht nur eine Ausrede, um zu Peck entwischen zu können.«

»Sehr logisch gedacht.«

»Ist Fran verärgert?«

»Ja, das ist sie wohl.«

Eine Falte erschien zwischen Marians Brauen. Ihr Mund sah müde aus. »O Gott! Was soll ich nur tun?«

»Nichts«, antwortete ich. »Überlassen Sie diese Sache lieber Fran.«

Es war inzwischen dämmrig, aber noch nicht so dunkel, daß ich ihre schlaffen Mundwinkel und die hängenden Schultern nicht gesehen hätte. Sie wirkte bekümmert, ihr Teller war fast unberührt. Es irritierte mich, daß sie sich wegen dieses albernen Mädchens den Kopf zerbrach – es ärgerte mich im Augenblick sogar, daß die LoPrestis überhaupt existierten –, doch mir war nicht mehr genug Schwung geblieben, um sie aufzuheitern. Der Patio wurde nur durch das helle Rechteck der Tür erleuchtet; drinnen sah ich zwei Paare, die in ihrer Alkoholstimmung so jung wie ihre Kinder zu sein versuchten und einen Watussi oder etwas ähnlich Gliederverrenkendes tanzten. Hämmernd und stampfend dröhnte die Musik zu uns heraus, und ich spürte, wie sie allmählich in Einklang kam mit der dumpfen Ouvertüre eines Schädelbrummens.

Dann hörte man einen Schalter knipsen. Lichtkegel flammten über den Gebilden aus Treibholz und Eisen auf. Genau vor uns erfaßte ein Scheinwerferstrahl die hohe Figur der geschweißten Frau. Die Menge quittierte diesen gefälligen Inszenierungseffekt mit einem anerkennenden *Ahhh!* Ich kniff die Augen zusammen und blickte mich um, in der Hoffnung, Fran würde herauskommen und ein bißchen unaufrichtiges Lob akzeptieren. Doch sie war nicht zu sehen.

»Möchten Sie wirklich das Feuerwerk noch abwarten?« fragte ich.

»Debby wäre vorher gar nicht fortzubewegen.«

»Wir könnten aber wenigstens Sie heimbringen; ich würde Debby dann mit dem Wagen abholen.«

»Joe«, sagte Ruth, die Hände auf Marians schmächtige

Schultern gelegt, die Brauen zu steilen Haken hochgezogen, »warum holst du das Auto nicht jetzt, und wir fahren alle zusammen, sobald Debby ein paar Raketen gesehen hat?«

»Gute Idee«, antwortete ich. »Ich hätte selbst darauf kommen sollen.« Als ich aufstand, teilten mir meine Beine mit, daß ich noch nicht ganz nüchtern war, und mein Kopf fügte hinzu, daß ich bald einen fürchterlichen Kater haben würde.

»Aber mit Joe steht und fällt doch das ganze Fest!« behauptete Marian. »Ach, ich habe wirklich alles verpatzt. Warum mußte ich Sie zu dieser Fußwanderung überreden? Es tut mir so leid. Bitte gehen Sie jetzt nicht meinetwegen fort, Sie amüsieren sich doch so gut!«

»Ich sprühe förmlich vor Ausgelassenheit«, bemerkte ich trocken.

Ein mitfühlendes, freundliches, belustigtes Lächeln überzog ihr Gesicht. »Was ist?« fragte sie. »Haben Sie ein Glas zuviel getrunken? Vielleicht hat Fran Vitamin B. John schwört darauf.«

»Nein«, wehrte ich ab, zum Gehen gewandt. »Lassen Sie mir meinen Kater. Schließlich trinke ich ja, um einen zu bekommen. In einer halben Stunde etwa bin ich zurück.«

Unter den Eichen war es so finster wie in einem Kohlenraum. Als ich zum Pumpenhaus hinuntertappte, hörte ich rechts ein Rascheln und nahm die schwachen, blassen Umrisse zweier Gestalten wahr, die auf der Böschung saßen. »Mann«, sagte ich und übertrieb das Stolpern ein wenig, »das ist ja, wie wenn man sich in einem Elefantenbauch verirrt. Irgendwie *muß* man da doch wieder ’rausfinden.« Sie lachten nicht und machten auch keine Bemerkung. Wer war es? Der Fußballstar und die Frau des Architekten? Ich hatte keinen Anhaltspunkt und auch kein Interesse.

Als die Weidenbüsche hinter mir lagen, hatten sich meine Augen der Finsternis angepaßt. Auf der Wiese konnte ich sogar das goldgelbe Gras unterscheiden. Ein weitgespannter Himmel war mit mattglänzenden Sternen übersät. Die Party hinter mir hatte sich inzwischen wieder zu voller Lautstärke belebt.

Dann hörte ich plötzlich vor mir Lärm. Ich blieb stehen und

lauschte: ein blechernes Hämmern und Schlagen, anschließend tosendes Geschrei und Gelächter, und als es verebbte, elektrische Gitarren – die Beatles oder dergleichen. Auch im Indianerwigwam feierte man den glorreichen Tag.

Ich stapfte durch das spröde Gras zur Umzäunung hinüber; nun sah ich einen Lichtschein auf den Bäumen unter mir und hörte männliche und weibliche Stimmen und vage Banjotöne. Dann setzte wieder für drei oder vier Minuten dieses fürchterliche Hämmern ein; man meinte, jemand bearbeitete einen verbeulten Kotflügel. Was, zum Teufel, mochten sie bloß treiben? Ich konnte außer dem flackernden Widerschein eines Feuers nichts erkennen.

Während ich sie vom schützenden Dunkel aus belauschte, dachte ich voll Hohn an Marians Annahme, sie brächten ihre Zeit im wesentlichen damit zu, über das gute Leben zu debattieren. Wenn das da unten keine Orgie war, dann hatte ich nie den Lärm einer Orgie gehört. Den Rest konnte ich mir leicht ausmalen: schimmernde Augen, blitzende Zähne, Marihuanazigaretten, die von Hand zu Hand wanderten, und im dunklen Hintergrund Laute der Brunft und Ausschweifung, nackte Apachenmädchen, die lachend im Dickicht herumliefen, bis sie sich im Giftsumach verfingen und haarige Hände sie packten; und am Ende vielleicht Pans Zerreißung – irgendein Opfer, in dessen Blut die Orgiasten planschen und dessen Fleisch sie verschlingen konnten. Vielleicht war es das, wofür Peck Maskottchen wie Julie und Dave Weld brauchte.

Was mochte dort unten vorgehen? Massenhysterie? Massenhurerei? Oder war es nur ein lärmendes, ausgelassenes Trinkgelage wie das, von dem ich gerade kam? Das eine verachtete ich, ohne es zu kennen, das andere – zweifellos etwas gemäßigtere –, weil ich mich soeben daran beteiligt hatte. Aus der Ferne, von den Hügeln, drang aufgeregtes, schwaches Kläffen. Die Spürhunde mußten draußen sein. Es tobte sich also jedes gottverdammte anarchische Element in Freiheit aus, mit wehenden Haaren, Schaum vor dem Mund, und da stand ich neben meinem Zaunpfosten, die Augen um einen immer stechender werdenden Schmerz zusammengezogen, und hing düsteren Gedanken nach.

War das alles, was man tun konnte? War ich alles, was man sein konnte? Kamen wir aus keinem anderen Grund hierher in den Westen, um Hemden anzusengen, uns hirnlos über empfindliche Freunde lustig zu machen und von Zeit zu Zeit durch Saufereien, die sich in nichts von den Gelagen der Universität des liberalen Geistes unterschieden, Gewohnheit, Sitte, Ordnung und Frieden umzustoßen? Suchten wir satten Vorstadtbürger, uns selbst zum Trotz, gelegentlich zum Ausgleich in Exzessen unser Heil? Das gute Leben, wie es Jim Peck verordnete, war mir zuwider, ich lehnte seine anarchischen, irrationalen Tendenzen und seinen Glauben an das Chaos ab. Aber hatte ich etwas Besseres vorzuschlagen? Meine Weltflucht war sogar noch prätentiöser als seine, und ich zog Alkohol Marihuana vor. Da lag der wahre Unterschied. Marihuana, so hieß es, ließ keinen Katzenjammer zurück. Vielleicht war das der ganze Grund, weshalb ich Pecks schöne neue Welt verwarf. Es ist schlimm genug, sich selbst *mit* Katzenjammer zu ertragen.

Plötzlich riß das Dunkel auf, ich sah meine Hand auf dem Pfosten, meinen behaarten Arm, das zottige Gras. Als ich mich umdrehte, spürte ich, wie mir die erschütterte Luft in weichen Wellen entgegenwogte. Der Himmel spie Feuer. Apokalypse – der Zeitpunkt hätte gar nicht besser gewählt werden können. Die Socken mit Fuchsschwanzstacheln gespickt, tastete ich mich an der Umzäunung entlang, bis ich durch das Drehkreuz auf unseren Weg kam. Hinter mir durchbrachen Raketen und beifälliges Freudengeschrei die Finsternis.

6

Als ich mit dem Wagen unterhalb des Hügels anlangte, konnte ich das Bacchantenlager sehen: rotes Feuer, die leuchtenden Dreiecke des Zelts und des Baumhauses, sich bewegende Silhouetten. Eine grüne Rakete hüllte die Baumspitzen in gespenstisches Weltuntergangsdämmerlicht, von heiserem, rauhem Geschrei, wie es eine Horde Wilder hätte ausstoßen können, begrüßt. Meine Scheinwerfer erfaßten die Ringbahnumzäunung und Julies schwarzen Wallach, dessen Kinn über dem Widerrist von Debbys Schecken lag. Sie hatte es also doch geschafft. (Soll Mutter doch platzen, verdammt noch mal!) Eine Zeitlupensekunde lang wurden die beiden Tiere zum Drehpunkt ihrer sich dehnenden Schatten, und ein Gewebe aus zunehmend längeren Beinen, vergrößerten Körpern und spitzeren Zaunpfosten huschte in entgegengesetzter Richtung an dem Gebüsch vorbei, das das Bachbett säumte, und verschmolz schließlich sprunghaft mit den Schatten am Feuer. Dann kam die Kurve, die Scheinwerfer streiften den Volkswagenbus und Dave Welds verbeulten Mercury vor der Lattentür und gleich danach das graue, verlassen wirkende Cottage.

Dunkel, still und geduldig harrte es da – gelassen? ein heiliger Ort des Friedens? – während der Wald von Tollhäuslergebrüll erbebte und jenseits des Hügels eine überprivilegierte, angeheiterte Mittelstandsgesellschaft jedesmal, wenn sie eine Rakete in den dunklen Himmel schickte, kreischend und gackernd auseinanderstob.

Als ich eine Viertelstunde später bei den LoPrestis ankam, glich die Szene einem aufgewühlten Ameisenhaufen. Die feuchtfröhlichen Partygäste hatten den Wildhafer in Brand gesteckt. Eine Gruppe war gerade dabei, die züngelnden Flammen am Rand des Parkplatzes auszustampfen und auszuschlagen, eine zweite, von Lucio angeführt, bespritzte meine Scheinwerfer mit silbrigen Wasserströmen. Es war windstill, und die Sache war bereits erledigt, doch vermutlich hatte der rötliche Schimmer irgend jemanden alarmiert, denn noch ehe ich zurückstoßen konnte, war schon ein Feuerwehrauto hinter mir, dem acht oder zehn Privatwagen voll sensationsgieriger Schaulustiger folgten. Gleich darauf geriet einer davon bei einem Wendemanöver in den Graben, und der Weg war verstopft mit glücklichen Helfern, schrägstehenden Autos und den nicht sonderlich entzückten Feuerwehrleuten. Es konnte eine Stunde dauern, bis wir hinauskamen.

Doch in der Umzäunung oberhalb des Pumpenhauses gab es

ein Tor, und als ich Lucios Garage durchstöberte, fand ich eine Drahtschere. Zum dritten oder vierten Male packte ich Debby ins Auto und schloß die Tür hinter ihr. Ich holte Ruth und Marian, die etwas abseits gestanden hatten, und wir fuhren zum Pumpenhaus hinunter und auf die Straße hinaus. Ein kurzer Halt vor einem anderen Gattertor, und dann holperten wir über das prasselnde Gras und das niedrige Gestrüpp der Weide. Drüben durchschnitt ich den Zaun, der uns von unserer Einfahrt trennte. Ich arbeitete in grämlichen Schweigen; mein einziger Wunsch war, diesen Tag endlich hinter mich zu bringen. Als Ruth mich den Draht durchzwicken sah, protestierte sie heftig. Und Julies Pferd? hieß es sofort. Kopfschmerzen und Niedergeschlagenheit hatten mich reizbar gemacht. Es gebe Wichtigeres als dieses Pferd, bedeutete ich ihr. Ich würde den Zaun gleich am nächsten Morgen wieder richten und das Pferd nötigenfalls einfangen. Marian sagte nichts; Debby hatte sich an sie gelehnt und schlief bereits.

Am Fuß des Hügels bemerkte Ruth das Lagerfeuer. »Oh, schaut mal, bei Peck ist auch eine Party im Gang.«

»Und eine besonders laute«, murrte ich. »Wir werden sie hören, bis die rosenfingrige Morgendämmerung aus Tithonus' Bett schlüpft.« Neben dem Catlinschen Stationswagen parkten zwei fremde Autos. »Zum Donnerwetter«, sagte ich ärgerlich, »die meinen offenbar, ihnen gehörte die ganze Welt!«

»Ach, das ist nicht weiter schlimm, es stört mich nicht«, versuchte Marian zu begütigen.

»Sie werden es schon sehen – die bechern die ganze Nacht hindurch, und um fünf Uhr früh krächzen dann unter Ihrem Fenster die Anlasser.«

»Nein, wirklich«, beharrte sie. »Ich könnte sowieso noch nicht einschlafen, wahrscheinlich lese ich im Bett eine Weile.«

Als ich ihr heraushalf, fragte sie, auf meinen Arm gestützt: »Möchten Sie nicht hereinkommen?«

»Um diese Zeit wollen Sie doch bestimmt keine Gesellschaft mehr«, sagte Ruth. »Es ist ziemlich spät.«

»Spät? Es ist erst halb elf.«

»Aber dieser alternde Playboy hier hat das Gefühl, es wäre

zwei«, sagte ich. Ich hob Debby heraus und lud sie mir wie einen Sack auf die Schulter. Schlaff baumelten ihre Hände herab. Marians Gesicht hatte in dem diffusen Scheinwerferlicht einen merkwürdigen Ausdruck. »Könnten Sie – nicht doch noch ein bißchen bleiben? Sie müßten mich nur für einen Moment entschuldigen, bis ich Debby ins Bett gepackt habe.«

Ich blickte Ruth an. Mir war nach keinerlei Unterhaltung zumute – nicht einmal nach einem Gespräch mit Marian. Ich hatte das Empfinden, daß ich in diesem Zustand auch gar nicht die rechte Gesellschaft für sie wäre. In meinem Kopf stak ein bohrender Schmerz, Debby hing schwer auf meinem Rücken, und ich spürte ihren warmen Atem in meinem Nacken. »Aber natürlich«, sagte Ruth. »Gern!«

Nun, vielleicht war Marian nicht wohl bei der Vorstellung, das dunkle Haus allein zu betreten. Ich hätte daran denken können. Fügsam, wenn auch ein bißchen schwerfällig, zog ich das warme Bündel ein wenig höher und trug es hinein. Marian knipste eine Stehlampe an, dann einen Wandschalter, der den Weg zu Debbys Zimmer beleuchtete. Ein müdes Lächeln überzog ihr Gesicht, als ich das Kind auf das Bett legte. »Ich brauche nur eine Sekunde«, sagte sie.

Ich ging zu Ruth ins Wohnzimmer zurück. Die Rotholztäfelung war so alt, daß sie beinahe schwarz wirkte. Sie verschluckte das Licht und erschien dadurch dunkler, so wie Löschpapier durch die aufgenommene Feuchtigkeit dunkel wird. »Es ist mir bisher noch gar nicht aufgefallen, wie düster dieser Raum ist«, bemerkte ich.

Ruth nickte, die Augen nachdenklich auf mich geheftet, und rieb die Daumen gegeneinander. Wir hörten Schalterknipsen, Schritte. Dann kam Marian herein und zog die Tür leise hinter sich zu. »Möchten Sie etwas trinken? Ein Bier?«

Nein, vielen Dank. Ich zumindest wollte nichts. Ich sah Ruth an, die stirnrunzelnd den Kopf schüttelte. Sie betrachtete Marian so beunruhigt, so offenkundig besorgt, daß auch ich jählings hellwach wurde. Fast schüchtern setzte sich Marian in einen cordbezogenen Sessel, die Hände im Schoß, die Augen niedergeschlagen. Sie sah aus wie ein kleines Mädchen, das ein

Gedicht aufsagen soll und es im stillen noch einmal repetiert. Dann hob sie den Kopf. Eine Sekunde lang überzog eine verlegen-schmerzliche Röte ihr Gesicht und verblaßte so schnell, als wäre das Blut durch einen Willensakt aus den Wangen vertrieben worden. Wir starrten sie an. »Marian«, stammelte ich. »Um Gottes willen, was ist los?«

»Ich wollte Ihnen etwas sagen«, begann sie ruhig und behutsam. »Ich war gestern beim Arzt. Es ist wiedergekommen. Mir bleiben wahrscheinlich nur noch zwei oder drei Monate.«

Stumm, mit wundem, starrem Blick, nahmen wir auf, was wir gefürchtet und beinahe schon erwartet hatten. Ich betrachtete die sonnengebräunte Haut, die sich so straff über die Schläfen spannte, die violetten Schatten unter den Augen. Den ganzen Tag, diese ganze hektische Party hindurch hatte sie das in sich bewahrt. Sie hatte es auf unseren Hügel hinaufgetragen, und es hatte in unserem Patio neben uns gesessen.

Die Luft im Zimmer war stickig und schwül von unverbrauchter Hitze. Marians Hände lagen in ihrem Schoß, lang, schmal, mit seidenweicher Haut überzogen. Sie kehrte sie nach oben, damit wir die unnatürlich rosigen Handflächen sähen. Und sie errötete, als sei das Todesstigma eine Schande.

In meiner Erinnerung hat jener Abend etwas Betäubtes, Erstarrtes – wie ein unterdrückter Traum, von dem nur das Unbehagen bleibt. Wenn ich mich unserer Worte zu entsinnen versuche, drängen sich mir ständig Dinge auf, die wir bei anderen Gelegenheiten gesagt haben. Wenn ich mich meiner Gefühle zu entsinnen versuche, gleiche ich einem Mann, der schweißgebadet, das Bettzeug zwischen den Händen zerknüllend, erwacht; doch was er beim Erwachen vorfindet, was er gepackt hält, ist nicht das, was er umklammerte, während der Alptraum Wirklichkeit war. Ich nehme an, daß wir es in jener Schockminute, in der sie ihren Tod ankündigte, angebracht fanden, zu widersprechen, zu zweifeln, zu trösten. Wenn wir keine Tränen vergossen, dann nur, um sie zu schonen. Sie selbst weinte nicht.

Wahrscheinlich haben wir ihr jene allerletzten therapeutischen Mittel empfohlen, die irgendwelche anderen Freunde oder

Bekannte in dem verzweifelten Versuch, das Unvermeidliche abzuwenden, über sich ergehen lassen – Kobalt, männliche Hormone, Bestrahlungen.

Sie erklärte, sie werde sich keine Bestrahlungen geben lassen. Das Baby.

Geduldig wartete sie, bis ich meiner Seele Luft gemacht hatte. Ich nannte sie sentimental, verrückt. Ich behauptete, ihre Entscheidung passe zu der Heroine eines rührseligen Romans. Als ich fertig war, sagte sie: »Das ist keine Entscheidung, Joe. Hier handelt es sich um einen Wettlauf.«

Ich entgegnete, ich glaube einfach nicht, daß John ihr erlauben werde, ihr Leben für ein Leben zu riskieren, das noch nicht existierte. Und ich könne nicht begreifen, weshalb sie das wolle.

Daraufhin erläuterte sie uns, mit den Augen abwechselnd bei mir und bei Ruth Bestätigung und Einverständnis suchend, in ruhigem, beherrschtem Ton ihre Motive: Man ließ ihr nicht die geringste Hoffnung: Bestrahlungen würden den Prozeß nur verlangsamen. Nun strapazierten diese Bestrahlungen schon den Patienten, gut, das konnte man noch akzeptieren; viel schlimmer war, daß niemand zu sagen vermochte, wie sie sich auf den Fetus auswirkten. Man konnte sie vielleicht bis zur Niederkunft am Leben erhalten, doch dann wurde das Baby womöglich mißgebildet oder sonstwie geschädigt geboren. Wenn sie auf jede Behandlung verzichtete, lebte sie vielleicht nicht lange genug, um das Kind auszutragen, aber es würde zumindest normal sein, und man konnte es, wenn nötig, am Ende durch einen Kaiserschnitt holen.

Sie sprach das Wort »Ende« völlig ruhig aus, doch auf mich wirkte es wie ein Schlag, der Glas in einen klirrenden Scherbenhaufen verwandelte. Es nahm mir allen Willen, mit ihr zu diskutieren, denn wenngleich ich daran zweifelte, daß es ihr mit ihren Worten wirklich ernst war und sie zu dieser Entscheidung stehen würde, die sie, mit unerträglichen Alternativen konfrontiert, in ihrer Verzweiflung gefaßt hatte, wußte ich doch, daß sie es ernst zu meinen glaubte, und es erschien mir grausam, ihr Begründungen abzuzwingen. Wir setzten unser Vertrauen in John. Wir versuchten, sie dazu zu bringen, Ruth im Haus schlafen zu lassen. Sie lehnte es ab. Sie hielt es für falsch, den Dingen auszuweichen; sie wollte lernen, sich mit ihnen abzufinden, und zog es vor, dabei allein zu sein.

Wir küßten sie, wir brachten ein Lächeln zustande, um das ihre zu erwidern, wir ließen sie wiederholt versprechen, John sofort heimzurufen, selbst wenn ihm alles entginge, was er sich von dieser Expedition erhofft hatte. Wir baten sie, uns – ganz gleich um welche Zeit – anzurufen, falls sie sich einmal einsam fühlte oder Angst verspürte. Und wir erklärten, daß wir am nächsten Morgen nach dem Frühstück wiederkämen. Draußen sagten wir ihr noch gute Nacht, und dann schloß sie die Tür.

»Oh, verflucht, verflucht, verflucht«, stieß ich hervor.

Eine Weile blieben wir stehen, als warteten wir auf etwas. Ruth schob ihre Hand unter meinen Arm, und ich drückte sie mit dem Ellbogen an mich. Es war eine unnatürlich warme Nacht, die Luft war mild und feucht. Das Wohnzimmerlicht ging aus, ein anderes Licht weiter drinnen, und schließlich lag das Cottage schwarz vor uns. Ich stellte mir Marian vor, wie sie leise ins Schlafzimmer ging, um sich auszukleiden und niederzulegen. Würde sie vor den Spiegel treten und ihren entstellten, verstümmelten Körper betrachten, nach Zeichen suchen für das, was sich in seinem Inneren vollzog?

Jetzt erst nahm ich wahr, daß die Kräfte der Anarchie mit unverminderter Kraft die Nacht beherrschten. Die fremden Wagen parkten noch immer ohne Erlaubnis neben Marians altem Caravan, die Hunde bellten noch immer in den dunklen Hügeln, und Pecks liederliche Bande grölte gerade mit hörbarem Genuß zu den Zupftönen einer Gitarre.

Die träg heraufstreichende Luft trug mir den abenteuerlich-würzigen Geruch ihres Feuers zu. Alles unruhige Blut dieser friedvollen ländlichen Gegend streifte draußen herum, machte die Nacht zum Tage und pries mit gellenden Schreien die Wonnen des Chaos, die mystischen, heilsamen Freuden der Zügellosigkeit. Und in dem grauen Cottage, in dem stillen Schlafzimmer, in den Organen und dem Blut dieser jungen Frau, die das Schwere und Schmerzliche liebte, weil es das Lebendigsein so spürbar machte, die an eine ursprüngliche Ordnung und die

Vervollkommnung des Bewußtseins glaubte, rebellierten verborgene Zellen gegen die Ordnung, die sie geschaffen hatte, und spalteten sich unaufhörlich, um ihre fatalen Isotope zu bilden.

7

Die grölende Clique bescherte uns einen weiteren Vers ihres Liedes, dann etwas anderes. Traurig standen wir da und lauschten, und als es still wurde, sahen wir einander in der Dunkelheit zweifelnd an; ich öffnete Ruth die Wagentür, und sie stieg ein. Im selben Augenblick begann das furchtbare Hämmern wieder, das ich vom Hügel aus gehört hatte, diesmal im Takt des Gesangs.

»Du lieber Gott, auch das noch!« stöhnte ich. Ich holte die Taschenlampe aus dem Handschuhfach und schob Ruth auf die andere Seite des Sitzes, hinter das Steuerrad. »Fahr bis zum Fuß des Hügels und warte auf mich. Ich werde dieses Lumpenpack da unten zum Schweigen bringen.«

»Joe. . . meinst du?. . . Sie sagte, es störe sie nicht.«

»Kann sein, daß sie sowieso nicht schläft«, entgegnete ich. »Aber möglicherweise will sie nachdenken. Es gibt eine Menge Dinge, über die sie vielleicht noch nachdenken möchte.«

Ich passierte gerade die Lattentür, als sie wegfuhr. Ich brauchte die Taschenlampe nicht, denn Ruths Scheinwerfer beleuchteten die Autos, den schäbigen Abstellschuppen, den Weg, die Ringbahn. Und das Feuer mit seinen emporschnellenden Schatten war ein nicht zu verfehlendes Ziel.

Dann verschwanden die Lichter hinter mir und ließen mich in tiefer Finsternis zurück. Der unerträgliche Lärm jenseits des Bachbetts hörte abrupt auf, und es folgte Gejohle, Schreien, Kreischen und Gelächter. »Der nächste! He, Milles, komm, befrei das alte Ego! Mann, das trägt dir die phantastischsten Ideen ein!«

Als ich mich den Pfad entlangtastete, stieß ich gegen die Ringbahnumzäunung und blieb stehen, bis der rote Feuerschein als grünes Nachbild auf meiner Netzhaut verblaßte. Im Bachgrund roch es wie in einem Navajolager – nach Pferden, Holzrauch, Mist, Leder, Staub. Die beiden Tiere schnaubten leise, ihre Füße stampften auf den ausgetrockneten Lehmboden. Der Schatten eines Kopfes und Halses zeichnete sich gegen den Himmel ab, ich sah einen Augapfel schimmern, und als ich die Hand ausstreckte, berührte ich eine samtweiche Nase und spürte den feuchtheißen Atemhauch. Der Kopf wandte sich ab, ein Huf klirrte gegen einen Stein. Von Dunkel und leisen Geräuschen umgeben, blickte ich zu dem roten Schein und den schwarzen Schatten hinüber und hörte das grelle, mißtönende Stimmengewirr.

Nicht einmal jetzt knipste ich meine Taschenlampe an, denn ich war neugierig, was es mit diesem blechernen Trommeln auf sich hatte, und wollte sie in ihrem Treiben nicht stören. Nun wurde eine Schallplatte aufgelegt – elektrische Gitarren, laut, laut. Hatten ihre Ohren einen Defekt? War es Selbstschutz, eine Reaktion auf die überbevölkerte, lärmende Welt, daß sie sich nicht ohne Gebrüll und Tumult amüsieren konnten? Und kam es ihnen nie in den Sinn, daß ihre in Hörweite lebenden Mitmenschen weniger Gefallen daran finden könnten als sie?

Ich tastete mich die Ringbahn entlang, bis ich ihr Ende in der Nähe des Lorbeerbaumes erreichte. Zwischen mir und dem Feuer, aus dem gerade Funken hochsprühten, weil jemand darin herumstocherte, hingen Brücke, Taue und Stahlseile wie Lianen vor einem phantastischen Dschungel. Mir war, als müßten sich jeden Augenblick Affen daran hochhangeln. Doch die Affen und vermutlich auch ihr Tarzan schienen mit etwas Wichtigerem beschäftigt zu sein. Rechts vom Zelt hatte sich ein Grüppchen versammelt; andere schauten von der Zeltplattform und der Baumhausveranda aus zu. Die dichtgedrängten Gestalten – ob es sich um männliche oder weibliche handelte, konnte man bei dieser Beleuchtung kaum feststellen, und in manchen Fällen hätte es gewiß auch am Tage einer medizinischen Untersuchung bedurft, um das Geschlecht zu bestimmen – schienen um irgend etwas herumzustehen. Als sich die Masse einmal teilte, erspähte ich das wellige Teilstück eines Straßenabzugskanals; es mochte etwa eineinviertel Meter Durchmesser haben und eineinhalb bis zwei Meter lang sein. Da hatte jemand offenbar an einer Straßenbaustelle Nachtarbeit geleistet; es mußte ziemlich mühselig gewesen sein, das Ding hierherzurollen und über den Bach zu befördern. Typisch Peck, dieser Energieaufwand für eine zweifelhafte Sache. Aber was trieben sie damit oder darin? Einer, dann ein zweiter krochen hinein. Ein erotisches Mysterium? Eine simplifizierte eleusinische Höhle? Eine Variante der Ideen des Marquis de Sade? Einige der Umstehenden hielten Stöcke in der Hand.

»O. K.«, sagte jemand. »Zieht den Kopf ein.«

Nun plärrte wieder Musik aus dem Zelt, und die Orgiasten begannen von beiden Seiten auf das Rohr einzuschlagen. *Bum! Bum! Bum!* BUM! BUM! BUM! dröhnte es von den widerhallenden Schlägen, während das Geschrei in rhythmisch-monotonen, laut schallenden Gesang überging. Kein Wunder, daß ich es oben auf dem Hügel gehört hatte. Man mußte es noch in San José hören. Wie mochte es erst da drinnen sein, wo die Nervenkitzelsüchtigen hockten, den Kopf in die Hände gepreßt. Schon aus dreißig Meter Entfernung, wo ich stand, war es unerträglich, und ich konnte mir vorstellen, wie es gegen die Fenster von Marians Zimmer hämmerte.

BUM! BUM! BUM! Wild hieben die Knüttel darauf los. Die sie schwangen, vollführten begeisterte Bocksprünge, Schreie zerrissen die Nacht, der Feuerschein schimmerte auf Augäpfeln und Zähnen und den sonnverbrannten, nackten Oberkörpern einiger Burschen, die bis zur Taille nackt waren. Man hätte allenfalls in Neuguinea ähnliches finden können.

Jetzt kam einer von denen, die in dem Rohr staken, rückwärts herausgekrochen, dann der andere. Ein paar letzte, unregelmäßige, dumpfe Schläge, und das Hämmern hielt inne. Der rhythmische Gesang löste sich in mißtönende, unharmonische Einzelstimmen auf, die das gongartige Dröhnen der Musik – das allein schon hinreichte, um das Laub an den Bäumen erzittern zu lassen – noch übertönten. Die Opfer taumelten heulend herum und hielten sich den Kopf mit den Händen. Einer saß auf der Kante der Zeltplattform und schlug sich mit dem Handballen gegen den Schädel wie ein Schwimmer, der Wasser in den Ohren hatte. Unbarmherzig plärrte die Musik weiter.

»Na, wie stehn die Dinge, Mann? Kommst du langsam wieder zu dir?«

»Heiliger Strohsack, das zieht einem wirklich den Boden unter den Füßen weg, mir ist noch ganz schwindelig. Gott, da dreht man vollkommen durch!«

Und das war es ja wohl, was sie alle anstrebten. Nun, der Tumult reichte für diesen Abend. Ich ging einen Schritt auf die Brücke zu und knipste die Taschenlampe an.

Der Lichtkegel hob sich, beschien sechs Meter zertrampelten Bodens und prallte gegen den grauen Stamm des Lorbeerbaumes. Ich sah ein hektisches Knäuel aus Armen, Beinen, nackter Haut, die weißen Augen aufgescheuchter, herumfahrender Gesichter, eine Strähne langen, dunklen Haares. Dann wälzten sie sich auf die andere Seite und krabbelten linkisch hinter den Baum und ins Gebüsch. Doch ich hatte das Gesicht zwischen den glatten Haaren erkannt: Mr. und Mrs. Lucio LoPrestis ungebärdige Tochter.

Erstarrt war ich stehengeblieben, genauso betroffen wie sie; mein Daumen hatte die Taschenlampe ausgeknipst, damit sie aus dem Licht entkommen konnten, das sie einen panikerfüllten Moment lang an den Baum genagelt hatte. Es fehlte nicht viel, und ich wäre selbst davongelaufen. Ich glaube, es war ein authentischer Schock für mich, Julie in diesem Zustand eines *coitus alarmus* zu sehen. Einmal reichten mir die peinlichen Situationen für diesen Tag, und ich verdammte meine bemerkenswerte Fähigkeit, ins Fettnäpfchen zu treten. Zum anderen bin ich der Meinung, daß die Gesellschaft ungeachtet aller sexuellen Revolutionen und ungeachtet der Pille solch blutjunge Dinger davon abhalten müßte, mit etwas zu spielen, dessen explosive Folgen ihnen zwangsläufig noch unbekannt sind. Und zudem bestürzte es mich, daß sich meine großenteils mehr im Scherz hingeworfenen Bemerkungen über Pecks Clique als recht zutreffend erwiesen. Diese Bande vermischte sich tatsächlich so wahllos wie eine Herde Brüllaffen, und sie dachte noch nicht einmal daran, ihre Aktivitäten auf einigermaßen reife Partner zu beschränken.

Fran und Lucio taten mir leid, ich war erbittert über Julie, wütend auf Peck, und ich mußte ständig daran denken, daß Marian, während hier diese Orgie vonstatten ging, in einem dunklen Schlafzimmer mit ihrem Sterben allein war. Dies alles zusammen mündete in ohnmächtigem Zorn, und Sekunden später stand ich auch schon neben dem Brückenpfosten und ließ den Strahl meiner Taschenlampe über die Gesichter am Feuer, das Baumhaus und die um das Rohrstück gescharte Gruppe gleiten. Ich wollte sie anschreien, barsch und energisch, aber meine Zunge war wie gelähmt, und ich brachte nur einen heiseren Brüllton heraus, der den Plattenspielerspektakel kaum durchdrang.

Meine Stimme oder das Licht – eher das Licht – ließ sie herumfahren, als hätten sie eine Aufforderung gehört, die Hände hochzunehmen. Sie starrten mich entgeistert an, und einer machte eine halbe Wendung, als wollte er davonrennen. Es war etwa ein Dutzend – bärtige und glatte Gesichter, lange und kurze Haare, männliche und weibliche Gestalten. Ich erkannte zwei Halbwüchsige, die sich zuvor bei den LoPrestis Drinks genehmigt hatten; da saßen sie nun in »Pecksville«, recht inkongruent mit ihren engen weißen Jeans und den Sporthemden, ein augenfälliger Beweis, daß die Clique nicht nur Julie und Dave Weld an sich gezogen hatte. Pecks Mausefalle war zweifellos ein Erfolg. Ich sah Miles, der mir von Pecks ergebensten Jüngern noch am sympathischsten war, und die Sexgöttin Margo, aber ich vermißte Dave Weld. War es sein zerzauster Kopf gewesen, den ich dort unter dem Lorbeerbaum neben Julie angeleuchtet hatte? Und wo war Peck? Irgendwo im Gebüsch? Oder dirigierte er gerade im Baumhaus eins der nicht so öffentlichen Mysterien?

Der junge Mann, der sich wie zum Sprung halb erhoben hatte, schlich auf die Zeltecke zu, und ich richtete mein Licht auf ihn, um ihm zu zeigen, daß ich ihn gesehen hatte. Mit einem Satz war er fort: Um jemanden zu warnen? Um die Büchse Marihuana zu vergraben? In meinem Zorn genoß ich ihre offenkundige Angst. Wie ein Polizist oder ein Nachtwächter ließ ich den Lichtkegel über ihre Gesichter streichen, und wie überraschte Safeknacker starrten sie in das anklagende Auge der Lampe. Jetzt beschatteten einige die Augen mit den Händen und versuchten, mich zu identifizieren. Unbeachtet hämmerte die Musik hinter ihnen weiter. »Was ist?« schrie jemand. »Wer ist da?«

Ich richtete das Licht auf ihn; es war einer der Volkswagenleute, ein junger Mensch mit spärlichem rötlichem Bart. »Stellen Sie die Musik ab!«

»Wie?«

»Stellen Sie das gottverdammte Gejohle ab!«

Einer von ihnen verschwand in der dreieckigen Zeltöffnung; quietschend erstarb die Musik. Fragen, zusammengesteckte Köpfe, erschrocken ausspähende Gesichter, Geflüster. *Wer, zum Teufel, ist das bloß? Kannst du es sehen? Ist es die Polizei?* Jetzt erschien jemand in der Baumhaustür, und ich leuchtete hinauf: ein Mädchen, mir unbekannt. Ich richtete den Lichtstrahl wieder auf den kümmerlichen Bart. »Sie machen zuviel Krach«, sagte ich. »Das muß aufhören!«

Allmählich erholten sie sich von dem Schock. Die Gruppe neben dem Rohrstück näherte sich dem Feuer, in der Hoffnung, mich von da aus sehen zu können. Und dann leuchtete jemand mit einer Taschenlampe zu mir herüber. Da stand ich nun mit meinem Glatzkopf und meinem Sporthemd, ganz offenkundig kein Polizist. Ich konnte zwar nichts sehen, weil mich der helle Strahl blendete, doch ich hörte sehr wohl das erleichterte Stimmengemurmel. Das dreiste Licht wanderte zu meinen Füßen hinunter und wieder nach oben. »Wer sagt das?« fragte eine hohe, ungläubige Stimme. Ein Mädchen lachte.

Da war es um meine Nebennieren geschehen, und ich schrie schon wieder. In einem solchen Augenblick wäre ruhiges Handeln angebracht gewesen, Autorität, die Würde des älteren Mannes. Statt dessen brüllte ich los: »Ich sage es! Der Spektakel hört auf, und zwar sofort!«

Unablässig bohrte das Licht in meine Augen. »Wer ist ich?« erkundigte sich jemand. Die hohe Stimme antwortete: »Ich, das kann jeder sein. Ich bin ich. Und ich bin blau. Vielleicht ist er auch blau.« Gelächter, Geflüster. *Was regt er sich überhaupt auf? Du lieber Himmel, es ist doch noch nicht einmal elf.*

Ich zählte bis zehn, bevor ich fragte: »Ist Peck da?«

Meine zusammengekniffenen Augen nahmen eine Bewegung wahr. Ein paar Köpfe hatten sich umgedreht. Ich leuchtete mit der Taschenlampe zum Baumhaus hinauf, und tatsächlich, da stand er, der göttliche Peck, lässig aufs Geländer gestützt – Zottelkopf, haarige Brust, magere Beine. »Hallo, Mr. Allston«, sagte seine Stimme – oh, und so sanft, gelassen, kühl, freundlich, ein deutlicher Vorwurf für mich und mein Gebrüll. Mir war das Lächerliche meiner Polizistenrolle durchaus bewußt, aber ich hatte nicht die Absicht, klein beizugeben.

»Ihre Party ist zu laut«, erklärte ich.

Er war überrascht. »Laut? Na ja, vielleicht ist sie das. Ganz *ohne* Lärm war das Experiment leider nicht durchzuführen. Aber wen kann das schon stören? Es wohnt niemand so nahe...«

»Es stört alle Leute im Umkreis von zwei Kilometern«, antwortete ich.

Er lachte. »Ich bitte Sie, wir sind hier doch auf dem *Land.«*

»Wo man Stille erwartet«, sagte ich. »Und im übrigen wohnt Mrs. Catlin nur eineinhalb Kilometer weit entfernt.«

»Hat sie Sie geschickt?«

»Es spielt keine Rolle, ob sie mich geschickt hat oder nicht«, erwiderte ich. »Ich will nicht, daß sie gestört wird, und ich verlange von Ihnen, daß Sie für Ordnung sorgen.« Meine Hände zitterten, und ich knipste die Taschenlampe aus. Der Bursche neben dem Feuer hielt die seine noch immer auf mich gerichtet. Die Gestalt Jim Pecks verschmolz für ein paar Sekunden mit der Dunkelheit, dann machte sie der Feuerschein wieder sichtbar. Er hatte die Hände auf einen Ast gestützt und schien zu überlegen.

»Hören Sie, Mr. Allston«, begann er schließlich. »Sie haben eine ganz falsche Vorstellung. Wir feiern hier keine Orgie. Wir führen ein Experiment von großer psychologischer Bedeutung durch.«

»Das mit zuviel Lärm verbunden ist.«

»Ich sagte es Ihnen doch schon«, entgegnete er geduldig. »*Ohne* einen gewissen Lärm läßt es sich nun einmal nicht machen.«

»Dann brechen Sie es ab.«

Eine Pause. »Ich kann mir nicht denken, daß Sie das ernst meinen, Mister Allston«, säuselte die weiche Stimme vom Baum herunter. »Letzten Endes haben Sie mir doch *erlaubt*, hier zu wohnen.«

Ich zitiere ihn wörtlich. Erlaubt, sagte er; über so unwesentliche Dinge wie angezapfte Strom- und Wasserleitungen, nicht vergrabenen Müll, Feuerstellen, eigenmächtig errichtete Schuppen, Briefkästen, Papier und Bierdosen sah er großzügig hinwge. Und jetzt noch – angeblich zum Zwecke wissenschaftlicher Forschung – diese unerträgliche Musik und dieses ohrenbetäubende Herumhämmern auf einem gestohlenen Abzugsrohr!

Ich frage mich heute, was wohl geschehen wäre, wenn ich ihm die Sache erklärt hätte. Wenn ich gesagt hätte: »Schauen Sie, Mrs. Catlin ist krank, und man kann ihr nichts Schlimmeres antun, als sie die ganze Nacht wach halten.« Wenn ich mich zu ihnen ans Feuer gesetzt und ein Glas Bier mit ihnen getrunken hätte. Wenn ich sie von ihrem Experiment und ihrem Spektakel abgelenkt und für ein friedliches Palaver gewonnen hätte. Wenn ich ihnen eine Chance geboten hätte, mir ihre Absichten zu erläutern. Ich frage mich, ob sie mich akzeptiert oder abgelehnt hätten. Ob ich sie danach besser verstanden oder sympathischer gefunden hätte. Ich glaube es nicht, aber ich wünschte fast, ich hätte es versucht.

Denn statt dessen wurde ich fuchsteufelswild, und wenn ich derart die Beherrschung verliere, habe ich hinterher immer ein ungutes Gefühl und bin mir selbst zuwider. Und ich schnauzte einen erwachsenen Menschen an oder zumindenst jemanden, der als erwachsen gelten durfte, und das ist nicht gerade etwas, worauf man stolz sein könnte.

»Erlaubt?« brüllte ich. »Ich nehme meine Erlaubnis hiermit zurück! Ich habe Ihnen gestattet, hier zu kampieren, nicht ein

Schlafsack-Ashram aufzuziehen! Sie haben eine Woche Zeit, um zu verschwinden. Und mit dieser Party ist augenblicklich Schluß!«

Alles schwieg; sie überließen es Mahatma, die Sache zu regeln. Eine ganze Weile blieb er stumm; es gehörte zu seiner Taktik, kühl und gelassen zu bleiben und auf diese Weise mein sinnloses Rasen bloßzustellen. Dann sagte er in sanftestem Ton: »Sie scheinen ja wirklich ungeheuer aufgebracht, Mr. Allston. Selbstverständlich werden wir leiser sein, wenn wir Sie so sehr stören.«

»Hier tritt Ruhe ein, *absolute* Ruhe! Und wenn Sie nicht dafür sorgen, können Sie gleich ein paar uniformierte Gäste bei sich begrüßen, und ich bezweifle, ob Ihnen das so angenehm wäre. Außerdem stehen da noch zwei Wagen vor Mrs. Catlins Haus. Die verschwinden *sofort!«*

»Wir bleiben über Nacht hier«, sagte eine Stimme.

»Meinethalben können Sie die gesamte letzte Woche hierbleiben, aber diese Autos verschwinden. Sie hatten nicht das mindeste Recht, dort zu parken.«

»Jetzt gleich sollen wir sie abholen?«

»Jetzt gleich, jawohl.«

Sie schauten zu Peck hinauf. Er stand noch immer in dieser lässig-überlegenen Haltung da, aber ich spürte, daß sich die antagonistischen Fäden zwischen uns zu einem ebenso verwickelten, komplizierten Netz verwoben hatten wie die Taue und Drahtseile im Baum. Schließlich zuckte er mit den Achseln. »Na schön, wir bringen sie weg. Wem gehören sie?«

Einer der beiden Halbwüchsigen mit den engen Jeans und ein bärtiger junger Bursche standen auf und begannen die Hängebrücke zu überqueren. Gedämpftes Murren der Empörung erhob sich hinter ihnen. Der Mahatma hatte versagt, das Establishment war Sieger geblieben. Ich verspürte allerdings eher Widerwillen als Triumph bei dem Gedanken, wie hilflos er gegenüber meinen Mitteln war – Besitzrecht, Autorität, Polizei . . . Ich hätte viel lieber etwas repräsentiert, was er als unbestreitbar gediegen und gut und nicht nur als Machtfaktor hätte respektieren müssen. Und wer war schuld daran, daß es zu solchen Extremen kam? Peck mit seiner Manie, alle Gesetze zu übertreten und jegliche Autorität zu verleugnen, oder ich mit meiner emotionellen Unfähigkeit, irgend etwas von dem, was er vertrat, zu akzeptieren? Hatte ich ihn vielleicht sogar auf eine Weise unterdrückt, die ihm insgeheim sehr gelegen kam? Man haßt uns, die Jugend – war es das? Wollte er etwa das beweisen, entschlossen, nicht lockerzulassen, bis er sein Ziel erreichte?

Die zwei Burschen waren am Ufer angelangt; sie streiften mich mit mürrischen Blicken, als sie hintereinander an mir vorbeigingen. Einer von ihnen hatte auf seinem Hemd eine Reihe Abzeichen mit diversen Wahlsprüchen befestigt, darunter auch: WILLST DU FARBFERNSEHEN? NIMM LSD.

Ich folgte den beiden durch den Bachgrund und wartete neben der Pforte, bis sie ihre Wagen aus dem Hof heraufgefahren und unten bei den Briefkästen abgestellt hatten. »Danke«, sagte ich, als sie zurückkamen. Sie gaben keine Antwort. Im Camp war es still; man hörte nur noch gedämpfte Stimmen. Auf der Eiche hinter dem Haus lag ein matter Lichtschein, der aus Marians Zimmer kam. Ob sie meine zornige Stimme gehört hatte? Ohne die Taschenlampe zu benutzen, ging ich den Weg hinauf und setzte mich schwerfällig neben Ruth in den Wagen.

Alles in allem war der vierte Juli seinen Omen gerecht geworden.

VI

Am sechsten Juli war ich schon lange vor Ankunft der Maschine auf dem Flughafen San Francisco, und ich stand in der ersten Reihe, als John mit den anderen Passagieren die Rampe heraufkam. Er mußte die Saint-Paul-Insel innerhalb einer Stunde verlassen haben, denn er war noch in Khakihosen und Stiefeln und trug über dem Arm eine fleckige, wattierte Jacke. In der anderen Hand hielt er neben der Flugtasche einen Angelrutenbehälter aus Aluminium, und einen irrationalen Moment lang erfüllte mich heftige Abneigung gegen ihn, als hätte er sich unverantwortlicherweise mit Angeln vergnügt, während Marian zu Hause ihre traurigen Entschlüsse faßte.

Er lächelte, als er mich sah. Sein Gesicht war selbst nach drei Wochen Aleuten-Nebeln noch sonnenverbrannt; an seinen Kleidern haftete ein abenteuerlicher Wildgeruch.

»Joe«, sagte er. »Nett, daß Sie mich abholen. Wie geht's ihr?«

»Wie es ihr geht? Sie ist tapfer, unverzagt. Was allerdings nichts heißen will; sie hat aufgegeben.«

Ich merkte, wie er mich beobachtete, als wir uns um ein Menschenknäuel herumzwängten und uns den Weg zur Gepäckausgabe bahnten. Seine Augen waren geädert, und das kantige, kräftige, derbhäutige Sportlergesicht machte ihn älter, als er war. »Wie meinen Sie das, aufgegeben?« fragte er.

»Sie lehnt es ab, sich behandeln zu lassen. Sie sagt, es könnte dem Kind schaden.« Forschend betrachtete ich sein Gesicht, entdeckte aber kein Anzeichen von Bestürzung. Er runzelte lediglich ganz leicht die Brauen und betrat schweigend die Rolltreppe. Unten angelangt, sagte ich: »Finden Sie das nicht irr? Grundfalsch?«

»Es ist etwas, was sie als Möglichkeit schon verschiedentlich erörtert hat«, antwortete John.

»Mit *Ihnen?*«

»Ja.«

»Und Sie lassen das zu? Wenn Sie gleich eingeschritten wären, hätte sich die Idee vielleicht gar nicht in Marians Kopf festgesetzt. Ist Ihnen das Baby wichtiger als sie?«

Er streifte mich mit einem harten, mißbilligenden Blick. »Nein«, sagte er beinahe barsch.

Seine Segeltuchtasche war eines der ersten Gepäckstücke, die von der Gleitrinne purzelten. Er hatte sie schon in der Hand, bevor ich danach greifen konnte, ließ mich aber den Angelrutenbehälter tragen. Das irritierte Gesicht nahm einen freundlichen, ernsten Ausdruck an. Als wir in die Parkgarage hinausgingen, klopfte er mir mit der freien Hand auf die Schulter.

»Wann hat sie es erfahren?«

»Am dritten.«

»Weshalb hat sie mich nicht früher zu erreichen versucht?«

»Das fragen Sie mich?« entgegnete ich bitter. »Ich begreife nichts von alledem, was sie tut. Wahrscheinlich wollte sie Sie nicht in der Arbeit stören. Als sie es uns sagte, nahmen wir ihr das Versprechen ab, sich sofort mit Ihnen in Verbindung zu setzen.«

»Hmmm.«

»Wie hat sie Sie denn benachrichtigt?«

»Durch Funkspruch, über Anchorage«, antwortete John. Ich öffnete den Kofferraum, und er warf die Tasche hinein; seine Hände strichen über die Schenkel in den verknitterten Khakihosen. »Und darin hieß es lediglich, daß die Ärzte sie aufgegeben hätten. Stimmt das?«

»So sagt Marian.« Ich folgte den gelben Pfeilen, die die Ausfahrt markierten; gleich darauf glitten wir in den Verkehrsstrom hinein. »Aber, du lieber Gott, John«, begann ich dann – ich konnte einfach nicht schweigen, wenn ich es auch nicht über mich brachte, ihn anzusehen –, »mein Gott, sie braucht das doch nicht zu akzeptieren! Wie können die Ärzte so etwas behaupten? Keine Chance? Woher wissen sie das? Sie können sich irren wie jeder andere Mensch auch.«

»Sie denkt sicher, daß unumstößliche Beweise vorliegen.«

»Na gut! Angenommen, es gäbe Beweise? Es geschehen immer wieder Wunder. Morgen schon könnte irgend jemandem eine große Entdeckung gelingen. Halten Sie sie sechzig Tage länger am Leben, und sie lebt möglicherweise noch fünfzig Jahre.«

Seine Wange war so verwittert wie ein altes Brett. Außer dem blutunterlaufenen Weiß seiner Augen deutete nichts darauf hin, daß seine wortkarge Gleichmut vielleicht doch ihre Grenzen hatte. Als er sich mit der Hand über den borstigen Schädel strich, stieß seine massige Schulter gegen die meine. Ich hätte ihn am liebsten angeschrien und auf ihn eingeschlagen; mir schien, als sei er sich der Bedeutung dessen, was ihn heimgeführt hatte, überhaupt nicht bewußt; er kam mir vor wie ein gefühlloser Klotz.

»Vielleicht täuschen sich die Ärzte«, sagte er. »Vielleicht täuscht sie sich. Wir müssen es abwarten. Sie ist kein Mensch, der sich etwas vormacht.« Beinahe zufällig streiften mich seine müden Augen, als er eine Zigarette herausholte, und ich wurde mir plötzlich bewußt, daß er in der vergangenen Nacht kaum geschlafen haben konnte, von kurzen Ruhepausen auf den Flughäfen von Anchorage und Seattle abgesehen. Seine Stimme klang etwas heiser, der Neuengland-Akzent war unverkennbar. »Es fällt einem schwer, sich an den Gedanken zu gewöhnen, selbst wenn man nicht ganz unvorbereitet ist«, bemerkte er, und danach sagte er auf dem ganzen Rückweg kaum noch ein Wort. Als wir in die Berge kamen und auf der Landstraße den kleinen Canyon hinauffuhren, wurde er ein wenig unruhig, so wie Hunde beim Anblick einer vertrauten Gegend manchmal unruhig werden und zu winseln anfangen. Auf der holprigen Brücke saß er bereits vorgebeugt da, und noch ehe wir vor dem Haus richtig zum Stehen kamen, hatte er schon die Tür geöffnet.

Es war niemand zu sehen. Dann schlug die Eingangstür gegen die Wand, und Debby flitzte heraus, um sich ungestüm an seine Beine zu hängen. »Daddy! Daddy!« Er hob sie hoch und drückte sie an sich. »Meine Süße! Na, wie geht's meinem kleinen Mädchen?«

Ich holte die Tasche aus dem Kofferraum und stellte sie neben ihn. »John«, sagte ich in das Schwatzen und Küssen hinein, »Sie müssen sie überreden! Sie *müssen* es tun!«

Die Lippen noch an Debbys Wange und Ohr, wandte er sich mir mit ernstem Gesicht zu, doch dann blickten seine Augen plötzlich in eine andere Richtung, und ich sah, wie sein Körper erstarrte. Marian war lächelnd im Eingang erschienen.

Ich winkte ihnen, stieg ein und trat auf den Gashebel; es wäre mir unmöglich gewesen, auch nur noch eine Sekunde zu bleiben.

Doch das Bild ihrer Begegnung ließ sich auch zu Hause nicht verscheuchen. Und ich konnte nicht einmal mit Ruth sprechen, weil sie mit einer Migräne im Bett lag, nachdem sie sich eineinhalb Tage lang fast ausschließlich Marian gewidmet hatte. So flickte ich in Ermanglung einer anderen Beschäftigung zuerst den Zaun und begann dann unruhig ums Haus herumzuwandern. Eine Weile folgte mir Katarrh, doch als er merkte, daß ich mich unaufhörlich im Kreis bewegte und ohnehin immer wieder an ihm vorbeikam, setzte er sich auf die Terrase. Das Wetter hatte sich nach der Hitze des vierten Juli schlagartig geändert. Eine flaumige Nebelrolle säumte den Horizont, Dunstfinger reichten von den Bergen in die Täler hinab, und trotz des strahlenden Sonnenscheins war der Wind kühl. Unentwegt machte ich meine Runden.

Plötzlich hörte ich Motorradlärm, und als ich in den Patio kam, sah ich Peck in orangefarbenem Anzug und Sturzhelm zu uns herauffahren. Es war das erste Mal, daß er hier oben erschien. Hastig ging ich ihm entgegen, um ihn abzufangen, bevor er klingeln und Ruth stören konnte.

Er hatte den Motor abgestellt, als er oben anlangte, und hielt sich nun mit den Stiefelspitzen im Gleichgewicht. Ein verschlagenes Grinsen hing zwischen seinem Backenbart, und seine weiche, sanfte Stimme klang beinahe ebenso schmeichelnd wie die Stimme Fran LoPrestis. Er hatte sich diesen Ton zugelegt, als er die Meditationen zugunsten zwischenmenschlicher Beziehungen aufgab, und bediente sich seiner, wie eine Frau sich ihrer Augen bedient; ich war sicher, daß er dazu gelegentlich nach Hindubrauch grüßend die Hände faltete. Eine Aureole der Liebe hüllte ihn ein. »Ah, Mr. Allston ...«

»Mr. Peck?«

Sein Lächeln wurde breit. Wäre er nicht durch das Motorrad behindert gewesen, so hätte er mich möglicherweise umarmt und auf beide Wangen geküßt. Er triefte vor Wohlwollen und Herzlichkeit. Den behelmten Kopf ein wenig zur Seite geneigt, beäugte er forschend mein Gesicht. »Ich belästige Sie nicht gern«, sagte er. »Ich weiß, Sie schätzen Ihre Privatsphäre genauso wie ich. Aber ich wollte mich doch wenigstens für die Störung von neulich entschuldigen und mich gleichzeitig auch vergewissern, daß Sie das mit dem Hinauswurf nicht ernst gemeint haben.«

Wie kam es nur, daß ich mich immer dann mit ihm abgeben mußte, wenn mich gerade ganz andere und meist noch traurige Dinge beschäftigten? Sein Talent, zum ungelegensten Zeitpunkt aufzutauchen, stand dem meinen, das mir schon so manchen peinlichen Augenblick beschert hatte, nicht nach. Andererseits wollte ich im Grund gar nicht an Marian und John denken; eine ganze Stunde lang war ich herumgewandert, um sie zu vergessen und meine Gefühle abzureagieren. Die Ablenkung hätte mir also willkommen sein müssen, aber sie reizte mich lediglich. Ich sagte: »Gehen Sie lieber einmal davon aus, daß ich es *doch* ernst gemeint habe.«

Peck lachte. Ich hatte offenbar etwas sehr Erheiterndes geäußert. »Ich nehme es Ihnen nicht übel, daß Sie verärgert sind«, erwiderte er. »Und ich sehe ein, daß ich Ihnen – hm – vielleicht eine Erklärung schuldig bin.«

Obwohl er unserem Gespräch den Anstrich einer verständnisvollen, friedlichen, freundschaftlichen Unterhaltung zu geben suchte, war alles an ihm in Bewegung. Er verdrehte die Schultern, kniff die Augen zusammen, neigte den Kopf, zog den Mund herunter, wippte im Sattel auf und ab und nahm die Hände von der Lenkstange, um dramatische Gebärden zu vollführen, die aussahen, als ließe er Vögel fliegen. Angesichts dieses zappeligen Gehabens und der Anbiederungsversuche, die so gar nicht zu Peck passen wollten, wie ich ihn bisher kannte – unnahbar und amüsiert-überlegen –, gelangte ich zu dem Schluß, daß er nervös war, beunruhigt, daß er wirklich fürchtete, seine Zelte abbrechen zu müssen. Ich merkte auch, daß er mich unablässig belauerte.

Ich wartete.

»Wie ich Ihnen schon sagte«, begann er nun, »haben wir ein kleines Experiment durchgeführt.«

»Ich erinnere mich, ja.«

Achselzucken, launisches Senken der Mundwinkel, ausladende Geste mit den Händen. »Nichts Neues, im Grund. Man hat das schon jahrhundertelang mit Trommeln gemacht. Wir wollten es aber mit gesteigerter Lautstärke versuchen und feststellen, ob es dann den Leuten auch helfen könnte, Frustrationen, Eifersucht, Feindseligkeit und ähnliches zu überwinden, verstehen Sie? Vergleichen Sie es einmal mit anderen Methoden.«

Die Nachmittagssonne schien ihm mitten ins Gesicht und beleuchtete ihn wie für eine Großaufnahme. Er lächelte unentwegt, kniff die Augen zusammen, bewegte die Schultern. Er kam mir ungemein albern und idiotisch vor, und ich fand ihn um so unerträglicher, als er offenkundig überzeugt war, mich beschwatzen zu können, indem er mir altem Spießbürger einen vertraulichen Einblick in das unumstößlich Wahre, in fundamentale, weise Glaubenssätze gewährte.

»Wissen Sie – unter Frustrationen leiden so viele Menschen, vor allem junge Leute«, sagte er. »Die Eltern unterdrücken sie, in der Schule kommen sie nicht mit, Liebesprobleme, all das. Sie fühlen sich unfrei, von Normen eingeschnürt, in ihren Hoffnungen betrogen, Sie wissen schon. Und es gibt Mittel dagegen, man muß dieses Netz ja irgendwie zerreißen. Wir haben schon mit verschiedenen Methoden recht interessante Untersuchungen angestellt – Diät, körperliches Training, Fasten, rhythmische Musik et cetera.« Unentwegt grinsend, die Augen zu einem Spalt verengt, wippte er im Sattel. »Manche Leute benutzen auch Drogen. Ein kleiner Trip in andere Sphären, weg von der korrupten Welt, verstehen Sie?« Jetzt wurde das halbirre Grinsen durch einen Augenaufschlag zu einer Miene ergänzt, die wie ein Rippenstoß wirkte – als erinnerte er mich an etwas, von dem er wußte, daß ich es wußte. »Na, Sie verstehen schon. Orgasmus ist ein Mittel. Die Liebe ist überhaupt fundamental. Man muß sich von den mächtigen Schwingungen der Welt mitreißen lassen, statt sie zu durchbrechen. Auch Liebeslyrik lesen ist gut, denn sie spricht die Worte der Liebe *aus*, sie trennt sie von den Zoten da drinnen. Es gibt viele Methoden. Einige haben wir erprobt, aber es bleibt noch viel zu tun. Was Sie neulich hörten, war ein solcher Versuch.«

»Mir schien es eher eine sehr laute Party zu sein.«

Es berührte ihn schmerzlich, daß ich nicht begreifen wollte. Er löste die Hände von der Lenkstange und schwenkte sie mit gespreizten Fingern, die Handteller nach oben gekehrt, hin und her, wie um die aus höheren Sphären herabschwebenden Worte zu meiner Erleuchtung aufzufangen. »Mr. Allston«, sagte er, »Sie werden es mir vielleicht nicht glauben, ich habe Aufzeichnungen gemacht und jeden einzelnen befragt. Die Berichte waren natürlich unterschiedlich – Sie wissen schon, jede Persönlichkeit ist anders und reagiert individuell -, aber alle, die in das Rohr krochen, erklärten, daß sie reiner wieder herausgekommen seien. Geläutert.«

Ich sah ihm in die Augen. Sie flackerten nicht. Phantastischer Bauernfänger oder Gläubiger, Irrer oder Stimme eines Predigers in der Wüste? Er lächelte, den Kopf zur Seite geneigt.

»Ach ja? Und dann?« fragte ich. »Was taten Sie denn alle nach dieser Läuterung? Ging etwa jeder nach Haus, küßte seine Eltern, vergab seinen Feinden und vertrug sich mit seiner Freundin? Hat sich Julie LoPresti mit ihrer Mutter ausgesöhnt? Werden Sie nach Chicago fahren, Ihrem Vater die Hand schütteln und seinen Segen erbitten?«

Kein Irrer, kein Bauernfänger; und falls Gläubiger und Prophet, dann auch Widersacher, Urfeind. Unser gemeinsamer, einzigartiger, unausrottbarer Hang zu unüberwindlicher Abneigung schwebte plötzlich wie aufgewirbelter Staub zwischen uns. Pecks bartumwucherte Lippen bewegten sich verstohlen. »Das nicht gerade«, antwortete er schließlich. »Am Establishment müßte sich sehr viel ändern, bevor man sich damit aussöhnen könnte.«

»Also überdauert die Feindschaft Ihre Therapie.«

»Ich hatte keineswegs vor, Sie zu irgend etwas zu bekehren«, sagte Peck. »Sie müssen mich richtig verstehen. Ich wollte lediglich klarmachen, daß hinter dem Lärm tatsächlich ein seriöses, wissenschaftliches Motiv stand.«

»Das erzählen Sie mir allen Ernstes?«

»Glauben Sie es nicht?« – »Nein.«

Eine kleine Pause. Seine Augen glänzten wie nasse Steine in der Sonne. Er wandte den Blick ab, preßte die roten Lippen aufeinander, sah mich wieder an. Gleichgültig hoben und senkten sich seine Schultern. »Na schön, das können Sie halten, wie Sie wollen. Aber wir brachen das Ganze sofort ab, als Sie darum baten.«

»Ja«, bestätigte ich. »Ja, stimmt. Das ist aber kein besonderes Verdienst. Denn ich habe Sie nicht darum gebeten, ich habe es verlangt. Sie hätten sich ernste Unannehmlichkeiten zugezogen, wenn Sie nicht auf mich gehört hätten.«

»Ja«, sagte Peck. Er betrachtete mich forschend. »Ich hoffe nur, daß es mir gelingt, Ihnen unsere Situation verständlich zu machen. Es wäre für uns sehr unangenehm, wenn wir jetzt weg müßten. Das würde alles zerschlagen. Ich habe eine Menge Zeit, Ideen und Geld da unten investiert. Wir machen gerade die ersten Fortschritte mit unserem Schulprojekt. Ein Rechtsanwalt, mit dem ich befreundet bin, hat den Steuervergünstigungsstatus für uns beantragt, und wir haben drei Leute an der Hand, die gewillt sind, den Start zu finanzieren. Wir stehen gerade . . .«

»Schule?« unterbrach ich ihn. »Was für eine Schule?«

Die Frage irritierte ihn offensichtlich. Er antwortete nicht.

»Mr. Peck«, sagte ich, »ich weiß nicht, wofür Sie mich halten. Eben noch erzählen Sie mir, daß Sie eine Lärmtherapie entwickeln, und als nächstes stellt sich heraus, daß Sie – ohne mich zu fragen oder mir es auch nur mitzuteilen – eine Schule gründen. Bilden Sie sich denn wirklich ein, ich würde denselben Lärm, gegen den ich neulich protestiert habe, als reguläre Seminarübung stillschweigend dulden?«

»Die Lärmtherapie ist nicht fundamental«, erwiderte Peck. »Und überhaupt haben wir das wesentliche Experiment schon durchgeführt. Wir könnten darauf verzichten.«

»Schön«, meinte ich. »Aber was für eine Schule ist das? Ich bin nie gefragt worden, ob Sie da unten eine Schule aufziehen könnten. Wäre ich gefragt worden, so hätte ich nein gesagt. Ich will nicht so viele Fahrzeuge hier, ich will keine Brandgefahr, ich will keinen Müll, ich habe kein Interesse daran, eines Tages für irgendwelche Schäden haften zu müssen, und ich will nicht, daß die Catlins belästigt werden.«

»Ich habe mit Mrs. Catlin gesprochen«, sagte Peck. »Es würde sie nicht stören.«

»Sie haben mit ihr gesprochen? Wann?«

»Vorhin.«

»*Vorhin?* War John denn nicht da?«

»Doch, die ganze Familie war zu Haus.«

»Guter Gott!« stöhnte ich. »Sie haben vor ein paar Minuten an ihrer Tür geklingelt?«

»Natürlich. Warum nicht?«

»Oh, lassen wir das«, antwortete ich. »Es ist nur ein neuerlicher Beweis dafür, wie dringend notwendig es ist, daß Sie von hier verschwinden. Ich gab Ihnen eine Woche Zeit. Es bleiben Ihnen noch fünf Tage.«

Er hielt den Kopf gesenkt; seine Hände drückten die Bremshebel und gaben sie wieder frei. Dann funkelten mich seine Augen an. »Weshalb hassen Sie uns?« fragte er leise.

»Ich hasse Sie nicht.«

»O doch, Sie hassen uns!«

»Ich lehne Sie ab, ich stimme nicht mit Ihnen überein, ich halte Sie für gefährlich. Wollen Sie hören, warum ich Sie ablehne?«

»Es interessiert mich nicht sonderlich«, erwiderte er mit verächtlich aufgeworfenem Mund. »Wenn es aber Ihre Frustration mildert . . .«

Ich hatte Mühe, meine Hände zurückzuhalten. »Vielleicht tut es das«, sagte ich. »Ich will es Ihnen also erklären. Vom ersten Augenblick an haben Sie mich dazu herausgefordert. Aus irgendeinem Grund verkörpere ich für Sie das Establishment. Erinnere ich Sie etwa an Ihren Vater? Jedenfalls glaubten Sie es sich aus irgendeinem Grund schuldig zu sein, mich herauszufordern. Sie fragten mich, ob Sie hier kampieren könnten, und Sie legten es raffiniert darauf an, mir die Erlaubnis wider meinen Willen abzuringen. Sie akzeptierten mehrere Bedingungen und hielten sie allesamt vorsätzlich nicht ein. Sie zimmerten einen Schuppen, brachten einen Briefkasten an, beherbergten Ihre gesamte Clique bei sich, ließen überall Abfälle herumliegen, machten Feuer und zapften Strom- und Wasserleitungen an, und jetzt richten Sie noch eine Schule ein. Ist Ihnen nie der Gedanke gekommen, daß ich vielleicht nicht einverstanden sein könnte?«

»Aha, das ist es also, die Sache mit der Erlaubnis, nicht wahr?« sagte Peck. »Sie wollen gefragt werden. Sie verlangen, daß man Ihre Autorität respektiert.«

»Ich möchte, daß meine Rechte und die einiger anderer Personen respektiert werden.«

Angestrengt betrachtete er den Kiesbelag der Einfahrt; von

dem Lächeln, das ich für einen festen Bestandteil seines Gesichts gehalten hatte, war keine Spur mehr zu sehen. »Aber da wir gerade von Rechten sprechen«, sagte er dann, »wie ist es mit der Wertsteigerung, die Ihr Besitz dadurch, daß ich ihn verbesserte, erfahren hat? Der Faktor müßte doch auch berücksichtigt werden, oder nicht?«

Ungefähr an diesem Punkt wurde mir bewußt, daß ich ihn derart lästig und aufreibend fand wie kaum je einen anderen Menschen – er hing mir einfach zum Halse heraus und rief dazu noch, wie immer, Erinnerungen wach. Er war Curtis, nur schlimmer, verrückter, beharrlicher. Ich verstand ihn nicht besser, als ich einen Marsmenschen verstanden hätte, aber ich merkte sehr wohl, was er mir antat, wie er mich herabsetzte, indem er mich zu Dingen veranlaßte, die unter meiner Würde waren. Ich wandte mich ab. »Das ist grotesk«, sagte ich. »Ich werde den Lagerplatz abbrennen müssen, um ihn zu desinfizieren.«

Ich ging auf das Haus zu. Hastig rief er mir nach: »Warten Sie! Warten Sie einen Moment! Wie ist es denn nun?«

»Was?«

»Bleiben wir oder bleiben wir nicht? Stellen Sie Ihre Bedingungen.«

»Es gibt keine Bedingungen, denn die Frage erübrigt sich. Sie bleiben natürlich nicht.«

Er warf sich so heftig auf der schwankenden Honda herum, daß ich schon glaubte, er wollte abspringen und über mich herfallen. Einen Augenblick starrte er auf die Lenkstange hinunter und überlegte. Dann verhärteten seine Hände ihren Griff, und mit einer jähen ruckartigen Bewegung senkte er Kopf und Schultern. Sein Fuß trat auf den Starter, der Motor sprang an. Und schon war er fort, und der aufgewirbelte Kies prasselte mir wie ein Hagelschauer entgegen. Da fuhr er – betrogene Unschuld, verstoßener Idealismus, frustrierte Wissenschaft, durchkreuzte Aspirationen. Und wie ließ er mich zurück? Erleichtert? Gerechtfertigt? O nein. Mir war beinahe übel vor Zorn, und ich fühlte mich unsicher und auf eine vage Weise schuldbewußt.

2

Peck nutzte nicht einmal mehr die ganze Woche aus, die ich ihm zugebilligt hatte. Ich spazierte gerade den Weg hinunter – rein zufällig, obwohl er mir das bestimmt nie geglaubt hätte –, als der Volkswagenbus, mit allem möglichen Gerümpel beladen, die Pforte passierte, gefolgt von der Honda. Ich wollte uns eine Begegnung ersparen und blieb stehen, doch Peck stoppte vor der Lattentür, um sich den Helm auf das wirre Haar zu stülpen. Die Honda tuckerte, während er den Hals verrenkte und sich den Kinnriemen unter den Bart praktizierte. Es war ein bewölkter, grauer Morgen. Die Catlins waren für ein paar Tage nach Carmel gefahren, was ich sehr vernünftig fand, obwohl Ruth und ich sehr hilflos und unglücklich zurückblieben. Und nun standen wir da, Peck und ich, und die Spannung zwischen uns glich einem straff gedehnten Draht.

Er wandte mir das bärtige Gesicht zu – meine Gegenwart war ihm von Anfang an bewußt gewesen. Böse funkelten die Augen unter dem runden Helmrand hervor, und das Lächeln, das monatelang sein Kennzeichen gewesen war, hatte sich verflüchtigt. Marsmensch, Narr, barfüßiger Heiliger, Suchender, Forscher, Rebell, Bacchant, Marihuanaraucher, Idealist, Irrenhaus-Intellektueller, Repräsentant der modernen Jugend, was immer er auch war, er starrte mir eine Sekunde lang in die Augen, und diese Sekunde umschloß unsere ganze gegenseitige Verachtung.

»Wir können nicht alles mitnehmen«, sagte er. »Das Zeug im Schuppen muß ich einstweilen hierlassen. Einverstanden?«

Es war keine Bitte, es war immer noch eine Herausforderung, aber ich zuckte mit den Achseln. »Gut.«

»Besten Dank.« Ich gewährte ihm also widerwillig eine letzte Vergünstigung, und er dankte mir sarkastisch und gab Gas und war ebenso abrupt aus meinem Leben verschwunden, wie er darin aufgetaucht war. Mit kam es vor, als hätte ich etwas Schleimiges, das über meine Haut kroch, abgeschüttelt; doch zugleich hatte ich das unbefriedigende Gefühl, daß ich während der vielen Monate unserer Verbindung irgend etwas nicht getan hatte, was ich hätte tun können. Aber was? Hätte ich etwa versuchen sollen, diesen albernen Pavian etwas zu lehren – oder aus seinem Kauderwelsch etwas zu *lernen*? Es war zwischen uns nie zu einer Begegnung gekommen. Wie, wenn ich am Anfang unserer Bekanntschaft den Bach überquert hätte?

Ich tat es an diesem Morgen zum erstenmal. Die niedergelassen Brücke erwies sich als schwer passierbar, aber man konnte sie bewältigen, und während ich mich hinübertastete, fragte ich mich, weshalb Peck sie nicht zerstört hatte.

Zog er es vor, sie eher den Philistern auszuliefern, als ein Produkt seiner schöpferischen Tätigkeit zu vernichten? Oder hatte er den ganzen Kram für Debby zurückgelassen? Oder war es ihm einfach nicht in den Sinn gekommen, ein Terrain, das er räumte, vorher zu entrümpeln? Oder wollte er nur noch einmal unterstreichen, wie gleichgültig ihm meine Forderungen waren?

Was immer ihn dazu bewogen haben mochte, das Camp war sowohl ein verwahrlostes Geschenk für Debby als auch ein wirksames Mittel, um mir seine Verachtung zu demonstrieren. Als ich von der schwankenden Brücke herunterstieg, trat ich geradenwegs in Müll. Auf der Plattform vor mir – ein etwas saubereres Viereck, wo das Zelt gestanden hatte, ausgenommen – lagen Lumpen, Papier, zerfetzte Bücher, Bierdosen, Flaschen, Abwaschschwämme, Blätter, ein Damenmokassin, ein zerbrochener Stuhl herum. Als ich mit dem Fuß einen Obstkorb umstieß, sah ich ein Dutzend wütender Ohrwürmer. Auf einem Bord, das am Eichenstamm angenagelt war, hatten sich um ein wenig verschütteten Sirup oder Honig dicke Klumpen Ameisen versammelt. Unterhalb des Bordes begrüßte mich von einem verwitterten Brett, dessen Ende abgebrochen war, das zurückgelassene, möglicherweise auch schon überholte Motto der Peckschen Clique: SEI DU SELBST. GUT IST DAS SELBST, DAS ...

Die Baumhausleiter war nicht hochgezogen. Ich stieg hinauf und steckte den Kopf durch die Tür des Allerheiligsten, der Bundeslade, des Liebesnests oder was immer es gewesen sein mochte: ein kleiner Raum, krumm und schief, an einem Nagel ein alter Pullover, der Boden mit Federn bedeckt, die wahrscheinlich von einem zerrissenen Schlafsack stammten.

Irgendwie enttäuscht – aber was hatte ich mir davon erwartet, an diesem Ort herumzuschnüffeln, dessen Besichtigung ich verschmäht hatte, solange Peck hier hauste? – ging ich gebückt hinein. Dabei trat ich auf einen Leitungsdraht; ein Sprühregen blauer Funken, Ozongeruch und ein prickelnder Fuß waren die Folgen dieser Berührung. Sie hatten die elektrische Einrichtung einfach vom Draht abgerissen. Ein echter Peckismus. Wenn er Brücke und Baumhaus für Marians kleine Tochter bestimmt hatte – und das hielt ich immerhin für möglich –, so war es ihm gelungen, die Dinge in einem Zustand zu hinterlassen, der Debby gleich beim ersten Besuch das Leben hätte kosten können.

Mein Zorn gab den Funken an Hitze nichts nach. Wieder einmal würde ich Pecks Müll und die Unordnung, die er geschaffen hatte, beseitigen müssen. Doch als ich ein paar Minuten später von der Veranda aus über die kahlen Kastanien, zerzausten Eichen und grünen Lorbeerbäume hinweg blickte, wurde mir plötzlich bewußt, daß Peck, so verrückt er auch war, diesen Winkel aufrichtig geliebt, phantasievoll genutzt und ungern verlassen hatte.

Zwischen dem Giftsumachgestrüpp, das sich bereits ein wenig rötlich von dem steilansteigenden Hügel hinter dem Zelt abhob, schimmerten Dutzende von Bierdosen. Aber selbst dieses Zeugnis für Pecks Nachlässigkeit vermochte nichts gegen mein Gefühl, daß der Ort ohne seine freiheitsliebenden halbmenschlichen Bewohner verödet war. Und während ich da inmitten ihrer schäbigen Hinterlassenschaft stand, durchzuckte mich jäh die gespenstische Gewißheit des *déjà vu;* ich ermittelte ihren Ursprung sofort: Curtis' Zimmer, jene Vormittage, an denen ich angewidert das Resultat einer Woche besah, die mein Sohn darin zugebracht hatte.

Vielleicht geschah es Debby zuliebe, vielleicht auch aus anderen Gründen, daß ich das Baumhaus mit einem Stück Pappe ausfegte und neben der Zeltplattform den schlimmsten Müll zusammenscharrte, das Motto und das schiefe Regal von der Eiche riß, den Haufen anzündete und fast eine Stunde wartete, bis das Feuer völlig erloschen war. Das Abzugsrohrstück am Rand des Gebüschs summte wie Fran LoPrestis geschweißte Frau, als ich mit der Faust dagegenstieß. Ich dachte zuerst daran, es ins Bachbett zu rollen, damit niemand annähme, ich hätte es gestohlen, weil es auf meinem Grundstück lag, doch schließlich ließ ich es, wo es war.

Drüben auf der anderen Seite entfernte ich den elektrischen Zuleitungsdraht. Mittlerweile machte es mir beinahe Spaß, ein bißchen Ordnung zu schaffen. Es war, wie wenn man aufräumte, nachdem die Kinder irgendwelcher Freunde bei einem gespielt hatten. Einen Augenblick lang erwog ich, auch die Wasserleitung herauszureißen, verzichtete aber dann darauf, damit Debby – mehr oder weniger im Geist der einstigen Bewohner – Lehmtörtchen formen könnte. Zerstreut und vergeßlich spielte ich sogar noch einmal mit der Idee des Teehauses und der japanischen Brücke, und ich hatte eine flüchtige Vision von den Allstons und den Catlins, die an feuchten Winternachmittagen dort zusammen Tee tranken, während der Bach unter ihnen sich leise zwischen Brombeerranken und Giftsumach hindurchwand. Es war nur ein Moment. Dann fiel mir wieder ein, weshalb die Catlins in Carmel waren und was uns allen bevorstand.

Eine Woche später entfernte ich auch den Briefkasten, nachdem ihn niemand abgeholt hatte, und damit war die Aufräumungsaktion – abgesehen von dem Gerümpelschuppen – beendet. Doch es war kein befriedigendes Gefühl, die Universität des liberalen Geistes geschlossen zu haben. Einmal hatte ich es im Zorn und nicht nach reichlicher Überlegung getan. Zum anderen wußte ich, daß Marian es bedauern würde. Sie hegte die mystische Zuversicht, diese jungen Leute könnten, gerade weil sie alles mögliche ausprobierten, am Ende etwas lernen, was wir, die wir so wenig versuchten, niemals lernen würden. Ich hatte ihr oft beigepflichtet, zugleich aber immer betont, daß sie auch mehr vergäßen und mehr vergeudeten, als wir, die wir keine Revolutionäre waren, je vergessen oder vergeuden würden. Trotzdem fand ich es eine peinliche Pflicht, ihr erklären zu müssen, weshalb Pecks Clique den Ashram so abrupt verlassen hatte, und obwohl das Plateau jenseits des Baches nun offenes Territorium war, merkte ich, daß ich es mied. Allein schon am

Ende eines Spaziergangs das trockene Bachbett unterhalb des einstigen Camps zu überqueren, war mir unangenehm. Es kam mir so vor, als zöge jedesmal, wenn der Wind durch das hohle, widerhallende Rohrstück blies, das dort lag und wie nichts anderes an Peck gemahnte, ein schwaches vibrierendes Summen durch die Luft.

3

Daß Peck so prompt verschwand, hatte Fran nicht mit mir ausgesöhnt. Bei unseren seltenen Begegnungen behandelte sie mich mit kühler Höflichkeit. Jegliche Verbindung schien abgebrochen. Dave Weld sah ich kaum mehr; der Mercury verschaffte ihm die Möglichkeit, seine gesamte Freizeit bei Peck zu verbringen, der irgendwo in den Bergen einen neuen Unterschlupf gefunden hatte. Ein- oder zweimal sah ich Julie neben ihm im Wagen sitzen; weitaus öfter traf ich sie im Catlinschen Cottage oder mit Debby auf dem Reitpfad. Sie verließ augenblicklich das Zimmer, wenn ich eintrat. Begegneten wir uns draußen, so dirigierte sie den Wallach unfehlbar seitlich ins Gebüsch.

Der liebenswerte Joe Allston, jedermanns Freund. War es meine Schuld? Viele Leute glaubten das – selbst Marian, wie ich bekümmert feststellte. Ihrer Meinung nach hatte ich Peck allzu persönlich genommen – so, als sei ich moralisch verantwortlich für ihn. Und damit hatte sie völlig recht. Aber wir sprachen höchst selten über ihn, eigentlich erst wieder, als sein Name in den Zeitungen stand. Marian lauschte auch ohnehin meist in sich hinein. Der ganze Tumult jugendlichen Rebellentums war für sie nicht mehr als Verkehrslärm, der in ein Krankenzimmer dringt. Von Ende Juli an begann sie sich auf das Sterben vorzubereiten, und da sie zugleich an das Baby dachte, dem sie sich meiner Ansicht nach allzu bereitwillig geopfert hatte, hielt sie es für wesentlich, bis zu ihrem Tod bei Kräften zu bleiben.

Fasziniert und unglücklich sahen wir zu, wie sie sich pflegte; sie erfüllte ihre Alltagspflichten nach wie vor, schob aber viele Pausen ein, ging früh zu Bett und schluckte jedes Reformhauspräparat, das besonders viele Kalorien verhieß. Wenn ich sie im

Picknickwäldchen auf dem alten Liegestuhl ausruhen sah, weltabgewandt, die Stirn leicht gerunzelt, kam es mir immer vor, als konzentrierte sie ihren ganzen Willen auf ihren Körper, um die Entwicklung in ihrem Schoß zu beschleunigen und den tödlichen Prozeß in ihrem Pankreas und ihrer Leber zu verlangsamen.

Es blieb uns auch nicht viel mehr zu tun, als zuzuschauen. Mit John zu sprechen war zwecklos. Anfangs hatte ich ihn noch mit Vorschlägen bedrängt – männliche Hormone, warum nicht? Es hieß, sie wirkten in manchen Fällen. Aber sie hatten auf jener Fahrt nach Carmel alles besprochen. Sie zeigten eine undurchdringliche Solidarität, die uns von ihren Entscheidungen ausschloß, während sie unsere Gesellschaft nach wie vor schätzten und uns auch herzlich zugetan blieben.

In diese hilflose, passive Rolle abgedrängt, beobachtete ich sie unausgesetzt – wachsam und besorgt wie ein verliebter junger Mann. Bekam ich sie einen Tag nicht zu sehen, so wurde ich unruhig. An manchen Tagen ging ich zwei- oder dreimal auf gut Glück den Hügel hinunter, immer in der Hoffnung, sie irgendwo zu erspähen und damit eine Ausrede für einen Besuch zu haben. Je enger ich John und sie zusammenrücken sah, um so unangenehmer wurde es mir, sie zu stören, und um so schwerer fiel es mir, diese Störungen zu unterlassen, besonders nachdem sie Debby für drei Wochen in ein Camp gebracht hatten und mehr Chancen bestanden, Marian allein anzutreffen. Immer häufiger ertappte ich mich dabei, daß ich ihr Gesicht nach irgendwelchen Zeichen durchforschte. Doch es blieb Marian Catlins Gesicht, aus dem uneingeschränkte Aufmerksamkeit, lebhaftes Interesse und herzlichste Zuneigung sprach. Und es lachte noch genauso gern wie früher.

Lachte es *allzu* gern? Hysterie? Furcht? Jedesmal, wenn sich mir derlei Überlegungen aufdrängten, blickte sie mich so liebevoll und beruhigend an, daß ich beschämt darauf verzichtete, meine Analyse fortzuführen. Marian verdiente es nicht, daß wir sie mit solch morbider Wachsamkeit beobachteten.

Doch wir nahmen gewisse Veränderungen wahr. Als sie sich der Sonne nicht mehr so oft aussetzte, verblaßte ihre sommerliche Bräune zu einem durchsichtigen Goldton, einem Teint, wie man ihn zuweilen bei schönen Eurasierinnen sieht. Wenn sie ruhte, wirkte sie völlig gelöst, beinahe heiter, von allem Unreinen geläutert, und wenn sie ihrer Arbeit nachging, war jede ihrer Bewegungen maßvoll, gelassen.

Einmal sahen wir sie und John herankommen, als wir gerade bei den Briefkästen auf den Postboten warteten, der sich verspätet hatte. Sie gingen langsam, Hand in Hand, den Blick zur Erde gerichtet und dennoch ganz ineinander versunken, zu einer intimen, intensiv erlebten Gemeinschaft verschmolzen. Ruths Augen flüchteten sich zu mir, um zu sehen, ob ich dasselbe wahrgenommen hatte wie sie, und standen plötzlich voller Tränen. Sie biß sich auf die Lippen und wandte sich ab, und als Marian und John aufblickten und uns entdeckten, war sie kaum fähig, sie zu begrüßen.

Marian war damit einverstanden, daß John seine Labortätigkeit auf den halben Tag beschränkte, erfüllte aber selbst willig all jene Pflichten, die manchmal sogar das Sterben als lästige Unterbrechung weitaus wesentlicherer Dinge erscheinen lassen. Vermutlich gab ihr das tägliche Einerlei einen gewissen Halt, obwohl es uns bedrückte, sie mit Einkaufen, Wäschewaschen, Kochen und Hausarbeit beschäftigt zu sehen, und – wenn Debby daheim war – mit diesem ewigen Hin- und Herchauffieren zum Schwimmen oder Spielen, zu Parkbesuchen und Klavierstunden. Und es sträubte sich alles in uns dagegen, daß sie sich sogar die Mühe machte, Professoren und ihre Frauen zu bewirten; wenn wir fremde Wagen in der Einfahrt stehen sahen, mieden wir das Cottage bekümmert und zugleich mit einem Gefühl des Ausgeschlossenseins.

Trotzdem meine ich jetzt, wir hätten sie noch auffallend oft allein angetroffen, so als hätte sie John und Debby häufig unter irgendeinem Vorwand fortgeschickt, um sich ungestört mit alledem, was in ihr heranwuchs, beschäftigen zu können. Besonders um die Mittagszeit, wenn ich zum Briefkasten hinunterging, und vor allem während der Wochen, die Debby im Camp verbrachte, sah ich sie fast immer im Picknickwäldchen ruhen, die Hände über dem schwellenden Leib gefaltet, der restliche Körper schmal und starr wie eine Grabskulptur, das Gesicht aufwärts gewandt, ein Licht, das im Schatten wartete. Kaum hörte sie meine Schritte, kehrte sie sich mir schon mit offenen Augen und strahlendem Lächeln zu. Nie überraschte ich sie bedrückt oder resigniert. Vielleicht war das der Grund, weshalb ich nie die Hoffnung verlor. Ich konnte nicht glauben, daß sie wirklich nur noch ihrem Tod entgegenlebte.

Einmal fragte ich sie bei einer solchen Gelegenheit, ob sie Schmerzen habe. »Nein, Gott sei Dank«, antwortete sie. »Der Gedanke daran beunruhigt mich ein bißchen. Ich weiß nicht, ob ich solche Schmerzen, wie sie in manchen Fällen auftreten, ertragen könnte.«

»Mir scheint, Sie können alles ertragen.« Und ein wenig verzweifelt fügte ich hinzu: »Trotzdem wünschte ich, Sie würden irgendeine Behandlung akzeptieren.«

Doch sie hob sofort abwehrend die Hand. »Joe, bitte, es hätte doch gar keinen Zweck. Ich möchte weder Sand in die Augen gestreut bekommen noch als Morphiumgewächs kostspielig am Leben erhalten werden. Ich möchte lediglich . . . nein, natürlich möchte ich mehr, aber ich will einfach meine ganze Erwartung darauf konzentrieren, daß mir Zeit genug für das Baby bleibt. Wenn das andere kommt, hoffe ich, daß ich den Mut aufbringe, es hinzunehmen. Ich hoffe, daß ich noch soweit bei Bewußtsein bin, um mitzuhelfen, statt es sinnlos hinauszuzögern. Deshalb mache ich mir auch Sorgen wegen der Schmerzen. Ich fürchte, daß sie schlimm werden. Und ich möchte doch das Entscheidende nicht versäumen.«

»Versäumen?«

»Die Erfahrung. Sie muß ungewöhnlich sein, gewaltig, und es ist zweifellos die letzte.«

»O Marian!«

»O Joe!« spottete sie und schlug mit der geröteten Handfläche auf den Holzrahmen des Liegestuhls. »Wir tragen so undurchdringliche Schutzhäute! Wir verstecken uns vor allem! Sie können es mir nicht verübeln, daß ich oft darüber nachdenke. Geburt und Tod sind unsere größten Erlebnisse, und wir lassen sie in Drogen und Dämmerschlaf untergehen.«

»Die sauererworbenen Freuden«, sagte ich. »Gleich werden Sie mir gestehen, daß Sie Debby hinter einem Busch bekommen haben.« Wenn ich mich nicht schnell in den scherzhaften Ton geflüchtet hätte, wäre ich unfähig gewesen, auch nur eine Sekunde noch zu bleiben.

Sie schüttelte den Kopf und lächelte kläglich. »Das ist mir leider nicht gelungen. Ich habe einen Teil miterlebt, aber nicht alles.«

Ich mußte die Augen abwenden und in das Gewirr aus Brombeerranken, Giftsumach und Frauenhaar starren, hinter dem sich das Bachbett verbarg. Es war ein heißer, stiller Mittag, und ich fand das braune Dämmerlicht des Wäldchens mit einemmal erstickend.

»Joe«, sagte sie und legte ihre kühle Hand auf meinen Handrücken. »Grämen Sie sich nicht. Es macht mich glücklich, daß Sie mich lieben, aber ich möchte nicht, daß Sie und Ruth zu sehr leiden. Der Tod ist etwas genauso Natürliches wie die Geburt. Wir sind alle Teile eines großen Lebensreservoirs, und wir schulden der Welt den Platz, den wir einnehmen, und die chemischen Stoffe, aus denen wir gemacht sind. So gesehen, müßte das Sterben gar nicht so schwer sein.«

»Aber Sie lieben das Leben doch«, sagte ich. »Sie sind lebendiger als alle Menschen, die ich ...« Es überstieg meine Kräfte. Ich brachte es nicht fertig, ruhig hier zu sitzen und ihren Tod zu erörtern. »Wenn Sie in meinem Alter wären«, murmelte ich, »könnte ich es vielleicht ertragen.«

Eine ganze Weile schwieg sie. Als ich sie wieder anschauen konnte, lächelte sie mir ermutigend zu – ich sollte ihr offenbar auf jenes Plateau unglaublicher Gelassenheit folgen, das sie irgendwie erreicht hatte. »Sind wir Menschen nicht ungeheuer kompliziert?« sagte sie. »Für Tiere scheint es etwas so Selbstverständliches zu sein, das Ende zu akzeptieren. Sogar wenn sie einen gewaltsamen Tod erleiden, wirkt er noch natürlich. Sie entwickeln sich, vermehren sich, viele der Jungen schaffen es nicht, aber einige überleben, das Phylum ist gesichert, und die Alten können sterben – im Wasser wie der Lachs oder von

Wölfen zur Strecke gebracht wie ein Karibu. Es ist das, was sie erwarten und was die Natur braucht.«

Ich machte eine undefinierbare Geste, die alles bedeuten konnte. Zustimmung. Ablehnung, *nolo contendere.*

»Und letzten Endes«, fuhr sie fort, »letzten Endes habe ich doch alles erreicht. Ich wuchs heran, ich heiratete John, ich bekam Debby. Das bloße Erkennen, die Tatsache, daß man fähig ist, sein eigenes Sterben zu begreifen und vielleicht ein annäherndes Datum vorherzusagen, sollte doch keinen großen Unterschied ausmachen. Wahrscheinlich stempelt uns das Bewußtsein zu Individuen, und als Individuen büßen wir die Gabe ein, die Dinge widerspruchslos hinzunehmen.«

Über Welds goldgelbem Hügel auf der anderen Seite des Weges erschien ein Bussard und strich mit schwachem Flügelschlag die Kuppe entlang. Ich konnte sehen, wie er den Hals reckte, als er das Gelände unten nach Beute absuchte. Dann stieß er herab und verschwand, von den Bäumen verdeckt.

»Das einzige«, sagte Marian, und ihre Stimme klang plötzlich schwach und gepreßt, »das einzige, was ich machmal kaum ertragen kann, ist, daß ich Debby nicht mehr heranwachsen sehe und sie auf all das verzichten muß, was ich ihr vielleicht hätte geben können.«

Sie biß sich auf die Unterlippe, und ihre Augen wichen mir aus und starrten zu dem Blätterdach über uns hinauf. Der Puls in ihrem Hals flatterte erregt. Doch nur eine Sekunde lang. Als sie weitersprach, hatte sie ihren beherrschten, hohen, melodiösen Plauderton wiedergefunden.

»Auch die Zeit ist wichtig«, sagte sie, den Blick noch immer nach oben gerichtet. »Die Zeit – all das, was man mit ihr anfangen könnte, und die Gefahr, sie zu vergeuden oder zu versäumen oder sich ihrer überhaupt nicht bewußt zu werden. Sie ist so wichtig für uns, weil wir sie so nahe vor uns sehen. Wir sind Individualisten, ständig mit uns selbst beschäftigt, das ist auch der Grund, weshalb wir schlechte Historiker sind. Es macht uns verrückt und unruhig, daß plötzlich nur noch wenig Zeit bleibt, um so liebevoll und hochherzig zu sein, wie wir immer gewesen sein möchten und immer zu sein versuchten. John behauptet, daß sich in der Ontogenese die Phylogenie wiederholt. Meinen Sie, ich empfinde die Kürze der Zeit, weil ich alles erfahren und alles empfinden möchte, was die Menschheit je empfunden hat? Weil es so viel zu empfinden gibt und ich gierig bin?«

Ich konnte nicht antworten. Und ich merkte mit einemmal, daß es nicht Stille war, was uns einhüllte, sondern ein tiefes vibrierendes Summen, das gedämpfte Geräusch einer fernen, hektisch tosenden, gewinnsüchtigen Gesellschaft, die uns beide ein wenig abstieß – untermalt von den kleinen, beunruhigenden Lauten der Natur. Ein Düsenflugzeug, das uns in nördlicher Richtung überflog, um in San Francisco zu landen, verdrängte die leisen Geräusche; als sein Dröhnen abklang, kehrten sie zurück. Eine Eidechse wand sich durch die trockenen, knisternden Eichenblätter. Jetzt fiel mir auch auf, daß die Vögel wieder zu singen begonnen hatten, nachdem sie so lange ausschließlich mit ihren Nestern und der jungen Brut beschäftigt gewesen waren. Auf dem Hügel flötete eine Feldlerche ihr traurig-süßes Lied, und von weit her hörte ich die drei klagenden Rufe eines Zaunkönigs. Es war mir unbegreiflich, wie sich jemand damit abfinden konnte, so viel Leben hinter sich zu lassen.

»Wissen Sie, was für ein großartiger Mensch Sie sind?« Meine Stimme zitterte. »Wissen Sie, wie viele Leute in Ihrer Situation ständig um die eigene Person kreisen, jeden noch so billigen Genuß und dem schäbigsten Trost nachjagen? Wie viele *tatsächlich* gierig sind? Wie viele von nachtschwarzer Panik erfaßt werden oder die Augen schließen und sich selbst betrügen? Und Sie denken nur darüber nach, wie wenig Zeit Ihnen bleibt, um liebevoll und hochherzig zu sein.«

»Zu meiner Tochter«, sagte sie. »Zu meinem Mann. Zu ein paar Freunden, wie Sie und Ruth es sind. Aus ihnen schöpfe ich ja letzten Endes meine ganzen Freuden. Wenn ich es fertigbrächte, so zu sein, wie ich es sein möchte, dann würde ich mich bestimmt auch verwöhnen.«

Ich stand auf, weil ich ihr Lächeln keine Sekunde länger ertragen konnte; blind beugte ich mich zu ihr hinunter, küßte sie und ging fort. Doch diese Stunde blieb als etwas Bindendes, Gemeinsames zwischen uns; sie hatte mir ihre Gedanken anvertraut, weil sie mich trösten und beruhigen wollte. Ich bin überzeugt, sie gab sich mit allen Menschen, die ihr etwas bedeuteten, dieselbe Mühe, und jeder von ihnen bewahrte es als etwas Persönliches, Kostbares. Wenn wir sie besuchten, war *sie* es, die *uns* tröstete. Und ich kann zumindest von Ruth und mir sagen, daß sie uns tatsächlich Kraft verlieh. Sie besaß so viel, daß sie sie weitergeben konnte. Ihre ruhige biologische Zuversicht befähigte sie, selbst den Sargwurm noch als einen wichtigen Bestandteil der örtlichen Fauna und Flora zu akzeptieren.

4

Veränderungen, Symptome, Stigmata – wir hielten unwillkürlich immer danach Ausschau, und allmählich wurden sie auch sichtbar.

»Hast du gesehen, wie gleichgültig Marian neuerdings Debby gegenüber ist?« fragte Ruth an irgendeinem dieser monotonen Tage, in denen der Sommer träge dahinschlich und Marian dem Verlöschen entgegenging. »Man möchte meinen, sie dächte so ausschließlich an dieses Baby, das sie zur Welt bringen möchte, daß sie ihr erstes Kind völlig darüber vergißt.«

Ich antwortete, ich hätte nichts Derartiges bemerkt. Wenn sie jetzt anders wirkte, dann nur, weil sie ständig müde war, und wer wollte ihr einen Vorwurf daraus machen?

»Ich werfe es ihr ja nicht vor. Es ist mir nur aufgefallen. Es begann ganz unvermutet. Und es ist nicht nur die Erschöpfung.«

»Das sieht Marian gar nicht ähnlich. Sie vergöttert das Kind.«

»Sie *hat* es vergöttert«, erwiderte Ruth. »Sie ist nicht mehr dieselbe. Achte einmal darauf. Jetzt ist es fast immer John, der sich mit Debby beschäftigt.«

»Es ist nur natürlich, daß er Marian alles abnimmt, was er ihr abnehmen kann.«

»Das erklärt ihr kühles Verhalten nicht. Ich habe beinahe den Eindruck, sie stößt das Kind zurück.«

»Ich an ihrer Stelle würde wahrscheinlich nur an mich selber denken«, sagte ich. »Ich kann mir nicht vorstellen, daß mehr dahinterstecken soll. Was machen sie überhaupt, wenn der Vorlesungsbetrieb wieder anfängt?«

»Ich dachte, du wüßtest es. Er hat sich für drei Monate beurlauben lassen.«

Eine Weile hing ich düsteren Gedanken nach. Ich versuchte mir auszumalen, wie es sein mußte, ein solches Leben zu führen – in nüchternem Zustand, mäßigem Tempo und unter Beachtung aller Verkehrsvorschriften auf eine bereits einzusehende Kreuzung zuzusteuern, wo einen, wie man im voraus wußte, ein Frontalzusammenstoß mit einem betrunkenen Irren erwartete. Daß letztlich unser aller Leben ähnlich endet, ist kein Argument, denn die meisten Menschen sehen die Kreuzung nicht und können deshalb so tun, als sei sie nicht vorhanden.

Bitter stieß ich hervor: »Sie haben sich ausgerechnet, daß in drei Monaten alles erledigt ist, wie? Diese Verschwörung ist geradezu obszön. Ob sie wohl Signale vereinbart haben? Vielleicht hebt sie die Hand, um ihren letzten Atemzug anzukündigen, damit John den Ärzten sagen kann: ›Also, jetzt los, schlitzen Sie schnell den Bauch auf und holen Sie das Kind‹?«

»Joe!«

»Gott!« stöhnte ich. »Das ist doch grauenvoll!«

»Was sollten sie denn tun – heucheln?«

Nein, nicht heucheln. Das taten viele Menschen, und es änderte nichts. Eine Änderung hätte sich nur ergeben, wenn alles plötzlich aufgehoben, rückgängig gemacht worden wäre. Gern hätte ich die zehn Jahre, die mir vielleicht noch blieben, für die Vergünstigung eingetauscht, zehn Minuten lang Gott zu sein, um ihren Alptraum und ihre Vorbereitungen auszuradieren.

Vieles an diesen Vorbereitungen begriff ich auch gar nicht mehr. Manches war noch verständlich, obwohl es schmerzte. Die erschütternden kleinen Geschenke zum Beispiel, die sie uns brachte, Dinge von der Art, wie sie ein anhängliches, ernsthaftes kleines Mädchen seinen Ferienfreunden zum Abschied schenkte. Aber warum ließ sie zu, daß John seine Arbeit für ein

Vierteljahr unterbrach? Es hätte weitaus besser zu ihr gepaßt, wenn sie ihn überredet hätte, jeden Morgen ins Labor zu fahren, bis der Tag kam, an dem sie ins Krankenhaus gebracht werden mußte. Seine Karriere bedeutete ihr doch zumindest ebenso viel wie ihm, und sie verlangte immer, daß man dem Leben diente, nicht dem Tod. Und jetzt diese Zurückweisung Debbys, während ich erwartet hatte, sie würde Debby noch mit der letzten verlöschenden Kraft schützend an sich ziehen. Hatte sie nicht liebevoll und hochherzig sein wollen? War sie dem Ende schon so nahe, daß sie nicht einmal mehr das festhielt, was ihren Lebenswillen am meisten hätte stärken müssen?

Denn nachdem mich Ruth einmal darauf aufmerksam gemacht hatte, sah ich sehr bald, daß ihre Beobachtung zutreffend war. Marian wies ihre Tochter systematisch ab. Und noch etwas: John begünstigte es, als bestünde eine geheime Übereinkunft zwischen ihnen.

Statt der beiden Pferdeschwänze, deren Anblick uns so vertraut geworden war, sahen wir nun einen Männerkopf und den kleinen Pferdeschwanz, wenn der Caravan über die Brücke holperte, um Debby in die Schule oder zur Klavierstunde zu bringen. Jetzt war es nicht mehr Marians schmale Gestalt, sondern John, der sich an die Ringbahnumzäunung lehnte, um Debby beim Reiten zu beobachten. Wenn frühmorgens Stimmen aus dem Bachgrund heraufdrangen, dann waren es Vater und Kind, die sich unterhielten, während sie Gerste aus dem Kasten kippten oder ein bißchen Heu von einem Ballen ausstreuten. Und an Wochenenden und Nachmittagen, die Debby normalerweise immer zu Hause verbracht hatte, allein oder mit irgendeinem Spielgefährten, nahm John sie nun häufig in die Berge mit, um Holz für den Kamin zu holen, obwohl er schon einen ansehnlichen Vorrat aufgestapelt hatte und unmöglich mehr verbrauchen konnte.

Wenn sich Debby das Knie aufschürfte, in eine Brombeerranke geriet oder von dem Pferd auf den Fuß getreten wurde, dann war es John, der sie tröstete und das rituelle Pflaster aufklebte. Manchmal hörten wir sie aufgeregt nach ihrer Mutter rufen, um ihr eine Wühleidechse, eine Schlange oder einen Salamander im Froschteich zu zeigen, und obwohl Marian viele Stunden und Tage damit zugebracht hatte, sie für die ländliche Tierwelt zu interessieren, und den Froschteich selbst angelegt hatte, blieben solche Rufe, wenn John nicht da war, nun immer unbeachtet.

Einmal holten wir Marian zu einer Einkaufsfahrt ab, und Debby lief herbei und wollte mitgenommen werden. Marian schlug ihr die Tür vor der Nase zu. »Sei froh, daß du bei Daddy bleiben kannst«, sagte sie. Sie machte mir ein Zeichen, und wir fuhren ab. Im Rückspiegel sah ich Debby tränenüberströmt am Straßenrand stehen, und dann kam John aus dem Haus, um als Ersatztröster einzuspringen.

An einem Sonntagnachmittag besuchten sie uns einmal auf einen Drink. Der Nebel hatte sich über die Küstenberge gewälzt, und es wehte trotz der Sonne ein kühler Wind, doch auf der geschützten Patioseite, wo wir saßen, war es warm. Debby hatte sich nackt ausgezogen und schob im Teich ein Plastikboot herum. Sie schwatzte vor sich hin, während sie spielte, und ihre kindliche Stimme wirkte wie eine unschuldige Untermalung unseres Gesprächs, das zwanglos und friedlich war und den Irren auf der Straßenkreuzung vorübergehend außer acht ließ. Auf der Terrasse sang die Spottdrossel – wie am Tag unserer ersten Begegnung.

Dieser Friede war es, den wir hier gesucht hatten. Wir hatten ihn genauso unermüdlich gepflegt, wie Marian das rege, aufgeschlossene Leben gepflegt hatte. Immer, wenn er sich in seiner Reinheit auf uns herabsenkte, wäre ich zu dem Eingeständnis bereit gewesen, daß Pecks drogengetränkte Zuckerwürfel selbst mich hätten verlocken können, wenn sie einem das bescherten. An diesem Nachmittag lag er wie feiner Goldstaub auf uns, vor allem auf dem zarten, schmächtigen kleinen Mädchen, das sich wie eine Weidengerte im Teich bückte, drehte, wendete, um das Plastikboot anzustoßen – der ganze Körper braun gebrannt, bis auf die weiße Form, die die Badehose hinterlassen hatte. Während Debby so spielte, war sie das anmutigste Geschöpf der Welt, vollkommen, geschmeidig, die Glieder weich und rund.

Als ich die Augen abwandte und Marian ansah, merkte ich,

daß sie das Kind förmlich mit den Blicken verschlang und offenkundig verlegen wurde, weil ich sie dabei ertappt hatte. »Ah!« rief sie und streckte sich wohlig. »Das ist herrlich!« Sie griff nach unten und hob den schlaffen Katarrh zu sich hinauf, der mit gekrümmtem Buckel an ihrem Stuhl vorbeigeschlichen war. Die seidenweiche Haut über ihren Backenknochen war leicht gerötet. Sie wußte, was ihr Gesicht verraten hatte – keine Erschöpfung, nichts Abweisendes, lediglich verzehrende Liebe.

»He!« sagte Debby plötzlich und bückte sich, um mit den kurzsichtigen Augen ins Wasser zu starren. »Hier gibt's ja *Fische!* Kleine, winzige Fische! Mami, schau!«

»Moskitofische«, verkündete ich. »Ich habe sie mir neulich bringen lassen; die Larven nehmen überhand.«

Marians Finger strichen das Fell über Katarrhs Kopf so straff zurück, daß sich die blinzelnden Augen zu schrägen Schlitzen verzerrten. Der rosige Hauch auf ihren Wangen wurde dunkler. Sie sagte nichts. John stand auf.

»Mami!« rief Debby. »Es sind *Millionen!«*

Ihr Vater kauerte sich neben sie, legte seine Hand auf ihren schmalen Rücken, wie er es in letzter Zeit so häufig tat, und sagte munter: »Diese kleinen Fische sind so wild wie Haie. Paß auf, jetzt fangen wir eine Fliege, und ich zeig' es dir.«

Es war schnell getan. Er wartete, bis sich eine unserer Sommerfliegen auf sein Knie setzte. Eine blitzschnelle Handbewegung, und schon hatte er sie. Er preßte die Finger zusammen und ließ die verletzte Fliege ins Wasser fallen. Von meinem Platz aus konnte ich sehen, wie das Wasser herumwirbelte, während sie von den winzigen Ungeheuern in Stücke gerissen wurde.

»Huh!« sagte Debby. Der grausige Vorgang bewog sie dazu, sich auf festen Boden zu flüchten: Tastend näherte sie ihre Zehe wieder dem Wasser.

»Ich an deiner Stelle würde draußen bleiben«, sagte John. »Diese Dinger würden dich bis zu den Knien abnagen.« Seine Hand tätschelte ihr weißes Hinterteil, aber schon war sie ihm entschlüpft und stand bei Marian und zerrte sie am Arm.

Katarrh sprang hinunter und verschwand. »Mami, komm! Sie verschlingen *alles!«*

»Ich habe sie gesehen, Herzchen.«

»Nein, du hast sie nicht gesehen.«

»Aber andere, ähnliche.«

»Warum kommst du nicht?« stieß Debby zornig heraus. »Ich will, daß du kommst und sie anschaust.«

Marian befreite sich von der fordernden Hand. »Wenn du anfängst, dich schlecht zu benehmen, müssen wir dich heimbringen.«

»Komm doch!«

»Du bist unerträglich«, sagte Marian. »Vielleicht will Mami nicht kommen. Vielleicht ist Mami müde. Lauf und schau sie dir selbst an, solange du magst.«

Nun mischte sich John wieder ein. Er hob das nackte Kind hoch und lächelte ihm in das gekränkte Gesicht. »Komm, gräm dich nicht«, sagte er. »Ich weiß etwas viel Schöneres. Du ziehst deine Hose an, damit wir die Nachbarn nicht schockieren, und dann gehen du und ich ein bißchen spazieren und schauen, ob wir dem Hasen begegnen.«

Er ließ sie in die Shorts schlüpfen und hob sie auf seine Schultern. »Ihr müßt uns beide entschuldigen«, sagte er. »Ich habe versprochen, ihr zu zeigen, wo unser Freund Hase wohnt.«

Ein ruhiger, fragender Blick streifte Marian, während Debby vorwurfsvoll zu ihrer Mutter hinunterstarrte. Marian schloß die Augen, und sie gingen fort. Als sie außer Hörweite waren, sagte sie: »Es tut mir leid.«

»Wird sie Ihnen zuviel?« fragte Ruth. »Warum überlassen Sie sie nicht für eine Weile uns? Wir täten es gerne. So würde sie Sie jeden Tag sehen, aber weder Sie noch John brauchten sie zu betreuen.«

Marian blickte zu Boden, die Daumen gegen die Backenknochen gestützt, die Fingerspitzen an die Stirn gelegt. Sie schickte ein krampfhaftes Lächeln zu uns herauf. »Das ist lieb von Ihnen, nur ist es leider keine Lösung.«

»Keine Lösung?«

»Oh, das ist das schwerste von allem!« stöhnte Marian. Sie

rieb sich über die Falte zwischen den Augen. »Wir möchten nicht, daß sie unglücklich ist, sie soll sich nicht zurückgestoßen fühlen, aber wir *müssen* sie ein bißchen von mir lösen. Sie klammert sich zu sehr an mich. John war so oft fort, und ich habe sie verwöhnt.«

»Und was wollen Sie jetzt tun?« fragte ich in schärferem Ton, als ich beabsichtigt hatte. »Debbys kindliche Liebe unterminieren?«

»Ihre Liebe nicht, Joe. Ihre Abhängigkeit. Ich möchte nicht, daß sie sich ohne Mutter verlassen und elend vorkommt. Ich hätte es gern, daß sie mich vermißt, aber ich weiß, es ist viel besser, wenn sie mich nicht allzusehr vermißt. Deshalb wollen wir erreichen, daß sie ihre Gefühle mehr auf John überträgt. Nur – es ist so schwer! Ich muß mich in einen Stein verwandeln!«

»Da hast du deine Erklärung«, sagte ich zu Ruth. Ich hätte mir am liebsten an den Kopf gegriffen. Es machte mich einfach rasend, wenn sich diese junge Frau in Fragen des Lebens oder Sterbens von Theorien leiten ließ statt von ihren natürlichen Empfindungen oder ihrem gesunden Menschenverstand. Ich konnte es mir nicht verkneifen, zu bemerken: »Ist John ebenfalls der Meinung, daß Debby unbedingt um die Erinnerung an eine liebevolle Mutter gebracht werden muß?«

»Er gibt mir recht. Er findet es furchtbar, aber er gibt mir recht.«

»Ich finde es auch furchtbar«, sagte ich, »und ich kann Ihnen ganz und gar nicht recht geben. Du lieber Gott, Marian, das ist unmöglich für das Kind und grauenhaft für Sie! Warum soll sie Sie nicht vermissen? Dieses Leid würde doch ihr ganzes Leben bereichern!«

Die klaren blauen Augen warfen mir durch die gespreizten Finger einen nachdenklichen Blick zu. »Meine Eltern kamen ums Leben, als ich ungefähr in Debbys Alter war«, sagte sie. »Ich möchte nicht, daß sie sich genauso verloren vorkommt.«

»Sie haben es aber überlebt«, beharrte ich. »Und nicht einmal so schlecht.«

»Joe, ich hatte jahrelang Alpträume. Ich träumte ständig, ich hätte mich in einem Wald oder in einer unübersehbar weiten, öden Landschaft verirrt.«

»Sie haben auch die Alpträume überlebt«, sagte ich. »Und außerdem ist es gar nicht Ihre Art, so zu sprechen. Haben Sie nicht immer erklärt, man müsse sich den Dingen stellen, man dürfe keiner Erfahrung ausweichen? Und – ganz abgesehen davon – spielt es nicht auch eine Rolle, was *Debby* will?«

»Sie will Liebe«, antwortete Marian. »Und sie lernt jetzt, sich diese Liebe bei John zu holen. Er ist der gütigste Mensch, den man sich denken kann, sie muß das nur herausfinden. Bald wird sie sich in jedem Fall an ihn wenden, nicht mehr an mich. Dann ist es für beide leichter, wenn ich fortgehe.«

Vorbereitungen, Pläne wie für ein Urlaubsjahr. Es kam mir unerträglich vor. Ich war verstört und unglücklich wie immer, wenn sie versuchte, mit dem Willen gegen Unvermeidliches anzugehen. Manchmal erbitterte es mich fast, daß sie sich anmaßte, die Begleitumstände ihres Todes zu kontrollieren. Und ich fragte mich, ob es nicht sogar egoistisch von ihr war, den Weg derer, die sie überleben würden, lenken zu wollen. Und inkonsequent: Wenn sie alle Erfahrungen, selbst den Schmerz, bejahte, weshalb galt das dann nicht auch für Debby? Und vermessen. Guter Gott, vermessen war ein viel zu mildes Wort.

Und da mich ihre Vermessenheit störte, nahm ich es John ein wenig übel, daß er sich so widerspruchslos fügte. Vielleicht verdroß ihn auch manches an mir, so zum Beispiel, daß ich nicht schweigen konnte. Im September noch bedrängte ich ihn, Marian dazu zu bringen, daß sie sich dieses armseligen Fetusses entledigte, der ihr Leben verkürzte.

Seine Antwort war vermutlich die einzig mögliche, und er gab sie mir mit derselben unerschütterlichen Gelassenheit, die mich schon am Flughafen so befremdet hatte. Dieser aktive, sportliche, integre, guterzogene junge Amerikaner, der immer ein Lächeln parat hatte, dieser Prototyp, dieser *mens sana in corpore sano,* der sich weder verzweifelt gegen die Brust schlug noch in seinem Innenleben herumstocherte, sondern stets Tatmensch blieb, neuen Erkenntnissen, neuem Wissen nachjagte und an die Zukunft glaubte, dieser Mann, dem man ebensogut ein Kind wie den Vorsitz in einem Komitee oder die Durchführung einer unparteiischen Untersuchung hätte anvertrauen können, dieser Mann, der fähig war, ein wichtiges Problem zu begreifen und ein Forschungsprogramm zu seiner Lösung aufzustellen, dieser Wissenschaftler, der sich auf das Leben spezialisiert hatte und ihm mit so viel Liebe und Interesse zugewandt war wie außer ihm nur noch seine Frau – dieser Mann also, der bis auf das Wesentliche in allem vom Glück begünstigt war, blickte mich traurig an und sagte: »Sie hat ein Recht darauf, so zu handeln, wie sie es für richtig hält. Es ist ihr Tod.«

Ja, er war es, er war es. Und er rückte mit jedem Tag näher.

5

Alles Warten ist eine Art Langeweile, so wie es auch eine Form der Angst sein kann. Das, worauf man wartet, zwingt einem ständig dieselben Bilder und Gefühle auf, die die Monotonie der Tage verstärken. Bei uns trägt selbst das Wetter zur Eintönigkeit bei. Eine Woche, zwei Wochen, drei Wochen lang bringt jeder heraufdämmernde Morgen die gleiche Temperatur, die gleiche Feuchtigkeit, das gleiche Licht, die gleichen Farben, und alle Änderungen vollziehen sich so langsam, daß man sie gar nicht als solche erkennt. Stürme, Gewitter oder auch nur ein heftiger Wind oder Kumuluswolken sind um diese Jahreszeit undenkbar; kaum ein Anzeichen deutet darauf hin, daß der Sommer in Herbst übergeht, es sei denn das kompakte Grün des Grindeliakrauts, das im Spätsommer trotz der Trockenheit die ausgedörrten Hügel fleckt. Dieses unzeitgemäße Grün verströmt einen unverwechselbaren Geruch, der vom leisesten Lufthauch fortgetragen wird und schließlich die ganze Gegend beherrscht, den Kopf umnebelt und sich überall festsetzt – an Schuhen, Hosen, an den Katzen, die hindurchstreichen, in den Schränken, wo Schuhe und Hosen verwahrt werden, und an den Händen, die das Katzenfell berührt haben.

In meiner Erinnerung überlagern sich diese Wochen des Wartens wie alle öden, schalen Perioden. So endlos sie uns damals vorkamen – rückblickend scheinen sie gerade noch eine von Grindeliageruch durchtränkte Stunde. Als der September den August ablöste und John allmorgendlich Debby in die Schule brachte, wie es vorher Marian getan hatte, war jeder Atemzug grindeliageschwängert.

Das Catlinsche Drama isolierte uns weitgehend von der übrigen Welt; es war, als trieben wir mit ihnen auf einem Floß dahin. Andere Nachbarn, andere Angelegenheiten übersahen wir beinahe. Tom Weld fuhr mit seinem Lieferwagen hin und her, das Hügelgelände wurde vermessen, weiße Absteckpfähle sprossen aus dem Boden, und wir lasen in der Zeitung, daß der Planungskommission bereits ein Parzellierungsplan vorlag. Normalerweise hätte uns das bedrückt. Doch wir waren so sehr mit Marian beschäftigt, daß wir uns nur wieder einmal hintergangen fühlten, was den Sinn unseres Exodus anlangte, und uns kaum darüber ärgerten. Mrs. Weld prunkte ab September mit einem gelben Impala – ein Statussymbol künftigen Wohlstandes offenbar. Lou LoPresti trug, wenn wir ihn auf einem Spaziergang trafen, eine gerunzelte Stirn und ein unsicheres, verschämtes Gehaben zur Schau, als sei ihm untersagt worden, mit uns zu sprechen. Vielleicht war es auch so. Fran sahen wir praktisch nie und Julie allenfalls noch in Dave Welds Mercury, wenn sie zu dem neuen »Camp« hinauffuhren. Peck begegnete mir einmal mit seiner Honda auf der Landstraße: ein Bote aus Nirwana mit windzerzaustem Bart. Er grüßte mich nicht.

Um den Catlins immer zur Verfügung zu stehen, lehnten wir alle Einladungen ab und baten niemanden zu uns. Und Marian und John, die keine näheren Familienangehörigen besaßen und nur einen kleinen Bekanntenkreis, weil sie erst so kurze Zeit in Kalifornien lebten, akzeptierten unsere Hilfsbereitschaft. Ich habe manchmal das Gefühl, daß ihre Entschlossenheit doch nicht ganz so unerschütterlich war, wie es schien, und wir ihre Verzweiflung ein wenig linderten. Vermutlich taten wir ihnen auch leid, weil uns Marians Zustand so sehr bekümmerte.

Wir kamen jeden Vormittag, wenn John im Labor war. Ruth

kochte, machte sauber und besorgte die Wäsche, ich fungierte als Chauffeur und Pferdeknecht. Daß Ruth den Haushalt übernahm, verschaffte Marian die Möglichkeit, sich anderen, heikleren Aufgaben zu widmen. Sie brachte Debbys Kleider in Ordnung. Sie räumte ihren Schreibtisch auf, bündelte Fotos, sortierte Briefe, verbrannte einige, schickte andere zurück. Sie schrieb allen Menschen, die ihr irgendwann in ihren dreißig Lebensjahren einmal etwas bedeutet hatten. Gemächlich, konzentriert und ohne sich allzuviel zuzumuten, ordnete sie ihre geringe Hinterlassenschaft. Da wir sie täglich sahen, nahmen wir kaum Veränderungen wahr. Doch immer, wenn unser Telefon klingelte, hasteten wir voller Angst, der gefürchtete Augenblick sei gekommen, an den Apparat.

Mitte September klingelte es einmal, als wir gerade im Patio zu Abend aßen. Ich stürzte hinein, hob den Hörer ab und meldete mich. »Hallo?«

Es war Frans Stimme, und sie klang nicht mehr weich und süß, sondern scharf, gehässig und hart. Wenn es möglich gewesen wäre, mich durch den Leitungsdraht zu vergiften, so hätte es Fran in diesem Augenblick sicher getan. »Ich wollte dir nur sagen, was deine Beatniks angestellt haben.«

»Fran«, flehte ich. »Es sind nicht *meine* Beatniks. Das alles war für mich genauso unerfreulich wie für dich, und ich habe sie doch auch sofort auf die Straße gesetzt ...«

»Ich bezweifle sehr, daß es für dich genauso unerfreulich war wie für mich. Das ist schlechthin unmöglich. Diese dreckigen, verkommenen, haarigen Schmutzfinken! Weißt du, was sie meinem Kind, dieser nichtswürdigen, unglückseligen Kreatur, angetan haben?«

Ich verneinte, wiewohl ich es mir bereits vorstellen konnte.

»Sie ist *schwanger*!« Frans Stimme wurde so schrill, daß ich den Hörer ein Stück von meinem Ohr entfernte. »Schwanger!« schrie sie. »Noch keine sechzehn, und schwanger! Und kein bißchen Scham! Gott! Sie hat es mir regelrecht ins Gesicht geschleudert! Und anschließend hat sie sich davongemacht, um in dieser Sexhöhle, in diesem . . . in diesem Schweinestall zu leben ...«

»Fran, Fran«, sagte ich. »Das tut mir so leid, glaub mir. Wann hast du es erfahren?«

»Gestern. Gestern abend. Und jetzt ist sie fort, aber ich weiß schon, wo ich sie finden kann. Lou ist auf mein Drängen hin dem jungen Weld einmal nachgefahren. Der ist genauso verdorben wie sie, und daran sind nur diese ...«

»Hat sie gesagt, wer der Vater ist?«

Hart und bitter lachte sie auf. »Wie – weißt du so schlecht über die moderne Jugend Bescheid?« höhnte sie. »Liebesaffären sind doch hoffnungslos altmodisch – Väter sind aus der Mode gekommen. Weißt du, was Julie gesagt hat? Was meinst du wohl? Sie sagte, es könne jeder x-beliebige aus einem halben Dutzend sein. Das hat sie mir ins Gesicht gesagt.«

»O Gott.«

»Ja, o Gott, ich wollte, daß du es erfährst, ich dachte, es interessiert dich vielleicht.«

»Fran, ehrlich ...«

»Aber der Sache werd' ich ein Ende machen«, fuhr sie fort. »Darauf kannst du Gift nehmen. Ich weiß genau, wo die kleine Hure ist, und ich werde mit der Polizei hinauffahren und das Nest ausheben. Hörst du mich?« Ich hörte sie sehr gut, und ich hörte auch das unterdrückte Schluchzen, das die wütenden Worte begleitete. »Ich wollte nur, daß du es erfährst«, sagte sie. »Man hätte nie zulassen dürfen, daß sich so eine Bande überhaupt zusammentat.«

»Ich bedaure alles, was von meiner Seite dazu geschehen ist«, erklärte ich. »Ich bedaure es aufrichtig. Aber, Fran – verzeih die Einmischung –, hältst du es wirklich für klug, mit der Polizei anzukommen? Wäre es nicht leichter für euch und Julie, wenn du mit Lou allein hinauffährst?«

»Ich bringe sie alle ins Gefängnis«, verkündete sie erbittert. »Ich werde sie wegen Drogenmißbrauch, Korrumpierung Minderjähriger und Vergewaltigung anzeigen.«

»Es war doch gar keine Vergewaltigung, nach dem, was Julie sagt.«

»Bei einer Minderjährigen ist es immer Vergewaltigung«, entgegnete sie, und dann wurde ihre Stimme noch lauter und schriller. »Ach, wie will jemand wissen, was es war? Dieses schmutzige, verlogene kleine Biest!« Ich hörte ihr erregtes Atmen. »Jetzt weißt du, was du angerichtet hast!« schrie sie und hängte abrupt ein.

Am nächsten Vormittag kurz vor zwölf hielt ein Polizeiauto vor unserem Haus, und der uniformierte Fahrer zog sein Notizbuch aus der Tasche, um meine Antworten auf seine vielen Fragen über Peck aufzuschreiben. Wie lange hatte er da unten gelebt? Was für Vereinbarungen waren getroffen worden? Zahlte er Miete? Hatte ich ihn vorher gekannt? War mir an ihm oder einem seiner Freunde etwas aufgefallen? Rauschgift? Orgien? Frauen? Wußte ich, wie Hanfpflanzen aussahen? Und so weiter.

Ich nahm an, daß bei Peck eine Razzia stattgefunden hatte, konnte allerdings aus dem Polizeibeamten nichts herausbekommen. Zweifellos sah er einen möglichen Mitschuldigen in mir, einen ausgedienten Homosexuellen vielleicht. Er war ganz der Typ, der überall Schmutz wittert, und sein Besuch regte mich derart auf, daß ich aus lauter Angst, mit Marian darüber sprechen zu müssen, nicht einmal die Post abholte. Doch ich konnte diesen Gang nicht ewig hinausschieben. Um drei Uhr, als auch die Nachmittagszeitung fällig war, machte ich mich auf den Weg, und natürlich saßen Marian und John im Picknickwäldchen, über die Zeitung gebeugt, und ich mußte wohl oder übel zu ihnen hinuntergehen.

Es stand auf der Titelseite – Text und Fotos: RAZZIA DECKT DROGEN-SEX-RING JUGENDLICHER AUF. WÜTENDER VATER VERPRÜGELT HIPPIE. Und da war Peck, Bart und Hubschrauberanzug, eine Hand aufs Auge gepreßt, zwei streng dreinblickende Polizisten zur Seite, die ihn an den Ellbogen festhielten. Und hier, zwischen riesenhaften Mammutbäumen, ein baufälliges Cottage mit Schindeldach. Und dort ein mißbilligender Staatsanwalt vor einem Tisch voll Beweismaterial: eine Tabaksbüchse, die angeblich Heu enthielt, verschiedene Fläschchen mit Barbituraten, eine Großpackung empfangsverhütender Pillen. Und da – Fortsetzung Seite vier – die Sexgöttin Margo, die mit aufgelösten Haaren und beschwörend erhobener Hand einem

Reporter ihre Forderung nach sexueller Freiheit und Abtreibungslegalisierung vortrug. Keine weiteren Fotos; vermutlich handelte es sich bei den übrigen Festgenommenen zum großen Teil um Jugendliche.

Dafür hatte man zwischen Margos flammende Reden und Pecks empörte Beschwerden über rücksichtslose Polizisten und Verletzung der Privatsphäre pikante Details eingestreut, wie sie zum Beispiel von ein paar Minderjährigen geliefert wurden, die es nun offenbar mit der Angst zu tun bekamen. Verschiedene erklärten, die Gruppe habe Marihuana geraucht, und sie selbst hätten es von Peck erhalten. Einer sagte aus, er habe unter Pecks Überwachung LSD ausprobiert – in einem Baumhaus, das zu dem früheren Lagerplatz der Clique gehörte. Er glaubte, daß praktisch jeder mindestens einmal, wenn nicht gar öfter, einen solchen LSD-Trip unternommen habe. In sexueller Hinsicht, so meinte er, sei es »ziemlich frei« zugegangen; manchmal habe man die Mädchen, darunter auch Minderjährige, von Schlafsack zu Schlafsack weitergereicht.

Der aufgebrachte Vater eines der Jugendlichen hatte sich, als die Polizei das Nest aushob, zu Peck vorgedrängt und ihn niedergeschlagen.

Ich blickte von der Zeitung hoch und begegnete Marians forschenden Augen. John rauchte mit düsterer Miene eine Zigarette. »Ich kann mir nicht vorstellen, daß Lucio jemanden verprügelt«, sagte ich. »War es denn überhaupt Lucio?«

»Tom Weld«, antwortete John.

»Oh, das ist ja prächtig«, bemerkte ich. »So langsam erscheint die gesamte Nachbarschaft auf der Szene. War dieser Polizist bei Ihnen?«

Marian nickte. »Und Fran auch.«

»Tut mir leid, daß Sie nun noch damit belästigt werden. Was wollte Fran denn?«

»Daß Marian ihre Tochter zu einer Abtreibung überredet«, sagte John.

»Wie?«

Marian lächelte kläglich. »Ich habe offenbar Einfluß auf Julie. Sie hört auf mich.«

Es war nicht zu überbieten. Ausgerechnet an Marian, eine schwangere, sterbende Frau, der das Leben so viel galt, wurde das Ansinnen gestellt, einer anderen zu einem Eingriff zu raten, dem sie selbst den Tod vorgezogen hatte. Das beträchtliche und mit einer ziemlichen Portion Schuldbewußtsein untermischte Mitgefühl, das ich für Fran empfunden hatte, verringerte sich spontan.

»Und weshalb setzen Julies Eltern nicht dem Vater nach guter alter Sitte die Pistole auf die Brust?« fragte ich.

John lachte. »Dazu müßten sie ihn erst einmal haben. Julie weigert sich ja, Namen zu nennen. Und selbst wenn sie es täte – glauben Sie, daß Fran einer von Pecks Freunden als Schwiegersohn willkommen wäre?«

»Und wie wäre es mit Dave?« Eine stupide Idee – das merkte ich im gleichen Augenblick, als mir die Worte entschlüpften. Das Weldsche Talent, leidige Konsequenzen zu schaffen, hatte sich bereits an Frans Cockerspanielhündin erprobt. Fran würde Dave Weld ebensowenig akzeptieren, wie sie Peck selbst akzeptiert hätte.

»Tja«, sagte ich, »es tut mir leid, es tut mir aufrichtig leid. Was sicherlich viel nützt. Werden Sie Julie raten, das Kind abtreiben zu lassen? Margo könnte Ihnen bestimmt helfen, sie zu überzeugen.«

Marians Blick war so starr und konzentriert, daß es aussah, als betrachtete sie etwas in meinem Rücken. Es kam mir auch so vor, als schüttelte sie ganz leicht den Kopf. John trat seine Zigarette aus und sagte: »Nein, sie wird Julie weder so noch so beraten. Sie wird sich aus alledem heraushalten und ihre Kraft nicht damit verschwenden, sich über dieses junge Ding den Kopf zu zerbrechen, zumal dieses junge Ding sowieso tun wird, was ihm paßt. Julie wird weder bekennen, wer der Vater ist – wenn sie es überhaupt weiß –, noch sich in eine Abtreibung fügen. Warum auch? Sie hat selbst erklärt, daß sie Pillen bekommen und weggeworfen hat. Sie wollte schwanger werden, um Fran zu ärgern, und jetzt ist sie es, und damit Schluß.«

»Haben Sie denn mit ihr gesprochen?« fragte ich.

»Ja, natürlich. Fran hat sie mitgebracht.«

»Du guter Gott!« ächzte ich. »Ist ihr nichts Besseres eingefallen als . . .«

»Ich weiß nicht«, unterbrach mich Marian. »Wenn es etwas gäbe, was ich reinen Gewissens tun könnte, würde ich es von Herzen gern tun. Arme, starrköpfige Julie! Und die arme Fran, sie ist völlig aufgelöst. Und die Welds, Gott, sie hatten überhaupt keine Ahnung von alledem, bevor sie zur Polizeiwache zitiert wurden. Für sie muß es so ähnlich gewesen sein, wie wenn einem etwas aus einem Fenster auf den Kopf fällt. Wissen Sie, daß es Dave war, der Angst bekam und die Polizei informierte?«

»Unser junger Pistolenheld, der immer den harten Burschen, den großen Schweiger markierte?«

»Julie ist fuchsteufelswild auf ihn.«

»Vergiß es«, sagte John. »Denk nicht mehr daran.«

Sinnend lehnte sie sich zurück und betrachtete ihre rosige Handfläche. »Ich bin naiv«, meinte sie dann. »Ich glaubte, wir könnten ihnen – weil sie irgendwie unverfälscht und gutmütig wirkten und nur unnatürliche Dinge wie Rasieren abzulehnen schienen –, wir könnten ihnen als eine Art Beispiel dienen und ihnen zeigen, daß ihre Nervenkitzel auch unnatürlich und unnötig sind. Die fünf Sinne sollten jedem Menschen genügen. Hmmm?«

»Ich habe nichts gesagt.«

»Aber vermutlich hielten sie mich doch für sehr bürgerlich. Ich bin sicher, daß sie mich gern mochten, wie ich sie auch – sie hatten etwas Abenteuerliches an sich, etwas ungeheuer Vitales – nur waren eben unsere Überzeugungen grundverschieden. Meine Weltanschauung war in ihren Augen wahrscheinlich ziemlich pfadfinderinnenhaft.«

»Vergessen Sie sie«, sagte ich. »Vergessen Sie die ganze Angelegenheit. Jede Minute Zeit, die Sie ihnen opfern, ist verschwendet. Stimmt's, John?«

»Stimmt«, bestätigte John. »Und was Julie betrifft, so würden sie in Kalifornien sowieso nie eine Abtreibung erreichen. Und überhaupt ist das nicht deine Sache.«

Er sprach es nicht aus, aber wir verstanden es so gut, als hätte er es gesagt: Du hast dein eigenes Problem, mit dem du fertig werden mußt. Fran LoPresti ist nicht der einzige Mensch auf der Welt, dessen Leben einen kritischen Punkt erreicht hat.

6

Die Krise, so stellte sich wenige Tage später heraus, hatte etwas mit dem Geruch des Grindeliakrauts gemein, den man schon eine ganze Weile einatmet, bevor man ihn wahrnimmt.

Wir fanden Marian plötzlich bei einem unserer üblichen Besuche weder draußen, ein Buch in der Hand, noch im Haus beschäftigt, sondern im Bett, von Übelkeit gepeinigt.

Es war ein Schock für uns, und ich wußte sofort, daß sie nie wieder aufstehen würde. Ihr schmaler, zerbrechlicher Körper wirkte mit einemmal abgezehrt und ausgemergelt, das Gesicht, das uns zuzulächeln versuchte, völlig erschöpft. Dennoch war es keine jähe Verschlechterung. Wir hatten den allmählichen Verfall nur nicht bemerkt, trotz unserer Wachsamkeit. Erst jetzt wurde uns klar, daß Ruth in der letzten Zeit kaum etwas gefunden hatte, was Marians Appetit reizen konnte. Meist blieben ihre kleinen Leckerbissen unberührt auf dem Tablett oder im Kühlschrank stehen. Marians Leben hatte immer gezwungenere Formen angenommen. Und nun war sie plötzlich eine todkranke Frau.

John hatte Debby zur Schule gebracht und war zu einer Besprechung in die Universität weitergefahren. Angst, Kummer – für den Augenblick waren wir mit alledem allein. Ruth schickte mich hinaus, um Marian zu versorgen und das Schlafzimmer aufzuräumen. Ich stapelte einen großen Teil des Holzes, das John und Debby so fleißig zusammengetragen hatten, säuberte den Vorgarten und verbrannte einen Haufen dürrer Blätter.

Dann ging ich wieder hinein, fort von dem traurigen Herbstgeruch des verglimmenden Laubfeuers, und unterhielt mich ein paar Minuten lang mit der jungen Frau, die nun von Kissen gestützt im Bett saß, das Haar zu zwei kleinen Zöpfen zusammengefaßt. Trotz des Brechreizes, der sie plagte, waren ihre

Augen ungewöhnlich klar. Ich fand in ihrem Blick eine sehnsüchtige, zärtliche Intensität, wie ich sie schon bei so manchen unheilbar Krebskranken bemerkt hatte; jenen Ausdruck, der besagt, wie schön die Formen und Farben des Lebens sind, wie gut und vertraut die Gesichter der Freunde, wie begehrenswert alles – und wie bald man es verlieren wird.

Denn sie hatte ihren Abstieg mit offenen Augen verfolgt und wußte, was die Übelkeit bedeutete. Sie hatte jedes Detail mit ihrem Arzt erörtert und wie üblich ihre Vorbereitungen getroffen. Drogen lehnte sie nach wie vor ab, doch gegen intravenöse Ernährung, die das Baby kräftigte, hatte sie nichts einzuwenden. John, so sagte sie, würde sie am Nachmittag in die Klinik bringen, bis er eine Pflegerin gefunden hatte. Sie wollte noch nicht endgültig im Krankenhaus bleiben, und ich verstand sie sehr gut. Es wäre ein böses Omen gewesen. Wer unter solchen Umständen ins Krankenhaus ging, war bereits tot, büßte seine Persönlichkeit ein und wurde ein Fall, eine Krankheit, eine bloße Last. Sie wußte, daß sie auf diese Weise keine drei oder vier Wochen überstehen würde. Dieser Schritt hätte bedeutet, daß sie sich selbst aufgab.

Trotzdem taten John und der Arzt am gleichen Abend alles, um sie umzustimmen. Aber nach drei Tagen war sie wieder daheim, ein fragiles Bündel Triumph, dem die genossene Pflege gutgetan hatte. Eine Krankenschwester in weißer Nylonuniform begleitete sie – eine imponierende Person, deren Oberarme den Umfang von Marians Taille hatten. Ihren Namen habe ich unzählige Male gehört, doch jetzt könnte ich mich nicht um alles in der Welt darauf besinnen.

Die Heimkehr brachte allerdings nichts von dem zurück, was einmal gewesen war. Man konnte sich nicht mehr in der trügerischen Vorstellung wiegen, daß Marian nur ein wenig Schonung brauchte, um demnächst wieder auf den Beinen zu stehen. Die Nadel, die in ihrem dünnen Arm stak, die voluminöse Gestalt in der weißen Uniform – sie waren vorübergehende Erscheinungen, gewiß, aber nicht in diesem Sinn. Und zudem entzog uns die Ankunft der Pflegerin den Trost, den wir bis dahin in allen möglichen kleinen Liebesdiensten gefunden hatten, und beschränkte uns auf steife, verlegene Krankenbesuche, die in einer von falscher Munterkeit gekennzeichneten Atmosphäre vonstatten gingen.

Was uns betraf, zumindest. Marian brauchte keine falsche Munterkeit. Sie setzte der Krankheit ganz einfach ihren Willen entgegen. Sie war zu Hause und schöpfte daraus die feste Zuversicht, daß sie lange genug leben würde, um das Kind auszutragen. Zuweilen hoffte sie sogar, die kräftigende Maltosezufuhr könnte eine normale Geburt ermöglichen. Nie sahen wir sie deprimiert. Wie trübe Gedanken sie auch bewegen mochten, wenn sie allein oder mit John allein war, sie hinterließen nicht den leisesten Schatten auf ihrem Gesicht. Wir wurden lediglich mit der Zeit gewahr, daß es ab und zu den Ausdruck wechselte, hätten aber vielleicht ganz einfach angenommen, es beschäftigte sie in diesen Momenten irgendein Gedanke, wenn sie nicht eines Nachmittags, als wir bei ihr saßen, während die Pflegerin einen Spaziergang machte, plötzlich mitten im Satz zu sprechen aufgehört hätte. Ihre Beine bewegten sich unter der Decke. Das Gesicht verzog sich zu einer Grimasse.

Verstört beugte sich Ruth vor. »Schmerzen?«

Marians halbgeschlossene Augen öffneten sich, die Grimasse wurde ein Lächeln. Sie nickte.

»Wehen? Oder . . .«

»Oh«, stieß Marian erbittert hervor, »wenn es nur Wehen wären!«

»Seit wann spüren Sie sie?«

»Seit ein paar Tagen. Es ist nicht schlimm, nur ein Stechen.«

»Marian, Sie müssen etwas dagegen nehmen!«

Sie schüttelte den Kopf, eigensinnig und unbeugsam. Sie kämpfte mit ihrem Willen gegen den Schmerz wie zuvor schon gegen die Zeit und die Krankheit. Sie tat ihr Bestes, um ihn zu ignorieren. Sie hielt aus. Sie gab sich nicht geschlagen.

Dabei müssen diese Schmerzen, die für uns so leidvoll waren, ein zermürbendes Sympton für sie gewesen sein, denn sie machten ihr klar, wie wenig Zeit ihr noch blieb. Die todbringende Geschwulst und das Leben wuchsen nebeneinander in ihr heran, und niemand konnte sagen, wer das Ziel zuerst erreichen würde.

Und von alledem, was sie zu fürchten hatte, war das quälendste der Gedanke, daß durch den Schmerz selbst die letzte große Erfahrung in animalischer Agonie untergehen könnte. John und der Arzt hatten sie darauf vorbereitet – wir wußten das von John –, daß sie ihr, wenn sie allzu sehr litt, Drogen geben würden, ob sie es wollte oder nicht. Es blieb ihr demnach wenig Hoffnung; sie mußte damit rechnen, daß die Klimax, für die sie sich mit ihrer ganzen Kraft rüstete, entweder durch Qualen oder Medikamente zunichte gemacht wurde. Und so versuchte sie, die Schmerzen zu bezwingen, ihre Macht zu brechen, sie zu negieren. Und wer von uns hätte sagen können, ob es ihr tatsächlich gelang oder ob sie sich nur mehr zumutete, als sie zu ertragen vermochte?

Ein schwatzender Tölpel, der es nicht aushielt, mitanzusehen, wie sie ihre Pein hinnahm, rief ich ihren Arzt an und fragte ihn, ob man nicht jetzt schon einen Kaiserschnitt machen könne. Warum sollte sie nicht die Befriedigung haben, dieses schwererrungene Baby zu sehen, anzufassen, sich zu überzeugen, daß es normal und lebendig war? Wenn sie das erreicht hatte, würde sie den zermürbenden Kampf leichter aufgeben.

Er erwiderte, es sei völlig ausgeschlossen, daß sie eine Operation überlebe; der Kaiserschnitt war in diesem Fall lediglich das letzte Mittel zur Rettung des Kindes, und für das Baby bestand keine Gefahr, solange Marian selbst noch nicht akut gefährdet war.

»Und dazu wird es bald kommen«, bemerkte ich.

»Ja«, bekannte seine nüchterne, beherrschte Stimme (weshalb haßt man all jene Menschen so sehr, die in tragischen Situationen einen kühlen Kopf bewahren müssen?), »ja, bedauerlicherweise.«

Bedauerlicherweise.

Am selben Nachmittag steuerte Tom Weld seinen Bulldozer über die schwankende Brücke und begann, den Hügel aufzureißen. Wir sahen ihn, als wir von unserem Besuch bei Marian heimgingen, und die Bitterkeit, die uns erfüllte, weil wir ihr nicht helfen konnten, fand ihr Ventil in ohnmächtigem Zorn auf diesen Neandertaler und seine brutale Maschine. Die Verstümmelung des Hügels wirkte auf mich wie ein Symbol all dessen, was Marian erduldet hatte und noch erdulden mußte, und ich haßte Weld so abgrundtief, daß ich förmlich bebte. Er war der geborene Zerstörer alles Schönen, und es gab kein Mittel gegen ihn. Wir konnten weder unsere Anhöhe anderswohin versetzen noch unser Haus zur anderen Seite hin umdrehen; wir waren gegen die Erlaubnis der Planungskommission und die Weldsche Ansicht, daß Verunstaltung Fortschritt bedeute, genauso machtlos wie gegen die Krebszellen, die in Marians Körper, vom Blutkreislauf verschleppt, Metastasen gebildet hatten.

An diesem Abend saßen wir lange auf der Terrasse, während über den Eichen Schwalben und später Fledermäuse die immer dunkler werdende Luft zusammenhefteten und Dämmerung und schließlich Finsternis die holprige Rinne überschattete, aus der einmal eine Straße werden würde. Eine Weile schwebten noch die weißen Vermessungsstäbe in der Landschaft, bevor die Nacht auch sie verschluckte. Es roch nach Grindeliakraut und frisch aufgerissenem Lehm.

»Ich weiß nicht«, sagte ich. »Ich glaube, es macht mir gar nichts aus, alt zu werden. Ich wünschte sogar, es ginge schneller. Neulich las ich einen Satz von Crèvecœur, der das sehr schön ausdrückt: ›Manchmal ist mein Herz des Schlagens müde und verlangt genau wie meine Lider nach Ruhe.‹«

»Marian würde dir jetzt eine Strafpredigt halten«, meinte Ruth. »Obwohl man es ihr nicht verübeln könnte, wenn sie selbst so dächte. Armes Kind. Wir sollten ihr zuliebe wahrscheinlich hoffen, daß es bald kommt.«

»Was ich hoffe, ist, daß sie dieses Baby aufgibt und irgendeine Behandlung akzeptiert und sich eine Chance gönnt.«

»Es ist viel zu spät. Du darfst dir nichts vormachen.«

»Ja, vermutlich darf ich das nicht. *Sie* hat es schließlich auch nie getan.«

Schweigend saßen wir da; nach einer Weile strich ein weicher Schatten durch das Dunkel, und eine Eule ließ sich lautlos in einer Eiche vor uns nieder. Nur ihre Umrisse waren auf dem Zweig zu erkennen. Ein paar Minuten blieb sie dort, vollkommen reglos, dann verschwand sie.

»Was war das, ein böses Omen?« sagte ich.

»O Joe, hör auf! Du machst doch alles nur noch schlimmer.«

»Es kann gar nicht schlimmer werden.«

Ungeduldig stand sie auf, schob aber sofort ihre Hand unter meinen Arm. »In Zukunft müssen wir uns auf den Patio beschränken, wenn wir darußen sitzen wollen«, sagte sie. »Ich glaube, ich könnte es nicht ertragen, mitanzusehen, was Weld da drüben macht.«

»Mit anderen Worten, wir werden einen Stellungwechsel vornehmen.«

»Was?«

»So drückt man beim Militär eine Niederlage aus. ›Unsere Truppen haben einen Stellungswechsel vorgenommen.‹ Das Leben ist eine einzige Kette solcher Stellungswechsel.«

»Oh, es ist doch ein bißchen mehr.«

»Inwiefern? Intelligenz nutzt nichts, Vorsorge nutzt nichts, Entschlossenheit nutzt nichts, Mut nutzt nichts, selbst die bewundernswürdigste Haltung nutzt nichts. Wenn nur etwas von alledem irgendeinen Nutzen hätte, wäre Marian heute nicht da, wo sie ist.«

Ich spürte, daß Ruth mich ansah, obwohl ich ihr Gesicht in der Dunkelheit nicht erkennen konnte. »Aber sie hat sich nicht geschlagen gegeben«, bemerkte sie.

Ruth hat ihre spezielle Zähigkeit. Sie ist von einer dicken Haut umgeben, während Marian eher eine Art leichtes, widerstandsfähiges Metall war. »Na schön«, sagte ich schließlich. »Morgen werden wir also unseren Stellungswechsel vornehmen.«

Wir gingen ums Haus herum und blieben im Patio stehen. Es war so still, daß man das ferne Dröhnen und Murmeln des Verkehrs hören konnte, der sich über die Autobahnen wälzte. Dort über dem Tal war der Himmel gerötet; auf der anderen Seite lagen dunkle, unversehrte Berge. Ein Stern blickte aus dem unergründlichen schwarzen Teich zu uns herauf.

»Alles kann er ja gar nicht verwüsten«, sagte Ruth. »Und dieser Teil wird immer hübscher, je üppiger sich die Bepflanzung entwickelt. Viele Leute haben nicht ein Zehntel von alledem.«

»Ja.«

»Und hier ist es nie staubig.«

»Nein.«

Ich schöpfte tief Atem; nur allzu gern hätte ich mich an der ruhigen Nacht und dem friedvollen Patio und dem ölschwarzen Teich mit dem zersplitterten Stern darin gefreut – wie auch Ruth. Doch aromatischer Grindeliageruch drang mir durch Nase, Mund, Kopf und Herz, und irgendwo, meilenweit entfernt, wie es schien, tobte eine Meute Jagdhunde.

7

Am nächsten Tag war unser Besuch bei Marian kurz; er dauerte nicht länger als zehn Minuten. Der Pflegerin war selbst das noch zuviel. Sie verriet es mit jeder Bewegung – sei es, daß sie das Glasgefäß oder Marians Arm beäugte oder als verkörperte Mißbilligung gewichtig in der Tür stand. Marian gab sich alle Mühe, zu lächeln und Interesse für irgend etwas zu bezeigen. Sie erkundigte sich sogar nach Katarrh, den ein Wildkater übel zerkratzt hatte. Doch immer wieder trübten sich die Augen, aus denen so viel innige Zuneigung sprach, immer wieder verkrampfte sich der schmerzgepeinigte Körper, und ihre Gegenwart schien uns dann durch eine unüberbrückbare Kluft entrückt. Man hatte den Eindruck, als sei ihr ganzer Körper mit Ausnahme des gewölbten Leibes im Bett zusammengeschrumpft. Ihre feuchtkalte Haut war gelb.

Dennoch brachte sie am Ende, als wir ihre Hände küßten und in verstohlener, schuldbewußter Krankenzimmermanier auf Zehenspitzen zur Tür schlichen, noch einmal ein alles überstrahlendes Lächeln zustande. »Wie gut es tut, Sie beide so nahe zu haben«, sagte sie. »Mir ist, als wären mir meine Eltern wiedergegeben worden.« Die Pflegerin schloß die Tür.

Im Wohnzimmer hatte John gerade den Telefonhörer aufgelegt. »Meinen Sie nicht, es ist soweit?« erkundigten wir uns schüchtern. »Sollte sie nicht ins Krankenhaus gebracht werden?«

»Wir wollen warten, bis Debby heimkommt«, antwortete John. »Sie würde nicht gehen, bevor Debby da ist.«

»Könnte ich sie nicht ein bißchen früher abholen?«

Er streifte mich mit einem beinahe feindseligen Blick. Einem so robusten Mann ist es praktisch unmöglich, Besorgnis zu zeigen. Wo ein anderer wahrscheinlich weiche Knie bekommen hätte und abgehärmt, mit zerzaustem Haar und verknitterten Kleidern herumgelaufen wäre, blieb seine Verfassung unverändert gut und seine Selbstbeherrschung perfekt. Dennoch hatte sein Blick etwas beinahe abstoßend Wildes, als er jetzt sagte: »Das würde der Sache einen ungewöhnlichen Anstrich geben. Und genau das wollen wir vermeiden. Es soll ein x-beliebiger Dienstagnachmittag sein.«

Nun war ich es, der weiche Knie bekam – von Furcht überwältigt, daß weder er noch jemand anders irgendwelche Vorbereitungen getroffen hätten. »Aber *kommt* sie heute ins Krankenhaus? Wie ist es mit einem Zimmer – ist es nicht möglich, daß vielleicht gerade keines frei ist? Sollten wir nicht . . .«

»Der Arzt hält ein Zimmer für sie reserviert. Die Pflegerin ist auch angewiesen, ihr ein Betäubungsmittel zu spritzen, wenn es zu schlimm wird. Wir warten nur auf Debby.«

»John«, sagte ich, »wir wollen Ihnen nicht im Wege sein. Aber Sie wissen, was wir für Marian empfinden. Können wir etwas tun? Möchten Sie, daß wir Sie hinfahren?«

Die Arme um uns gelegt, schob er uns zur Tür. »Ja, das wäre uns eine große Hilfe. Ich rufe Sie an.«

Ein Lächeln, ein Druck auf die Schultern, und wir standen draußen, als Helfer akzeptiert und gleichzeitig aus dem engsten Kreis, der nur für die Familie und die Pflegerin Platz bot, ausgeschlossen.

Als wir den Hügel hinaufgingen, sahen wir, daß inzwischen Dave Weld den Bulldozer bediente. Das an- und abschwellende holprige Dröhnen der Maschine glich dem rauhen Atem eines Mannes, der Felsblöcke oder Baumstämme stemmte. Eine Staubwolke hing über der Schlucht, und man hörte ein Schürfen und Scharren, wenn die Schaufeln Gestein aushoben.

Wir flüchteten uns vor dem Lärm und dem Staub auf die

Patioseite, wo wir die Mittagszeit hindurch sitzen blieben. Um zwei Uhr etwa klingelte das Telefon, und ich stürzte ins Haus. Und wer war es? Jim Peck, der sich mit sanftester, von Menschenliebe triefender Stimme erkundigte, ob er seine Sachen abholen könne. Ich war so erleichert, nichts Schlimmeres zu hören, daß ich freundlicher antwortete, als ich es normalerweise getan hätte. »Selbstverständlich, kommen Sie nur.« – »Vielen Dank«, sagte er. Eine Pause, aber kein Knacken. »Wie stehen die Dinge?« fragte ich. »Was für Dinge?« – »Ihr Fall. Ich las, daß er vor die Anklagejury kommt.« Eine zweite Pause, dann entgegnete die ölige Stimme: »Das wissen Sie doch sicher.« – »Nein«, sagte ich, und ich merkte, daß der alte Ärger schon wieder an mir zu nagen begann. »Nein, ich weiß es nicht.« – »Oh, ich dachte, Sie wüßten es.« Knacks.

Na gut, denk, was du willst, du verdammter Mistfink, zischte ich in die stumme Muschel und ging in den Patio hinaus. Ruth hob fragend die Brauen. »Peck«, erklärte ich. »Will sein Zeug abholen. Damit sind wir ihn wenigstens endgültig los.«

Wenig später verschwanden wir beide nach drinnen, um unseren Mittagsschlaf zu halten. Wenn das Warten eine Art Langeweile ist, so kann ich ihr am besten mit festen Gewohnheiten begegnen. Wir zogen uns also jeder in ein abgedunkeltes Zimmer zurück, und ich muß zu meiner Schande gestehen, daß ich tatsächlich einschlummerte. Und um drei Uhr aufwachte; es hatte noch niemand angerufen. Ruth las eine Zeitschrift. Ich befestigte ein wackliges Brett in ihrem Schrank. Sooft sich unsere Augen zufällig begegneten, blickten wir düster und befangen zur Seite.

Halb vier, und noch immer kein Anruf. Sollten wir hinuntergehen? Aber vielleicht waren wir nur im Wege. Telefonieren? Wir würden nur stören. Also warteten wir.

Das Läuten hatte etwas Explosives, und ich war bereits in der Küche und hatte abgehoben, bevor es das zweitemal klingelte. »Ja? Ja?«

Es war Johns Stimme, gefaßt und ruhig. »Ich glaube, es ist Zeit. Könnten Sie kommen?«

VII

Draußen empfing uns ein heißer Nachmittag. Wir hatten die beinahe hochsommerliche Temperatur in unserem isolierten Haus gar nicht wahrgenommen. Der Bulldozer rumpelte durch die Rinne, und als wir die Biegung erreichten, sahen wir den nußbraunen Rücken und den noch immer ungeschorenen rotblonden Kopf Dave Welds, der gerade angehalten hatte, um einen prüfenden Blick nach vorn zu werfen; dann schaltete er und setzte seine Wühlarbeit fort. Der Stahl fraß sich in den Hügel hinein, Schollen polterten beiseite, träge stieg der Staub auf. Ich steuerte den Wagen scharf in die Linkskurve, und nun verdeckten Bäume die Szene.

»Nicht so schnell«, bat Ruth. Ihre Füße stemmten sich krampfhaft gegen den Boden, um ihren Mund hing ein verkniffener, bitterer Zug.

Auf dem steilsten Wegstück sah ich plötzlich eine Tarantel kommen. An Herbstnachmittagen verlassen diese Nachttiere oft ihre unterirdischen Schlupflöcher und wandern auf ihren hohen haarigen Beinen draußen herum. Vielleicht war diese da auch durch den jungen Weld an die Oberfläche befördert worden. Unter normalen Umständen hätte ich sie überfahren – oder es zumindest versucht, sie können springen wie Grillen – und sie zu Brei zerquetscht. Jetzt riß ich aus irgendeinem Grund das Steuerrad herum, und als ich in den Rückspiegel schaute, sah ich sie wie einen unheilverkündenden schwarzen Fleck unversehrt den Hügel hinaufkrabbeln, um uns die Botschaft zu überbringen, die wir bereits kannten.

Ruths Lippen verzogen sich voll Abscheu. Ich wußte genau, was sie in diesem Augenblick fühlte; ihr war, als sei diese grausige Kreatur über ihr bloßliegendes Herz gekrochen.

Ich hatte kaum den Motor abgestellt, als John auch schon aus der Tür trat und sie leise hinter sich zuzog. Ein Uneingeweihter hätte einen sympathischen jungen Mann in ihm gesehen, der irgendwelche Gäste begrüßte. Er hatte sich so vollkommen unter Kontrolle, daß er nicht einmal steif wirkte. Möglicherweise empfand er eine Art Erleichterung. Doch es gab einen Moment, in dem ich seine Selbstbeherrschung unerträglich fand. Meine eigene Kehle war wie zugeschnürt, und ich spürte mein Herz.

In einer impulsiven bedauernden Geste, wie man sie selten bei ihr sieht, streckte ihm Ruth ihre Hände entgegen. »Schlimm?« fragte sie.

»Ja.«

»Sie sagten doch, der Arzt hätte die Pflegerin angewiesen, ihr eine Spritze zu geben ...«

»Sie hat vor einer Stunde eine bekommen. Es wirkt nicht. Wahrscheinlich widersetzt sie sich ganz unbewußt.«

»Ach, aber wenn sie *dazu* noch fähig ist! Finden Sie nicht, daß das ein gutes Zeichen ist? Vielleicht steht es doch ...«

Sein kantiges, sympathisches Gesicht verdüsterte sich für einen Augenblick. »Noch nicht so ernst, meinen Sie? *Sie* weiß, daß es soweit ist.«

Ruth erwiderte nichts; die Zurechtweisung hatte sie getroffen. Wenn etwas unverkennbar ist, dann keine Beschönigungen, keine Scheuklappen. Marian bekam genau das, was sie zu umgehen gehofft hatte: Schmerzen und Betäubungsmittel und ein Ende, das ein empfindungsloses, dumpfes Verlöschen war; und beide waren sie bereit, sich auch damit abzufinden.

Ruth und ich hatten uns manchmal gefragt, ob sich John der Krisis wohl gewachsen zeigen würde. Wir hätten besser daran getan, uns um uns selbst zu bekümmern, denn wir hatten uns in drei Monaten des Wartens auf das Unvermeidliche noch nicht einmal überlegt, wie wir den Catlins helfen könnten.

Was hieß, daß wir es nie als unvermeidlich angesehen hatten. Trotz Marians Vorbereitungen und all unserer Gespräche mit ihr, trotz eindeutiger Symptome hatten wir es nicht akzeptiert. Ich schämte mich für uns beide und war erleichtert, als Ruth nun wenigstens einfiel, daß Debby Betreuung brauchte, und sie sich erbot, sich um sie zu kümmern.

»Oh, würden Sie das tun?« sagte John. »Es wäre nur für kurze Zeit. Ich könnte Marian unterbringen und vielleicht sogar noch vor dem Abendessen zurück sein, wenn ...«

»Das ist gar nicht nötig. Ich habe ja sonst nichts zu tun. Wo ist sie jetzt?«

»Bei Marian.«

»Machen Sie sich um Debby keine Sorgen. Bleiben Sie bei Marian. Ich kann sie ihr ja jederzeit bringen, wenn sie sie sehen will.«

John runzelte die Stirn, als hätte er etwas Befremdliches in ihrem Gesicht entdeckt oder sie nicht richtig verstanden. Seine braunen Wangen sahen plötzlich merkwürdig welk und zerknittert aus. Er hakte die Finger ineinander und bog sie zurück und schaute über Ruths Kopf hinweg. »Ich habe mich vermutlich nicht ganz klar ausgedrückt«, sagte er. »Marian nimmt gerade Abschied von ihr. *Abschied.*«

»Oh, warum?« brach es aus Ruth heraus. »John, warum denn schon jetzt?«

»Keine schrecklichen Erinnerungen.« John starrte noch immer in die Ferne. »Keine qualvollen Szenen. Keine betäubte oder schmerzgepeinigte Mutter. Lediglich ein Tag, an dem sie auf Wiedersehen sagte – so, als wollte sie in die Stadt – und fortfuhr.«

Von der Seite sah ich Tränen in seinen Augen schimmern, aber es lief keine einzige herunter. Durch einen unglaublichen Akt der Selbstbeherrschung wurden sie wieder aufgesaugt, getrocknet, und John blickte über Ruths Kopf hinweg, bis sie ganz und gar absorbiert waren. Der Bulldozer auf dem Hügel verstummte, und wir standen unglücklich und verlegen im Schatten, als so abrupt Stille eintrat. Rechts und links von uns reckten sich knorrige Eichen über das Dach. Genau an der Schattengrenze wirbelte ein Mückenschwarm in der Luft herum, eine Galaxis winziger Lebensfunken. Aus einem Riß in der verwitterten Holzverkleidung der Hauswand hinter John krabbelten Wespen und flogen fort, während andere betriebsam ankamen und hineinkrochen. Ich beobachtete, wie sich eine auf dem Pfosten niederließ, der den Dachvorsprung stützte, und ihren gelbschwarzen Leib krümmte, als wollte sie sich mit ihrem Stachel verankern, und ich hörte deutlich, wie die winzigen Kiefer das

Holz benagten. Ob es die gleiche war, der Marian einmal das Leben gerettet hatte, als sie in den Marmeladentopf fiel?

Ein alternder Mann, der sich aufdrängte, wo er in keiner Weise von Nutzen war, der dabeisein wollte, weil er Marian Catlin liebte und ihren Verlust nicht ertragen konnte – den er bis heute nicht verwunden hat –, fragte ich: »Weiß es Debby? Haben Sie ihr – alles gesagt?«

Johns Aufmerksamkeit schien ganz auf das schwache Raspeln der Wespenkiefer konzentriert. Er blickte mich mit feuchtschimmernden Augen an, die Falten auf seiner Stirn vertieften sich, er spitzte den Mund, schüttelte unwillig den Kopf. Jetzt merkte ich, daß er auf Geräusche aus dem Haus wartete, auf irgendeinen Laut, ein Zeichen.

Was sie da drinnen wohl tat – so sehr drauf bedacht, ihre Tochter vor alledem zu schützen, wovor sie selbst nie hätte geschützt werden wollen? Las sie ihr eine Geschichte vor? Spielte sie mit ihr? Würde sie wirklich die Tränen zurückhalten können, würde sie dem Verlangen widerstehen, ihr Kind ein letztes Mal zu liebkosen? Ja, ich glaubte, daß sie es konnte. Ihr Ziel war, Debby Lebewohl zu sagen, ohne daß ihre kleine Tochter das Endgültige des Moments spürte. Keine Tränen, kein Schluchzen, vor allem kein Zeichen physischer Qualen. Der letzte Akt des Ausscheidens.

Mir war, als harrten wir schon eine halbe Stunde in diesem zermürbenden Schweigen aus. Ich drehte mein Handgelenk ein wenig, um auf die Uhr zu schauen. Zehn nach vier. Es waren kaum fünf Minuten vergangen, seit unser Telefon geklingelt hatte.

Mit einem unergründlichen Blick auf uns öffnete John die Tür. »Marian?«

»Ja«, antwortete ihre klare Stimme. »Ich bin bereit.«

Es klang völlig natürlich, verriet nichts von alledem, was sie fühlte; es zeigte nur, daß sie sich ganz und gar in der Gewalt hatte. Ich glaube, sie wäre fähig gewesen, ein Lied zu singen. Ihre Haltung erschütterte mich, ich hätte zugleich lachen und weinen können, und ich war stolz auf sie. Sie würde wie eine Königin sterben.

John stieß die Tür auf. Die Pflegerin kam herausgelaufen und flüsterte ihm etwas zu. »Ruth«, sagte John, »wollen Sie mir helfen?« Zusammen verschwanden sie in Marians Zimmer, und dann hörte ich aus dem plötzlich mysteriösen Hausinnern Debbys weinerliche Stimme: »Wohin gehst du, Mami? Mami, wohin? Ich will mit!«

Nun erschien die Pflegerin mit einer Reisetasche, die ich zum Wagen trug. Nach kurzem Überlegen fand ich es besser, den Catlinschen Caravan zu nehmen, weil er zum Ein- und Aussteigen bequemer war. Ich sah, daß er hinten voller Gerümpel lag – Holz, eine Säge, eine Axt, ein Spalthammer –, und ich muß gestehen, daß mich dieser Beweis mangelnder Vorsorge befriedigte und mich John gegenüber zugleich kritischer machte und milder stimmte.

Im Wageninnern war es wie in einer Sauna. Hastig begann ich das Holz an den Wegrand zu werfen, fegte dann Rinde und Splitter fort, richtete den Rücksitz auf und säuberte ihn mit meinem Taschentuch, verstaute das Handwerkszeug und die Reisetasche dahinter und kurbelte die Fenster herunter, um die stickigheiße Luft hinauszulassen. Als ich ausstieg und mein Gesicht an meiner feuchten Hemdschulter abwischte, hörte ich Hufeklappern. Gleich darauf kam Julie LoPresti vom Bachgrund her durch das Gattertor geritten.

Sentimentale Rückkehr an die Stätte, wo ihr Guru einst kampiert hatte? Ein erster Hauch Freiheit, von Fran gewährt? Oder wollte sie etwa Marian besuchen, um den Müll töchterlicher Rachelust bei ihr abzuladen? Sie ließ das Pferd im Schritt gehen und sah zum Haus herüber. Ich richtete mich auf; wenn Marian in diesem Moment etwas nicht gebrauchen konnte, dann war es Julie. Doch wenn sie überhaupt vorgehabt hatte, zu den Catlins hereinzuschauen, so verwarf sie die Idee sofort, als sie meiner ansichtig wurde. Ihre haßerfüllten Augen streiften mich mit einem kalten Blick, und sie ritt weiter.

Ich fuhr den Caravan in einen schmalen Streifen Schatten und wartete. Plötzlich begann der Bulldozer wieder zu lärmen, und als ich mich hinausbeugte, sah ich ihn den Hügel herunterrumpeln – sein Ziel war eindeutig unser Weg. Aus der Erdlawine, die die Schaufel nach unten warf, lösten sich Schollen, und zwei oder drei sprangen über die Böschung und zerplatzten wie Bomben. Mußte dieses zerstörerische Element ausgerechnet jetzt die Erde aufreißen und Marian den ohnehin so bitteren Abschied von dieser Landschaft, die sie liebte, noch vergällen? Und zu denken, daß der junge Tölpel, der den Bulldozer steuerte, und sein hohlköpfiger Vater bald ein herzhaftes Abendessen verzehren und sich in dem angenehmen Gefühl wiegen würden, ein gutes Tagewerk vollbracht zu haben, während Marian Catlin eine Morphiuminjektion in die Hüfte gejagt bekäme und notfalls noch eine zweite, die ihren letzten Funken Leben betäubt hielten, bis er endgültig verlosch und man den noch warmen Körper aufschneiden konnte, um das blutige Bündel herauszuholen, auf das sie ihre ganze Kraft konzentriert hatte ...

Oh, du gottverdammter Dreckskerl, sagte ich zu dem rötlichen Kopf in der Staubwolke, warum kippst du nicht um und rollst den Abhang herunter?

Dann drehte ich mich um, und sie stand unter der Tür.

2

Sie trug einen Morgenrock aus gestepptem weißem Satin, doch ihr Gesicht über dem bräutlichen Weiß war das Antlitz des Todes. In wenigen Tagen war sie völlig verfallen. Unsicher tasteten sich ihre Füße unter dem Mantelsaum nach vorn, als John und Ruth ihr halfen, die Stufe hinunterzusteigen. Dann hob sie den Kopf und sah mich neben der offenen Wagentür.

Selbst in diesem Moment, in dem sie alle Kraft zusammennahm, um sich gegen die Agonie des Abschieds und die Agonie ihres geplagten Körpers zu wappnen, konnte sie noch lächeln, zehn Meter heißen Schatten überstrahlen, um mir etwas zu geben – ein Andenken, Anerkennung all dessen, was wir in die wenigen Monate unserer Bekanntschaft hineingezwängt hatten, Bestätigung des festen Bandes unserer gegenseitigen Zuneigung. Etwas Schicksalhaftes lag in ihrem Lächeln, Liebe, Dankbarkeit

– alles, was mich von Anfang an hatte wünschen lassen, eine solche Tochter zu haben. Ihr Gesicht war verklärt. Wie ein Funken, der eine Kluft übersprang, stand sie da zwischen John und Ruth, und wenn man sie in diesem Augenblick hätte malen wollen, hätte man sie mit einem Heiligenschein umgeben müssen.

Eine Sekunde nur – dann war sie wieder die todgeweihte Frau, die sich schwankend zwischen ihren behutsamen Helfern vorwärtsbewegte. Nervös folgte ihnen die Pflegerin, einen Koffer in der Hand, und als letzte kam Debby, die eine flache Pappschachtel trug. Ich sah das Bild eines Bauernhofes mit Tieren: ein Puzzlespiel. Später einmal, falls ihr Gedächtnis doch besser war, als Marian es hoffte, würde sie das Sterben ihrer Mutter aus ebensolchen verschiedenartigen Teilstücken zusammensetzen können.

Sie blieben stehen, und Ruth machte mir mit dem Kopf ein Zeichen; eilends lief ich hin, um ihren Platz an Marians Seite einzunehmen. Ruth trat zurück und ergriff Debbys Hand. »Also, Schätzchen«, sagte Marian, und ihre klare Stimme klang gerade nur ein wenig gepreßt, »nun macht euch einen schönen Nachmittag, du und Ruth.« Sie drehte sich nicht um, während sie sprach. Sie starrte zur offenen Wagentür.

»Ich will mit!« rief Debby. »Wohin gehst du?«

»Ich habe es dir doch gesagt. Zum Arzt.«

»In deinem *Morgenmantel*?«

»Er hat mich schon öfter im Morgenmantel gesehen«, entgegnete Marian in gleichgültigem Ton. Aber ich spürte das ganze Gewicht ihres zerbrechlichen Körpers auf meinem Arm, und als ich sie flüchtig von der Seite anschaute, sah ich, daß ihre Augen geschlossen waren und über ihrer Lippe winzige Schweißperlen standen. »Sei schön artig«, fügte sie nun noch hinzu, Debby den Rücken gekehrt.

»Ich wollte, daß du mir mit dem Puzzlespiel hilfst.«

»Das tue ich heute abend«, sagte John. Er bückte sich und schob seine Arme unter Marians Schultern und Knie; schlaff hingen ihre schmalen, feingliedrigen Füße herunter. Ich nahm gerade noch wahr, daß Ruth sich auf die Lippe biß und mit schimmernden Augen Debby an sich drückte, und daß auf der anderen Seite des Wagens die rundgesichtige Pflegerin einstieg. Alles andere blieb nebelhaft. Als ich den Wagen herausmanövrierte, warf ich einen Blick in den Spiegel. Von Johns Armen gestützt, lag Marian da – blind für Debbys schüchternes Winken. Die Pflegerin trocknete ihr das Gesicht mit einem Kleenex-Tuch ab.

»Hat sie etwas gemerkt?« flüsterte Marian.

»Nein«, antwortete John. »Nimm meine Hand.«

Vorsichtig, damit der Wagen so wenig wie möglich schaukelte, fuhr ich auf den Weg hinaus. Mein Verstand glich einem Nachthimmel, auf dem sich tausend Lichtstrahlen überkreuzten. Das Bild der ineinanderverschlungenen Hände schwebte wie eine Radierung vor meinen Augen. Ich war gerade noch dazu fähig, mir eine Route zurechtzulegen, die uns den Nachmittagsverkehr und Marian das allzu häufige Anhalten und Starten ersparen würde.

Dann beugte ich mich jählings vor, starr, ungläubig und wütend. Zwischen den Briefkästen und der wackligen Brücke stand ein Volkswagenbus, an den ich mich nur allzu gut erinnerte, und daneben Julie auf ihrem Wallach, die mit dem Fahrer sprach. Halb verdeckt vom Hinterrad des Busses erspähte ich eine mir nur allzu vertraute Honda und eine Gesalt mit weißem Sturzhelm, abgeschnittenen Jeans, Castro-Bart. Ungefähr zehn Meter über ihnen, am Ende der langen, rauhen Rille, die er gezogen hatte, hockte Dave Weld auf seinem Bulldozer, der im Leerlauf lief. Gedankenlosigkeit, Verantwortungslosigkeit, Rebellion und Narrheit gaben sich hier ein Stelldichein, berieten oder stritten sich und blockierten die Straße.

Julie mußte irgendwoher erfahren haben, daß Peck seine Sachen abholen würde, und hatte sich von zu Hause weggestohlen, um ihn abzupassen. Und man konnte nicht erwarten, daß Julie oder einer der Businsassen den nervösen Judas auf dem Bulldozer übersehen würden, ohne ihrer Verachtung oder ihrem Haß Luft zu machen. Ich glaube nicht daran, daß irgendwo in höheren Sphären ein geheimnisvolles Wesen ein Kabel anschloß und sich lächelnd zurücklehnte. Aber ganz gleich, wie sie hierhinkamen, ob durch Zufall oder Verabredung, sie hätten sich selbst nach monatelangem Proben zu keinem ungünstigeren Zeitpunkt an einem ungünstigeren Ort aufhalten können. Es war sicherlich ein Zufall. Dennoch reagierten sie wie schuldbewußte Verschwörer.

Das Leerlaufrumpeln des Bulldozers verschluckte das Geräusch unseres Motors völlig, doch wahrscheinlich hätten sie uns auch so nicht gehört. Sie starrten jetzt alle zu Dave Weld hinauf. Ich sah Julies vehemente Kopfbewegungen, während sie etwas schrie. Einen Fluch murmelnd, trat ich auf die Bremse und drückte zweimal leicht auf die Hupe.

Wenn mir für den Rest meines Lebens drei Wünsche blieben, würde ich mir als erstes wünschen, dieses flüchtige Antippen der Hupe ungeschehen machen zu können.

Wie schuldbewußte Verschwörer, sagte ich. Vielleicht überraschte es sie auch nur, daß andere, Außenstehende, in ihre kompakte, abgekapselte Gruppenwelt einbrachen. Möglicherweise war alles, was nicht zu ihrem Kreis gehörte, ein einziger, großer, gesichtsloser Feind, den sie in diesem Fall in Gestalt eines mit vier Personen besetzten Caravans auf sich zukommen sahen.

Ihre Köpfe fuhren herum, ihre Gesichter starrten verstört, selbst dann noch, als sie bereits den Weg freizumachen begannen. Der Fahrer des Volkswagenbusses, der sich nach uns umgedreht hatte, nutzte praktisch die gleiche Bewegung, um nach Platz zum Zurückstoßen Ausschau zu halten. Julie hob die Zügel des Wallachs und schwenkte ihn nach links. Pecks Fuß trat auf den Starter, und die Honda fing zu qualmen und zu knattern an. Über ihnen hantierte Dave Weld an seinem Schalthebel herum. Es war, als hätte ein Signalschuß einen Kollektivstart ausgelöst.

Vielleicht war es das abrupte Motorengeräusch, was das Pferd erschreckte; vielleicht hatten sich durch Dave Welds ruckartige Bewegung Schollen gelöst, die herunterpolterten und vor den Füßen des Wallachs zerplatzten. Vielleicht war auch wirklich mein Hupen an allem schuld.

Unser Wagen rollte kaum noch, als ich auf die Hupe drückte,

und blieb nun etwa sieben oder zehn Meter von dem Bus entfernt stehen. Plötzlich begann der Wallach zwischen Bus und Motorrad zu scheuen. Er wirbelte herum und bäumte sich, das Motorrad fiel um, und Peck stürzte zu Boden und wälzte sich aus dem Bereich der Hufe. Die Luft war von Geschrei erfüllt, und hinter mir jammerte die Pflegerin unausgesetzt: »Oh, oh, oh, oh, oh!« Die Honda kreiselte wie ein Hund mit gebrochenem Rückgrat, wirbelte eine große Staubwolke auf, und darüber stand eine entsetzliche Sekunde lang das Pferd auf den Hinterfüßen, den Kopf eingezogen. Julie preßte sich an den Kamm, und ihr herzförmiges Hinterteil klebte förmlich an dem nahezu vertikalen Rücken.

Zerschmettertes Glas klirrte, der Volkswagen dröhnte wie eine Tonne unter den Hufschlägen, das sich bäumende Pferd verschwand im Staub und erschien wieder, stampfend, unablässig bemüht, die Reiterin abzuschütteln, auf den Hinterhänden gehend. Dann trat es offenbar in die Honda, denn plötzlich, mitten in der Luft, wie es schien, sprang es mit einem wilden Satz zur Seite. Ich hörte Hufe auf dumpfdröhnenden Planken, einen schrecklichen Schrei, ein berstendes Geräusch, einen Sturz. Zu sehen war nichts, der Staub hinter dem Volkswagen verhüllte jetzt alles.

Es konnte nicht länger als fünf Sekunden gedauert haben. Unversehens stand ich auf der Straße, neben dem Busfahrer, jenem noch einigermaßen sympathischen Burschen namens Miles, der völlig aufgelöst schien wie mehr oder minder jeder und hektisch in sechsunddreißg Richtungen auf einmal blickte. Mit einem Sprung stürzte Peck herbei, die Augen der Brücke zugewandt, woher Julies kopfloses, gellendes Geschrei kam, packte die zertrümmerte Honda, stellte sie ab und schleppte sie an den Straßenrand. Ich ließ den stotternden Miles stehen und schlüpfte um den Bus herum.

Der Wallach stak mit allen vier Beinen in den Spalten der Brücke fest. Julie hielt die Zügel umklammert. Sie wurde hin und her geworfen und konnte sich kaum behaupten gegen den frenetischen Kampf des Tieres. Dumpfe Laute kamen von unten, wo die Hufe gegen die Bohlen stießen. Das Pferd hatte über dem rechten Schulterblatt eine lange, glatte Wunde, und die gerunzelte Haut entblößte blutiges Fleisch.

Hilfeflehend sah sich Julie um, und ich warf einen Blick nach hinten. John war nicht ausgestiegen. Er saß im Wagen und drückte Marians Kopf an sich, und über ihre kindlichen Zöpfe hinweg loderten mich seine Augen an – kriegerisch, angesichts von Gefahr, Angst und Kampf. Die Miene der Pflegerin spiegelte nacktes Entsetzen wider.

Verzweifelt drehte ich mich wieder um. Das Pferd lag gerade einmal still, verkrampft ausgestreckt, die Hinterfüße in zwei Spalten versenkt, die Vorderfüße in einer einzigen gefangen. Es sah aus, als sei es in einem grotesken Paßgang erstarrt. Sein Kopf fiel auf die Bohlen hinunter.

Ich schrie Julie etwas zu, irgendeinen unsinnigen, vielleicht auch vernünftigen Rat, eine Ermutigung. Dann begann ich auf sie zuzugehen, in der Absicht, mich auf den Kopf des Wallachs zu setzen, damit er sich nicht mehr abmühen und noch schwerer verletzen konnte. Miles war inzwischen ebenfalls aus seiner Lähmung erwacht und hatte sich neben Peck gestellt. Später, als ich das Ganze überdachte, warf ich ihnen vor, nicht schneller irgend etwas unternommen zu haben. Doch im Grunde konnte man es ihnen nicht verübeln. Wenn das Pferd vom Himmel gefallen und als eine undefinierbare Masse Knochen, Fleisch und Blut durch die Brücke gekracht wäre, hätte der Schock nicht größer sein können.

Ich bewegte mich zu hastig oder zu langsam. Jedenfalls hatte ich gerade ein oder zwei Schritte getan, als sich das Pferd von neuem krampfhaft zu befreien suchte. Ein Hinterfuß wand sich aus dem Spalt nach oben, und für den Bruchteil einer Sekunde stand das Tier völlig verzerrt auf einem Bein am Rand der Lücke, die Brust auf die Bohlen gepreßt, den anderen Hinterfuß gefangen. Mit einem gräßlichen Bersten zersplitterte das Holz unter ihm, und es fiel auf die Seite. Nun wurde der Hinterfuß zum Teil frei, doch so abgewinkelt, daß mir beim bloßen Anblick übel wurde. Der Kopf lag auf den Brückenbohlen, in der Kehle rasselte der Atem, die Augen rollten weiß.

Vorsichtig schlüpfte ich an Julie vorbei, die noch immer die

Zügel umklammerte; das Pferd machte indessen einen weiteren Versuch, sich zu befreien, und es gelang ihm, einen Vorderfuß herauszuziehen und auf eine feste Planke zu stellen. Der gebrochene Huf kippte seitlich um, doch das Tier zerrte unentwegt, und schließlich kam der andere Vorderfuß heraus.

Dieser war nicht nur gebrochen, er war abgebrochen. Keuchend, die Hinterhände noch immer in die Spalten eingezwängt, stützte sich der Wallach wie ein sitzender Hund auf einen umgeknickten Huf und einen blutigen, weißen Knochenstummel.

Julie starrte lange darauf hinunter, ehe ihr Körper bebend zusammensank. Ein hohes, anhaltendes Wimmern entquoll ihrem Mund, dann ein Schlucken und wieder dieses Wimmern. Es war ein schauerliches *tableau vivant*, das aufgestützte, entsetzlich zugerichtete Pferd, die mit Blut bespritzte Brücke, das zusammengesunkene Mädchen, die beiden von Grauen gelähmten Narren, der Caravan mit den leidenden Augen, die dies alles sehen mußten. »Oh, töten Sie ihn!« hörte ich Julie flehen. »Töten Sie ihn, töten Sie ihn doch!«

Ich tauge nichts in Katastrophenfällen. Mein Verstand raste zwischen Alternativen hin und her wie ein Mann, der bei einem Brand alle möglichen Dinge ergreift und wieder fallenläßt, um andere zu packen. Was mich so verstörte, war nicht so sehr das Pferd, obwohl es mir zu jedem anderen Zeitpunkt sicherlich monatelang Alpträume verursacht hätte, sondern Marian, die dringend eine Spritze brauchte. Unser einziger Ausweg wäre die Wiese gewesen, über die ich am vierten Juli gefahren war. Doch diese holprige, quälende Prozedur konnte man Marian nicht zumuten, zumal wir damit nicht auf die Landstraße, sondern auf El Camino gelangt wären, in den schlimmsten Nachmittagsverkehr. Wir *mußten* die Brücke freimachen – das Pferd töten, irgend etwas unternehmen. Der Bulldozer? Aber wie sollte man es töten? Unser Haus. Die Flinte.

Ich lief um den Bus herum und sah, daß sich Marian umgedreht hatte und zurückblickte, die Hände der Pflegerin abwehrend. Scharf traten die Sehnen in ihrem Hals hervor. John stand mit einem Fuß auf der Straße und gestikulierte abwehrend nach hinten. Ich erspähte Ruths weißhaarigen Kopf auf der Anhöhe zwischen uns und dem Cottage, und ich wußte, daß sie Debby an der Hand halten würde. Die Stoßstange des Busses war hinter mir. Ich stieg darauf, wedelte mit den Händen und brüllte: »Zurück! Bring sie nicht hier herunter!« Sie blieb stehen. Ich formte mit den Händen einen Trichter um meinen Mund und schrie: »Es ist das Pferd! Es ist nichts passiert, es ist nur das Pferd!« Erleichtert sah ich den weißen Kopf verschwinden. Als ich mich wieder umdrehte, stieg John gerade mit dem Spalthammer aus dem Caravan. Eine Sekunde lang legte er seine linke Hand über Marians Gesicht. »Schau nicht hin, Liebste«, sagte er. Sein Augenwinkel zuckte nervös. Dann wandte er sich an mich. »Bringen Sie Julie fort!«

Ich rannte zu ihr hin und packte sie am Arm, doch sie stöhnte nur und war so schlaff und schwer, daß ich sie unter beide Achseln fassen mußte, um sie zu bewegen. Sie ließ die Zügel nicht los, und ich schlug sie ihr aus den Händen und schleppte sie ein Dutzend Schritte zurück und ließ sie auf den Boden sinken; als ich mich schweißüberströmt aufrichtete, setzte sich John gerade rittlings auf den Kamm des Pferdes. Der Kopf hob sich, geblähte Nüstern und hervortretende Augen schwankten hin und her, der Knochenstummel kratzte und scharrte auf den Bohlen. John schwang den Spalthammer und hieb genau zwischen die weißrollenden Augen.

Wütend, Blut auf Händen und Armen, Blut auf dem Hemd, schleuderte er den Hammer beiseite. »Kommen Sie!« Er packte ein Stück Holz und begann den Hinterfuß aus dem Spalt zu heben. Wir bewegten uns wohl zu langsam, denn ohne sein wildes Stemmen zu unterbrechen, brüllte er: »So kommen Sie doch! Helfen Sie mir, das verdammte Vieh von der Brücke wegzuschaffen!«

Es war nicht leicht. Wir glitten in klebrigem Blut aus, zerrten an Füßen, Mähne, Schwanz, stemmten gebrochene Beine mit geborstenen Bohlen hoch. Als die Beine frei waren, wälzten wir das Tier herum und stemmten es zur Kante und noch etwas weiter, bis es überhing. Nur widerstrebend ließ sich der Körper bewegen, und immer wieder schien er uns in der Haut zu entschlüpfen. Neben mir schob und ächzte Jim Peck, das linke

Auge noch schwarzviolett von dem Schlag, den ihm Tom Weld verabreicht hatte. Er roch in der Hitze so ranzig wie ein Ziegenbock. Miles war grün im Gesicht und schnaufte und stöhnte, während er arbeitete. Wir stemmten, zerrten, hoben an. Langsam absackend, kippte der Körper mit ungeheuer schlaffer Schwere über und stürzte in das Buschwerk des Bachgrunds.

Schweißtriefend und blutverschmiert warf John Spalthammer und Holzstück hinterher. Dann wandte er sich an Peck. »Bringen Sie Julie heim. Sagen Sie ihrem Vater, er soll jemanden mit einer Winde bestellen, der den Kadaver aus dem Bachbett heraushol.«

Er fuhr sich mit dem Arm über die Wange und ging zum Wagen.

Pecks Gesicht schien plötzlich eingeschrumpft. Er sah aus wie ein Junge mit aufgeklebtem Backenbart, der er vermutlich mehr oder minder auch immer gewesen war. »Was ist los?« fragte er mich. »Was ist passiert?«

Ich hätte eigentlich ein bißchen wohlwollendes Mitgefühl für ihn aufbringen können, als er so verängstigt vor mir stand. Denn obgleich ich ihn für dieses Blut und die ganze Pein verantwortlich machte – weshalb, um Himmels willen, mußte er mitten auf der Straße halten? –, sah ich doch an seinem Gesicht, daß er nicht im entferntesten ahnte, warum John sich derart wild gebärdet hatte, warum Julies persönliche Tragödie so hektische Katastrophenmaßnahmen erforderlich machte.

Ich öffnete den Mund. Bus, Caravan und Pecks Gesicht, alles war plötzlich wie ausgelöscht, und ich starrte blind in ein undurchsichtiges milchiges Weiß. Dann kam das Bild wieder zurück, der Hügel nahm feste Umrisse und seine normale goldgelbe Färbung an, auf den geborstenen Planken schimmerte dunkel das Blut, der Tierkörper lag glänzendschwarz, mit hellroten Streifen überzogen, in dem zerdrückten Gebüsch unter mir. »Wir bringen Mrs. Catlin ins Krankenhaus«, sagte ich. »Sie stirbt.«

Das war grausam, und wenn ich es noch einmal zu tun hätte, würde ich es nicht aussprechen. Denn ich sah nur erneut bestätigt, daß er über Marians Zustand in keiner Weise unterrichtet war. Er dachte einfach, sie sei schwanger. Und in diesem Augenblick begriff ich unvermittelt, wie es mit den Pecks ist. Sie halten alles für unkomplizierter und weniger ernst, als es ist. Sie wissen nichts. Sie vertrödeln die Zeit. Sie haben noch nicht entdeckt, wie erschreckend dieses Ding ist, das da in ihrer Brust pocht und in ihren Adern pulsiert; sie kümmern sich nicht um die Kreuzung, wo der betrunkene Irre mit ihnen zusammentreffen wird.

Ich ließ ihn stehen, lief zum Caravan und schlüpfte auf meinen Sitz; ein flüchtiger Blick auf Marians weißes Gesicht sagte mir, daß sie alles beobachtet hatte. John legte wieder den Arm um sie, und im Spiegel sah ich ihren geneigten Kopf mit den kleinen Zöpfen und Johns blutiges Hemd. Vorsichtig fuhr ich über die Brücke, während Peck und Miles zurücktraten – starren, entsetzten Blickes, schreckgelähmt, unfähig, auch nur ein Wort herauszubringen. Ich merkte, wie die Reifen klebrig wurden und wieder trocken. Als ich vor dem Einbiegen in die Straße bei dem Stoppschild halten mußte, schaute ich wieder in den Spiegel.

Marian hatte den Kopf inzwischen zurückgelehnt; mit einer krampfhaft taumelnden Bewegung, die mich an das Ringen des todgeweihten Pferdes erinnerte, rollte er auf dem Polster hin und her. Blut von Johns Hemd hatte ihre Wange beschmiert. Die Sehnen in ihrem Hals traten hervor, die Zähne waren zusammengebissen, ihr Körper wand sich, ihr Gesicht war feucht. Wenn es jemandem in den Sinn gekommen wäre, sie anzusprechen, so hätte sie nichts gehört.

Epilog

Gestern war der erste Februar. Als ich nach dem Mittagessen in den Garten hinausging, sah ich, daß die Mandelbäume – verläßlich wie die Schwalben des Capistranus – einen neuen Frühling anzeigten. Der Tag war frisch und jung wie der Frühling selbst, die Luft reingewaschen, die Hügel grün, gelbe Akazien leuchteten unten im Tal, gelber Senf auf den Feldern. Doch ich dachte nur, daß Tom Weld nach ein paar weiteren solcher Tage, die den Boden trockneten, wieder darangehen konnte, den Hügel aufzureißen, und daß an einem Tag wie diesem Marian und John zum erstenmal zu uns heraufgekommen waren.

Nichts von alledem, was ich erblickte, roch oder empfand, war friedlich. Die schützende Glasglocke über unserem Alterssitz war zerschmettert, meine dunkle Höhle, die mir so sicheren Unterschlupf geboten hatte, zerstört. Nirgendwo etwas Heiteres, Gelöstes, keine jener schmerzlichen Freuden, zu denen sich Marian bekannt hatte. Nur schwermütige Gedanken, ein Gefühl des Ausgesetztseins und Trauer. Trotz aller Bekehrungsversuche Marians akzeptierte ich die Welt nicht. Und da ich gegen Unrast und Trostlosigkeit nur ein Mittel weiß, beschäftigte ich meine Hände. Ich holte Harke und Rechen und begann rund um die Bäume und Büsche auf dem Abhang, wo mir vor nicht ganz einem Jahr Marian ihre Predigt über den unbezähmbaren Champignon gehalten hatte, die Erde zu lockern.

Gestern war kein Champignon zu sehen. Die modrige Laubmatte unter den Sträuchern blieb an meinen lehmverschmierten Geräten und Schuhen haften. Ich harkte den Boden unter den Pfirsichbäumen, die noch feste Blütenknospen trugen, und kehrte den Abfall mit dem Rechen zusammen. Ich konnte ihn nicht auf den Komposthaufen schütten, denn die Bäume hatten die Blattkräuselkrankheit, die ich offenbar vergebens bekämpfte. Alles Laub und jeder dürre Zweig, den sie abwarfen, mußte verbrannt werden – hoffnungsloser Versuch, eine Plage zu besiegen.

Längs der Umzäunung summten Bienen in den Akazien, die

nun schon drei bis vier Meter hoch waren. Auch hier hatte der Winter Reisig und Laub hinterlassen. Ich mußte weit darunter-greifen, um es hervorzuholen; mir wurde warm in der milden Sonne, und ich zog meine Jacke aus.

Ein frischer Wind bewegte die fedrigen Blätter und die gelben Blütendolden. Es war ein Tag, an dem sich Marian glücklich mit allen Pollen des Lebens bestäubt hätte. Auch ich genoß ihn, seinen Duft, seine Laute, die warme Sonne auf meinem gebeugten Rücken. Doch zugleich dachte ich daran, daß die Pfirsichbäume hinter mir bald in voller Blüte stehen würden, nur um dann mit den ersten zarten Blättern die Schwellungen, die Krümmungen, die obszöne, widerliche Elephantiasis ihrer chronischen Krankheit zu enthüllen. Nie verließ mich das Gefühl, daß das Böse allgegenwärtig war.

Über dem Hügel schwang sich der rotgeschwänzte Habicht in das reine Blau hinauf, ein alter Bekannter, ein Nachbar, zwielichtig und gemieden auch er. Als er gerade noch ein Punkt war, drehte er um und kam zurück zu mir. Glatt, gleitend, sanft schwebte er dahin, ganz krallenbewehrte Gelassenheit, und sein Schatten strich über immergrün-dunkle und violette Eichenkronen, über mit grünen Kerzen besteckte Kastanien, grüne, vom Wind moirierte Hänge hinunter. Jedes kleine Tier würde beim Anblick dieses Schattens in seine Höhle flüchten oder sich ängstlich in das weiche Gras drücken.

Öffne dich den Dingen, lautete Marians Motto. Liebe selbst die Gefahr und den Schmerz, fühl dich lebendig, wirf einen kühnen Schatten, akzeptiere, akzeptiere. Was wir das Böse nennen, ist nur ein Tasten zum Guten hin, Teil der *regula falsi*, mit der wir uns dem vervollkommneten Bewußtsein nähern.

Allah kareem, sagte einmal ein arabischer Aussätziger zu mir – ohne Nase, fast ohne Lippen, ekelerregend, schuppig wie ein Fisch –, Allah kareem, Gott ist gut. Ich ließ meine Münzen fallen und floh vor seinem schrecklichen Gesicht und seinem schrecklichen Glauben. Und ich spüre denselben Impuls, wenn ich an Marian denke.

Gott ist gut? Das Leben ist gut? Die Natur hat das Herz, das ihr mit so viel Liebe zugetan war, nie verraten? Weshalb dann dieser Abschied für Marian? Warum empfing sie einen solchen Lohn dafür, daß sie intensiv und großzügig gelebt und mit Würde zu sterben versucht hatte? Warum dieses Grauen an der Brücke als letzter klarer Eindruck auf Erden? Warum die Drogen, die sie verabscheute, aber nicht zurückweisen konnte, diese Drogen, die ihre Intelligenz und ihren Willen abtöteten, ohne die Schmerzen zu betäuben? Warum dieser Kreuzigungstod, bei dem John ihre eine Hand und eine Krankenschwester die andere umklammerten und ihre gellenden irren Schreie den Raum erfüllten?

Nein, ich akzeptiere die Dinge nicht, ich kann mich nicht damit versöhnen. Eins allerdings hat Marian erreicht: Sie zeigte mir, wie einfältig es ist, sich zurückziehen und alles Unangenehme, alles Leid abschütteln zu wollen. Das ist ebenso töricht wie Pecks *ahimsa* und die spontanen Nirwana-Zustände, in die er sich durch drogengetränkte Zuckerwürfel, Lärm oder das Training der analen Schließmuskeln zu versetzen glaubte. Man wird nicht geläutert, indem man Wasser durch die Nase schnaubt oder von der Tretmühle abspringt. Mit solchen Methoden betrügen wir uns nur selbst. Ich lehnte Peck wegen seines Hanges zum Irrationalen ab, und ich tue es noch jetzt; was ihn jedoch schlechthin unerträglich für mich machte, war die Tatsache, daß er mir meine eigene Narrheit vor Augen führte.

Man kann die Tretmühle gar nicht verlassen. Alles ist Teil der Tretmühle.

Auf meinen Rechen gestützt, hing ich solchen Gedanken nach – beileibe nicht zum erstenmal, wohl aber mit einer Art erneuerter bitterer Leidenschaft, weil sich der Nachmittag so strahlend und rein zeigte –, als Lucio, Fran und Julie LoPresti, gefolgt von der Promenadenmischung, über die Weide spazierten. Ein- oder zweimal schauten sie in meine Richtung, doch ich glaube, sie sahen mich nicht hinter meinen Akazien, denn sie schienen ganz mit sich selbst beschäftigt; gemächlich schlenderten sie dahin und hoben lediglich den Blick, wenn sie etwas sagten.

Ich war ihnen lange nicht begegnet, und es wirkte wie ein Schock auf mich, Julie mit schwellendem Leib zu sehen, vorsichtig gehend, zurückgelehnt, um das Gewicht ihrer sechs oder sieben Schwangerschaftsmonate auszugleichen. Aber viel mehr noch verblüffte mich etwas anderes. Diese drei Menschen, die da über die Frühlingswiese spazierten, in ein Gespräch vertieft – Pläne, um Julie irgendwohin zu bringen? was wollte man mit dem Baby anfangen, wenn es kam? was tun, um Julies Schulausbildung sicherzustellen? –, bildeten eine Familie, eine innig verbundene Gruppe. Sie unterhielten sich anders miteinander als früher. Bei Welds Obstgartenzaun kehrten sie um, und ich sah, daß Julies einst so strähnig herabhängendes Haar zu einem Zopf geflochten war, wie ihn ihre Mutter zuweilen trug.

Julie hatte also vielleicht etwas erhalten, was sie sich dunkel gewünscht hatte. Ich konnte mir nicht vorstellen, daß sie das Kind adoptieren lassen würden, wie Fran in ihrer ersten Wut verkündet hatte. Viel eher rechnete ich damit, daß sich Mutter und Großmutter in seine Pflege teilen würden. Mich erbitterte in diesem Augenblick nur, daß Julies in Haß empfangenes Kind geboren werden sollte, während Marians in Liebe empfangenes Kind sich gerade nur ein wenig bewegte und schwach wimmerte – ein kleiner, bläulicher Körper –, bevor es starb.

Niedergeschlagen arbeitete ich weiter. Plötzlich verfing sich irgendein Gewächs in den Zinken des Rechens, und als ich mich bückte, um es zu betrachten, sah ich, daß es Giftsumach war. Da spritzte und jätete ich den Hügel zwei Jahre lang, und nun bescherte mir eine vom Wind zugetragene oder von einem Vogel fallengelassene Beere neues Wachstum, an einer Stelle zudem, wo es höllisch schwer sein würde, chemische Mittel anzuwenden, ohne auszurotten, was man erhalten wollte.

Die Vervollkommnungstheorie hat mich nie überzeugt. Marian konnte mich nie dazu bewegen, das Böse, das ich in Mehltau, Brand und den Schädlingen meines Gartens verkörpert sah, das ich wie eine Kröte auf meinem eigenen Herzen hocken spürte, zu ignorieren oder einfach als Quelle leidvoller Freuden zu betrachten. Die Kraft des Lebens hat auch eine finstere Komponente.

Ja und? Was half es, wenn man so Offenkundiges feststellte? Würde ich Marian Catlin aus meinem nicht vervollkommneten

Bewußtsein streichen, wenn ich könnte? Würde ich auf die Freude ihrer Bekanntschaft verzichten, um der traurigen Öde ihres Verlusts zu entgehen? Würde ich mich wieder an mein altes Rezept, den Dämmerschlaf, halten, um dem Leid auszuweichen, das ihr Tod nach sich zieht?

Nein, keine Sekunde lang. Und damit gestehe ich widerstrebend meine Bekehrung. Für mich gilt, was ich Debby einmal prophezeite, als ich mit Marian über sie sprach: Dieses Leid wird mein ganzes Leben bereichern.

Verehrter Leser,
senden Sie bitte diese Karte ausgefüllt an den Verlag. Sie erhalten kostenlos unsere Verlagsverzeichnisse zugestellt.

WILHELM GOLDMANN VERLAG · 8 MÜNCHEN 80

Bitte hier abschneiden

Diese Karte entnahm ich dem Buch ____________________

____

Kritik + Anregungen ____________________

____

____

____

____

____

____

____

____

Ich wünsche die kostenlose und unverbindliche Zusendung des Verlagskataloges und laufende Unterrichtung über die Neuerscheinungen des Wilhelm Goldmann Verlages.

Name ____________________

Beruf __________ Ort __________

Straße ____________________

Ich empfehle, den Katalog auch an die nachstehende Adresse zu senden:

Name ____________________

Beruf __________ Ort __________

Straße ____________________

Goldmann Taschenbücher sind mit über 3200 Titeln (Frühjahr 1972) die größte deutsche Taschenbuchreihe. Jeden Monat etwa 25 Neuerscheinungen. Gesamtauflage über 125 Millionen.

Aus dem WILHELM GOLDMANN VERLAG
8 München 80, Postfach 80 07 09 bestelle ich
durch die Buchhandlung

Anzahl	Titel bzw. Band-Nr.	Preis

Datum: Unterschrift:

4020 · 7024 · 3.000

Bitte mit Postkarten-Porto frankieren.

Wilhelm Goldmann Verlag

8000 MÜNCHEN 80

Postfach 80 07 09